阿来作品精选

名家作品精选

阿来 著

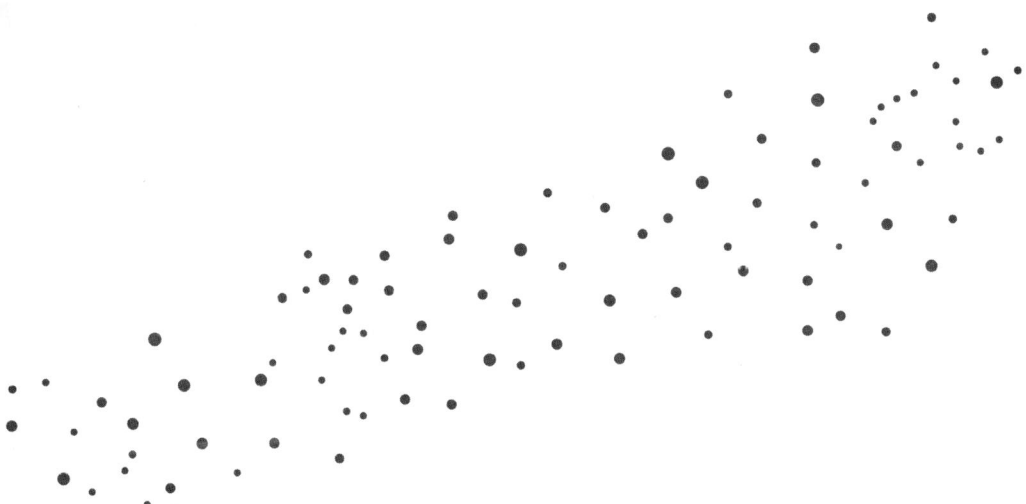

长江出版传媒　长江文艺出版社

图书在版编目（ＣＩＰ）数据

阿来作品精选 / 阿来著. -- 武汉：长江文艺出版
社，2019.11
（名家作品精选）
ISBN 978-7-5702-1076-3

Ⅰ. ①阿… Ⅱ. ①阿… Ⅲ. ①中篇小说－中国－当代
②短篇小说－中国－当代③散文集－中国－当代 Ⅳ.
①I247.5②I267

中国版本图书馆 CIP 数据核字(2019)第 189305 号

责任编辑：周　聪　　　　　　　　　责任校对：毛　娟
封面设计：沐希设计　　　　　　　　责任印制：邱　莉　　胡丽平

出版：长江出版传媒　长江文艺出版社
地址：武汉市雄楚大街 268 号　　　　邮编：430070
发行：长江文艺出版社
http://www.cjlap.com
印刷：武汉市新华印刷有限责任公司

开本：640 毫米×970 毫米　　　1/16　　印张：19.5　插页：1 页
版次：2019 年 11 月第 1 版　　　　　2019 年 11 月第 1 次印刷
字数：228 千字

定价：32.00 元

目　录

蘑菇圈 / 1

月光里的银匠 / 100

从拉萨开始 / 122

嘉木莫尔多：现实与传说 / 143

赞拉：过去与现在 / 162

灯火旺盛的地方 / 209

上溯一条河流的源头 / 261

德格：湖山之间，故事流传 / 292

蘑菇圈

早先，蘑菇是机村人对一切菌类的总称。

五月，或者六月，第一种蘑菇开始在草坡上出现。就是那种可以放牧牛羊的平缓草坡。那时禾草科和豆科的草们叶片正在柔嫩多汁的时节。一场夜雨下来，无论直立的茎或匍匐的茎都吱吱咕咕地生长。草地上星散着团团灌丛，高山柳、绣线菊、小蘗和鲜卑花。草蔓延到灌丛的阴凉下，疯长的势头就弱了，总要剩下些潮湿的泥地给盘曲的树根和苔藓。

五月，或者六月，某一天，群山间突然就会响起了布谷鸟的鸣叫。那声音被温暖湿润的风播送着，明净，悠远，陡然将盘曲的山谷都变得幽深宽广了。

布谷鸟的叫声中，白昼一天比一天漫长了。

阿妈斯炯说，要是布谷鸟不飞来，不鸣叫，不把白天一点点变长，这夏天就没有这么多意思了。

那个时候，阿妈斯炯还年轻，还是斯炯姑娘。

那时应该是 1955 年，机村没有去当兵的人，没有参加工作成为干部的人，没有去县里农业中学上学的人，没有抽调到筑路队去修公路的人，以及那些早年出了家，在距村子五十里地宝胜寺当和尚的人，都会听到这一年中最初的鸟鸣声。听见山林里传来这一年第一声清丽悠长的布谷鸟鸣时，人们会停下手里正做着的活，停下嘴里正说着的话，凝神谛听一阵，然后有人就说，最先的蘑菇要长出来了。也许还会说别的什么话。但那些话都随风飘散了，只有这句

话一年年都在被人说起。

也就是说，当一年中最初的布谷鸟叫声响起的时候，机村正在循环往复着的生活会小小地停顿一下，谛听一阵，然后，说句什么话，然后，生活继续。

那时，大堆的白云被强烈的阳光透耀得闪闪发光。

谁也不知道机村在这雪山下的山谷中这样存在着有多少年了，但每一年，布谷鸟都会飞来，会停在某一株核桃树上，某一片白桦林中，把身子藏在绿树阴里，突然敞开喉咙，开始悠长的，把日子变深的鸣叫。因此之故，机村的每一年，在春深之时的某一刻，日子会突然停顿一下。在麦地里拔草的人，在牧场上修理畜栏的人，会停下手里的活计，直起腰来，凝神谛听，一声，两声，三声，四五六七声。然后又弯下腰身，继续劳作。即便他们都被生存重压弄得总是弯着腰肢，面对着大地辛勤劳作，到了这一刻，还是会停下手中无始无终的活计，直起腰来，谛听一下这显示季节转好的声音。甚至还会望望天，望望天上的流云。

不只是机村，机村周围的村庄，在某个春深的上午，阳光朗照，草和树，和水，和山岩都闪闪发光之时，出现这样一个美妙而短暂的停顿。不只机村，不只是机村周围那些村庄，还有机村周围那些村庄周围的村庄，在某一时刻，都会出现这样一次庄重的停顿。这些村庄星散在邛崃山脉、岷山山脉和横断山脉，这些村庄遍布大渡河上游、岷江上游、青衣江上游那些高海拔的河谷。

那个停顿出现时，其他村庄的人凝神谛听之余会说点什么，机村人不知道。但机村肯定会有一个人会说，今年的第一种蘑菇要长出来了。那时，机村山上所有的蘑菇都叫蘑菇，最多分为没毒的蘑菇和有毒的蘑菇。而到了这个故事开始的 1955 年或是 1956 年，人们开始把没有毒的蘑菇分门别类了。杜鹃鸟再开始啼叫的时候，在 1955 年或 1956 年，机村人的就说，瞧，羊肚菌要长出来了。

是的，羊肚菌就是机村那些草坡上破土而出的第一种蘑菇。羊肚菌也是第一种让机村人知道准确命名的蘑菇。

它们就在悠长的布谷鸟叫声中，从那些草坡边缘灌木丛的阴凉下破土而出。

像是一件寻常事，又像是一种奇迹，这一年的第一种蘑菇，名字唤作羊肚菌的，开始破土而出。

那是森林地带富含营养的疏松潮润的黑土。土的表面混杂着枯叶、残枝、草茎、苔藓。软软的羊肚菌悄无声息，顶开了黑土和黑土中那些丰富的混杂物，露出了一只又一只暗褐色的尖顶。布谷鸟也许就是在这个时候开始鸣叫的，所以，长在机村山坡上的羊肚菌也和整个村子一起，停顿了一下，谛听了几声鸟鸣。掌管生活与时间的神灵按了一下暂停键，山坡下，河岸边，机村那些覆盖着木瓦或石板的房屋上稀薄的炊烟也停顿下来了。

只有一种鸟叫声充满的世界是多么安静呀！

所有卵生、胎生，一切有想、非有想的生命都在谛听。

然后，暂停键解了锁，村子上蓝色炊烟复又缭绕，布谷之外，其他鸟也开始鸣叫。比如画眉，比如噪鹛，比如血雉。世界前进，生活继续。

经历了那奇幻一刻的名唤羊肚菌的那一种蘑菇又开始生长。

刚才，它用尖顶拱破了黑土，现在，它宽大的身子开始用力，无声而坚定地上升，拱出了地表。现在，它完整地从黑土和黑土中掺杂的那些枯枝败叶中拱出了全部身子，完整地立在地面上了。从灌木丛枝叶间漏下星星点点的光落在它身上。风吹来，枝叶晃动，那些光斑也就从它身上滑下来，落在地上。不过，不要紧，又有一些新的光斑会把它照亮。

这朵菌子站在树荫下，像一把没有张开的雨伞，上半部是一个褐色透明的小尖塔，下半部，是拇指粗细的菌柄，是那只雨伞状物的把手。这朵菌子并不孤独，它的周围，这里，那里，也有同样的蘑菇在重复它出现的那个过程——从黑土和腐殖质下拱将出来，头

上顶着一些枯枝败叶，站立在这个新鲜的世界上。风在吹动，它们身上特有的气味开始散发出来。阳光漏过枝叶，照见它们尖塔状的上半身，按照仿生学的原理，连环着一个又一个蜂窝状的坑。不是模仿蜂巢，是像极了一只翻转过羊肚的表面。所以，机村山坡上这些一年中最早的菌子，按照仿生学命名法，唤作了羊肚菌。

布谷鸟叫声响起这一天，在山上的人，无论是放牧打猎，还是采药，听到鸟叫后，眼光都会在灌丛脚下逡巡，都会看到这一年最早的蘑菇破土而出。他们都会不约而同地把这种蘑菇小心采下，在溪边采一张或两张有五六个或七八个巴掌大的掌形的橐吾叶子松松地包裹起来，浸在冰凉的溪水中，待夕阳西下时，带下山回到村庄。

这个夜晚，机村几乎家家尝鲜，品尝这种鲜美娇嫩的蘑菇。

做法也很简单——用的牛奶烹煮。这个季节，母牛们正在为出生两三个月的牛犊哺乳，乳房饱满。没有脱脂的牛奶那样浓稠，羊肚菌娇嫩脆滑，烹煮出来自是超凡的美味。但机村并没有因此发展出一种关于美味的感官文化迷恋。他们烹煮这一顿新鲜蘑菇，更多的意义，像是赞叹与感激自然之神丰厚的赏赐。然后，他们几乎就将这四处破土而出的美味蘑菇遗忘在山间。

眼见得菌伞打开了，露出里面白生生的裙摆，他们也视而不见。眼见得菌伞沐风栉雨，慢慢萎软，腐败，美丽的聚合体分解成分子原子孢子，重又回到黑土中间，他们也不心疼，也不觉得暴殄天物，依然浓茶粗食，过那些一个接着一个的日子。

尽管那时工作组已经进村了。

尽管那时工作组开始宣传一种新的对待事物的观念。

这种观念叫作物尽其用，这种观念叫作不能浪费资源。

这种观念背后还藏着一种更厉害的观念，新，就是先进；旧，就是落后。

工作组展望说，应该建一个罐头厂，夏天和秋天，封装这些美味的蘑菇，秋末和冬初，则封装山里那些同样美味且营养丰富的野果，例如覆盆子、蓝莓和黄澄澄的沙棘果。在机村，那些野果，本只是孩子们的零嘴，更多，是满山鸟雀，甚至还有黑熊的食物。

基于这种新思想，满山的树木不予砍伐，用去构建社会主义大厦，也是一种无心的罪过。后来，机村的原始森林在十几年间几乎被森林工业局建立的一个个伐木场砍伐殆尽，但工作组展望过的罐头厂迄今没有出现在机村或机村附近的山野，那是后话。

在1955年、1956年间，蘑菇季一到，工作组率先大吃羊肚菌，机村传统的烹煮法和小孩们偶一为之的烧烤法，那都太单调了。他们自有特别丰富的做法。他们用猪肉罐头烩制的蘑菇更是鲜美无比。机村人不明白的是，这些导师一样的人，为什么会如此沉溺于口腹之乐。有一户人家统计过，被召到工作组帮忙的斯炯姑娘，端着一只大号搪瓷缸，黄昏时分就来到他们家取牛奶，一个夏天，就有二十次之多。也就是说，住在村的工作组，一个羊肚菌季节，至少吃了二十回牛奶烹煮的鲜蘑菇。嚯嚯，至少是二十回呀。一个羊肚菌季节也就一个月多一点点。嚯嚯，哪止二十回啊，那是去到一户人家的次数，要知道机村可有二十多户人家。

答案简单明了，文明，饮食文化。

机村东头，对着一条通向雪山垭口的山沟，曾经有一条再过三十年会被称为茶马古道的过道，从雪山垭口蜿蜒而下，经过机村，向西通向草原地带。所以，村子东头，曾经有过一条短短的街道。这驿道如今叫了茶马古道。街上有几家外来人开的代喂马代钉马掌的旅店，几家商铺，几家饭馆和一个铁匠铺。斯炯十二三岁时就到其中一家旅店帮佣，主要的工作就是每天到山前溪边割马草。那些在驿道上驮着货物走了一天的马会站在马圈里整整吃一个晚上的草。睁着眼吃，闭着眼睛打盹和做梦时也不停嘴。

斯炯在的那家店，掌柜姓吴。斯炯在店里学了些汉话，后来还认得了百十来个汉字。有时闲下来，就在店里的板壁上写这些认得的字。马、草、斤、两、钱、糖、茶、客。

1954 年，山里通了公路，政府建立了供销社，汽车运来丰富的货物，那条街道就衰落了。那些开店的外乡人都携家带口回了内地老家。吴掌柜也拖家带口回了内地老家。

小街一衰败，斯炯就回了家。因为认得些字，还会说汉话，就被招进了工作组，那时叫作参加了工作。那个在羊肚菌季节里，端了可以装一升牛奶的大搪瓷缸子到人家里替工作组取牛奶的姑娘就是她。把斯炯这个名字，第一次用汉字写下来，是工作组长。他从旧军装前胸的口袋里拔出笔来，说小姑娘很精神嘛，眼睛炯炯有神嘛，就用炯炯有神的炯吧。村里还有叫斯炯的，此前在工作组的花名册上都写成斯穹。

斯炯参加了工作组。她腿脚勤快，除了端着一只大搪瓷缸子去村中人家取牛奶，还会提一个篮子去各家各户讨蔬菜。那时的机村人不像现在，会种那么多种蔬菜。那时，机村人的地里只有土豆、萝卜、蔓菁三种蔬菜。工作组的人不仅能说会道，还会把萝卜和土豆在案子上切丝切片，刀飞快起落，声音犹如急切的鼓点，这也让机村人叹为观止，目瞪口呆。而那些裹满泥巴的土豆与萝卜，都是斯炯在村前的溪流里淘洗干净的。春天、夏天和秋天，溪水温和，洗东西并不费事，但到了冬天，斯炯的手在冰窟窿里冰得彤红，人们见她不断把双手举到嘴边，用呵出的热气取暖。

就有人说，期炯，不要在工作组了，回家里守着火塘，你阿妈的茶烧得又热又浓啊！

斯炯一边往手上呵着热气，一边笑着说，我在工作！

那时工作是一个神圣的字眼，可以封住很多人的口。但也有人会说，工作是宣传政策教育老百姓，你洗萝卜洋芋，就算是在冰水里洗，也不算工作！

那时，工作组正帮着机村人把初级农业合作社升级成高级农业合作社。

春天的时候，布谷鸟叫之前，新一年的春耕已经是由高级社来组织了。机村的地块都不大，分散在缓坡前、河坝上。高级社了，全村劳动力集中起来，五六十号人同时下到一块地里，有些小的地块，一时都容不下这么多人。工作组就组织地里站不下的人在地头歌唱。嚯，眼前的一切真有种前所未有的热闹红火的气象。

高级社运行一阵，工作组要撤走了。

工作组长给了斯烱两个选择。一个，留在村里，回家守着自己的阿妈过日子；再一个，去民族干部学校学习两年，毕业后，就是真正的国家干部了。

斯烱回到家里，给阿妈端回一大搪瓷缸子土豆烧牛肉，她看着阿妈吃光了等共产主义来到时就会天天要吃的东西，问阿妈好吃不好吃。阿妈说，好吃，就是吃了口渴。那时机村人吃个牛肉没有这么费事，大块煮熟了，刀削手撕，直接就入口了。斯烱抱着阿妈哭了一鼻子，就高高兴兴随着工作组离开村庄，上学去了。

再往前，三十多年前吧，机村和周围地带有过战事。村子里的人跑出去躲避。半年后回来，阿妈肚子里就有了斯烱的哥哥。然后是1935年和1936年，红军爬雪山过草地，机村人又跑出去躲避战事，回来时，阿妈肚子里有了斯烱。两回躲战事，斯烱的阿妈就带回了两个没有父亲的孩子。更准确地说，是两个不知父亲是谁的孩子。

斯烱的哥哥十岁出头就跟一个来村里做法事的喇嘛走了，出家了。

这一回，斯烱又要走了。

村里人说，是呢，野地里带来的种，不会待在机村的。

想不到的是，这两个被预言不会待在村里的两兄妹不久就又都回到村里。先是斯烱的哥哥所在的宝胜寺反抗改造失败，政府决定把一座八百人的寺院精简为五十个住寺僧人，其他僧人都动员还俗回乡，从事生产。斯烱的哥哥也在被动员回乡之列。但斯烱哥哥不从，逃到山里藏了起来。上了一年学的斯烱接到任务，让她去动员

哥哥下山。后来，村里人常问她，斯烟，你在学校里都学过什么学问啊？斯烟都不回答，就像她生命中根本没有上过民族干部学校这回事情一样。其实，她清楚地记得，那天正在上政治课，有人敲开门叫她去楼下传达室接电话。她去了，连桌上的课本和笔和本子都没有收拾。电话里一个声音说，现在你要接受一个任务，接受组织的考验。这个任务和考验，就是要把她藏到山上的哥哥动员回家。她问，我怎么动员他？给他写一封信？电话里问，他认识你写的字吗？她说，那我给他捎个口信吧。电话里说，问题是，他藏起来了，找不到他。斯烟说，你们都找不到，我也找不到啊！电话里说，他要是再不下山，就要以叛匪论处了，叫你去动员，也算是仁至义尽了。斯烟就说，那我去找他吧。

斯烟连教室都没回，就坐着上面派来的车去两百多里外的山里找人了。

在哥哥出家的宝胜寺四围的山里，斯烟进进出出七八天，喊得声音都嘶哑了，她那当和尚的哥哥都没有出现。斯烟以为，哥哥一定是死在什么地方了。所以，她还一个人哭了好几场。在山洞前哭过，在温泉旁哭过。最后一天，她对着一大树盛开的杜鹃花想，花这么美丽，人却没有了，就又哭了起来。这回哭得很厉害，下山的时候，她眼睛还肿着。学校发的那身大翻领的有束腰的灰制服也被树枝划拉出了好几道口子，扎着两个大辫子的头发间，挂着一缕缕松萝。她对干部说，我找不见他了。

干部说，你没有完成任务。

斯烟问，我还能回学校去吗？

干部没有说可以回，还是不可以回，而是冷着脸说，你看着办吧。

学校里的教员和干部常常对一个自知可能犯了错而手足无措的学员说这句话，你看着办吧。

斯烟对干部说，那我回家去，告诉阿妈，哥哥找不见了。

就这样，1959 年，离开村子一年多的斯炯回到了机村。她是空着手回到机村的。她的课本什么的还留在教室里，衣服什么都还留在八个人一间的宿舍里。她的床底下，塞着一口棕色皮箱，里面是她的几套衣服，藏式的衣服，和学校发的干部衣服。她的课本和衣服都留在学校，自己穿着一身在山里寻人时被树枝划拉出很多道口子的干部服就回到机村了。从此，再未离开。

她回到机村的那天，高级社的社员们正在村子旁最大的那块有六七十亩的地里松土除草。那时，地里一行行麦苗刚长到一拃多高。全社的社员都在地里弯腰挥动着鹤嘴锄。这时，有人说看看是谁来了。

大家都直起腰来，看见斯炯正穿过麦地间的那条路。

好几个眼尖的人都说，是斯炯回来了。

斯炯空着双手，看都不朝麦田里劳动的乡亲们看一眼，就朝自己家走去了。

有人就对她的阿妈说，看看，当了干部了，不朝我们看就罢了，也不朝自己的阿妈看一眼。

也有人说，像是很伤心的样子啊！

社长就对斯炯的阿妈说，你就回家看看吧。

第二天，斯炯还没有出来与村人们相见。

大家就在地里问她阿妈说，你女儿回来干什么啊。

阿妈就哭起来，说，她哥哥找不见了。他们要他还俗回家，生产劳动，他就跑进山里不见了。

村里人说，他又不是真在修行的喇嘛，一个粗使和尚，背水烧茶，回来也就回来吧。

可是他不见了，斯炯也找不见他，喊不应他。

第三天，斯炯就穿着那身带着破口的大翻领的有束腰的灰色干部服下地劳动了。

大家来和她说话，打探消息。

但她在山里喊哑了嗓子，人们问她什么，她都指指嗓子，我说不动话了。

斯烱就是这样回到机村来的。

机村的很多人物故事都是这样结束的。比如说雪山之神阿吾塔毗，故事的结尾就是，阿吾塔毗带着他两个勇敢的儿子，就是那一年到我们这里来的。哪一年呢？大概是一千多年前的某一天吧。

后来，斯烱的儿子胆巴问她，阿妈是哪一年回到村里的？

斯烱说，哦，很久了，我想不起来了。

儿子再问，她就说，真的很久了，都是生下你以前的事情了。

大概也是斯烱从民族干部学校回到机村那一年，传说距离机村很遥远的内地闹起了饥荒。

那一年的机村发生了三件事。

第一件，离开才两三年的工作组又进驻到机村，来提高粮食产量。工作组是大地正从冰冻中融化的时候来到的。那时，村子里那些刚刚解了冻的土路变得泥泞不堪，弄脏了工作组干部的鞋和裤腿。他们一边在火上烤被泥泞弄湿的鞋，一边召集高级社的村干部们来开会。工作组提出当年粮食产量要翻一番。这把高级社的社长和副社长都吓坏了。

社长说，上天不会让地里长出这么多粮食的。

工作组说，人定胜天，这是新思想。思想是最有力的武器。

副社长说，种庄稼不是打仗，武器没有用处的。

最后，社长和副社长都被说服了。他们和工作组一起想出了一个办法，多上肥料。每户人家的牛栏和猪圈都被铲除得一干二净。工作组说，这是一举两得。地得到肥料，爱国卫生运动也同时开展起来了。机村人第一次发现，原来自己长时期与粪便为伍而不自知，机村人还发现，其实自己也愿意过更干净的生活。村子里的人畜粪没有了，人们又上山去，把森林里的腐殖土背下山来，铺在地里。

当雪线一天一天往高处退去，退过了阔叶树的林带，又退过了针叶树的林带，徘徊在高山草甸时，播种季节来到。种子播下不久，树林返青，先是柳树和杨树，然后是桦树和花楸。等到几场春雨下来，黑土地里就浮现出一层隐约的翠绿。那是麦苗出土了。当庄稼绿成一片的时候，布谷鸟叫了，除草时节来到。那时，大家都觉得，粮食产量真的可以翻一番。看看那些麦苗吧，因为地里上足了肥料，麦苗绿得那么深，像某种绿宝石的颜色。到了夏天，麦苗抽穗时，每一个穗子都前所未有的硕大。人们都欢欣鼓舞，相信一个产量翻一番的收获季就会到来了。可是，社长还是忧心忡忡，他说，全靠肥料，全靠肥料，今年把多年存下的肥料都用光了，明年用什么呢？

机村人因此说这个社长真是个苦命人，该高兴时都不让自己高兴起来。他们想让社长高兴起来，因此都开玩笑说，我们一定要让牛和猪多拉屎，我们也一定要多拉屎，不让社长操心明年没有肥料。工作组说，农家肥没有了，有化肥，大工厂生产的化学肥料。

大家一面议论工厂制造的肥料该是什么样子，一面等待庄稼熟黄。可是，这些长得分外苗壮的庄稼还在拼命生长，不肯熟黄。后来人们回忆说，那一年的庄稼呵，真是长疯了。疯了一样地长，就是不肯熟黄。那些老农民就跟社长一样地忧心忡忡。庄稼再不成熟，高原山地夜间就要下霜了。霜冻会使没有成熟的庄稼颗粒无收。这样的情形真的就在那一年发生了。连续三个夜晚的霜下下来，地里还在灌浆不止的麦子都冻坏了。

那一年，机村有史以来长得最苗壮的庄稼几乎绝收，上面却要按年初上报产量翻番的计划征收公粮。

社长扳着指头算算，最多到次年三月，机村人家家户户都要断粮，也要跟传说中的内地一样饿死人了。

算过这个账，社长觉得自己罪孽深重，上吊死了。

第二件事，阿妈斯炯的哥哥回来了。

他一出现在家里，斯炯就抱着他身子猛烈摇晃，我在山上喊破

了嗓子，你倒是答应一声啊！

斯烔她哥哥虚弱地说，山上？我什么时候在山上？我被关起来了。

原来，这个烧火和尚并没跑到山上去。

那天，他已经收拾好东西，准备回家了。整顿寺庙工作组的一个人给他和另几个和尚一封信，叫他送到县里去。他说，可是，我要回家了。工作组的人和颜悦色，说，去吧，送了这封信再回家。他是天空刚刚露出黎明光色时离开寺院的。

他怀里揣了工作组员给他的信，肩着一个褡裢，往县城而去。褡裢一头装着被褥，一头装了一口锅，一把壶，两只碗，这是他在庙里生活的全部家当。走出好几里地后天亮了，他回望一眼，寺庙已不可见，只可见一座白色佛塔立在寺庙后面的山上。

到县政府，传达室的人接过信看了，笑笑，又把信塞回到他手上，说，你自己送到公安局去吧。他问清了路，把信送到公安局。公安局的人看了信，从腰间拔出手枪，拍在桌子上，他就被戴上手铐了。他还声辩，工作组让我来送信的。公安说，信上说，这个人到了就把他关起来！

我没有犯法。

犯没犯法，写信送你来的人来了就知道了。

然后，他跟好些人一同关在一个大房子里。后来，一起的人都处理了，有了各自的结果。有要坐牢的，也有教育一阵，无罪释放的。就剩他一个人了，始终没有人来看他。看管人的也松懈起来。一个晚上，电闪雷鸣之时，他从窗户上探出头去，没有人喊回去，没有手电光闪过来。他从窗口上跳出去，也没听到人拉动枪栓。他就跑到外面去了。第二天，他还在县城里晃荡了一天，也没有人来抓他。于是，黄昏时分，他就出了县城，往机村的方向去了。

他一进家门，妹妹斯烔就哭喊着摇晃着他，工作组让我到山上找你，你为什么不出来？你为什么现在又自己跑出来。

他还没有来得及辩解，妹妹又喊道，工作组在找你，你到工作组去！

他只好跑到工作组去。他想，人家又没叫他，自己跑去干什么呢？所以，就只在工作组住的那座房子门前徘徊。

这座房子是村子里最漂亮的房子。比村子里所有二层三层的房子都要高上一层。一般的房子是六根柱子，八根柱子，这座房子是十六根柱子。所以，这座房子的主人就成了地主。这座房子为两兄弟所有，他们共同娶一个老婆。工作组在村里做了很多调查研究，也弄不清楚这座房子的真正主人是这两兄弟和他们共同的老婆中的哪一个。本来只有一顶地主的帽子，因为弄不清这三个人哪一个是真正的主人，干脆就又从上面再申请了两顶帽子，这才解决了这个问题。

早在1954年，三个戴了地主帽子的人，就被逐出了这座房子。一层建了供销社，二层三层就成了工作组来村里时的临时住地。

斯烱的哥哥在工作组驻地前徘徊了足足半天时间，看到一个人立在窗前用口琴吹着激昂的乐曲。看见一个穿了灰色干部服的姑娘，提着一个篮子到溪边洗菜。那姑娘唱着歌，蹦蹦跳跳的，都不看他一眼，就从他身边过去了。他想起，前些年，妹妹斯烱就是干这个的，然后，就去了民族干部学校。想到妹妹是因为他，失去了成为干部的机会，这个烧火和尚前所未有地伤心起来。他伤心得泪水迷离。他想，自己真是一个俗人了。早年进庙，落发，披上紫红袈裟，废了在俗家的名，得了法名，称作法海。但这个连老爹都没有的穷孩子，没能投在名僧门下去学去修行，因没有钱财供养上师，只能成为杂役僧，换取衣食，是为烧火和尚。听来一些经文，也都一知半解，自己琢磨，也就是叫人安于天命，少有非分之想的意思。心里起了什么欲念，便是按捺，再按捺。久而久之，人就变得懦弱，而且有些迟钝了。现在，他却悲从中来，任由情绪控制了。天黑下来，这是八月了，楼上飘下来烹煮蘑菇的香味。

这个季节，不是羊肚菌的时光了。

这时是从青枫林里来的松茸登场了。

那个时候，还没有松茸这个名字。那时羊肚菌之外的所有菌类，都笼而统之称为蘑菇。最多为了品种的区分，把生在青枫林中的蘑菇叫作青枫蘑菇，把生在杉树林中的蘑菇叫作杉树蘑菇。

楼上在用红烧猪肉罐头烧这种蘑菇。香味飘到楼下，楼下那个没人理会的法海和尚却因为妹妹和自己奇妙的遭际泪水迷离。

第三件事，斯炯在这一年生了一个孩子。

斯炯上了一年民族干部学校的意义似乎就在于，她有机会重复她阿妈的命运，离开机村走了一遭，两手空空地回来，就用自己的肚子揣回来一个孩子。一个野种。

和尚法海收了泪，回到家中，对妹妹说，没人来理我。

斯炯正在给孩子喂奶，便拍着孩子的脑袋说，舅舅回来了，叫舅舅啊！

孩子吐出奶头，咧开嘴笑，并发出模糊的音节，啊，啊啊。

法海便笑起来。他听到自己的心脏咚咚撞击胸腔。

斯炯说，和尚舅舅，给侄儿取一个名字吧。

法海就说，我亲爱的侄儿还没有名字吗？

斯炯笑道，家里男人不在嘛。

法海抱过侄子，把茶碗里正在融开的酥油蘸了，点在婴儿额上，说，你叫胆巴。

第二天，斯炯上山，滑倒在地，脚蹬开树丛间的青枫树边缘带着尖齿的浮叶，下面露出了一群蘑菇。密密麻麻挤在一起。斯炯不顾被树叶上的尖齿扎痛的双手，笑了，说，蘑菇在开会呢。

斯炯从这群蘑菇中采了十几只样子漂亮，还没有把菌伞撑开的，带下山来。

经过工作组的房子前，她取出一多半，放在院墙头上。一个队员从窗口望见了。说，乡亲，谢谢了！

斯烔怔了一下，他们真的把她看成一个村民，而不是干部了。以前，他们叫她斯烔，更不会为了几只蘑菇就客气地说谢谢。是啊，穿回来的干部服已破得不成样子，叫阿妈改成小裤子小褂子，穿在儿子身上了。

斯烔对楼上说，我哥哥回来了，他给我儿子取了名字，叫胆巴。

那个人听了她的话，扬扬手，从窗口消失了。

她不知道，楼上当年把她名字写成斯烔的人，那位名叫刘元萱的工作组长正在问，刚才斯烔在说什么？

她送了些蘑菇来。

我没问蘑菇，我问她说什么。

她说他哥哥回来了。

回来了，就回来了，叫他老老实实从事生产。

那人就到窗口喊，叫他老老实实从事生产！

可斯烔已经走远了，拐过一个弯，消失不见了。

那人又回身说，她走远了，没有听见。

走远了还喊什么喊？

她儿子有名字了，叫胆巴。

哦，到底是庙里回来的，有点学问嘛！知道元代赵孟頫吗？知道胆巴碑吗？我看你们不知道，这个名字的喇嘛，当过元朝皇帝的帝师啊。你们不知道，我倒要问一问他。

过几天，斯烔上山去，不由得走到那个有很多蘑菇的地方去看上一眼。如果上次是蘑菇开小会，那这回开的是大会了。更多的蘑菇长成好大一片。斯烔知道，自己是遇到传说中的蘑菇圈了。传说圈里的蘑菇是山里所有同类蘑菇的起源，所有蘑菇的祖宗。她又采了一些。下山来，又把一多半放在工作组房子的墙头上。这时窗口上传来声音说，你，不要走，等我一下。

那是工作组长刘元萱，当年送她进了干部学校的那个人。不一会儿，他披衣下来，站在斯烔面前，你哥哥回来了，也不来报个到。

斯烔问，现在吗？

随时。

法海和尚来了。

工作组长复又从楼上披衣下来。问他，出家多少年了。法海回话，十几年了，名叫法海。嚯，这名字也有来历。法海说，我们庙里好几个法海。跟的是哪位上师啊？我家穷，没有布施供养，吃穿都靠着庙里，拜不起上师，就是每天背水烧茶。哦，以前的汉地，有个烧火和尚，叫作惠能，得了大成就成为禅宗六祖，你可知道。法海摇头。你给侄儿起名叫作胆巴，元朝时候，有个帝师，也是藏族人，也叫这名字，你可知道？法海复又摇头，说，村里还有几个男人，也叫胆巴。组长失望了。如此说来，你真的就是个烧火和尚。我是烧火和尚。那么回去吧，好好劳动，努力生产。

法海就转身离去了。

走了几步，和尚法海又回过身来，他对工作组长说，我十一二岁到庙里……

组长在他犹豫的时候插话进来，到底是十一岁还是十二岁？说清楚点。

我十一二岁时就到庙里，除了背水烧火劈柴，什么都不会干。

组长徘徊几步，放羊会吧！早上把羊群赶上坡吃草，下午把它们从坡上赶下来！

这样，和尚法海就成了村里的牧羊人。

进屋时，斯烔正在一只平底锅中把酥油化开，把白生生的蘑菇片煎得焦黄。这是她在工作组时学来的做法。蘑菇没下锅时，有奇异复杂的香味，像是泥土味，像是青草味，像是松脂味，煎在锅里，那些味道消散一些，仿佛又有了肉香味。机村人的饮食，自来原始粗放，舌头与鼻子都不习惯这么丰富的味道。所以，面对妹妹斯烔放在他碗中的煎蘑菇片，法海并无食欲。

斯烔说，吃吧，这样可以少吃些粮食。都说社里的粮食吃不到

16

明年春天。

法海像个孩子一样抱怨，我们从来都只是吃粮食、肉和奶的。

斯炯像个上师一样说，也许一个什么都得吃点的时候到来了。

1961 年，1962 年，后来机村人回忆说，那时我们的胃里装下了山野里多少东西啊！原来山里有这么多东西是可以用来填饱肚子的呀。栎树籽、珠芽蓼籽、蕨草的根，还有汉语叫人参果本地话叫蕨玛的委陵菜的粒状根，都是淀粉丰富的食物。还吃各种野草，春天是荨麻的嫩苗、苦菜，夏天是碎米荠的空心的茎，水芹菜和鹿耳韭。秋天。秋天各种蘑菇就下来了，那也是机村人开始认识各种蘑菇的年代。羊肚菌之外，松软而硕大的牛肚菌，粉红浑圆的鹅蛋菌，还有种分岔很多却没有菌伞的蘑菇，人们替它起个名字叫扫把菌，后来，刘元萱组长说，不用这么粗俗嘛，像海里的珊瑚树，就叫珊瑚菌吧。

是工作组和从内地的汉人地方出来逃荒的人教会了机村人采集和烹煮这些东西。

工作组略过不说。那个逃荒回来的人是吴掌柜，他当年是机村东头那条小街上的旅店掌柜。公路修通后，他们一家人就回内地老家去了。

那天，法海和尚上山放羊。

那天，他赶着羊群，经过人们不常去的那段石板铺就的荒废小街。那百十米长的街道上，石板缝里长满了荒草。羊群走过去，碰折了牛耳大黄和牛蒡，散发出一种酸酸的味道。街两边早午的店铺顶都塌陷了，板壁也在朽腐中，斯炯当年帮工时用木炭描在上面的字迹已经相当模糊了。这荒凉的废墟中，似乎有鬼魂游荡。法海口里念动咒语，心里就安定了。

下午赶着羊群再次经过这个废弃的街道时，他仿佛看见，某一座房顶上缭绕着若有若无的蓝烟。他耸耸鼻子，闻到了烟的味道，

是湿柴燃烧的浑浊的味道。他心惊肉跳地催动羊群快速通过了那条街道。

晚上，斯焖煮了一大锅汤，里面只有很少的面片，其余都是蘑菇。

放下饭碗，法海开口了。我看见了奇怪的事，说出来怕人说我宣传封建迷信。

斯焖说，这是在家里，只有我和阿妈。

法海才说，我碰到鬼了。

斯焖没说什么，只看了阿妈一眼。阿妈也不以为怪。

他说，他在老街上遇到鬼了。那些鬼在破房子里生火，还在破窗户下晾晒了野菜和蘑菇。

斯焖说，不要说了，再说，我以后不敢再去那地方了。

法海笑了，说，我看到你以前写在板壁上的字还在呢。

斯焖沉下脸来，那是另一个人写下的。一个鬼写下的。

连着下了几天雨。

天气也一天冷过一天。山下下雨，山上起了雾，把山林和天空都遮得严严实实，寒气四起。机村人知道，那是山上的雨已经变成了雪。但是地里的庄稼还没有收回来，空气中充满了那些没有结穗的麦草在雨水中沤烂的味道。那是令人绝望的味道。

终于，无有边际的冰凉雨水止住了，云缝中放出耀眼的阳光。

那时，斯焖正在屋里跟阿妈说话。

阿妈说，这么多雨，不要说庄稼，地里的草都沤烂了，没有指望了。

法海说，烂了就烂了吧，人反正也不能靠吃草过活。

斯焖说，我操心的不是这个，是雨把青稞和蘑菇都沤烂了，那才是不让人活。好在太阳出来了。

说完，她就把孩子塞到他外婆怀里，出门去了。

连续阴雨后的荒野真是凄楚。林子里的蘑菇都腐烂了。那么大一个蘑菇圈里，起码有两三百朵蘑菇，经过连天阴雨，只剩下十几朵没有腐烂。她赶紧把它们收集起来。斯炯觉得，蘑菇腐烂的气味令她有些心伤。于是，她抬起头来，把视线转移到树上，她看到青枫树籽还一粒粒挂在枝头上，拇指头那么大一颗颗的果实，紧嵌在褐色壳斗中，闪闪发光。斯炯想，不成熟的庄稼烂在地里，等太阳把树上的水气晒干，就该到树林里来搞秋收了。她的心情立即就好多了，觉得笑容浮现在了脸上。她抬手在脸上抚摸一阵，把双手举在眼前，并没有看到笑容转移到手掌之上。

出了树林，斯炯对自己说，太蠢了，笑怎么会跑到手上。

但她知道自己笑得更厉害了，于是一边走，一边把手举在眼前，想看到上面确实有笑容出现。

她一路想青枫树上那些饱满的亮锃锃籽实，一面笑着。这是饥荒将要驾临机村的时候，她知道，有了这些籽实，他们一家就能熬过荒年。她在说，阿妈，看着吧，哥哥看着吧，儿子看着吧，我能让一家人度过荒年。

等到她觉得走到了家门口，要抬手推门时，才吃了一惊。

她不在村子里自家的门前！

她发现自己站在那条荒废已久的小街上。她不敢对自己说，一定是遇见鬼了。那时的机村人相信，有一种鬼会把人引到他们的地盘上。

斯炯想起了哥哥的话，说她以前用木炭描在板壁上的字还在。她想，那是鬼在引我呢。脚步却止不住，很快就来到了她帮过佣的吴记旅店门前。她描下的字真的还在，但被风吹日晒雨淋，不只是字迹已经快淡到没有，连木板的棕褐色也将消失殆尽，变成了一片惨白。她伸出手，要去摸摸那些淡淡的字迹，木板就破碎了。不是她手碰触到的那一小块，而是整个一面板壁都塌下来。腐烂的板壁塌下来的时候，没有一点声响，就是悄然下滑，变成一些细碎的粉

末，堆在她脚前。店铺的内部一下在她面前洞开。

接下来，她看到了一堆有气无力的燃着的火，看到了一个人，一个老人，面容悲戚坐在火边。

斯焖惊呆了，哥哥法海说有鬼，现在，一个鬼真的出现在她面前了。

那个鬼抬起眼皮，看着她，哑声说，是斯焖吧。

斯焖不敢惊叫，小声说，鬼啊！

那个鬼说，我不是鬼，我是吴掌柜。

斯焖想跑，却挪不动步子，恐惧把她的双脚钉住了。

那个鬼又说，你仔细看看，我是吴掌柜。

这回，斯焖从这个鬼身上看出一点过去那个掌柜的影子。小眼睛，山羊胡须。斯焖战战兢兢问，掌柜，你死了吗？

我没死。

那你的鬼怎么回来了。

掌柜的嘴里发出了哭声，我们一家七口人从这里走的，只有我一个人回来了，变鬼的那些人都回不来了。掌柜哭泣的时候，眼泪鼻涕从那沟沟坎坎的脸上慢慢滑下来，最后，都亮晶晶地挂在了那几绺花白干枯的胡子上。掌柜又伸出一双瘦脚，两只脚上套着不一样的鞋子，两只鞋底都已经磨穿。他说，要是捡不到这些鞋，我都走不到这里了，走不到你们蛮子地方了。

斯焖问了一句话，你走来这里干什么？

掌柜小心翼翼地问了一句话，我惹你不高兴了？

斯焖在民族干部学校学到的东西涌上心头，涌到嘴边。不准说蛮子地方，解放了，民族政策，要说少数民族地方。

是啊，是啊，解放了，说错话也是不允许的。我想我只有走到这里才有活路。山上有东西呀！山上有肉呀！飞禽走兽都是啊！还有那么多野菜蘑菇，都是叫人活命的东西呀！

听着这些话，斯焖也变得眼泪汪汪了。

以前的掌柜说，我想求你要点东西。

斯烔说，呀，掌柜，现在我们一家为省点粮食，吃得满身都是蘑菇味，哪里还有东西可以施舍给你呀！

掌柜笑了，斯烔长大了，会哭穷了。他笑着的时候，露出了通红的水淋淋的牙龈。

斯烔想起，以前掌柜的牙齿就不好，吃完饭，就用腰上挂着的一只象牙签剔牙。他从牙缝里剔出的都是牛肉羊肉或者野物肉的粗纤维。他会举着这些细肉丝在眼前，感叹自己的苦命。感叹自己在老家立足不住，来到这只能吃肉而少有菜吃的地方。他常常举着牙缝里剔出来的肉丝怀念家乡那些菜，豆腐、豆花、莲藕、笋、丝瓜、豆尖……这样的结果是，他的牙缝越来越宽，从牙缝里剔出的肉纤维越来越多。那时，掌柜就这样天天诅咒这个蛮子地方，诅咒自己开的这个店。

现在，他那些稀松的牙齿快掉光了，嘴里就剩下颜色鲜艳的让人恶心的牙龈。

他对斯烔说，给我一小块肉吧，我满身都是草的味道了。

斯烔想起以前他讨厌肉的样子，说，没有肉了。同时，嘴和喉舌间唾液泛起，生起了她对肉的怀想。

掌柜又哀求，我要盐，不然，往肚子里塞再多野菜和蘑菇，我也站不起来了。

斯烔笑了，有了供销社，盐可比以前便宜多了。

掌柜又露出他满嘴令人恶心的牙龈，他说，我吃了两只土拨鼠，好多泥鳅，和着野菜一起煮，但没有盐，身上还是没有力气，我都快站不起来了。他说，只要你给我一些盐，身上有了力气，我就能弄到更多的肉。

斯烔回家，告诉放羊的哥哥，说老街上没有鬼，是以前的只掌柜偷跑回来了。斯烔包了些盐在旧报纸里，让哥哥放羊时顺便送去。

哥哥不同意，说，千里万里的，说回来就回来了，你怎么晓得

他不是个鬼?

斯炯说,你是和尚,念两句咒,就是鬼也镇住了。

哥哥说,我不是大喇嘛,一个烧火和尚的咒怕是没有那么大法力吧。

斯炯却抽不出时间往那条废弃了的老街上去。雨水一停,工作组就组织全部劳动力抢收地里那些因肥力过度而不能成熟的麦子。工作组在动员会上说,收不到粮食,但这些麦草都是很好的饲草,可以把集体的牛羊喂得又肥又壮,庄稼怕肥,难道牲口也怕肥吗?组长有学问,说了一句村里人不懂,工作组里人也大多不懂的话,失之东隅,收之桑榆。这句话经过多次解释,多重翻译,终于让村里人听懂了。这句经过多次翻译的话最后成了这样:太阳出来时没有得到的,会在太阳落山时得到。

有人说怪话,说太阳出来时失去的粮食,太阳落山时变成了草。

工作组说,草喂牛喂羊,就变成了肉,所以,太阳落山时就得到了肉。

收割下来的草太多了,晒在栅栏上,一束束挂在树上,整个村子充满了正在干燥的麦草散发的清香。放羊的法海和尚更忙了,夜里起来两次,往羊圈里添那些草。他的羊群吃着这些肥美的麦草,胀得都走不了路了。早上,羊栏门打开,它们都惺忪着眼睛,又肥又懒,赖在圈里不肯上山了。

斯炯只好在一个黄昏,带着满身的麦草香亲自把盐送给吴掌柜。

吴掌柜守着一坑微火,火上架着半边铁锅,里面的野菜都煮成了糊,他又流下眼泪,望眼欲穿,望眼欲穿呀!若大旱之望云霓呀!他直接把一撮盐入在口中,吃了,又往野菜糊里放了许多,也呼呼噜噜地喝了。他心满意足地拍着肚皮,说,斯炯,你的家乡真是好地方,这么大的山野,饿不死人的呀!

斯炯就想起他以前诅咒这蛮子地方的情形来。

还没等斯炯开口,提提这些旧事,掌柜又哭了起来,可是,这么好的地方，我是待不长啊！

斯烔说，你就待在这里，怎么待不长？

掌柜说，现在不是随便跑来跑去的时代了。我的户口不在这个地方。我的户口在饿死人的地方。

虽然不时有传言说，内地的汉人地方这两三年都饿死人了，她还是不能相信掌柜一家都死得只剩下他一个人了。掌柜吃了盐，更有力气絮絮叨叨了。这让斯烔有些不耐烦。她看见月光越过墙头落在脚前，就要告辞离开了。掌柜说，你不要走，山里好多野菜都可以吃，你们不认识，我把那些野菜教给你。他从墙头上拿下晾得半干的野菜。斯烔一看，眼前就出现它们长在野地摇晃在风中的样子。她说，好吧，我知道它们可以吃了。然后，她就离开了。

吴掌柜说，过几天，你再来，我还教你认识更多的野菜。他说，你要再带些盐巴来啊！

斯烔没有回头，走在杂草丛生的老街上，前方的天空中半轮月亮在云彩中进进出出，她心里想，可怜的掌柜到底是个人还是个鬼呢？

回到家里，哥哥等在院门口不让她进门。他口里念念有词，端着一只燃着柏枝的香炉，把她周身细细熏过。这才放她进门，你不怕鬼，但不能把鬼气带回家里来。

熏完香，哥哥看她上楼，回身又往羊栏添草去了。

荒废的老街上有鬼的消息在村子里传开。

斯烔沉默不言，走在山野里，看到吴掌柜指给她的野菜，她心里就想，原来这些都是可以吃的。都是看见就认识却没有名字的。多少年后，在县里当了干部的儿子，想念山野的味道了，会捎信来说，请阿妈采些碎米荠来吧，请阿妈掐些荨麻苗吧。当然，也会捎信说，请阿妈带着新鲜的松茸来看孙儿吧。她才知道这些野菜和蘑菇的名字了。直到这时，她也才晓得，蘑菇是所有菌子的名字。她

守了几十年的蘑菇圈里的蘑菇还有自己的名字。

但那是很久以后的事情了。

那时，她对这些还一无所知。她只是听凭逃荒的吴掌柜的指点，比村里人多认识了几种野菜。吴掌柜吃了盐，还是有气无力的样子，对她说，斯烱啊，还有蘑菇。蘑菇不像野菜，四出随风，无有定处。蘑菇的子子孙孙也会四处散布，但祖宗蘑菇是不动的。它们就稳稳当当待在蘑菇圈里，年年都在那里。

斯烱笑起来，我已经有一个蘑菇圈了。

真的，那你是一个有福气的人啊。

斯烱心里因他这话而有些悲伤，她想起民族干部学校干净的床铺，书，笔记本，但她随即转了话题，说，你都吃了那么多盐，怎么还是有气无力的样子啊！

吴掌柜沉默了。后来，他说，悲伤，是悲伤，我这几天才有力气想，这样活下去又如何呢？吴掌柜又笑了。他笑着说，我看我是活不下去了。这一回，他没有坐在破房子的火边不动，而是伴着斯烱穿过荒废的长满了荨麻、臭蒿和牛耳大黄的街道。走到当年的街口了，掌柜说，这棵丁香还在啊！斯烱就想起来，五六月份时，当年的街口真有一棵盛放的，香气浓烈的花树。现在，它只是纷披着盛密的绿叶，在太阳下闪闪发光。而山坡上的桦树林已经开始泛黄了。

吴掌柜说，好心的斯烱啊，你不用再来看我了，我要走了。

斯烱说，你又要回老家去吗？

吴掌柜说，冬天要来了。

斯烱回身，视线穿过那条短促而荒芜的街道，看到更远处的峡谷，和峡谷尽头那座雪山。吴掌柜的老家就在山那边什么地方。

斯烱说，多远的路啊！其实，她并不知道那路到底有多远。

吴掌柜笑笑，说远也远，说近也近，说不定一眨眼工夫就到了。

斯烱是个没心眼的人，听不懂吴掌柜是话中有话。又过了几天，她才明白掌柜说要走了是什么意思。

那天半夜，村外山坡上燃起了一大堆火。

工作组分析，这不是普通的火，是潜伏特务给反攻大陆的台湾蒋匪帮的飞机发信号。以前，台湾也有东西到山里来过，不是飞机，是大气球。大气球飞到村子上空，就爆开了，撒得满山都是彩色纸片。这些纸片画了什么或写了什么，斯炯没有见过。传单都被上山搜查的民兵捡干净了。和传单一起从天上下来的还有包裹得花花绿绿的糖果，期炯和村里人见过但没有尝到过。工作组说了，这些糖果上粘了毒药，是蒋匪帮毒杀人民的诱饵。工作组得知山上燃起大火这一天，村里立即响起尖利急促的口哨声。民兵集合，向山上掩杀而去。全村人都在山下观看。人们看到，在杉树和栎树混生的林子和草坡之间，民兵们形成了一个包围圈，把昨夜燃起火堆的地方包围起来。包围圈越来越小。斯炯开始担心了。她把手指头伸进嘴里，用牙齿紧紧咬住。有几个民兵再往右边的林子靠近一些，就要发现她的蘑菇圈了。他们端着枪，离她的蘑菇圈越来越近。斯炯都要叫出声来了。那几个端着枪的人距她那隐秘的地方实在是太近了。她想，要是那些蘑菇像人一样，懂得害怕，一定就会尖叫着四散奔逃了。

这时，山上有人发一声喊，民兵们齐齐扑向一个地方，齐齐把枪指在了地上。

后来，他们就两手空空下山来了。

大家又回到地里收割和搬运那些穗子没有成熟的肥壮麦草。他们什么也没说，但一股神秘的气氛还是从人们中间四散开来。村民们开始议论遥远的，他们一无所知的台湾。

这气氛也感染了斯炯。晚上，吃蘑菇野菜面片汤的时候，斯炯对哥哥说，山上一定有民兵没有捡干净的纸片。可可说有时会看到，但都被雨淋坏，被羊咬破了。

法海说，羊都不肯咽下去的东西，你要来干什么？

斯烱说，我就是想看看。

法海抱怨，吃了那么多麦草，羊都不肯上山，每天把它们赶上山，就把我累坏了，还要替你找什么纸片。

斯烱用汤里的面片喂饱了儿子，把他塞到法海怀里，稀里呼噜地喝起面片汤来。他们不知道，这时，民兵又按工作组的安排悄悄摸上山去了。白天，他们冲上山去，只在包围圈中心发现一些灰烬，一些浮炭，还有几根啃光的肉骨头。这一回，民兵们趁月亮还没有起来，摸上山去潜伏下来。但是，这个晚上，那个燃火的人没有出现。连着三个晚上，那个燃火的人都没有出现。于是，民兵也就停止了潜伏行动。

民兵停止潜伏行动的这个晚上，吃晚饭时，斯烱对哥哥说，对你侄儿笑笑，不要把脸弄得那么难看。

法海抱怨，吃这么多野菜和蘑菇，脸好看不了。

斯烱的脸也难看起来，不给他盛面片汤，也不把儿子塞到他怀中。

法海自己觉得没道理了，他说，斯烱啊，我好像丢了一只羊。

斯烱立即放下饭碗。

我数过，一百三十八。前天数，一百三十八，昨天数，一百三十八。本来是一百三十九只啊！

今天没数？

哥哥低下头，我不想数了。

斯烱起身，马上去数！

哥哥说，天黑，看不见啊！这时，他还不知道，今天他又丢了一只羊。

这时，儿子哭了起来。平时就是哭也只是小小地哭上两三声的儿子这回却哭个不停。

法海和尚没有侍弄孩子的经验，只一迭声地说，胆巴他怎么了，胆巴你怎么了。

胆巴继续哇哇大哭。

斯烱抱着儿子，絮絮叨叨，胆巴怪舅舅不懂事呢。舅舅嫌饭不好呢。舅舅丢了羊呢。舅舅让妈妈成不了干部呢。说着说着，自己眼里的泪水就滑下来，挂在脸上。这时，村子里响起了急促的哨子声。金属口哨声响亮而又尖利，刺得人耳朵生痛。

山上那个火堆又燃起来了。

全村人都从屋子里出来，望着山坡上那堆篝火。那堆火并不特别盛大明亮，而是闪闪烁烁，明灭不定。民兵们发起冲锋，散开战斗队形，扑向山上那一堆野火。

这一回，他们没有扑空，一个人坐在火边，眼光明亮贪婪，在啃食一只羊腿。这只羊腿是来自法海放牧的羊群中的第二只羊。那个人就是逃荒回来的吴掌柜。他的山羊胡须上沾着的羊油闪闪发光。民兵们拉开了枪刺和没有拉开枪刺的枪齐齐指向他。吴掌柜叹口气，脸上露出奇怪的笑容，他站起身来，自己把手背到背后，让人来绑。上绳索的时候，他又很奇怪地笑了一下，说，没想到，临了还能做个饱死鬼。

吴掌柜当时说的话，后来从民兵嘴里传出来的，斯烱和别的村民一样，并没有亲耳听见。她和别的村民一样，当时只看到山上的火灭了，又看到一串手电光从山上下来，看到一个被反绑了双手的人被带进了工作组在的那座房子里。

那是机村少有的一个不眠之夜。很多人都认出来那个山羊胡须的吴掌柜。他们一家在村东头那条曾经的小街上开了十多年的店。他们在公路修通，驿道凋敝时离开机村，回到老家。人们还记得他离开时，带着一家老小转遍整个村子，挨家鞠躬告别的情形。但村里没人知道他何时回来，为什么回来，而且这样行事奇特，要偷杀合作社的羊，并于半夜在山上生一堆火，在那里烤食羊腿。只有斯烱知道他是出来逃荒的。知道他这么做是不想活了。

早上，民兵们要把吴掌柜押到县里去。

村里人都聚集在村中广场上，来看这个消失多年又突然现身的吴掌柜。他脸上仍然挂着奇怪的笑容。他已经变得花白的山羊胡须上仍然凝结着亮晶晶的羊油。

他的眼光在人群里搜寻。斯焖知道，他是在寻找自己。起初，斯焖躲在人群背后，不敢露脸，但她看到吴掌柜脸上露出了焦急的神情，斯焖想，这个可怜人是要跟自己告别。她便奋力挤进人群，站在了他面前。吴掌柜舒了一口气，他说，我回机村来是对的，临了还能做一个饱死鬼。

斯焖忍住眼泪，面无表情地站在吴掌柜面前。

掌柜说，斯焖啊，我看到你的蘑菇圈了。真是一个好蘑菇圈。吴掌柜又悄声说，你要去看看你的蘑菇圈。

斯焖说，天凉了，十几天前就没有蘑菇生长了。

吴掌柜很固执，去看看，说不定又长出什么来了。

民兵横横手里的步枪，说，住嘴！

本来想反驳吴掌柜的斯焖就不说话了。

吴掌柜被民兵押着上路了。

走到村口，往西北去，是开阔谷地，往东，河水大转弯那里，有一堵不高的石崖。崖顶上长着几株老柏树，树下面十几米，河水冲撞着崖壁，溅着白浪，激起漩涡。崖上的路，也在那里和河水一起转而向南。吴掌柜没有随着道路一起转弯，他一直往东走，走到了一株老柏树跟前。他回过头，看了尾随而行的看热闹的人群一眼，再转身直接往前，直到双脚踏空，跌下了悬崖，在河水溅起了一朵浪花。只有两个押送的民兵看到了那朵短暂的浪花。等其他人也扑到崖顶，看那河水时，浪花已经消失了。跌进水中的人也消失不见了。后来，那个没有了魂魄的尸身从下游几百米处冒上了水面，没有人试着要去打捞这具尸体，只是望着他载沉载浮，往他家乡的方向去了。

斯焖害怕得要命，没敢走到崖前向河里张望。她浑身颤抖往家里走去。回家的路上，她看见法海正赶着羊群上山，羊群去往的地方，正是昨晚民兵把掌柜抓下山来的那个地方。

她也就跟着爬上山去。

她追上法海的时候，羊群已经在泛黄的秋草间四散开去。法海站在一摊灰烬前发呆。昨夜，那里还是一团闪烁不定的火光，现在却只是一些暗白色灰烬和一些黑色的浮炭。斯炯盯着那了无生气的火堆的遗迹，眼泪潸然而下。法海和尚却在笑。他说，幸好民兵抓住了他，不然，他们会说我破坏集体经济，他们会怀疑是我吃了那两只羊。

斯炯流着泪，说，吴掌柜跳河了。

法海和尚平静地说，他是解脱了。

斯炯说，我害怕，他最后的话是对我说的。

法海和尚说了让斯炯记得住一辈子的话，他说，你是怕他变鬼吗？没有庙，没有帮忙超度的人，他变鬼有什么用呢？他用脚拨弄灰烬旁那段羊腿骨，说出了心中的疑问，他杀了我两只羊，为什么只有一段羊腿骨，难道他饿到连那些骨头都吃了？

斯炯对法海这样的表现很失望，觉得他是个没脑子，同时更是个没心没肺的人，便离开他转身下山。这时，她耳边响起了吴掌柜最后的话，那嘶哑而又平静的声音在对她说，斯炯，去看看你的蘑菇圈吧。

她绕了一个弯，避开放羊的法海，钻进了树林，轻手轻脚，来到了她的蘑菇圈跟前。几株栎树，几丛高山柳之间，是一片湿漉漉的林中空地。曾经密密麻麻，采了又生，采了又生的蘑菇全都消失了。只有颜色变得黯淡的落叶，枯萎的秋草，显出一种特别凄凉的情景。蘑菇们都被秋雨淋回地下，要明年的夏末秋初才肯露头了。斯炯想，吴掌柜叫我来看什么呢？一定是他临死前害怕得神志不清了。

但她随即又否定了自己，今天早上吴掌柜的样子，是他潜回机

村来后最镇定自若的。斯炯不是一个脑子灵活的人，更不是个要强迫自己去想那些难以想清楚的事情的人。于是，她转过身来，带着一点失望的心情离开她的蘑菇圈。这时，她看见一只狐狸隔着一丛柳树探头探脑地向她张望。等她走出了二三十步，那只狐狸就从柳树丛后跳了出来，伏下身子在泥地上飞快地刨将进来，狐狸的头埋进了浮土和枯枝败叶中，斯炯只看到它高高竖起的尾巴在眼前摇晃不休，看到被狐狸刨出来的泥巴与枯叶在尾巴周围飞起又落下。

接着，她就闻到了肉的味道，带血的生肉的味道。

这一刻，她明白了吴掌柜那句话的意思。她冲上去，狐狸跑开。她从狐狸刨出的小洞中看见了一颗羊头。这回，是那只不甘心的狐狸隔着柳丛向她张望。她紧抓住两只羊角，口里哼哼有声，把一只羊从地下拖了出来。那是用一张剥下的羊皮包裹着的缺了一条腿的羊。也就是说，这只羊还有三条腿和一整个身子。而且，还是一只肥羊。

斯炯先是吃惊，然后就笑了起来。

她知道自己不能现在就背负羊肉下山，她更知道，要是把羊肉留在山上，那这只眼睛放光的狐狸什么都不会给她剩下。于是，她重新把羊肉埋在浮土中，把身子坐在上面，紧盯着狐狸开始歌唱。

她唱当地的歌。那歌唱的是春天到来时，草原上有三种颜色的花朵要竞相开放。蓝色的花，红色的花和金黄色的花错杂开放，那就是春天来到人间，犹如天堂。

她又用汉语唱这些年流行开来的歌。社会主义好，社会主义好。毛主席呀派人来，雪山低头向那彩云把路开。雄赳赳气昂昂跨过鸭绿江，保和平卫祖国就是保家乡。她不知道，那些跨过鸭绿江的军人早几年就已经班师回朝了。

她一直唱到盯着她不明所以的狐狸从眼前消失了。

那一天，闻到肉味来到她跟前的还有一只臭烘烘的獾，两只猞猁和好几只乌鸦。那几只乌鸦是一齐飞来的，它们停在栎树的横枝上，呱呱叫个不停。那声音让斯炯感到害怕，但她还是坚持坐在掩藏着羊肉的浮土上一动不动。她看见，躺在高处草坡上睡觉的法海被这群乌鸦吵得不耐烦了，站起身来，又是挥动手臂，又是长声吼叫，终于把那些乌鸦轰跑了。

斯炯想，这个和尚哥哥还是能帮上一点忙的。这样的想法使她感到安慰和温暖。

这样的温暖一直持续到她晚上把羊肉背回家里。

回到家时，法海不在，工作组要调查那只羊是如何被吴掌柜偷走的，他被叫去问话了。这使斯炯有足够的时间把羊肉挂到房梁上，让火塘里的烟熏着。她有把握，法海和尚是不会抬头往黑黢黢的房顶张望的。他总是低着头，总像是在看着自己的心。这个烧火和尚总是以这样的姿势，在默诵他十几年的寺庙生涯中习得的简单的经文与偈咒。除此之外，这个家里不会有人来。

本来，她想煮一块羊肉，让家里每个人，母亲，儿子还有哥哥和自己都喝上一碗香喷喷的羊汤，但她克制住了这样的冲动。她知道，这样做会让哥哥感到害怕。而母亲看着这一切，一言不发。自从她和法海回到这个家，他们的母亲就像被夏天的雷电劈了，不关心身边的事情，甚至也不再跟人说话。

忙完这一切，法海回来了。他端着手里的蘑菇土豆和面片三合一的汤，还说怪话，来世我不会变成一朵蘑菇吧。

斯炯说，没听说过有这样的转生啊。

法海说，蘑菇好啊，什么也不想，就静静地待在柳树阴凉下，也是一种自在啊！

斯炯笑了，哥哥的话让她想起一朵朵蘑菇在树荫下，圆滚滚的身子，那么静默却那么热烈地散发着喷喷香的味道。

法海又说，明天，他们要找你问话呢。

斯炯说，人都死了，问就问吧。

几天后，村子里出来一张布告。说吴犯芝圃，身为剥削阶级，

仇视社会主义，逃离原籍，四处流窜，响应国际反华逆流，破坏集体经济，被高度警惕的人民群众捕获后，畏罪自杀，罪有应得，遗臭万年！那张布告跟那年头流行的盖了人民法院大印的布告不一样，是用墨汁饱满的毛笔写下的，出自当年为斯烔的名字定下汉字写法的工作组长刘元萱的手笔。

听人念了，解释了布告的意思，斯烔和机村人才知道吴掌柜的全名，叫吴芝圃。

这个名字被机村人念叨了好几年。那一年正好是十来岁的那批机村孩子，行夜路时互相吓唬，就会用不准确的汉字发音发一声喊，芝圃来了！

饥荒年过去了三四年后，那批孩子自觉已经长大成人，不再玩这个看起来幼稚的游戏。一批新的半大孩子，在村中呼啸而来又呼啸而去时，有了新发明出来恐吓同伴的游戏。他们时兴的是，突然从一个隐蔽处窜到同伴身后，把一截木棍顶在人腰间，大喝一声，缴枪不杀！这是对每月一次在村中广场上演的露天电影的认真模仿。

斯烔的儿子也快到上学的年纪了。斯烔的儿子长得比村里别的同年的孩子都白净高大。在这群饥馑年出生的瘦弱孩子中特别显眼。斯烔知道，都是吴掌柜留下的那头羊的功劳。

胆巴学那些大孩子，把一截木棍顶在舅舅腰间，说，举起手来，缴枪不杀！

他不知道舅舅是前和尚，一个并不明白高深教理的坚定佛教徒，所以，他坚决不肯举起手来。

没有得到响应的侄儿便咧开嘴哭了。

斯烔把儿子揽到怀中，你早该知道舅舅是没良心的人。

法海回击，动不动想用枪指人，喊打喊杀，才是没良心的人。

斯烔想说的是，家里这个男人除了上山放羊，几乎什么也不会干。但她不想把这样伤人的话说出口来。她只是说，请家里的两个男人不要吵闹，我们要吃晚饭了。

这已经是 1965 年了。

斯烔家的晚饭还是煮面片。但这是真正的煮面片。浓稠的汤，筋道的面片，里面有肉，还和着少许的白菜叶子。一碗吃得人身上发热，两碗下肚，斯烔面色潮红，法海的光头上已布满粒粒汗珠。胆巴笑起来，说舅舅的脑袋像早上院子里的石头。斯烔也笑了，她对哥哥说，这孩子怎么想起来这么一个比方。

舅舅把侄儿揽在怀中坐下，一本正经赞叹道，想得起奇妙比喻的脑袋是不一般的脑袋！

早晨，初秋时节，那些清冷的早上，院子里光滑的石头是确实会凝结满一颗颗珠圆玉润的露水，真还像极了法海和尚头上那些亮晶晶的汗珠。

斯烔突然像个少女一样咯咯地笑起来，傻儿子，石头结露水时那么冰凉，舅舅的汗是热出来的！

法海打了一个嗝，复又赞叹道，呀，都是麦子香和油香，我身上的蘑菇和野菜味快没有了。

斯烔说，要记住是蘑菇和野菜味让我们挺过了荒年！斯烔又说，还有一只羊。

法海念一声阿弥陀佛，说，为什么人只为活着也要犯下罪过。

也是因为哥哥这句话，第二天，斯烔瞅个空就上山去了。路上，看见可以充饥的野菜，想起都是那年吴掌柜教她认识的。掌柜穿着一样一只的鞋，指给她野荠菜，说这是吃茎的叶的，指着蕨说，这是要挖出根来取粉，混合了麦面一起吃的。吴掌柜年轻时，顺着驿道吃着这些野菜逃荒到山里来。后来成了驿道上的旅店掌柜。斯烔记得，旅店前面的柜台上还摆放着些针头线脑的小杂货，柜台后还有一只酒坛子，里面泡满了从山野里采来的草药。吴掌柜常常坐在柜台后面，舀一小碗酒，滋滋溜溜地喝着，满脸红光，目光明亮。第二次逃荒到山里，就再也指望不上这样的小光景了。

斯烔已经有几年没来看过这个蘑菇圈了。

新生的灌丛把她当年频繁进入林中的踏出的小路都封住了。她费了好大的劲，才钻进了那块小小的林中空地。阳光从高大栎树的缝隙间漏下来，斑斑点点地落在地上，照亮了那些蘑菇。蘑菇圈又扩大了一些，几乎要将这块林中空地全部占领了。一对松鸡各自守着一只蘑菇，从容地啄食。斯炯钻进树丛时，它们停顿了一下，做出要奔跑起飞的姿态。

经过了饥荒年景的斯炯，见了吃东西的，不论是人还是兽，还是鸟，都心怀悲悯之情，她止住脚步，一边往后退，一边小声说，慢慢吃，慢慢吃啊，我只是来看看。两只松鸡昂着头，红色眼眶中的眼睛骨碌骨碌转动一阵，好像是寻思着明白了这个人说的话，又低头去吸食蘑菇的伞盖了。

看到蘑菇圈还在，松鸡也安好，斯炯脸上带着笑容走下山去。

就在她下山的路上，她看到一辆卡车停在村前，人们正在从车上往下卸行李。这是撤走了几年的工作组又进村来了。

这一回的工作组名叫四清工作组。

斯炯走到工作组的驻地去看热闹。看村里新的靠工作组近的人把他们的行李搬进楼里。当年，她在工作组帮忙时，村里那些不进步的人就像她现在这样，懒懒地倚在院墙上，看工作组和积极分子楼上楼下，院里院外地进进出出。她不再是当年干干净净精精神神的样子了。现在的她，脸上黯淡无光，身上的衣服有些肮脏，一双套在脚上的靴子也松松垮垮。

当年把她的名字写成斯炯的组长刘元萱还在，还是穿着前胸口袋插着只钢笔的旧军装。只是这位已经四进机村的干部，这回已经不复以前的神气了。这回指挥若定，自信满满的是一个瘦小女人。

这个瘦小女人站在那里发号施令，刘元萱和别人一起进进出出楼上楼下地搬运行李。每一次，他都经过斯炯的面前，一副不认识斯炯的样子。斯炯并不在意，她从来没有让他认出来的期待。但在第三次经过她面前的时候，他停下了步子，把左手提着的网兜捯到右手，又从右手上捯到左手。这样捯来捯去的时候，网兜里的搪瓷脸盆和搪瓷缸子搪瓷碗相互碰撞，发出丁丁当当的声响。他想说句什么话，但始终没有说出来。斯炯看到他眼睛里出现了愧疚的神情。他的鬓角上出现了稀疏的白发。斯炯觉得，心脏被一只看不见的手狠揪了一下。没等他说出话来，斯炯就转身离开了。

那时的工作组每天都跟社员一起下地劳动。那个身材瘦小的女人领着大家唱歌，休息时，又给大家读《人民日报》上的文章。这在当年，都是刘组长的事情。现在，他和社员们一起坐在地边，口里嚼着草茎，神情茫然。

很多人都说，刘组长一定是犯了什么错误了。

斯炯的想法却不一样。她想，这个人反倒可以休息一下了。不像那个女组长，把自己累得脸色蜡黄。

晚上开会，女组长讲得慷慨激昂，谁都不知道她那瘦小的身体里哪能储存那么多的能量。工作组把村里的干部都换过了一遍。晚上，或者不能下地的雨雪天，女工作组长还挨家挨户地走访。对斯炯的走访，是一个下雪天。

她脸色苍白，摇摇晃晃地出现在斯炯家的火塘边。她弯着腰，把硬壳的笔记本顶在肚子上，半天开不了口。

斯炯抱出被子来在她背后做成一个软靠，在热茶里多兑了些奶，放在她面前，斯炯说，不要忙着说话，喝点热茶。

那茶里面加了比平常多三倍的奶。

组长喝完奶，闭上眼，脸色红润了一些，说，谢谢，我好多了。

斯炯依然说，不要说话。

她又单烧了一壶不加奶的茶，里面加了两块干姜，她倒了满满一碗，看着女组长把那碗茶也喝了。斯炯说，我想你是肚子不舒服，这回肚子不痛了吧？

组长脸色柔和多了。

她掏出一块水果糖，剥掉上面的彩色玻璃纸，塞进斯炯儿子口

中。看着孩子脸上浮现起幸福的表情，她问，孩子叫什么名字？

胆巴。他舅舅起的。

女组长说，我想起来了，我们工作组的人说，起这个名字的人有文化，知道历史上，呃，元朝的时候，就有一个胆巴碑。

组长打开了笔记本，神情也一下变得严肃了，胆巴的父亲是谁？

斯炯温暖的心房随着这句问话一下变凉了。她紧紧闭上了嘴巴。

也许我不该这么问，你有很多男人吗？

斯炯摇摇头，却紧闭着嘴巴。

我也相信你并没有交很多男人，那为什么不知道他父亲是谁？接下来，这个又来了精神的工作组长面对陷入沉默的斯炯说了很多话。中间，还穿插着姐妹、好姐妹、不觉悟的姐妹这种对斯炯的新称谓。组长带着因为奶茶与姜茶造成的红润表情失望地离开了。

斯炯却不明白，身为工作组长，那么多事情不管，却拼命打听一个孩子的父亲是谁。这个世界连一个孩子没有父亲这样的不幸事情都不能容许了吗？这个晚上的斯炯是多么忧郁啊！但是，那天晚上，她做了一个梦。她梦见了使她怀上胆巴的那件事，梦见了使他怀上胆巴的那个人。她醒来，浑身燥热，乳房发胀。想到自己短暂开放的青春，她不禁微笑起来。微笑的时候，眼泪滑进了嘴角，她尝到盐的味道。她想到，这个时候，屋子外面的草，石头，甚至通向村外的桥栏上，正在秋夜里凝结白霜。那也是一种盐，比盐更漂亮的盐。

她抚摸自己的脸，抚摸自己膨胀的乳房，感觉是摸到了时光凝结成的锋利硌手的盐。

工作组没有像以往一样，从村里调一个青年积极分子到组里，说是工作，其实是照顾他们的生活。像当年的斯炯一样，挨家挨户讨牛奶，蔬菜。这一回的工作组自律太严，也许是因为这个严肃的女组长，也许是因为形势更紧张了。

冬天，工作组仍然没有撤走的意思，一个大雪天，脸色蜡黄的女组长又登门了。

这时母牛已经断了奶，斯炯只给她烧了姜茶。

等她喝了茶，脸上起了红润的颜色，斯炯又把一只小陶罐煨在火边，她想煮一块猪肉给这个女组长。但她又掏出了笔记本。斯炯生气了，她说，你又要问谁是胆巴的父亲吗？我不麻烦别人也能把他养大。

组长涨红了脸，我只恨妇女姐妹如此蒙昧，任人摆布。

斯炯听不懂这句话，她说，你觉得我是可怜人，我觉得你也是个可怜人。

组长冷笑，听听，这都是什么话，是你的和尚哥哥教给你的吧。

斯炯后来挺后悔，当时怎么就把准备煨一块肉的罐子从火上撤掉了。

斯炯说，你可以问我别的问题。

组长说，有村民反映，盲流犯吴芝圃是你把他藏起来的。

他以前在这里开店十几年，不需要什么人把他藏起来。

那就是说，你跟他没有任何干系了。

我看他可怜，送了盐给他。

不只是盐吧？

他天天煮野菜和蘑菇，没有盐，也没有油，脸都绿了。我还送了一点酥油给他。

哦，还有油，酥油。

可他也帮了我，他一样一样把可以吃的野菜指给我，把一样一样可以吃的蘑菇指给我，那一年，地里颗粒无收，这救了我家人的命，也救了很多机村人的命。

等等，你说到蘑菇了。说是工作组教会了机村人吃蘑菇？说你天天挨家挨户去收牛奶。

不是天天，就是十几二十天，羊肚菌下来的时节。斯炯笑了，那可是工作组跟机村人学的。

你拿牛奶付钱吗？

有时付。

有时付是什么意思？

有时工作组每个人翻遍了衣兜，也没有一分钱。

后来还了吗？

有时还，有时也忘记了。

好，很好。再说说蘑菇的事吧。

其他蘑菇的吃法，真是工作组带给我们的。油煎蘑菇、罐头烧蘑菇、素炒蘑菇，蘑菇面片汤。说到这里，蘑菇这个词的魔力开始显现，斯烱脸上浮现出了笑容。组长那严厉的脸也松弛下来，现出了神往之情。她干枯的嘴唇嚅动着，轻声说，还有烤蘑菇。

斯烱笑了，不，不，那是机村人以前就会的。那就是以前的小孩子们，从家里带一点盐，在野外生一堆火，在蘑菇上撒点细盐，烤了，吃着玩。

不是说，以前机村人不认识蘑菇，也不懂得吃蘑菇。

哦，只是不认得那么多，也不懂得那么多的吃法。

组长问了这样一个奇怪的问题，你说吃蘑菇好还是不好。

斯烱想起前工作组对这个问题的表述，移风易俗，资源利用。于是说，好，很好。

听说你那时满山给工作组找最美味的蘑菇。

是啊，蘑菇真要分好吃和不好吃，羊肚菌、松茸、鹅蛋菌、珊瑚菌、马耳朵都是好吃的菌子。

组长冷笑起来，原来你在工作组的工作就是采菌子去了。

斯烱以为她还要问自己上民族干部学校的事情，但组长已经合上了本子站起身来。

走到院子里，组长摔倒了。她躺在地上，满脸的虚汗，但她推开了斯烱拉她的手，说，我自己能起来。

斯烱见她一时爬不起来，又不要自己拉她，便回到屋子里，取来一串干蘑菇。组长已经站起来了，正仔细地拍去身上的尘土与草屑。斯焖把那串蘑菇塞到她手上，说，弄一点肉，煮一点汤。

组长生气了，把那串蘑菇挂在斯焖脖子上。那串干巴巴的蘑菇悬挂在她胸前，像一串项链。组长冷笑，说，这串项链并不好看。

斯焖也生气了，她说，你要是好干部，就让我们这些老百姓能戴上漂亮的项链。

组长的脸更加蜡黄了，她抬起的手抖索个不停，嘴里却说不出话来。最后，一口鲜血从组长两片干涩而菲薄的嘴唇间冒了出来。斯焖被吓坏了。组长抹一把嘴，看到手上的鲜血时，身子就软下去，昏倒在了斯焖脚前。斯焖背上她，一口气跑到工作组的楼前，开始大声哭喊。然后，自己也吓晕过去了。她醒过来的时候，先看见一盏昏黄马灯在头顶摇晃。然后才看见了工作组刘副组长俯看着她。

她问，这是在哪里？

车上，去县里的医院。

斯焖说，请告诉我哥哥，带好我的儿子。告诉他我回不去了。

刘副组长握住她的手，斯焖啊，你受苦了。

斯焖挣脱了手，我有罪，我把组长气得吐血了。

刘副组长眼光转到别处。顺着他的目光，斯焖看到了女组长的苍白瘦削的脸。因为没有肉没有血色而显得特别无情的脸。

刘副组长叹口气，说，那就得看她醒来怎么说了。

斯焖更加害怕，挣扎着要起来，要从行驶的卡车上跳下去。刘副组长说，真有什么事情的话，逃跑有什么用？你能比吴芝圃跑得还远？

这一来，绝望的斯焖又晕过去了。

再次醒来，她已经躺在医院里了。不是在病房，而是在医院的走廊里。她动了动身子，床就吱吱作响。身边，穿着白大褂的人来来去去，从她床头旁的门里进进出出。她闭上眼睛，感觉有什么冰凉的东西正从手臂上进入体内，使得她手脚冰凉。她想，也许，什

么时候，自己就被冻住，变成一块冰，死去了。于是，她紧紧闭上了双眼。但她真的没有再晕过去，也睡不着。而且，到了下半夜，她感到了饥饿。于是，斯焖哭了起来。

她不敢放纵自己，只是低声饮泣。因可怜自己而低声饮泣，所以，没有人听见。那时，医生护士已经不再频繁进出自己头顶旁边左拐的那个房间了。长长的走廊灯光昏黄，干净的水泥地闪闪发光。斯焖听法海哥哥描绘过灵魂去往佛国的路，就是一条长长的充满光的通道。斯焖想，这就是自己的灵魂在往佛国去了。突然，她又意识到，灵魂去往佛国时，怎么会想到自己是在灵魂往佛国去？这下，她真正清醒了。

她一下翻身从病床上起来，把扎在手背上输液的针头也扯掉了。她看见一粒血从针眼处冒出来，越来越饱满，在这粒血炸裂之前，她把手凑到嘴边，吸吮掉了。她起身走到床头边那道门前，并没有注意到有第二滴血又从针眼里冒出来。那道用红色写着 32 号的白门上有一块玻璃，当她手上的血滴在地上时，她正隔着玻璃门向里面张望。屋子里没有灯，但隐约可见里面的床上躺着一个人。

突然，屋里灯亮了。

是床上那个人伸手打开了床头上的一盏灯。

灯光照亮的是女组长的脸。这张脸，在白色的枕头和白色的床单中间，苍白、松弛，而又宁静。这情景让斯焖感动得又哭了起来。

组长抬手招她进去。

斯焖站在组长床前哭得稀里哗啦。

组长用她从来没有听到过的轻柔的声音说，斯焖，你不要害怕。

我不是害怕，你那么漂亮，又那么可怜。

组长脸上的神情又在往严厉那边变化了，斯焖赶紧辩解，我不是说你真的可怜，我的意思，我的意思是……

组长的表情又变回到可亲可怜的状态了，她笑了笑，说我明白你的意思，我的母亲也是一个佛教徒。只有佛教徒才会不知道自己可怜而去可怜别人。

斯炯低下头，捧住组长的手，哭了起来，我不该让你生气。

组长当然不承认是生气而吐了血，她说，不怪你，医生的诊断结果出来了：肺结核，营养不良，超负荷工作，在你们村染上了肺结核。她抽回手，头重新靠上了枕头，也许，上面会让我回老家去养病了。这时，她看到了斯炯手上的血，她递给斯炯一团药棉，让她摁在手背上。组长说，你回去吧，我一时半会儿不会回村里去了。

斯炯眼里流露出依依不舍的神情，不肯离开。

组长说，那你坐下吧。

斯炯就在床前的椅子上坐下了。

多少年过去了，斯炯也会在心里说，那是她这一辈子过得最美好的一个夜晚。在那几乎一切东西都是白色的病房中，组长的一张脸浮现出梦幻般的笑容，她的黑眼睛和黑头发在灯下闪闪发光。她柔声说，我不该那样说你，我知道你是要送我一串蘑菇。我知道，机村人数你最会采蘑菇，给我说说蘑菇圈是怎么回事吧。蘑菇真的在林子里站成跳舞一样的圆圈？

斯炯笑了。

斯炯说，蘑菇圈其实不是一朵朵蘑菇站成跳舞一样的圆圈。蘑菇圈其实就是很多蘑菇密密麻麻生长在一起。采了又长出来，采了又长出来，整个蘑菇季都这样生生不息。而且，斯炯说，本来以为今年采了，就没有了，结果，明年，它们又在老地方出现了。

组长笑了，是的，孢子和菌丝，永远都埋在那些腐殖土里，生生不息。

斯炯说，几年不采，它们就越来越多，圈子也越来越大，好多都跑到圈子外面去了。

斯炯又说，明年蘑菇季，我给你采最新鲜的蘑菇，你带着本子到我家来问话，我给你做最新鲜的蘑菇，牛奶煮的，酥油煎的，你想问什么话我都告诉你。

组长摇摇头，闭上眼，哑声说，医生说，我的肺都烂了，烂出了一个洞。明年你的蘑菇圈再长出蘑菇的时候，我说不定都死了。

面对如此情形，斯烱就说不出什么话来了。她就那样木呆呆地静坐在组长床前。

过了很久，组长又睁开眼睛，你放心回去吧。我不会再来打扰你了。不会再来问你那些你不想回答的问题了。

斯烱走出医院时，天正是黎明时分。柳树梢头凝着晶晶亮的霜，河面上流着嚓嚓作响的冰。

从县城回机村的路真长。她从黎明走到黄昏，灰白的路还在脚下延伸，风吹动树林，发出尖利的哨声。饿得难受时，她从溪边上取一块冰，含在嘴里。冰不能饱肚子，但那锐利的冰凉却能使她清醒一些。半夜时分，她走到村子边上，全村的狗都叫起来。她看见一个人穿着厚皮袍，站在桥头上。那个人打开手电筒，照向斯烱的脸。然后，从耀眼的光柱后面传来了一个男人的哭声。她没有听出来那是法海哥哥，因为她从来没有听过他的哭。直到他说，你要是不回来，叫我怎么能照顾阿妈和胆巴啊！

斯烱这才问，你是法海吗？

我是没有用的法海，没有你，我们一家人该怎么过活？

从昨天离家开始，斯烱已经很长时间没有吃过一点东西了。她扶着桥栏说，我走不动了，你回家去取点吃的来吧，我吃了才有力气走到家去。

法海真的就转身往家跑。

跑开一段，他又转身回来，说，我这个笨蛋，我这个笨蛋！他在妹妹身前蹲下，听妹妹舒一口长气，身子软软地靠在他背上，他才猛然起身，把妹妹背回了家里。

斯烱在哥哥背上哭了，又笑了。

斯烱记得，那天晚上，哥哥给她吃了多少东西啊！他总是搓着手说，再吃一点吧，再吃一点吧。后来，斯烱实在是一点也吃不下了，才让哥哥扶着到了儿子床边，一头栽下去，搂着儿子就睡着了。

斯烔不知道这一觉自己睡了多久。当她睁眼醒来时，她知道，自己肯定不止睡了一个晚上。她一睁眼，站在床前的儿子就跑开了，喊道，阿妈醒了，舅舅，阿妈醒了！

法海赶紧过来，告诉她，工作组长要见你，原先的那个刘组长。

斯烔梳头洗脸，完了，却坐下来喝茶。

法海很吃惊，你不去见工作组吗？

斯烔说，你想去，就替我去吧。

我去了说什么？

你想说什么就说什么。

我没有什么要说的。

那你就说，我家斯烔想离他们远一点。

法海后来真把这话对刘元萱组长说了。某天，他赶羊上山时，恢复了工作组长身份的刘元萱出现在路口上，他说，怎么，我不是叫你转告你妹，我有事情要跟她交代吗？

法海说，我家斯烔说，你们工作组请离她远一点。

刘组长吃了一惊，我没有听错吧？她真这么说了？

佛祖在上，她真这么说了。

刘元萱重新当上组长，一改很久以来的倒霉样，重又变得像当年一样意气风发。所以，他大度地说，她是让那个女人弄害怕了，今天不来，明天会来的。

但斯烔始终没有在工作组面前出现，甚至在村中行走时，也故意不经过工作组所在的那座楼房了。

春天到来的时候，机村经历了有史以来前所未有的大旱。天上久不下雨，村里引水灌溉的溪流也干涸了。溪流干涸，是机村人闻所未闻的事情，可这不可思议的情形就是出现了。道理也简单，山上的原始森林被森林工业局的工人几乎砍伐殆尽，剩下的被一场大

火烧了个精光。

那天，斯烱去泉边背水。在干旱弄得庄稼枯萎、土地冒烟的时候，这片藏在林子里，从几棵老柏树下汩汩而出的清泉使得这一小方天地湿润而清凉。斯烱把水桶放在台子上，躬身一瓢瓢把清冽的泉水舀进桶里。她动作很轻，不想弄乱了那一凼水中倒映着的树影与蓝天。她突然感到害怕，饥荒又要降临这个山村了吗？而且，这一回，不只是地里庄稼歉收，大地失去了水的滋养，野菜，特别是喜欢潮润的蘑菇也难以生长。这时的斯烱做出一个决定，她要去用水浇灌她的蘑菇圈，让蘑菇生长。

但是，第一次尝试就失败了。

从泉眼到林子中她的蘑菇圈，没有成形的路，等她满头大汗到达目的地，泉水早就从没有盖的背水桶中泼洒殆尽了。

斯烱央告木匠为她的背水桶加一个盖子。木匠惊诧地瞪大了眼睛，呀呀呀，斯烱啊！从古到今，谁见过背水桶加过盖子啊！我可不敢乱了祖传的规矩。不久，斯烱要替背水桶加盖的消息，成为一个笑话在村里迅速流传。

有些人甚至在斯烱背水回家的路上，拦住她问，斯烱不会背水了吗？斯烱会因为背水桶没有盖子，把水都泼洒到路上吗？

几天后的早上，太阳刚刚升起，天上没有一丝云彩，空气中充满了呛人的尘土味道，有人拦住斯烱又提起要给背水桶加盖子的话，以博大家一笑。这回，斯烱停下了脚步，她说，我是要给背水桶加上盖子呢，我怕有一天，水还没有背回家，就都被太阳晒干了。

那些年，人心变坏了，人们总是去取笑比自己更无助的人。所以，斯烱这样的人总是成为村人们笑话的对象。但是这一天，当斯烱说出了这句话，那些人再也发不出笑声。说完这句话，斯烱背着水走过那些可怜人，留下这些逞口舌之快的人在那里回味她这句话，想想自己的生活，为她这句话感到害怕。

时间回去十几年，不到二十年，是机村的土司时代。机村的老年人和中年人，都从那个时代生活过来，他们知道，在那个时代，如果有人像斯炯一样先是有了给水桶加盖般的荒唐新奇的想法，继而又说出有诅咒意味的话，那她就成了一个邪恶的女巫。旧时代的人和新时代的人有一样其实相当一致，就是相信现实中的灾难是因为一些灾难性的话语所造成。土司时代，斯炯会被土司派遣来的喇嘛宣布邪祟附身，而从人间消失。今天，那些被她这话震惊的人们赶紧把情况汇报到工作组。

那一天，工作组刚收到气象局对天气咨询的复函。一、限于条件，气象局无法提供超过半个月的长程天气预报；二、可以预见到的半个月内，机村所在地区依然不会有降水。

这边正一筹莫展，村民们又报告来斯炯说的话。

当即有人拍案而起，要把这个恶毒的女人抓起来。

刚刚复任了工作组长的刘元萱这回却很冷静，他说，跟土司时代一样，宣布她是女巫，赶到河里淹死，天上就会下雨吗？

说完，他就背着手去了河边。河边就在村庄下方，在庄稼地下方二三十米的河岸下滔滔流着，但没有提灌设备，水上不到高处。刘元萱又去到机村的泉眼，也许可以用水渠把泉水引来浇灌土地。这个时候，他有点责备自己的官僚主义了。算上这一回，他已经在机村工作了五年有余，喝了那么多机村的甜泉水，却没有到泉眼处来看过一眼。进到那圈围着泉眼的柏树丛中后，地面潮湿了，空中也弥漫着水气。

刘元萱在这里碰见了斯炯。

斯炯刚刚盛满了水桶，正用东西封住没盖的桶口。她用来封闭桶口的是一张已经被水泡软的羊皮。她正用那羊皮盖住了桶口后，又用细绳紧紧地扎住，拴牢。刘元萱组长突然开口说话，吓得她惊叫一声从水桶旁跳开了。

还是刘组长伸手扶住了水桶，说，这样子水就不会被太阳晒干了？

斯焖捂住胸口，出口长气，一屁股坐在地上，不再说话。

刘组长放缓了声音，以后不要再说这种没头没脑的话。

斯焖闷在那里，勾着头一言不发。

刘组长又说，你不要害怕，那个女人不会回来了，不会再有人追着你问问题了。

斯焖突然抬头，说，都是可怜的女人，我不怕她，我喜欢她。

刘组长不高兴了，她连命保得住保不住都不知道，不管你喜不喜欢，这女人都不会再回来，我又是工作组长了。他见斯焖又不说话了，便拨弄着蒙在水桶上的羊皮，前些年缺粮，你存野菜，存蘑菇，今年天不下雨了，你老来背水，是要在家里存满水吗？

斯焖提高了嗓门，你不是爱吃各种蘑菇吗？天旱得连林子里的蘑菇都长不出来了。

刘元萱换了组长的口吻，困难总是会过去的，你要对党有信心。

这些日子，斯焖觉得自己开始在明明白白活着了，所以才能说出那种让全村人情感激荡的话。可眼下，又被这个人的话弄糊涂了，天下不下雨，跟共产党有什么关系，跟信心有什么关系？

说这种话的人真是可恨的人，但斯焖早就决定不恨什么人了。一个没有当成干部的女人，一个儿子没有父亲的女人，再要恨上什么人，那她在这个世上真就没有活路了。

刘组长又说，你也是苦出身，有什么困难可以找组织嘛。

斯焖背上了水桶，直起身，说，我不会来找你的。然后，就转上了山道。

刘组长看着她的背影消失在林中，摇摇头，释然一笑，转身便把围着泉眼下方挡着的木头挡板拔了，把那一凼水放得一干二净，为的是看清楚泉眼出水处有多大的流量。他看清楚了，不过是筷子粗细的三四股水从石头缝中涌出。他本来打算要开一条水渠，把泉水引去浇灌庄稼，但这水量也太小了，不等流到地里，真就像斯焖说的，不等流到地里就被太阳晒干了。

这回，轮到失望至极的刘组长垂头坐在了泉眼边。

而此时的斯烔正背着水桶往山上爬。山坡陡峭难行，但她很喜欢听到背上桶里水翻腾激荡时发出的好听的声音。她一边往山上爬，一边在心里排列这个世界上好听的声音，排在第一的就是水波的激荡声。一只鸟停在树枝上叫个不停，她抬起头来，说，你的声音也是好听的声音。这几天，那只画眉鸟跟她已经很熟悉了。每天都飞到这丛柳树上来等她。她知道，转过这个柳丛，就是那群栎树包围着的蘑菇圈了。这鸟它是来等水喝的。

斯烔到了蘑菇圈中，放下了水桶，一瓢又一瓢把水洒向空中，听到水哗一声升上天，又扑簌簌降落下来，落在树叶上，落在草上，石头上，泥土上，那声音真是好听的声音。洒完水，斯烔便靠着树坐下来，怀里抱着水桶，听水渗进泥土的声音，听树叶和草贪婪吮吸的声音。她特意在桶里剩一点水，倒在八角莲那掌形的叶片中间，那只鸟就从枝头上跳下来，伸出它的尖喙去饮水。看到鸟张开尖喙，露出里面那长长的善于歌唱的舌头，她禁不住露出笑容。

那些烈日当头的干旱天气里，不管是工作组还是村干部，再要催动眼看收成无望的村民参加集体劳作成了一件非常困难的事情。

男人们偷偷潜进山林打猎，女人们采挖野菜。只有斯烔的法海哥哥还得每天把羊赶到有水有草的地方。而斯烔每天两次背水，悄悄去浇灌她的蘑菇圈。8月的一天，斯烔刚背水到林边，她就知道，蘑菇出土了，因为那熟悉的好闻的蘑菇气息已经钻进了她的鼻腔。

那天，她浇完了水，便半跪在山坡上，把一朵一朵刚刚探头的蘑菇细心采下来，直到牵起的围裙装得满满当当。她心满意足地站在林边，看见吸饱了水分的土地，正在向她奉献，更多的蘑菇正在破土而出。那只鸟跳下枝头，啄食一朵蘑菇。斯烔对它说，鸟啊，吃吧，吃吧。

那鸟索性跳到蘑菇顶上，爪子紧抓着菌盖，头向下一口口尽情啄食。

斯焖又说，吃吧，吃吧，可不敢告诉更多的鸟啊！

鸟停下来，歪头看着斯焖，灵活的眼球骨碌碌转动。

晚上，斯焖把一朵朵蘑菇切成片，用酥油一片片煎了。香气四溢的时候，她想，这么好闻的味道，全村人一定都闻到了。饭后，本来她是想请哥哥法海帮她做一件事的，但天一黑下来，哥哥就急着要出门。他已经和村里一个和斯焖一样的女人好上了。天一黑，心就不在自己家的房子里了。

所以，天一黑，等家里破戒和尚出了门，斯焖把剩下的蘑菇兜在围裙里，带着儿子胆巴出门了。每到一家人院门前，斯焖就取几朵蘑菇放到胆巴手上，让他穿过院子放在人家门口。胆巴把蘑菇放在人家门口石阶上，再敲敲别人家的门。胆巴人小，敲门声却很响。等到人家闻声开门时，母子俩已经走到下一家人的门口了。那个夜晚，斯焖带着儿子走遍了全村。在法海天天去过夜的那一家，母子俩偷藏在墙角，看那女人衣衫不整地出来，看见门前的蘑菇，发出了惊喜的声音。母子俩还看见法海光着和尚头也出现在门口，看见蘑菇，赶紧便把那女人拉进了屋子。

胆巴摇着斯焖的手，说，我看见舅舅了，法海舅舅！

斯焖憋着笑声，已经憋得喘不上气来了。

最后，是工作组的那幢房子。

连胆巴都知道人们把天干不雨的账也算在折腾人的工作组头上，所以不肯把蘑菇送进院里。斯焖就把最后几朵蘑菇放在了院墙上面。

斯焖对儿子说，那个人爱吃这个东西。

胆巴说，我不知道你说的那个人是谁？

他说你的名字有文化。

儿子说，我也不知道什么是文化。

斯焖说，那你就住嘴吧。后来，她又说，吴掌柜教会我认野菜，工作组教会我做蘑菇。

儿子真的就不再开口，不再理会她。

斯烱第三回把采来的新鲜蘑菇悄悄送到各家门口，回来的时候，发现自己家的门口石阶上也有一样东西。那是一块新鲜的鹿肉。

接下来，门口又悄然出现了野猪肉和麂子肉。

大家都心知肚明，是谁往他们家门口送去四回蘑菇。斯烱也知道，是村里哪家会打猎的人上山打猎，偷偷送来了鹿肉野猪肉和麂子肉。在那个炖了野猪肉吃的那个晚上，斯烱对胆巴说，邻居的好，你可是要记住啊！那时，村民们几乎都知道了这些蘑菇是斯烱背水上山养出来的。吃了她用水浇灌出来的蘑菇，人们才知道她要给水桶加盖的用意了。木匠自己带了尺子上门来，斯烱啊，把你的水桶给我量量尺寸吧。

斯烱心里的怨气上来了，水桶加了盖子，就像马生了角了。

木匠说，是我说的糊涂话呀，老脑筋哪想得到会做给为蘑菇喂水的人哪！

斯烱叹口气，大叔呀，不必了，蘑菇季都过去了。

木匠说，明年还要用呀！

斯烱，好心的大叔，可不敢这么去想！明年再这样，几朵蘑菇也救不了人了！

一句话，那时，机村人在背地里都叫斯烱是养蘑菇的人。

一天晚上，斯烱家门口又出现了一块肉。斯烱没有架锅生火，而是对法海说，拿着这块肉，去看她吧。

法海脸都笑开了花，说，妹妹你都不知道她那两个孩子有多馋！

早上，法海回来，斯烱问了他一句话，你也是男人，也可以上山去打猎啊！

法海却一脸认真地说，那怎么可以，我是和尚啊！

斯烱就笑了，她心想和尚也不该要女人啊，然后，她又哭了。

日子就这么过去了。

"四清"运动还没有结束，"文化大革命"又来了。

工作组还待在机村，却很是无所事事了。听说州里，县里，都有造反派起来斗争领导。那一阵子，工作组得不到新指示，不知道怎么开展工作了。

刘元萱组长日子难过，便披了大衣在村子里漫无目的地走动。不喜欢他的人就说，这人怎么像只找不到骨头的狗一样啊。

村子不大，他在村里带着不安四处走动时，难免要和斯烱碰见。

第一回，他说，哦哦，知不知道人们都叫你是养蘑菇的女人啊。

斯烱没有说话。

第二次碰见，正好胆巴跟着妈妈一道，刘元萱就蹲下来，孩子该上学了。但村里那个小学校的老师都进县城搞运动去了。

斯烱还是没有说话。

第三次碰见，刘元萱都瘦了一圈，他脸上露出悲戚的神情，斯烱啊，我想我该走了，这一走，这辈子怕是见不着了。

斯烱跟他错身而过时说，你还会来的，每一回你走了，都回来了。

刘元萱在她身后说，形势变了，形势变了。我赶不上趟了呀！

这一天，村里几个在外面上中学的红卫兵回来了。他们是开着卡车回来的。不止他们自己回来，他们还带来了更多的红卫兵。他们做的第一件事情就是冲进工作组那幢房子，把机村最大的当权派刘元萱揪下楼来。据说，刘元萱当时已经收拾好东西，背上背包准备下楼了。那个夜晚，村里的小广场上燃起了大堆篝火，由红卫兵开起了刘元萱的批斗大会。机村人真是恨这个刘元萱的。施肥过多使得庄稼不能成熟而造成第一次饥荒。刘元萱深深地低下头，以至于纸糊的高帽子几次落在地上。说到去年天旱，又使机村陷入颗粒无收的情形时，他却抬起头来，说，这个账不能算在自己头上，天不下雨他没有办法，森林工业局砍伐光了山上的树林，使得溪流干涸的责任也不在他。这种态度使从县城来的红卫兵愤怒不已，当晚，刘元萱就被打断了一条腿和两根肋骨。

当天晚上，这群红卫兵又把刘元萱扔上卡车，呼啸而去。

这一去，就再也没有了消息。

两年后，那些意气风发的红卫兵却灰头土脸地回到了村子，回来接受贫下中农再教育，当社会主义新农村的新农民了。

其中一个改了名字叫卫东的，成了村里小学校的民办教师。

关闭了三年的小学校又敲起了钟声。胆巴和村里孩子都上学了。

胆巴第一天上学回来就拿一块木炭在家里墙壁上四处书写，毛主席万岁！他还会用据说是英语的话说这句话，朗里无乞儿卖毛！

法海对此发表评论，毛主席是大活佛。一次又一次转世，要转够一万年呢。

胆巴对舅舅大叫，我要告你！

舅舅当即吓得脸色苍白，我以后不敢乱说乱动了。

胆巴举起印了毛主席像的写字板，向毛主席保证！

法海说，我保证。

发生这事的时候，斯炯不在家。她没有去背水，也没有去看她的蘑菇圈，她是被邻居家的女人叫走了。那女人采回来很多水芹菜，怕里面混有毒草，把人吃出毛病，请她去帮忙辨认。

斯炯带着一把水芹菜回来，发现法海把胆巴灌醉了。前两天，他在放羊时，从一个树洞里掏到一个小小的野蜂巢。正是满山毛茛和金莲花盛开的季节，蜂巢里自然盛满了黄澄澄的蜂蜜。法海很珍惜这点蜂蜜。不珍惜不行啊。这时母亲已经去世两年了但他这点甜蜜，想给妹妹，想给侄儿，又想给相好的寡妇和那两个总是吃不饱的孩子。所以，他把那带蜜的蜂巢藏了两天，也不知道该拿出来给谁。

但这一回，他知道自己说了不该说的话。他想让胆巴迅速忘掉自己说过的话，只好拿出了蜂蜜，找出了家里的酒。他不喝酒，家里就斯炯有时会喝上几口。他把蜂蜜挤到碗中，又调上了酒。胆巴很快就被蜜里的酒醉倒了。

法海想，等胆巴醒来，肯定就会忘记他说过的话了。

斯焖进了家门，便闻到酒香和蜂蜜香，她盯着法海，你这个和尚，怎么喝酒了。

法海摇摇头，眼睛却看着酣睡的胆巴。

斯焖便摇晃着撕扯着哥哥的身体，你哪里像个和尚啊！

十多年后，1982年，法海又回到了重建的宝胜寺当起了和尚。

胆巴从州里的财贸学校毕业，当了县商业局的会计。每次买了酒，买了糖果回家看妈妈，斯焖留下酒，让胆巴带上糖，去庙里看看你舅舅吧。

胆巴就去庙里看舅舅。

舅舅吃了糖，甜蜜得眼睛眯成一条缝。那时，大殿里正在诵经，鼓声咚咚，众多喇嘛的诵经声汇成一片，在那些赭红墙壁的建筑间回荡。胆巴问舅舅怎么不去参加法事。

法海用头碰碰小佛龛里的佛像，我老了，修不成个什么了。

法海其实就是在庙宇旁自己盖了两间房子，一日三餐之外，随着寺院的节奏，诵经礼佛而已。他自己都不知道自己究竟算不算寺里的正式喇嘛。不过，他的小屋洁净而光亮。他赤着脚在擦得干干净净的地板上走来走去。胆巴拿出了一本沉重的书，那是一本碑帖的拓片汇编。胆巴把沉甸甸的书打开了给舅舅看，你给我起的名字真的写在这书里呢。

然后，他把碑文用汉文一字一字念给舅舅听，师所生之地曰突甘斯旦麻，童子出家，事圣师绰理哲哇为弟子，受名胆巴。梵言胆巴，华言微妙。

舅舅就俯身下去，用碰触佛像的姿势碰触碑文。

这时，屋子里光线一暗，是寺里胖活佛和他的随从的身子堵在门口，遮断了光线。

法海赶紧起身，又用额头去碰活佛的身体。

活佛进来了，气喘吁吁地坐下，对胆巴一欠身子，官家的人来了，贫僧有失远迎啊。

胆巴笑了，舅舅替我起的名字，这个名字，七百年前就写在元朝的碑文上了，是那时帝师的名字啊！

活佛并不懂得历史学，也不懂得崇奉藏传佛教的元代宫廷中的事情，也不识得汉字，但还是对着摊在地板上的书赞叹，功德殊胜，功德殊胜啊！然后，活佛转眼示意随从开口说话。

那侍从躬躬身子，活佛请施主参观一下寺院。

胆巴心想，转眼之间，自己的称谓已从官家变成施主了。寺院的建筑都是这三四年间新修的。大殿、护法神殿、活佛寝宫、时轮金刚学院。以前的医学院和上密院还是一片废墟。参观完毕，活佛回去休息。侍从送胆巴回法海房里。胆巴说，你们一定有什么事情吧。

活佛的侍从说出了要求，希望帮寺院解决一些橡胶水管，把山泉水引到寺院里来。再建一个水泥的池子，就不用和尚们天天上山取水了。

胆巴听了，心里为难，但他没说商业局并不管橡胶水管。他只说，那我试试看能不能帮到你们。

那时，县里的各种机构已经很多了，商业局管很多东西，恰恰橡胶水管是生产资料，由物资局管，由水电局农业局管。这让胆巴这个刚刚工作不久的商业局会计就作了难。一拖两月，事情还没有眉目，让他寝食难安。

事有凑巧，一天，单位里突然骚动起来，人人都很激动，说县委县政府派了人来考察年轻干部。县里其实就来了三个人，组织部长、办公室主任和工会主席。他们占了局长办公室，一个个找人谈话。胆巴也接到通知，待在办公室，哪里都不要去，等人来叫。从早上到中午，到下午下班，好多人都去谈过话了，却还没有人来叫他。他是晚上九点才走进局长办公室的。

别人怎么谈的，他不知道。他的谈话完全是闲聊。

主谈的是办公室主任，他把一个卷宗摊开在膝盖上，第一句话就是，你是机村的人？

是。

你叫胆巴？

我叫胆巴。

你知道吗？通常胆巴这个名字，都写成旦巴，元旦的旦，而不是胆子的胆。

是，跟我一样的名字的人都写元旦的旦。

你知道这是为什么？

我不知道，我阿妈斯炯说，是那时的工作组长让这么写的。

这个写法有来历，元代时就这么写了，元代有一个喇嘛帝师也叫这个名字你知道吗？

我知道，我专门请县文化馆的老师帮我弄了一本胆巴碑帖。

年轻人不错，学财贸的，还能读碑帖。然后，侧身问组织部长和工会主席，两位还有什么话要问吗？

两位说，刘主任你是主谈，你说。

刘主任有点激动了，他说，胆巴呀，我就是那个把你名字写成这样的工作组长。你不认识我了。

胆巴却不知怎么就语塞，不知道怎么回应这句话。

工会主席见了，说，胆巴呀，还不谢谢刘主任，名字别具一格，人也要别具一格呀！中央精神，干部要知识化年轻化，自己要有进步的心啊！

胆巴还是语塞，我听阿妈和舅舅说过工作组的事，但那时我还小，记不得了。

刘主任感叹，你那舅舅可把你阿妈斯炯害苦了。他合上卷宗，站起来拍拍胆巴的肩膀，不要紧张，有什么事情来县委找我。他还把胆巴送到走廊里，什么时候回村里，问候你阿妈斯炯。记得给我带些蘑菇来，你阿妈是机村最知道蘑菇长在哪里的人！

刘主任又把手放在胆巴肩膀上，记得有事来找我！

不几天，局里就传开消息，胆巴要提升为商业局副局长。

听了这消息，胆巴就觉得该去看望一下在机村待过的刘主任。他先回了村子把遇到以前工作组刘组长的事说给阿妈斯炯听。

阿妈斯炯时常神情迷离。这时又显得目光游移，沉默半晌，说，这个人还记得我们山里的蘑菇味啊。

胆巴说，他要我送些蘑菇给他。

胆巴没有说自己可能会被提升副局长的传言，只说舅舅挂单的宝胜寺让他弄橡皮水管的事，说为这件事情得去求这位刘主任帮忙。

阿妈斯炯又一次眼神迷离，你舅舅，你舅舅。

胆巴早早睡了，他要起个早，把该男人干的事情都帮阿妈干了。天刚亮，他就起来，先修理了有些歪斜的院门，又把一堆柴火劈了。这时，满院子都是栎木桦子的香气。这时，阿妈斯炯从院外进来，露水打湿了靴子和袍子的下摆。她一早上山，采来了新鲜蘑菇。

一朵一朵的蘑菇上沾着新鲜的泥土、苔藓和栎树残缺的枯叶，正好在新劈开的木柴堆上一一晾开，它们散发出的香气和栎木香混在一起，满溢在整个院子。母子俩吃完早餐，蘑菇上的水汽也晾干了。

阿妈斯炯对儿子说，我还是愿意你自己吃了这些蘑菇。

阿妈，这个刘主任真的特别关心我。

阿妈斯炯想对儿子说，这个人也曾经特别关心过你阿妈，但话到嘴边，她没说出来。这么美好的一个早上，天空湛蓝，河水碧绿，儿子又要出门，她不想说那些令人不高兴的话。于是，阿妈斯炯说，好吧，我的蘑菇圈里有采不尽的蘑菇。要是你的朋友喜欢，就回来告诉我吧。

阿妈斯炯还告诉胆巴，蘑菇圈里的蘑菇越长越漂亮了。

不会吧，村里人都上山采蘑菇，没听谁说，他们的蘑菇越来越

55

漂亮了。

阿妈斯炯说，他们没有自己的蘑菇圈。他们上山只是碰见蘑菇，而从不记住，是哪一块地方给了他们蘑菇。

胆巴把这些蘑菇送到刘主任家去，他没想到刘主任会激动，而且激动到如此程度。

蘑菇整整齐齐地装在柳条篮子里，一朵朵躺在柔软干燥的松萝里。

刘主任涨红了脸，瞧，装一只篮子都这么上心，这么漂亮，你的阿妈斯炯可不是一般的乡下老太婆！

胆巴不知如何回应，只好沉默不语。

刘主任伸手，一一抚摸那一朵朵蘑菇，哦，哦，它们的样子都跟当年一模一样啊！

然后，刘主任握着这篮蘑菇亲自下了厨房，留他一个人在客厅里喝茶。那时的胆巴，还是一个没有父亲的乡下孩子的禀赋，怀着自卑，紧张不安，捧着茶杯，不知怎么和这家的女主人以及和自己年纪相当的这家人的漂亮女儿说话。

女主人说，和老刘谈恋爱的时候，我去过你的老家。

他终于没有说出一句得体的话。他想了几句话，自己都觉得那是不得体的，他知道，一定有句得体的话，但这话就是不肯来到他的嘴边。

这时，厨房里传来热油的嗞嗞声，飘出来蘑菇受热后的变化了的香味。女主人说，是个老实的娃娃。

他们家的女儿知道自己是干部子女，知道自己是城里人的那种高傲的女孩。她几乎不用正眼看他。

她对她妈妈说，老爹着了什么魔啊，就为了几朵蘑菇！

她妈妈制止她，丹雅！女主人又转头对胆巴说，还是你这样的吃过苦的孩子懂事。这句话让胆巴更局促不安了。这时，女主人让他帮助把折叠桌摆放起来。这简直就是对他的赦免。胆巴手脚利索地把折叠桌打开，摆上桌面，又依次打开四只折叠椅。

刘主任炒好的菜上桌了。三个菜有两个是蘑菇。一个蘑菇炒鸡肉片，一个生煎蘑菇片。刘主任自己先伸筷子，品尝后又赞叹。吃完饭，主任把他叫进书房。里面的确有很多的书。他先取了碑帖来，给胆巴看，说，你的名字就在这上面，你的名字可是有来历的！他要胆巴自己把胆巴两个字找出来。胆巴很快就找出来了。

刘主任有些吃惊，我不知道你也懂书法。

胆巴老实告诉，自己并不懂书法，但他听过刘主任给自己取名字的故事。所以，专门找了胆巴碑帖，找到了自己的名字。他又说，我还知道阿妈斯炯的炯也是主任当年选的字，而没有用别人常用的穹或琼。

刘主任看着他，很动情的样子，说，有心就好，有心就好。我老了，要退休了，你年轻，只要有心，会有出息的。他把骄傲的女儿叫进来，说，丹雅比你小两岁，不懂事，不努力，不晓得珍惜自己的福气，以后，你要多多照顾她！

胆巴说，我哪能照顾她。

刘主任告诉他，明天，组织部就下文了，你就是县商业局的副局长了。

靠在门口的丹雅就噘嘴说，看看，送几朵蘑菇，就当副局长了。

刘主任说，这事前天县委就通过了，今天他才送蘑菇，这有什么关系吗？

胆巴有话，想等丹雅退出去才对刘主任说，但她靠在门上，用背顶着门摇晃身子，就不出去。

刘主任说，有话就说吧。

胆巴说，舅舅在的那个庙，想要些橡胶管子，把水引进寺院……

刘主任打断了他的话，你舅舅，你那个舅舅，要不是他，你阿妈斯炯也是一个体体面面的国家干部！

胆巴低下头，阿妈斯炯不怪舅舅。

好人，好人哪，谁都不怪！好人哪！回家告诉你阿妈斯炯，我一定会照顾好你！

果然，不几天，胆巴的副局长任命就下来了。是组织部长在全局职工会上宣布的。第二天，胆巴就搬了办公室，就在局长的隔壁。一个月后，他就知道这个副局长该怎么当了。两个月后，他就捎信给舅舅，让他们来县城拉橡胶管子。春节回家时，他当副局长已经四个多月了，已经不怕跟人说话，有点当官的样子了。

陪阿妈斯炯去宝胜寺看舅舅时，活佛陪着他看架好的橡胶管子如何引来了山上的泉水。舅舅就从大殿旁的水池边直接从橡胶管中接来水给他烧茶。舅舅对阿妈斯炯说，到底啊，到底啊，我们家是要出干部的。我耽误了你，可胆巴真出息了。舅舅又说，想必是那个刘组长真为他的名字挑了好字吧。

阿妈斯炯冷着脸说，我名字的字也是他挑的。

胆巴就提醒舅舅，水开了，还不下茶叶啊。

胆巴没有告诉舅舅和阿妈斯炯，这水管是他用了局里的自行车和电视机指标换来的。

那几年的商业局不是后来市场放开后的景象，什么东西有指标是一个价，没有指标是一个价钱。因为商业局管着这些紧俏商品的指标，胆巴在这个县城就成了一个人物，可以说是一个没有人不知道的人物。

当局长没两年，当初上刘主任家时对他不理不睬的丹雅也常常主动来找他了，而且，还叫他胆巴哥哥。

这时的胆巴不再是那个笨嘴拙舌的乡下孩子了。他说，我怎么当得起让你叫哥哥，不敢当，不敢当啊。

丹雅说，可是老爹让我叫的，你该不会不听他老人家的话了吧。

胆巴说，这么说来，就只好任你叫了，叫吧。你有什么吩咐？

我要买两台电视机。

两台？你一双眼睛要看两台电视？

我要出去旅游。

旅游？那时旅游在这个县城里还是一个很新鲜的词汇。

我从来没有看过大海，我想去大海。

我也没有看过。

那你就弄四台，我卖了指标，我们一起去看海！

我跟你？不行，我们又没有谈恋爱。

你想跟我谈吗？

胆巴又露出了乡下老实孩子的狗尾巴，低下头摆弄办公桌上的报表，不吭声了。

我不好看吗？

好看。

你不喜欢好看的女青年吗？

你是个不务正业的女青年。

好吧，那就还是只要两台电视机吧。

胆巴就只好写条子给丹雅两台电视机。

丹雅就和她的男朋友坐了一天长途汽车去省城，又坐了两天两夜火车去海边。那一趟旅游回来，丹雅在这个小县城里的名声就毁了。她上班的防疫站收到铁路公安通报，她和一起去海边的漂亮男朋友在火车上干了那种事情。这个消息像火焰一样飞快奔窜，使这个沉闷小城的人们兴奋起来。那种事情！而且是在火车上！怎不叫人两眼放光！而且，出了这个事，丹雅的那个男朋友就消失不见了。他当官的父亲下文将他调到省城去了。人们说，那个花花公子和丹雅是在文化宫的舞会上认识的。舞会上！才只见了两面！就一起坐火车了，在火车上干下丑事了！

那时候的胆巴和身边很多人一样，还没有见到过真正的火车。

那时，电影院里正好在放映关于火车的电影《卡桑德拉大桥》。电影院里也有漂亮男女在行进的火车上亲热的画面。胆巴在电影院

看得热血偾张，人生中第一次，他被强烈的情欲控制住了。他闭上眼睛，想象着丹雅斜靠在他办公室门前说话的样子，不能自已。

自此以后，胆巴总是夜里折腾自己的身体，又因为在县城附近抓蔬菜基地建设，整天在地头做说服农民的工作，他竟日渐消瘦了。

刘主任也消瘦了。他见了胆巴便唏嘘不已。我瘦是因为丹雅，你瘦是工作太辛苦了吗？

胆巴鼓起勇气，我也是因为丹雅。

刘主任脸上露出了惊骇的表情，但他迅即镇静下来，你这个人啊，你不知道她有男朋友吗？不然她也不会在……

我知道。

刘主任脸上显露出痛苦的神情，她名声不好，和她来往，对你的政治前途不利。

不几天，刘主任叫他去家里吃晚饭。丹雅不在家。饭桌上多了一个女青年。女青年是个很持重的小学老师。胆巴明白，这是刘主任给他介绍对象。这姑娘眉眼也端正，就是没有丹雅那种魅惑的味道。饭后，胆巴和那位女老师沿着河堤散了两公里步，但他在夜里折腾自己身体时，还是魅惑万千的丹雅浮现在天花板上。

一个星期天，他回家去看望阿妈斯炯，路上，遇到防疫站设的一个关卡。邻近的草原畜群中爆发了口蹄疫，防疫站的人穿着白大褂背着喷雾器给过往车辆消毒。胆巴坐在吉普车里，一眼就从那些穿白大褂，戴大口罩的人中认出了丹雅。他一眼就看出，她也瘦了。他屏住呼吸，看着丹雅来到了他的车前，围着车子喷洒药液。他看见了她口罩上方和帽子下方那道缝隙露出的那双眼睛忧郁而空洞。他摇下车窗，哑声说，丹雅。

丹雅眼睛里的光聚集起来，认出了他。

胆巴清了清嗓子，丹雅，你瘦了。

丹雅眼里露出骄傲而倔强的神情，没有说话。

司机发动了吉普车，胆巴说，我对刘主任说了。

他恨我不争气。

我对他说，我爱上你了。

丹雅被震住了，站在原地表情漠然。

胆巴又重复了一次，我对你爸爸说，我爱上你了。

车开动了。他看到丹雅眼里泛起了泪光。他对丹雅摇手，来看我吧。他没想到的是，当天下午，他正在家里修理院门，一边跟阿妈斯炯说话，丹雅就出现了。

阿妈斯炯拉住丹雅的手，说，我好像三辈子前就见过你了。

胆巴脱下手套，对丹雅说，进家里喝点热茶吧。

丹雅的身子软软地靠在了胆巴身上。阿妈斯炯手忙脚乱，往茶里添了太多的奶。胆巴就对阿妈斯炯说，也许丹雅想尝点新鲜蘑菇呢。

阿妈斯炯便提上柳条筐上山去了。

屋子里静下来，火塘里劈柴上的火苗发出微风吹拂一样的声音。丹雅把头靠在了胆巴的肩上。胆巴一动不动，仿佛天地间有一种巨大的重量全然落下来，把他整个人罩住，使他动弹不得，使他不能抚摸，也不能亲吻身边这个美丽的女青年。

然后，丹雅开始哭泣。

胆巴依然一动不动。

丹雅开始说话，你知道那件事情了？

胆巴点点头。

一回来，全部人都讨厌我，全部人都躲着我。

胆巴想说，我没有躲着你，但他的嘴唇被自己突然变得黏稠的唾沫给黏住了。

你说，我碍着别人什么了。丹雅坐直了身子，她的愤怒开始喷发，我自己的身体，我自己的情感，碍着别人什么了?!

丹雅说到身体的时候，胆巴的身体也开始燃烧起来，他把丹雅揽进怀里，紧紧拥抱。开始丹雅也回应给他热烈的拥抱，但当他的

手伸向她胸口的时候，丹雅坚决地推开了他，正色说，你以为我是个可以随便的人吗？

胆巴说，我爱你。

说说你怎么爱我的。

胆巴是老实人，他说，看电影的时候我就爱上你了。我天天晚上都想你。

电影，有火车的电影？《卡桑德拉大桥》？

胆巴点头。

一个耳光落在了他的脸上，你怎么想象的？在火车上，脱掉我的裤子，还是撩起我的裙子？

胆巴捂住脸，是，我每天晚上都想跟你做爱，在火车上，在飞机上，在船上。要知道，那时候的胆巴除了在电影里，还没有真正见到过这三种交通工具。他说，是你的事情让我情不自禁地这么想。

丹雅流着泪冲出了房子，往村外去了。胆巴想追，紧走几步，怕村里人笑话自己，只好吩咐司机追上她，送她回县城。

阿妈斯炯采了蘑菇回来，却不见了客人，我以为你有女人了，带回来给阿妈看看。

胆巴突然觉得很悲伤，我爱她，她看不上我。

阿妈斯炯用新鲜酥油在平底锅里煎蘑菇片给他吃，满屋子满口都是山野中草与树与泥土复杂的芳香。

那时，胆巴一个月挣七十多块钱，每次回家，他都拿个十元二十元给阿妈斯炯。阿妈斯炯告诉他，这些蘑菇拿到六公里外的汽车站上，有些旅客愿意买上两斤三斤，每斤能卖五毛钱。阿妈斯炯说，你不用给我钱了，告诉你吧，我已经有了三个蘑菇圈，今年已经卖了一百多块钱了。

照例，他又带了一柳条篮子的蘑菇给刘主任家。他一进门，丹雅就起身，回到自己房中，呼一声把门关上。刘主任坚持要他去请前次那个女青年来家里吃饭，胆巴推说有大堆财务报表要审，借故离开了。刘主任又急急追到楼下，告诉他，那个小学老师回了话，愿意跟他继续接触。

胆巴对刘主任说，我已经爱上别的人了。

刘主任问，谁？

胆巴说，你的女儿丹雅。

刘主任脸色发白，定在那里，像被雷电击中了一般，你怎么可以？怎么可以……

胆巴想，如此栽培自己的刘主任原来心里瞧不上自己。走在路上，他想，自己再也不会登这一家人的门了。但到了晚上，他青春的身体燃烧起欲望时，那个在黑暗中飘在天花板上的风情万种的形象仍然是丹雅。

有事没事，胆巴都故意在丹雅单位附近的街道上出没，偶尔碰见，丹雅依然对他视而不见。丹雅对他不理不睬。但他依然不能自已，对着那个被周围人刻意孤立的身影充满同情与欲望。

再后来，丹雅身边出现了一个新的漂亮男青年，胆巴心痛一阵，便慢慢恢复了平静。他还是偶尔送点蘑菇给刘主任，但不再去他们家里了。

第二年，阿妈斯炯的蘑菇在那个汽车站卖了两百多元。阿妈斯炯进城来。晚上，阿妈斯炯睡在儿子床上。胆巴睡在钢丝床上。阿妈斯炯说，等到存够一千块钱的时候，她就把钱给他结婚用。胆巴心里算了算，笑着说，那我还得等上三四年啊！

阿妈斯炯也笑，说，我看你自己也不着急嘛。

胆巴没有告诉阿妈斯炯，这段时间，他操心的事情是能不能当上商业局长。他说，我不着急，我等阿妈存够一千块钱。他还告诉阿妈斯炯，下次送蘑菇来，得是三只柳条篮子。

阿妈斯炯心痛了，那我一年要少存几十块钱了。

阿妈斯炯又把这话转述给法海老和尚听。法海老和尚劝妹妹，侄儿是干大事的人，你心痛几篮子蘑菇干什么？！因为胆巴又帮寺院

批了几公斤金粉给寺庙大殿的黄铜顶镀金，又弄了十几公斤白银指标打造舍利塔，法海在庙里的地位大大地提高，早年的一个熬茶和尚，差不多是非正式的厨房总管了，长得也有点脑满肠肥的意思了。

阿妈斯炯两年里送了几篮子蘑菇，胆巴就当上了商业局长。

毫无预兆，蘑菇值大钱的时代，人们为蘑菇疯狂的时代就到来了。

不是所有蘑菇都值钱了，而是阿妈斯炯蘑菇圈里长出的那种蘑菇。它们有了一个新名字，松茸。当其他不值钱的蘑菇都还笼统叫作蘑菇的时候，叫作松茸的这种蘑菇一下子就值了大钱。去年，阿妈斯炯在离村子六公里的汽车站上还只卖五毛钱一斤。这一年，一公斤松茸的价钱一下子就上涨到了三四十块。

阿妈斯炯说，佛祖在上，那是多少个五毛钱呀！

胆巴说，是六十个到八十个五毛钱！

阿妈斯炯冷静下来，没有那么多。是三十到四十个五毛钱！公斤，公斤，你晓得吗？一公斤是两个一斤。

是的，公斤这个新的度量衡单位是随着松茸这种蘑菇的新名字一起降临的。出松茸的季节，在机村一带的山里，随海拔高度的不同，有些地方是在夏天的末尾，有些地方是秋天的开始。让人感到奇怪的是，那些收购蘑菇的商人，他们并没有见过长在山里的松茸，却总是准时出现在每个刚刚长出头一茬松茸的地方。他们开着皮卡车，来到一个村子，打开后车门，推出一台秤来，生意就开张了。那秤不是提在手里滑动秤砣在杆上数星星的杆秤，而是台秤。台秤像是一架真正的仪器。机器的轮廓，钢铁的质感，亮闪闪的表面，称出来的东西的重量都以公斤计算。阿妈斯炯发现，这些商人算账不用算盘，他们用电子计算器。只要按动那些标上了数字与符号的小小按键，一些数字便幽灵一样，在浅灰色的屏幕上跳荡。

一切真是前所未有啊！

三十二朵蘑菇就卖了四百多块钱！

阿妈斯炯真是眉开眼笑。那天，她就坐在村头核桃树的阴凉下，守着商人的摊子，看倾巢出动的山里人奔向山林，去寻找那种得了新名字叫作松茸的蘑菇。阿妈斯炯是一早上山的，现在太阳升起来，慢慢晒干了她被晨间露水打湿的长袍的下摆。脱在一边的靴子也晒干了。这时，有人陆续从山上下来。有人是一二十朵，更多是三朵五朵。

松茸商人就问阿妈斯炯为什么独独是她的蘑菇又多又好。

阿妈斯炯还没张口，就有村里人争着回答，工作组早就教她认识这些蘑菇了！

马上有人出来辩驳，不对，是跳河的吴掌柜！

还有人喊，他儿子是商业局长。

阿妈斯炯就笑了起来。她听得出来，这些话里暗含着些嫉妒的意思。阿妈斯炯心里涌起她与蘑菇的种种故事，心里一时五味杂陈，但她还是喜欢的，喜欢以这样的方式受到众人关注。

这时，一片乌云瞬间就布满了天空，虽然夏天已到了尾声，但还是继续要带来雷阵雨，她站起身来，拍拍袍子上的草屑准备回家，但她刚走出几步，随着隆隆的雷声，硕大的雨滴就噼里啪啦砸了下来。阿妈斯炯又跑回到核桃树下。满世界都是雨声，都是雨水和尘土混合的味道。起初这味道有些呛人，但很快，尘土味便消失了，雨水中混合的是整片土地，所有石头，所有草木被激发出来的清新浓郁的味道了。

阿妈斯炯兴奋得两眼放光，因为聚在树下躲雨的人群中，只有她一个人知道，在山上，栎树林中和栎树林边，那些吸饱了雨水的肥沃森林黑土下，蘑菇们在蘑菇圈开始吱吱有声地欢快生长。这不是想象，阿妈斯炯曾经在雨中的森林里，在她的蘑菇圈中亲眼见识过蘑菇破土而出的情景。夏天，雷阵雨来得猛去得也快。雨脚还没有收尽，蘑菇们就开始破土而出了。这里一只，那里一只，真是争

先恐后啊!

雨慢慢停了,太阳复又破空而出,村庄上空出现了一弯鲜明的彩虹。人们开始四散开去。

那个蘑菇商人来到阿妈斯炯跟前,问她,大妈,他们说的事情是真的吗?

阿妈斯炯说,没有人叫我大妈,他们都叫我阿妈斯炯。

那么,阿妈斯炯,他们说的事是真的吗?

阿妈斯炯笑了,你问他们说的哪一件事?

他们说你的儿子是商业局长。

阿妈斯炯却说,这时山上又长出了好多蘑菇呢!

不会吧,百十号人刚把林子扫荡了一遍。

阿妈斯炯说,那你在这等着我。

说完,阿妈斯炯真的又上山去了。

那个商人抽了一根烟,在这个不大的村子走了一圈,回来坐在车里小睡一会儿,再抽一支烟,又在这个村子里转了一圈。回来,见又被露水湿了衣裳和靴子的阿妈斯炯已站在皮卡车跟前了。

这一回,阿妈斯炯带回来五十三朵蘑菇。其中四十八朵是她从最早的蘑菇圈和后来相继发现的三个蘑菇圈里采来的,剩下几朵则是偶然的零星的遇见。遇见零星的那几朵时,阿妈斯炯还嘀咕来着,你们怎么像是没有家的孩子呢,可怜见的!

看着那些可爱的菌盔紧致,菌柄修长的新蘑菇,那个商人想起了一个成语,雨后春笋,他说,嚯,雨后松茸!

阿妈斯炯当然不知道这个成语,她只说,这会儿,山上又长出好大一群了。

这时已是夕阳衔山时分,雨后色彩鲜明的森林影调开始变得深沉,松茸商人说,可惜他不能再等了。现在,他要连夜驱车五百公里到省城,明天早上,这些松茸就会坐最早的一班飞机飞到北京,再转飞日本,到明天这个时候,这些蘑菇就出现在东京的餐桌上了。

商人说，在那里考究的晚餐桌上，每人也就吃到两片松茸，一片生吃，一片漂在汤里。商人说，要是日本人不吃，这东西哪里会值到这样的价钱。

围观的机村人就都说日本日本。也有人埋怨，这些日本人为什么不早点吃这东西？

商人便讲了一大通道理。他说了改革开放，说了信息交流，还说了交通建设。他说，要是没有好的公路，没有飞机，不能二十四小时内把松茸送上异国的餐桌，日本人钱再多，也没有这个口福。超过二十四小时，娇嫩的松茸就失去了鲜脆的口感，时间再长一点，它们就烂在路上了。

那一年，机村以及周围的村庄，都因为松茸而疯狂了。

早上，天刚破晓，启明星刚刚升上东方天际，最早醒来的鸟刚刚开始在巢中啼叫，人们就已经起身去往林中，寻找松茸了。不到一个月，林中就已蹚出了一条条小道。阿妈斯炯不会凑这个热闹，她也不用天天上山。她只是在人们都下山了，才起身上山。看到人们在林中踩出一条条小路，她就有些心疼，因为那些踩得板结的地方，再也不会长出蘑菇来了。蘑菇不是植物，不会开花，不会结出种子。但在她想象中，蘑菇也是有某种看不见的种子的，以人眼看不见的方式四处飘荡，那些枯枝败叶下的松软的森林黑土，正是这些种子落地生根的地方。

阿妈斯炯继续往城里送蘑菇。还是在柳条篮子中铺了松软的跟蘑菇散发着差不多是同样气味的苔藓。一朵朵菌柄修长的松茸整齐地排列。阿妈斯炯对胆巴提出一个问题，松茸的种子是什么样子呢？

胆巴无从回答这个问题。

胆巴说他会去图书馆查找资料，肯定会从书上得到答案。

下个星期，阿妈斯炯再去县城送蘑菇，胆巴告诉她，蘑菇都是有种子的，只是蘑菇的种子不叫作种子，而叫孢子。

孢子是个什么鬼东西？

胆巴打开总是揣在身上的会议记录本，上面有他从图书馆抄来的关于孢子的定义。孢子，就是脱离亲本后能直接或间接发育成新个体的生殖细胞。

阿妈斯炯叹息，胆巴，你现在说的都是我不懂的话。

胆巴合上本子，老实说，这些科学我也不太懂。

阿妈斯炯自己做了总结，反正就是说，蘑菇是有种子的，不然，它们怎么一茬又一茬从地里长出来呢？

说话时，胆巴把篮子里的蘑菇分成了四份。分装在四个塑料泡沫模压的盒子里，他要将这些蘑菇分送给四个人家。即将退休的刘主任、县委书记、县长、组织部长。阿妈斯炯有些不高兴了，你要送给什么人我不管，但你不尝一点阿妈斯炯亲手采来的蘑菇吗？

胆巴说，我不操心我没有新鲜蘑菇吃，阿妈斯炯现在有了一个新名字了？

嚯，那个老太婆她有新名字了？

她有一个越来越多人知道的新名字了，这个名字叫作蘑菇圈大妈。他们说，别的人找到的，都是迷路的孩子，蘑菇圈大妈找到的才是开会的蘑菇。

阿妈斯炯就拍着腿笑了，开会的蘑菇！说得好！如今不像当年，村长招呼开会，再也聚不起那么多人了。

晚上，阿妈斯炯睡在儿子的大床上，路灯光透过窗帘的缝隙落在枕边，她还在想，开会的蘑菇。

胆巴送了那些蘑菇回来了，在阿妈床边打开钢丝床睡下来，阿妈斯炯禁不住笑出声来。

胆巴问她为什么还没有睡着。

阿妈斯炯干脆大笑起来，开会的蘑菇！

第二天早晨，胆巴送阿妈斯炯到汽车站，迎面碰见了舅舅法海和尚。法海舅舅老了，躬腰驼背，步履蹒跚，看见妹妹和侄儿却满脸放光。

胆巴赶紧把舅舅和跟着他的寺院管家请到街边店里吃早餐。早餐是这个县城的标配，一份牛杂汤，一屉牛肉芹菜馅的包子。每次，舅舅和寺院管家一起出现，就是来提要求，要他帮忙办事。他说，有什么事，说了我还要开会。管家却不着急，掏出一方毛巾擦去和尚头上的汗水，庙里的喇嘛们都常常为您这位大施主祈福呢。

胆巴说，我算什么施主，没有上过一份香火钱。

管家就把这些年他帮过的忙细数一遍，这才是有大功德的施主啊！

胆巴说，你们找到我，不帮也不行啊！

管家便示意法海和尚说话。

法海舅舅便两眼放光，我侄儿有本事，我脸上有光，有光啊！说着，他脸上也放起光来了。

胆巴开口道，就说这回是什么事吧。

管家说，这回是政府鼓励的事，我们要保护寺院四周的山林。胆巴知道，这些年，内地开放了木材市场，收购木材的游商游走山里，村民们便提斧上山，把过去森林工业局大规模采伐后的有用之材再清理一遍，盗伐的情形一年重于一年。管家说，寺院愿意组织僧人，保护寺院四周的山林，想要求得政府的支持。

胆巴笑了，说，这真是好事，便带了两个穿袈裟的老者去见林业局长。

局长听了管家的想法，立即表示支持，当即叫了办公室主任和一位科长来，命他们立即起草一份文件，宝胜寺后山、前山均划为封山育林保护区，宝胜寺僧人组成的巡山队有权把盗伐林木者扭送公安机关。

林业局长说，和尚喇嘛愿意保护自然生态，这是新生事物，我支持新生事物。两个和尚得了文件欢喜而去。

林业局长这才对胆巴说，封山育林的牌子一插，那两座山上的松茸就全归了寺庙，老百姓就不敢染指了。

胆巴说，我怎么没想到这一处来！

林业局长说，我都五十多岁了，看人看事，见不光明处就多了，你年轻，大有前途，有时候，把人事看得简单些反倒是好的。

过些日子，舅舅法海生了病，胆巴便去庙里看望。

胆巴真实的想法，是要看看寺院如何封山。寺院真的在这为松茸激越的季节封了山。他们不但插上了林业局发放的封山育林的牌子，还把年轻体壮的僧侣组成了巡山队，每人一截长棍，把守住每一条上山的小径。除了寺院附近的村民，其他人不准上山。而且，这些村民采来的松茸，都统一销售给寺院，再由寺院转售给松茸游商。寺院在村民那里压价两成，又在出售时加价一成，靠他帮忙得来的封山令又多了一个生财之道。

所以，寺院专门派了细心的小喇嘛侍奉法海和尚这个地位低下的熬茶和尚。

这些年交往下来，胆巴跟寺院的活佛说话已经很随便了。这天，见了活佛他就说，活佛你可以当董事长了。

活佛不以为忤，几百号人呢，没有管理不行，管理不好也不行，没有生财的办法不行，生财的办法少了还是不行。

胆巴不得不承认，这倒也是实话。

活佛收敛了脸上的笑容，我还有一句实话，你舅舅怕是过不了这个冬天了。

胆巴沉默，一时想不起来该说什么样的话。

活佛说，我要加派一个和尚去侍候他。

胆巴说，我还是接他去医院吧。

活佛道，命数已定，又何必到医院延宕时日呢。

回到家，胆巴把活佛的话转述给阿妈斯烔。阿妈斯烔深深叹息，那些年月，我本指望家里靠他这个男人来撑着，可他却反要我来照顾。洛卓。阿妈斯烔说，洛卓，你舅舅就是我的洛卓。洛卓这个词，翻成汉语就是宿债。这是按佛教的观点。按佛教的观点，阿妈斯烔这个妹妹和法海哥哥这样的关系，就是因为她的前世欠下了法海前世的债务。这笔债务可能是金钱的，更可能是道德的或情感的。

阿妈斯炯在佛前添了一盏灯，湿了一回眼睛，便平静下来了。

她用额头贴着胆巴的额头，胆巴，我跟你没有洛卓，不然不会让我这么省心。可是，你还欠我的。

胆巴紧贴着阿妈斯炯的额头，我不忍心你一个人住在乡下，搬进城里来和儿子一起吧。

我不能抛下那些蘑菇圈，现在它们那么值钱！阿妈斯炯笑了，再说了，你那么小的房子，要是来一个喜欢你的姑娘，我还能睡在你的床上吗？

这一年下第三场雪的时候，法海这个曾做了好多年机村牧羊人的熬茶和尚走完了他这一生的轮回。

胆巴是事后才得知这个消息的，那是春节回家的时候，阿妈斯炯才告诉他，舅舅已经走了。他走得安详又干净。

安详是指法海临终没有什么痛苦。干净是说，天葬时，他的躯壳都被神鹰打扫干净，做了最后的供养。

那天晚上，胆巴也在佛前给舅舅点了一盏灯。

阿妈斯炯突然发话，你舅舅那样一辈子有意思吗？

胆巴很吃惊，阿妈斯炯会问出这样的话。他说，对相信轮回的人是有意思的吧。

阿妈斯炯接下来的话把她自己也吓着了，要是没有轮回这件事呢？她赶紧说罪过，罪过，一定是魔鬼把我的舌头控制了。

胆巴笑起来，给阿妈斯炯斟一碗加了油和糖的青稞酒，来吧，阿妈。

阿妈斯炯喝下一口酒，突然间眉开眼笑，说，是啊，这就是这一世的人生的味道。

那时，屋子外面开始下雪了。冬天干燥的空气中立时就充满了滋润的干净的水的芬芳。雪还使在风中发出声音的树与草、与尘土

都安静下来。

这是一个令人安定满意的新年。阿妈斯炯说，这才是人该有的新年，可她居然活到老了，才得到了这样一个新年。她愿意这个世界上的所有人，一直都有这样的新年。

可是，第二年的新年，整个村子都陷入悲哀的气氛中。因为两个年轻人盗伐了一卡车林木，一个年轻人被警察抓住，一个年轻人开着载重卡车逃跑，最终撞上山崖而丢掉了性命。

第三年的新年，他们家来了一个躲债的年轻人。

这个年轻人不甘心只是把采来的松茸卖给那些收购松茸的商人，他自己收购松茸，结果在村里收了一车价值数万元的松茸却在路上遇到泥石流，结果这些松茸没有乘飞机到达日本，而是眼睁睁地烂在车里，变成了一堆爬满蛆虫的臭烘烘的烂泥。他那些松茸都是从村子里赊来的，这个晚上，村民们都上他家讨债，胆巴见状，便把他带回到自己家里。

第四年，胆巴当上了副县长，还有了女朋友，但他回到家却长吁短叹，因为让他分管的商业系统在新形势下已经难以为继。照道理，市场开放搞活，一直在商业局工作的人应该更会做生意才是，可是，这些人偏偏不会，几乎在所有的方面，都在和那些个体商户的竞争中败下阵来。最后，商业局下属的百货公司，都分成一个一个柜台分租给那些雄心勃勃的个体户了。

第五年新年，是阿妈斯炯不开心，因为她失去了一个蘑菇圈。松茸季节里，她被两个同村人跟踪了。每一次，他们都赶在她的前面采走了新生的松茸。后来，他们和村里的其他人一样，只要松茸商人一出现，就迫不及待地奔上山去，他们都等不及松茸自然生长了。他们采走了她的蘑菇使她心疼，更让她心疼的是，当他们等不及蘑菇自然生长时，便和村里其他人一样，提着六个铁齿的钉耙上山，扒开那些松软的腐殖土，使得那些还没有完全长成的蘑菇显露出来，阿妈斯炯赶上山去时，他们已经带着几十朵小蘑菇下山去了。

新年的晚上，阿妈斯炯心疼地对胆巴说，人心成什么样了，人心都成什么样了呀！那些小蘑菇还像是个没有长成脑袋和四肢的胎儿呀！它们连菌柄和菌伞都没有分开，还只是一个混沌的小疙瘩呀！阿妈斯炯哭了，她说，记得吗？你说书上说蘑菇的种子叫孢子，我看到那些孢子了！

阿妈斯炯的确在栎树树中看到了蘑菇圈被六齿钉耙翻掘后的暴行现场，好些白色的菌丝——可以长成蘑菇的孢子的聚合体被从湿土下翻掘到地表，迅速枯萎，或者腐烂，那都是死亡，只是方式不同而已。枯萎的变成黑色被风吹走，腐烂的，变成几滴浊水，渗入泥土。那都是令人心寒与怖畏的人心变坏的直观画面。

那一年，胆巴心里萌生一个想法，在村子里成立一个松茸合作社。一来，集体议价，可以防止游商压级压价；二来，订立保护资源的乡规民约共同遵守。

县长和书记都支持他的想法。

县长说，你的老家机村盛产松茸，也是资源破坏严重的地方，就在那里搞个试点。

那一年，胆巴在五一节结了婚。

不是当年刘主任介绍的那个姑娘。这个姑娘是胆巴自己在文化宫的舞会上认识的。姑娘的父亲就是县里的副县长。那次舞会上，那个姑娘说，我知道你就要成为我父亲的同事了。一次，他到县里开完这位副县长召集的协调会。散会时，他都走到门口了，副县长发话，胆巴局长请留一下。

副县长端详了他半天，说，我想问你一句不该问的话。

胆巴不言语，等他发话。

副县长说，听说你是一个私生子？

胆巴很平静，说，阿妈斯炯没有告诉过我父亲是谁。

副县长手指轻叩着桌面，说，美中不足，美中不足。好了，我

告诉你吧，我家姑娘看上你了。

胆巴便想起了舞会上那个眼光明亮的姑娘。

副县长又说，好吧，你们可以交往交往，不过，你要记住，我们可是规矩人家！

他就开始了和副县长叫作娥玛的女儿的交往。娥玛是组织部的一般干部。第三次见面，就坦率地告诉胆巴，她父亲说，要么自己努力进步，要么找一个进步快的丈夫。她怀着柔情说，我是一个女人，我愿意选择后者。

胆巴很吃惊。吃惊于这个姑娘能将这功利的坦率与似水柔情如此奇妙地集于一身。交往日久，拥吻，缠绵，彼此探索身体时，娥玛对着他的耳朵呢喃，你说我能不能把你脑子里别的女人赶走。

胆巴说，已经只有你了。

娥玛吹气如兰，说，那么，那个你刘叔叔家的丹雅呢。

胆巴很吃惊，你怎么知道我想过她。

娥玛说，她那样的女人，没有女人的男人都想过她。

胆巴便继续向娥玛的身体进攻。到了最关键的环节，娥玛从床上起来，理好衣服，先生，这一步必须等到我确定你是我丈夫那一刻。

胆巴有些尴尬，也有些气恼，你守身如玉，却又这么懂得男人。

娥玛回答，你以为必须跟男人上床才能懂得男人吗？

松茸季降临之前，胆巴结婚了。

已经从县政协退休的刘主任来参加了简单的婚礼。丹雅也来了。刘主任端着酒杯，上来说的却不是祝贺的话，他说，我退休了，闲不住，也想弄弄松茸的生意，我是老机村了，就在机村搞个收购点。

胆巴知道，并不是他想做什么松茸生意，是想做这个生意的丹雅在背后怂恿。胆巴只好告诉他，县里马上要在机村搞个松茸合作社，这样有利于保护资源，并防止恶性竞争。

刘主任当然不高兴，说，你不必在这个时候如此答复我。

胆巴心里当然很过意不去。接下来，他在机村亲自抓的松茸合作社试点失败了。

村中老人对他说，合作社，我们都当过合作社的社员，小子，你还想让我们再饿肚子吗？回家问问你阿妈斯烱，她是怎么成为蘑菇圈大妈的吧。

胆巴还是坚持召集全体村民开了一个会，说明此合作社不是彼合作社。有人假装听懂了，说，好啊，阿妈斯烱的蘑菇圈里的松茸就是我们大家的了。全村平分松茸的钱。

阿妈斯烱可不客气，那你们偷砍树木的钱，做生意挣的大钱都要大家来平分了。

胆巴在村里待了三天，一户一户地说服，也没有什么结果。

这件事情也就黄了。书记和县长都是老干部，见此情形并不为怪，好多事情不是我们想不到，而是确实做不成啊！胆巴这话也是为他们很多半途而废的事情开脱的吧。

胆巴在心里把合作社的事情放下了，带着新媳妇娥玛回家来。阿妈斯烱拿出一套花了将近十万块钱买来的珠宝送给儿媳。阿妈斯烱说，你要看好胆巴，他是个傻瓜，只不过是个善良的傻瓜。是的，是的，我也是个傻瓜，但也不会傻到把钱白分给大家。

娥玛换下一身短打，穿上藏装，戴上阿妈斯烱用松茸钱置办的红珊瑚与黄蜜蜡，脸上的喜气和珠宝相映生辉。

阿妈斯烱因此抹了眼泪，说，这座房子，从来没有这样亮堂过啊！

她温了加了酥油的青稞酒，悄声对娥玛说，就在这座房子里，就在今天晚上，你给我怀一个孙子吧。

那天晚上，临睡时，阿妈斯烱亲手给儿子和媳妇铺了床褥，自己却不睡觉，坐在院子里，身边放了一壶酒，在大月亮下摇晃着身子歌唱。半夜醒来，胆巴听见阿妈斯烱在院中歌唱，正要起身下床，却被娥玛缠住，阿妈可是给了我一个大任务。

胆巴复又倒在床上，老太婆跟你嘀咕什么来着。

老人家要我和你今晚给她造个孙子。

胆巴笑了，不是一直造着的吗？

那就再造一次吧。

那个晚上，他们给阿妈斯炯造孙子真是造得轰轰烈烈。

启明星刚刚升上天际，阿妈斯炯轻手轻脚上了楼，扒开了火，用陶罐煨了块上好的藏香猪肉，然后，上山去了。林子里飘着雾气，阿妈斯炯第三次停下来，倾听后面有没有脚步声，确信身后什么都没有时，她钻进了林子，这时，雾气散开不少，她看到蘑菇圈中已经新出土了十几朵蘑菇，但她并不急于采摘。

阿妈斯炯拂去一些栎树潮湿的枯叶，一块石头在她手下显现。她在这块石头上坐下来，她脸上洋溢着幸福的神情，用甜蜜的声音说，我不着急。她静静地坐下来，袍子的颜色接近栎树树干的颜色，也很接近林下地面的颜色。只有一张脸洋溢着特别的光彩。那光彩使得有轻雾飘荡的，光线黯淡的林中也明亮起来。

她坐下来，听见雾气凝聚成的露珠在树叶上汇聚，滴落。她听见身边某处，泥土在悄然开裂，那是地下的蘑菇在成长，在用力往上，用娇嫩的躯体顶开地表。那是奇妙的一刻。

几片叠在一起的枯叶渐渐分开，叶隙中间，露出了一朵松茸褐色中夹带着白色裂纹的尖顶，那只尖顶渐渐升高，像是下面埋伏有一个人，戴着头盔正在向外面探头探脸。就在一只鸟停止鸣叫，又一只鸟开始啼鸣的间隙之间，那朵松茸就升上了地面。如果依然比作一个人，那朵松茸的菌伞像一只头盔完全遮住了下面的脸，略微弯曲的菌柄则像是一个支撑起四处张望的脑袋的颈项。

就这样，一朵又一朵松茸依次在阿妈斯炯周围升上了地面。

她看到了新的生命的诞生与成长。

她只从其中采摘了最漂亮的几朵，就起身下山了。

她在平底锅中化开了酥油，用小火煎新鲜蘑菇片的时候，她听到儿子和媳妇起床了。听到媳妇娇媚的说话时，阿妈斯炯真的眉开眼笑了。当他们按城里人的方式完成繁琐的洗漱时，蘑菇也煎好了。她在卧房中换好被露水打湿的衣服时，胆巴和他的新媳妇正吃得眉开眼笑。她看见媳妇把松茸片夹进儿子口中，阿妈斯炯幸福得脸上露出了难过的表情。他们身上还散发着男欢女爱过后留下的味道。

胆巴对妻子说，瞧瞧，阿妈斯炯为你打扮得像过节一样！

媳妇扶着阿妈斯炯坐到小炕桌前，从陶罐中盛了汤，双手奉上。

阿妈斯炯哭了，她咧着的嘴却没有出声，滚烫的泪水哗哗流淌。媳妇也红了眼圈说，胆巴告诉过我，阿妈吃过的苦，阿妈受过的委屈。

阿妈斯炯又笑了，我不是难过，我是幸福。离开干部学校那一天，我就没有指望过，还能过上今天这样的好日子。

胆巴告诉我，宝胜寺恢复那一年，法海舅舅带胆巴去寺院做小和尚，是你连夜走了几十里路把他抢回来的。

哦，那个往生的死鬼！

媳妇小心翼翼挑拣着词汇，你，你，不好的，不顺利的命运都是……

哦，不，胆巴的法海舅舅，他自己就算不得一个真和尚。一个熬茶和尚算什么真和尚？一个有过女人的和尚算什么真和尚？我儿倒能做一个真和尚，但我舍不得他。不说往生的人了。我喜欢你们像现在这样。昨夜，你们俩一起睡在这老房子里，我喜欢得坐在院子里一夜没睡，希望你们已经种下一个好命的新生命了。

阿妈斯炯还指了指窗口上的那一方青山，说，等有了孙了，我的蘑菇圈换来的钱，才能派上用场。

回城的路上，新婚夫妇回味阿妈斯炯那些话，娥玛倚在胆巴肩上，又哭了一场。她说，我因为什么样的福气，得了这么一个善心的妈妈。

第二年蘑菇季到来前，阿妈斯炯得了一个孙女。

孙女长得像胆巴。大眼睛，高鼻子，紧凑的身板。

阿妈斯炯让胆巴带着她到银行专开了一个存折。上面写了孙女的名字，一个蘑菇季下来，她居然往里面存了两万块钱。

又过些年，松茸的价格涨涨跌跌，但到孙女上小学的时候，存折里已经有了十万块钱。

那时，前工作组长刘元萱已经退休多年了。丹雅也结过两次婚了。后一次离婚时，她索性办了留职停薪的手续，用从后一任做木材商人的丈夫那里分得的钱做本，自己做起了蘑菇商人。

蘑菇生意并不像早年一手钱一手货收进来卖出去那么简单。这个时候的蘑菇生意已经公司化了。那些互为竞争对手的公司小小合作一下，就能把一个游商的发财梦给破了。

丹雅也遭受了这样的命运，那笔离婚得来的钱，随着收上来却出不了手的松茸一起消失了。据说，在一家贸易公司门口，看着腐烂的松茸变成臭烘烘的黑色黏液从车厢缝隙里渗出来，丹雅在那里吐了个天昏地暗，吐尽了她胃里的食物和胃酸，还有眼泪，以及对以往过错的种种悔恨。

从此以后，她成了另外一个人。即便是她终于取得生意上的成功时，依然没有变回从前那个丹雅。

据说，她在父母家里躺了好几天。第五天，丹雅起了床，宣布说我要从零开始。

退休后无职无权的刘元萱问她，从零开始，你这个零在什么地方。

丹雅承认自己也不知道这个零在什么地方。但她说，你提携过的胆巴都当副县长了，你得让他帮帮我。

刘元萱说，你要找谁帮忙我管不着，唯独不能找他！

丹雅冷笑，当年胆巴追我，你也说这话！不然，我现在是副县长夫人了！

这是一个晴朗的早晨，太阳光斜斜地从东窗上照进来，落在沙发前的地板上。刘元萱受了刺激，脸孔涨得通红，从沙发上站起来，然后就摇摇晃晃地倒下了。他倒在了那方阳光里，张大的眼睛里光芒渐渐涣散。他听见丹雅在打电话叫救护车。他一直在说，用不着了，用不着了。但丹雅没有听见他这些话，只见到一些无意义的白沫从他嘴角溢出来。直到听见了救护车声，丹雅才俯身下来，听见从那些越积越多的光沫中冒出来的微弱的声音。丹雅听到了她父亲最后的那句话，胆巴是你的哥哥，你的亲哥哥。

急救中心的医生冲进屋内，摸摸前工作组长刘元萱的脖子，听听他的心脏，再用小电筒照照他的瞳孔。然后，记下了他的死亡时间。丹雅跌坐在沙发上，欲哭无泪。看着早晨的阳光离开了地面，照到墙边的矮柜上。看到父亲没有了生命的躯体躺在了担架上，蒙上了白布，离开了这个居住了十多年的单元房，上了救护车，往医院的停尸间去了。

在殡仪馆的送别仪式上，县里领导都来了。胆巴也在其中。这时，他已经是常务副县长了。他走到丹雅面前，也像别的领导一样要跟她握手，但是丹雅一下就靠在了他的肩头上哭了起来。这时，还有刻薄的嘴巴悄悄议论，要是当年就嫁给胆巴，她今天就不会这么伤心了。

此情此景，胆巴有些尴尬，说，刘叔叔走了，我也很心伤。

丹雅对他说，爸爸最后留了一句话，他当年不让你追我，因为他也是你的爸爸。

晚上，胆巴眼前浮现出躺在棺材里穿了西服，涂了口红的那张灰白色的脸，心里有种空洞的悲哀。那是一个颇为抽象与空洞的父亲的概念引发的悲哀。娥玛说，好了，我知道刘叔叔对你好，但人都是要走的。

胆巴犹豫半天，还是把丹雅的话告诉了娥玛。

娥玛说，这不会是真的！

娥玛又说，这事情也可能是真的。

我怎么可能知道她的话是真的。

回去问阿妈斯烱。

这种事我怎么问得出口！

那也得问清楚了。

这么多年不清楚不也过来了。

娥玛很老到地说，不是死去的人的问题，是活着的人的问题。

活人的问题?!

是啊，就是你追求过的丹雅。如果阿妈斯烱说不是，那你就躲着她远远的，不必再去理她。如果是，那就是另一回事，她再不争气，也是你妹妹啊！

蘑菇季到来了，阿妈斯烱捎了信来，叫两口子带着孙女去看她。如今，一天天老去的阿妈斯烱不怎么肯出门了。于是，两口子便在一个星期天带了女儿去看乡下奶奶。

路上，娥玛对胆巴说，我们把孩子奶奶接进城里来住吧。

胆巴心思不在这上头，你自己对她说。

机村离县城不远不近，五十多公里，过去，路不好，就显得离县城远。现在，漂亮的柏油路面，中间画着区隔来往车道的飘逸的黄线，靠着河岸的一边，还建起金属护栏，疯狂了十多年的林木盗伐也似乎真的被遏止住了，峡谷中水碧山青。胆巴两口子，因为阿妈斯烱的蘑菇圈，不必存钱为女儿准备学费，率先买了十多万的富康车，办私事时，都不用公车，这在群众中为这位副县长加分不少。别人的乡下母亲都是一个负担，他们的乡下母亲，却每年都为他们攒几万块钱。

娥玛便常常赞叹，胆巴，你怎么有这么好的一个妈妈。

胆巴叹息，我的苦命的妈妈。

有时，娥玛便摇晃着阿妈斯烱的肩头，阿妈斯烱，胆巴是什么命，有你这么好个妈妈。

阿妈斯炯叹息之余，又眉开眼笑，可能我上辈子也欠了他的洛卓，这辈子来还。

胆巴说，阿妈斯炯以前你只说，你欠了往生的舅舅的洛卓！

孙女问，什么是洛卓？

阿妈斯炯说，洛卓是前世没还清的债。我欠你死鬼舅爷的是坏洛卓，欠你爸爸的是好洛卓。

胆巴说，要真是如此的话，这辈子我又欠下阿妈斯炯的洛卓了！

那你下辈子还当我儿子吧。

胆巴一句话涌到嘴边，突然意识不对，又咽了回去。不想，这句话倒被阿妈斯炯说了出来，下辈子我得给你个父亲。

胆巴便说，刘元萱死了。

谁？

当年的刘组长。

阿妈斯炯又挺直了腰背，沉默了一会儿，说，胆巴，这个人就是你父亲。

胆巴说，临死前，他自己也告诉丹雅了。

胆巴以为阿妈斯炯又会说洛卓，会把这一切都归结于宿命和债务。但阿妈斯炯没有这样说。她说的是，这下我不用再因为世上另一个人而不自在了。

这句话出来，娥玛的眼睛就湿了。

胆巴不敢直看阿妈斯炯的眼睛，他看到的是比村子里其他人家整洁的屋子。火塘边擦得锃亮的铜壶，壁橱上整齐排列的瓷器。电视机的屏幕也擦得干干净净。看着看着，胆巴的眼睛也湿了。他第一次以一个男人的视角去想这个女人。她怎样莫名其妙失去了干部身份。她怎样遇到一个本该保护她却需要她去保护的兄长。她怎么独自把一个儿子拉扯成人。她怎样知道儿子的父亲就在身边而隐忍不发。现在，这个人死了，她也只说，这下我不用再因为世上另一个人的存在而不自在了。

娥玛把头靠在阿妈斯炯的肩头上，阿妈斯炯去城里跟我们在一起吧。

阿妈斯炯挺直了的腰背松下来，她说，也许吧，也许吧，可是，我怎么离得开这座房子，还有山上的蘑菇圈。这句话是一个引子，为了引出后面要说的一大段话。她说，这个世界上的很多人，生命是从生下来那一天就开始的。可我的生命是从重新回到机村的那一天开始的。她说，我回来的那一天是个好天气，风吹动着刚刚出土不久的青翠的麦苗，村里人那时还是合作社的社员，他们正在地里锄草。他们都直起腰来看穿着干部衣服的斯炯穿过被风一波波拂动的麦田，走过村里。她说，我在他们的注视下，唯一可以做到的就是不让自己哭出来，不让自己倒下去。知道吗，在工作队里，在干部学校，我学过多少比天还大的道理啊！但是，那些道理都帮不了我。那些道理不能告诉我，为什么法海和尚每天都听见我在山里叫他，他就是忍心不出来。那里我头一回想起那个字眼，洛卓——宿债。我回到家里，一头倒在床上，睡过去了。是胆巴让我醒来的，他动了肚子里那个小家伙动了。那是胆巴头一次动弹。说到这里，阿妈斯炯对已经四十多岁的儿子伸出手，过来，儿子，过来。胆巴挪动到阿妈斯炯身边。阿妈斯炯伸手揽住了他的脑袋，抱在自己怀中，那时，我就知道，我就是把法海和尚找下山，带回村里，也不能回到干部学校了。我知道，如果我不说出孩子的父亲是谁，那也不能继续穿着好看的干部服了。哦，我在干部学校的皮箱里还有一套崭新的干部服一次都没穿过呢。

年已四十多岁的胆巴鼻子发酸，在阿妈斯炯怀中说出了该在他童年少年时代的艰难时刻就说出的话，我爱你，阿妈，你有没有觉得我也是一个洛卓，一个宿债？

不，不，阿妈斯炯猛烈摇头，你在我肚子里的时候，我还没见过你，那时，我只能想，这是我的又一份宿债。真的，我只能那么想。让我怀上你的男人，还有干部学校，都是专讲大道理的，但我知道我肚子里有了一个人的时候，我只知道，我又走上我母亲的道路了，她带到这个世界上两个没有父亲的孩子。我只能想，这是我的一份宿债。我的宿债让我犯了这些不该犯的错。我不该让一个有妻子的男人在我身上播种，我不该跑到山上去寻找一个该由警察去寻找的和尚。

一生中第一次，胆巴靠在母亲怀中流下泪来。

好孩子，你哭吧。从知道有了你那一天，我就告诉自己我要坚强，我也一直告诉一天天长大的你，要坚强。现在，你哭吧。

娥玛也挪过身子，靠在阿妈斯炯怀中，哭了起来。

阿妈斯炯亲吻媳妇的脸，尝到了她潸然而下的泪水的味道。她说，知道吗，我生胆巴的那一夜，他法海舅舅吓坏了，跑到羊圈里和他的羊群待在一起。我把胆巴生下来，我把他抱到床上，自己吃了东西，和他睡在一起。我看见他睁开眼睛看了一眼妈妈。那时，我就知道，我的生命开始了，我不能再犯一个错了。不管我有没有欠别人的宿债，我也不会再犯一次错误了。我那些话不是对神佛，对菩萨说的，我是对自己说的。现在我知道，我那些话是对的。我的儿子长大了，给我带回来这么好的媳妇，这么漂亮的孙女。

阿妈斯炯突然转了话头，我死后，这座房子就没人住了，就会一天天塌掉吗？

胆巴说，等我退休了，就回来住在这里。

阿妈斯炯高兴起来，她笑了，我还要把蘑菇圈交给你，我要让我的蘑菇圈认识我的亲儿子。

那天晚饭，阿妈斯炯喝了酒。酒使她更加高兴起来。她突然兀自笑起来，对儿媳妇说，你知道吗？那年胆巴带了刘元萱的女儿来过这座房子。我想，雷要劈树了，当哥哥的想娶妹妹了。我对自己说，上天真要把我变成一个听天由命的老太婆，让我死去时都不能甘心吗？

胆巴说，哦，阿妈斯炯，我那时只是可怜她。那么多人讨厌她，

我就想要可怜她。他没有说，他青春的肉体也曾热烈渴望那种人们传说中的放荡风情。

阿妈斯炯挥挥手，阻止胆巴再说下去。她说，我能把蘑菇圈放心地交给你吗？

胆巴说，我不会用耙子去把那些还没长成的蘑菇都耙出来，以致把菌丝床都破坏了。

是啊，那些贪心的人用耙子毁掉了我一个蘑菇圈。

我也不会上山去盗伐林木，让蘑菇圈失去荫凉，让雨水冲走了蘑菇生长的肥沃黑土。

是啊，那些盗伐林木的人毁掉了我第二个蘑菇圈。我担心的不是这个，我担心你的合作社。阿妈斯炯对娥玛说，你知道他想搞一个蘑菇合作社吗？

我知道，那时我刚刚认识他。

你不能让他搞这个蘑菇合作社。

胆巴想说什么，但阿妈斯炯阻止了他。我要你听我说，我不要你现在说话。我知道你的合作社不是以前的合作社。可是，你以为你把我的蘑菇圈献出来人们就会被感动，就会阻止人心的贪婪？不会了。今天就是有人死在大家面前，他们也不会感动的。或者，他们小小感动一下，明天早上起来，就又忘记得干干净净了！人心变好，至少我这辈子是看不到了。也许那一天会到来，但肯定不是现在。我只要我的蘑菇圈留下来，留一个种，等到将来，它们的儿子孙子，又能漫山遍野。

胆巴告诉阿妈斯炯，如今，政府有了新的办法来保护环境，城镇化。这也是真的，胆巴副县长正主抓的工作之一，就是把那些偏僻的和生态严重恶化的村庄的人们往新建的城镇集中。把那些被砍光了树的地方还给树。把那些将被采光蘑菇的地方还给蘑菇去生长。

阿妈斯炯说，我老了，我不想知道你说的这些事。我一辈子都没有弄懂过这个世界上的许多事，我只要你看护好我最后的蘑菇圈。

又过两年。胆巴升职了，他去邻县当了县长。他离家远了，五百公里外，任职的那个县和家乡县中间还隔着一个县。隔一段时间，他都要接母亲来住一段时间。每回，阿妈斯炯都住不长。冬天，她说，天哪，再不回去，这么大的雪要把我院子的栅栏压坏了。春天，她说，再不回去，那些荨麻会长满院子，封住我家门了。更不要说松茸季快到的秋天，天哪，我想它们了。孙女问，奶奶的它们是谁？阿妈斯炯说，奶奶的它们是那些蘑菇，它们高高兴兴长出来，可不想烂在泥巴里，把自己也变成泥巴。

胆巴县长只好派车送她回去。

2013 年，胆巴再次升职，这回是另一个自治州的副州长了。这回，中间隔了五个县，一千多公里了。阿妈斯炯说，天哪，你非得隔我越来越远吗？胆巴说，不是我隔你越来越远，是世界变小了。阿妈斯炯说，哦，那不是越来越拥挤了吗？阿妈斯炯问孙女，就是因为这个缘故，你才要嚷嚷着要去美国念书吗？哦，你去吧，一个老太婆怎么拦得住这个变小的世界啊。孙女说，我就是想看这个世界有多大！

阿妈斯炯说，哦，你爸爸可不是这样说的，他说这个世界变小了。

孙女说，爸爸骗你的，世界很大。

哦，他总是胡说什么世界变小了。哦，这一次他没有骗我，我知道，人在变大，只是变大的人不知道该如何放置自己的手脚，怎么对付自己变大的胃口罢了。只是，我跟不上趟，我还要活在自己的世界里。说完这些话，阿妈斯炯起身回家。

是的，这是 2013 年，气势浩大的夏天将要过去，风已经开始变得凉爽，这是说，初秋，也就是一年一度热闹的松茸季又要来到了。

离村口远远的，阿妈斯炯就下了车，提着她的柳条篮子往村里走。她不想让村里人看见她是坐着官车回来的。她过了桥，手扶着桥上的栏杆时，摸到了温暖的阳光。她走过村里的麦田。现在的麦

子不是当年的麦子。这些麦子都是新推广的良种，植株低矮，穗子饱满沉重。没有风。她身上宽大的袍子和手里篮子碰到了那些深深下垂的饱满麦穗，窸窣作响。

在村口的核桃树下，她小坐一阵，她仰脸对着蓝色的深空说，天哪，我爱这个村子。

还没走到家门口，她就闻到了阵阵浓烈的青草的味道。

她熟悉这种味道。那是很久很久以前，没有公路以前的年代，她还是小姑娘的年代。村子里还有驿道穿过，村东头还有条小街和几家店铺的年代。她在吴掌柜家帮佣，替来往的马帮准备饲草。镰刀下的青草散发出来的就是这种味道。还有就是机村那个饥荒年，人们收割没有结穗的麦草时的味道。现在，鼻腔里充满的这种味道让她停下脚步，身子倚在院墙边，阿妈斯炯对自己说，我是不是要死了。

她听见一个声音说，还不到时候呢。

她说，那我怎么闻见了以前的味道。

阿妈斯炯推开院门，见到的是村子里两个野小子，现在却弯腰在她的院子中，挥动镰刀刈除她不在的这一个多月院子里长满的荒草。牛耳大黄、荨麻和苦艾。就是那些被割倒的草，在阳光下散发出强烈的味道。

这两个野小子几次跟踪她，想发现她的蘑菇圈，这会儿，他们直起腰来对着她傻笑。

阿妈斯炯说，坏小子，你们就是替我盖一座房子，我也不会带你们去想去的地方。

这时自己家的楼上有人叫她，阿妈斯炯！是我，我来看你来了！

恍若是当年工作队在时的情形，从楼上窗口，露出一张白花花的脸。上楼的时候，阿妈斯炯嘀咕说，哪有来探望人的人先进了家门！她的头刚升上楼梯口，便手扶栏杆停下来，要看看是谁如此自作主张。那个人已经在屋里生起了火，此时正背着光站在窗口，让阿妈斯炯看不清脸。阿妈斯炯说，主人不在，得是我们家的鬼，才能随便进出这所房子呢。

那人迎上来，说，阿妈斯炯，我们正是一家人啊。

这回，阿妈斯炯看清了，这是个女人。一个松松垮垮的身子，一张紧绷绷亮铮铮的脸，你是谁？

你记不得我了，我跟胆巴哥哥来过你家，我是丹雅！

阿妈斯炯不知道自己脾气为何这般不好，她听见自己没好气地说，哦，那时你可是没把他当成哥哥。

丹雅笑起来，是啊，那时我爸爸都吓坏了。

阿妈斯炯坐下来，口气仍然很冲，这回，你是为我的蘑菇圈来的吧。

丹雅摇摇手，有很多人为了蘑菇圈找你吗？

没有很多人，可来找我的，都是想打蘑菇圈的主意！

丹雅说，我要跟你老人家说说我自己，我不是以前那个男人们白天厌恶，晚上又想得不行的女人了，我现在是自己公司的董事长和总经理。

阿妈斯炯说，哦，我大概知道总经理是干什么的，可董事长是个什么东西？

董事长专门管总经理。

阿妈斯炯笑了，姑娘，你自己管自己？好啊，好啊，女人就得自己管好自己，不是吗？

得了，阿妈斯炯，你老人家就不能对我好一点吗？我是你儿子的亲妹妹！也许你恨我们的爸爸，可他已经死了。

阿妈斯炯沉默，继之以一声叹息，可怜的人，我们都会死的。

你要死了，蘑菇圈怎么办？我知道你会怎么说，交给胆巴照顾。他照顾不了你的蘑菇圈，他的官会越当越大，他会忘记你的蘑菇圈。

阿妈斯炯像被人击中了要害，一时说不出话来。

丹雅说，阿妈斯炯，你知道什么最刺激男人吗？哦，你是个大

好人，大好人永远不懂得男人，他们年轻时爱女人，以后爱的就是当官了。你的儿子，我的胆巴哥哥也是一样。

阿妈斯烱生气了，那就让它们在山上吧。以前，我们不认识它们，不懂得拿它们换钱的时候，它们不就是自己好好在山林里的吗？

我的公司正在做一件事情，以后，它们就不光是在山林里自生自灭，我要把它们像庄稼一样种在地里。

丹雅带着阿妈斯烱坐了几十公里车去参观她的食用菌养殖基地。塑料大棚里满是木头架子。木头架子上整齐排列的塑料袋装满了土，还有各种肥料。工人在那些塑料袋上用木签扎孔，把菌种，也就是广口玻璃瓶中的灰色菌丝用新的木签扎进袋子里。

阿妈斯烱说，丹雅，你的孢子颜色好丑啊！

孢子？什么是孢子？

阿妈斯烱带一点厌恶的表情，指着她的菌种瓶，就是这个东西。

这是菌种！我亲哥的妈妈！

孢子，总经理姑娘，它们的名字就是孢子。我的蘑菇圈里，这些孢子雪一样的白，多么洁净啊。

好了，你说看起来干净就行了。

洁净不是干净，洁净比干净还干净。

你真是一个自以为是的老太太。

我都要死的人，还不能自以为是一下？

丹雅说，阿妈斯烱我喜欢你。

哦，可你还没有让我喜欢上你。

在另一个塑料大棚中，阿妈斯烱看到了那些木头架子上的蘑菇。那是一簇一簇的金针菇。看上去，白里微微透着黄，真是漂亮。

可阿妈斯烱并不买账。她说，蘑菇怎么会长成这种奇怪的样子。没有打开时，像一个戴着帽子的小男孩，打开了，像一个打着雨伞的小姑娘，那才是蘑菇的样子。

丹雅带阿妈斯烱到另一个长满香菇的架子跟前，它们像是蘑菇的样子了吧。

哦，腿这么短的小伙子，是不会被姑娘看上的。

封闭的大棚里又热又闷，阿妈斯炯说，好蘑菇怎么能长在这样的鬼地方，我要透不过气来了。

丹雅扶着阿妈斯炯来到大棚外面。棚子外面，一条溪流在柳树丛中欢唱奔流。阿妈斯炯在溪边洗了一把脸。又上车回机村。那天晚上，丹雅就住在了阿妈斯炯家。晚上，丹雅问阿妈斯炯恨不恨爸爸。阿妈斯炯摇头，恨一个死人是罪过。

我是说他活着的时候。

阿妈斯炯犹疑一阵，说，要是恨他，我自己就活不成了。

那你爱过他吗？

阿妈斯炯一点都不犹豫，没有。

那天夜晚，同一个屋顶下的两个女人都没有睡好。早上，丹雅起床的时候，火塘边壶里的茶开着，却没有人。她洗漱化妆，在一面小镜子中端详自己的时候，阿妈斯炯上楼来了。她说，昨晚我梦见新鲜蘑菇长出来了。上山去，它们真的长出来了。阿妈斯炯打开一张驴蹄草翠绿的叶子，露出来这一年最早出土的两朵松茸。修长的柄，头盔样还没有打开的伞。顶上沾着几丝苔藓，脚上沾着一点泥土。

瞧瞧，它们多么漂亮！阿妈斯炯打开这些叶片，亮出她的宝贝时，神情庄重，姿势有点夸张。

丹雅说，知道吗，阿妈斯炯你这样有点像电影里的外国老太婆。

阿妈斯炯听得出来她语含讥讽。她说，我看过电影，看到过有点装腔作势的外国老太婆，姑娘，那是一个人的体面。

几只蘑菇如何让一个人变得体面？

姑娘，不要笑话人。一个人可以自己软弱，看错人，做错事，这没什么，神佛会饶恕，因为犯错的人自己咽下了苦果。可是一个人要是笑话人，轻贱人，那是真正的罪过。乡下老太婆也不全是你

电视里看到的那种哭哭啼啼，悲苦无告的样子！

丹雅被这几句话震住了，她脸上挂着难堪的笑容，说，真像电影里的人在说话，那些外国老太婆。

中国老太婆就不会说人话？哦，姑娘，你真像是那该死的工作组长，自以为是，目中无人。我看到那个该死的人把这些不好的东西都传到了你身上了。

这句话把丹雅震住了。她无话可说，打开化妆盒往脸上刷粉，她停不下手，以至于脸上再也挂不住，都洒落在她衣服前襟和暴露的胸脯上了。

阿妈斯炯开始做早餐，她调上面糊，把新鲜蘑菇切成片，搅和在里面，然后，在化了新鲜酥油的平底锅里滋滋摊开。她说，这是孙女和她一起研究出来的食谱。对，她还是你的亲侄女呢。你的亲侄女说，这叫机村披萨。

我的亲侄女，机村披萨？

别往脸上涂那些东西了。灰尘能遮住什么？风一吹，雨一淋，什么都露出来了，坐下来吃饭吧。

丹雅坐下来，和阿妈斯炯一样细嚼慢咽。然后，她发出了由衷的赞叹。

这一次，丹雅在阿妈斯炯家待了三天。她没有谈生意上的事情，就是吃各种做法的松茸以及种种不那么值钱的蘑菇。

2014 年，新的蘑菇季到来的时候，村里的道路拓宽了，还新铺了硬化的水泥路面。这使得丹雅可以一直把小汽车开到阿妈斯炯院子门口。这回，丹雅还带来了胆巴的继任者，新任的县长。

新县长说，我终于见到声名远扬的蘑菇圈大妈了。

丹雅说，阿妈斯炯，我对县长说过你的机村披萨是如何美味了。

县长说，不知道我有没有这个口福。

阿妈斯炯不知道自己为什么会心里不痛快，她说，这回是不行了，今年雨水少，新鲜蘑菇要迟到了。

丹雅说，我们看到村里已经在收购松茸了。

阿妈斯炯说，那是别人的，着急的人会把没长成的松茸从土里刨出来，反正今年我的松茸是迟到了。

丹雅对县长说，县政府该下个文件，命令蘑菇不准迟到。

县长站起身，既然来了，就四处去看看，看看县政府的文件里该写些什么？

丹雅和新县长下了楼，阿妈斯炯站在窗口，看见院子里已经聚了好多人，这些人是乡政府的干部，和村里的干部。一群人跟在县长和丹雅后面，出了院子，穿过村子，上山去了。这些人一直在半山上逛来逛去，中午到了也没有下山。只有丹雅和村干部下山来了。村干部弄了午饭送上山去。丹雅就在阿妈斯炯家休息。她穿着硬邦邦的皮鞋，在山上走得把脚磨破皮了。

阿妈斯炯问丹雅，她弄这么一干人到山上去干什么。

丹雅说，他们来找你的蘑菇圈。

阿妈斯炯弄不准她是认真的，还是只是一句玩笑话。但她心想，我的蘑菇，谁也找不见。她说，我知道，你们就是不肯死心，还要弄那个该死的合作社。

丹雅笑了，你的亲儿子都搞不成的事，我还敢想？我不搞什么合作社，我不搞什么公司加农户，这都是些小打小闹的小生意，我要做的是大生意，大事情。

你真的不是来打我那些蘑菇主意的。

阿妈斯炯啊，你说说，你那些蘑菇一年能挣几个钱？

几个钱？两万多块是几个钱？

阿妈斯炯啊，如今我要挣的是一百个两万，我想挣的是一千个两万。

我们这山上哪有你想要的那么多钱。

丹雅很得意，真正的大钱都不是一样一样买东西挣来的。会挣的，不挣那种辛苦钱。如今发大财的，都不是挣辛苦钱的人。阿妈

斯烱, 时代不同了!

阿妈斯烱说, 时代不同了, 时代不同了, 从你那个死鬼父亲带着工作组算起, 没有一个新来的人不说这句话。可我没觉得到底有什么不同了。

丹雅列举种种新事物, 从公路到电话, 到电视机, 到汽车, 到松茸和羊肚菌都能卖到以前百倍的价钱, 她说, 你真的没有看到这些变化吗?

我只想问你, 变魔法一样变出这么多新东西, 谁能把人变好了? 阿妈斯烱说, 谁能把人变好, 那才是时代真的变了。

丹雅说, 这样的时代真的要到来了。电脑, 你知道吗, 电脑。

阿妈斯烱说, 我孙女, 那么漂亮的女孩子, 先是到别人菜园子里偷菜, 后来干脆在上面杀人!

这么跟你说吧, 将来把缩小的电脑装在人脑子里, 叫他做什么他就做什么, 叫他想什么他就想什么!

阿妈斯烱笑起来, 你的话有点像那些自诩法力无边的喇嘛了!

那么, 还是说说你的蘑菇圈吧。

对了, 这才是你, 说到底还是在打我蘑菇圈的主意了。

我不要你的蘑菇圈, 我要做的这件事, 有时需要借用一下你的蘑菇圈。阿妈斯烱, 容我把话说完。我只是借你的蘑菇圈用一下, 不要你一朵蘑菇。

借用? 一个搬不动的蘑菇圈, 怎么借用?

我现在还不能告诉你。今年我还用不上。或许, 明年我就用得上了。也许, 到你死的时候, 我还用不上呢。这只是我的一个创意, 一个想法。

阿妈斯烱松了口气, 那就等我老太婆死了以后吧。

丹雅说, 你真想死的话, 死前我们娘俩得签个协议, 你死后, 我有蘑菇圈的使用权。

阿妈斯烱说, 你们连死人都不肯放过啊!

丹雅说，听胆巴说，你给孙女存了一笔钱，可以告诉我有多少吗？

我不告诉你，反正够她上大学了。

我猜猜，你自己说了，你的蘑菇圈一年能挣两万多块钱，现在有二十万？三十万？你的孙女也是我的侄女，我的亲侄女。她想的是到外国上大学，美国、英国、法国，都是最先进的国家。阿妈斯炯啊，你那点钱，要是在外国，交一年的学费就花光了！你知道在外国念大学要多少年？！

阿妈斯炯说，我不知道。

如果读到博士，要十年！

那她年轻的时候，除了读书，什么都不干？

这时，县长一行从山上下来，丹雅便不想再跟阿妈斯炯交谈，要去迎县长了。临走，丹雅还对阿妈斯炯说，想想我说的话。

阿妈斯炯生气了，我不准你打我蘑菇圈的主意。

丹雅也拉下脸来，你的蘑菇圈？阿妈斯炯，山是你的吗？那是国家的。国家真要，你拦得住吗？

这句话弄得阿妈斯炯忧心忡忡。

整个蘑菇季，丹雅没有再出现，国家也没有来宣布这座山的权属。但村子里已经在传说，机村山上盛产松茸的枥树林将要被圈起来。圈起来干什么？机村人当然记得，多年前，宝胜寺在胆巴的帮助下，把寺院后山圈起来，封山育林，寺院靠这个垄断了山上的松茸资源。其实，丹雅的公司要做的是一个机村人和其他人都不太懂的项目。这个项目叫作野生松茸资源保护与人工培植综合体。这些字明明白白写在丹雅公司送给县政府的策划书上。但人们都说不好这个复杂的新词句，自然也无从讨论这件事情。这好比一个人不在场，人们又弄不清她的名字，那么，人们怎么可能聚在一起议论一个人呢？

再者说，这件事情在 2014 年并未付诸行动。因为这个综合体还

只是丹雅公司弄出来的一个策划案。这个方案要得到政府的审批，审批后更需要申请国家农业口的扶持资金，以及银行贷款。这个综合体项目的实施，就算是一切顺利，也要等到 2015 年或者 2016 年。或者，永远也不会实现。松茸的人工培植，在世界范围内都还没有实现。在丹雅的设计中，她是要把这个阿妈斯炯的蘑菇圈圈在她的综合体内。2015 年或 2016 年，她就要带着政府和银行的官员来参观正在生长野生松茸的蘑菇圈。那时，她要当场宣布，丹雅公司已经成功地在野外条件下人工培植松茸，等到技术成熟稳定后，就要进行面对市场的批量化生产。

那时，丹雅公司就不愁筹不到大笔的资金，等这些资金到手，她就可以垄断区域性的松茸市场，不但如此，她还可以把用不完的钱投到更赚钱的生意上面。

阿妈斯炯，以至全机村没人能弄得懂这么复杂的生意经，所以，蘑菇季到来的时候，他们还是按照惯常的方式争先恐后上山采松茸，同时看到政府干部和丹雅公司的人在山上勘测，用仪器测量，划线打桩。

要是把这些标了一个个号码的木桩用铁丝连接起来，几乎把机村能生松茸的地方都包括在内了。

机村人开玩笑说，阿妈斯炯啊，这个蘑菇圈可比你的蘑菇圈大多了！

阿妈斯炯说，我年纪大了，要真满山都种满了松茸，我也就不用上山了。

你上不动山的时候，会把你的蘑菇圈告诉我们吗？

阿妈斯炯坚决摇头，不，等你们把所有蘑菇都糟蹋完了，我的蘑菇圈就是给这座山留下的种。

乡亲们不便反驳，因为他们知道，再这样下去，再过些年，也许满山就只剩下阿妈斯炯的蘑菇圈里还有松茸在生长了。

他们自己解嘲说，我们不操这个心，也许没有了松茸的时候，这山上又有什么别的东西值钱了呢？

阿妈斯炯摇手，那就祈祷老天爷不要让我活到那一天。

蘑菇季快结束的时候，阿妈斯炯拿起手机，她想要给胆巴打个电话。

她要告诉儿子，自己腿不行了，明年不能再上山到自己的蘑菇圈跟前去了。

她发现，这一回，跟她年轻时处于绝望的情境中的情形大不相同。心里有些悲伤，但不全是悲伤。心里有些空洞，却又不全是空洞。

两个小时前，她从山上下来的时候，连摔了几跤。不是在雨后泥泞的倾斜的山道上不小心滑倒，也不是在草坡上被那些纠缠的草棵绊倒，是她的老腿没有力量支撑得住自己的身子而倒下的。倒下后，她也没有力气马上让自己站起身来，或是护住柳条筐中的松茸。她眼睁睁地看着倾倒的筐子中，松茸一只只滚出了筐子，滚下山坡。当她挣扎着站起身来，收捡那些四散开去的松茸时，又一次次感到膝盖发酸发软，终于又瘫倒在地上。阿妈斯炯倒在草地上，她支撑起身子后，雨后的太阳出来了，照耀着近处的栎树、杉树和柳树，照着远山上连成一片的树，满眼苍翠。而在这空蒙的苍翠之上，还横着一条艳丽的彩虹。她听见自己说，斯炯啊，这一天到来了。

阿妈斯炯在山坡上休息了很长时间，然后终于还是把那些失落的松茸捡回到筐子里，回到了家里。她又花了很长时间，才把自己身上弄干净了。这才拿起了手机。

这只手机是胆巴买来专门留给她的。

她从来只是在儿子，或者儿媳，或者孙女打来电话时，在叮叮当当的响亮的音乐声中拿起电话，和他们说话。也就是说，阿妈斯炯不知道怎么用手机往外打电话。夕阳西下时分，她拿着手机出了门，在村道上遇到一个人，她就拿出手机，请帮忙给胆巴打个电话，

我要跟他说话。

人家说，阿妈斯烱啊，我们没有胆巴的电话号码。

直到在村委会遇见村长，这才让人家帮着把电话打通了。

她说，胆巴呀，看来我要把蘑菇圈永远留在山上了。

胆巴很焦急，阿妈生病了吗？

阿妈斯烱觉得自己眼睛有些湿润，但她没有哭，她说，我没有病，我好好的，我的腿不行了，明年，我不能去看我的蘑菇圈了。

阿妈斯烱，你不要伤心。

儿子，我不伤心，我坐在山坡上，无可奈何的时候，看见彩虹了。

阿妈斯烱听见胆巴说话都带出了哭声，他说，阿妈斯烱，我的工作任务很重，我离不开我的岗位，不能马上来看你！你到儿子这儿来吧！

阿妈斯烱因此很骄傲，她关掉电话，说，我有个孝顺儿子，我一说我的腿不行了，他就哭了。她从村委会出来，慢慢走回家去，一路上，她遇到的五个人，她都说，我对胆巴说我的腿不行了，胆巴是个孝顺儿子，他都哭起来了。

第二天，丹雅就上门了。

丹雅带了好多好吃的东西，阿妈斯烱，我替胆巴哥哥看望你老人家来了。胆巴哥哥让我把你送到他那里去。

阿妈斯烱说，我哪里也不去，我只是再也不能去找我的蘑菇圈了。

丹雅说，那么让我替你来照顾那些蘑菇吧。

阿妈斯烱说，你怎么知道如何照顾那些蘑菇？你不会！

丹雅说，我会！不就是坐在它们身边，看它们如何从地下钻出来，就是耐心地看着它们慢慢现身吗？

阿妈斯烱说，哦，你不知道，你怎么可能知道！

丹雅说，我知道，不就是看着它们出土的时候，嘴里不停地喃喃自语吗？

阿妈斯炯说，天哪，你怎么可能知道！

丹雅说，科技，你老人家明白吗？科学技术让我们知道所有我们想知道的事情。

阿妈斯炯说，你不可能知道。

丹雅问她，你想不想知道自己在蘑菇圈里的样子？

阿妈斯炯没有言语。

丹雅从包里拿出一台小摄像机，放在阿妈斯炯跟前。一按开关，那个监视屏上显出一片幽蓝。然后，阿妈斯炯的蘑菇圈在画面中出现了。先是一些模糊的影像。树，树间晃动的太阳光斑，然后，树下潮润的地面清晰地显现，枯叶，稀疏的草棵，苔藓，盘曲裸露的树根。阿妈斯炯认出来了，这的确是她的蘑菇圈。那块紧靠着最大栎树干的岩石，表面的苔藓因为她常常坐在上面而有些枯黄。现在，那个石头空着。一只鸟停在一只蘑菇上，它啄食几口，又抬起头来警觉地张望四周，又赶紧啄食几口。如是几次，那只鸟振翅飞走了。那只蘑菇的菌伞被啄去了一小半。

丹雅说，阿妈斯炯你眼神不好啊，这么大朵的蘑菇都没有采到。她指着画面，这里，这里，这么多蘑菇都没有看到，留给了野鸟。

阿妈斯炯微笑，那是我留给它们的。山上的东西，人要吃，鸟也要吃。

下一段视频中，阿妈斯炯出现了。那是雨后，树叶湿淋淋的。风吹过，树叶上的水滴簌簌落下。阿妈斯炯坐在石头上，一脸慈爱的表情，在她身子的四周，都是雨后刚出土的松茸。镜头中，阿妈斯炯无声地动着嘴巴，那是她在跟这些蘑菇说话。她说了许久的话，周围的蘑菇更多，更大了。她开始采摘，带着珍重的表情，小心翼翼地下手，把采摘下来的蘑菇轻手轻脚地装进筐里。临走，还用树叶和苔藓把那些刚刚露头的小蘑菇掩盖起来。

看着这些画面，阿妈斯炯出声了，她说，可爱的可爱的，可怜

的可怜的这些小东西，这些小精灵。她说，你们这些可怜的可爱的小东西，阿妈斯炯不能再上山去看你们了。

丹雅说，胆巴工作忙，又是维稳，又是牧民定居，他接了你电话马上就让我来看你。

阿妈斯炯回过神来，问，咦！我的蘑菇圈怎么让你看见了？

丹雅并不回答。她也不会告诉阿妈斯炯，公司怎么在阿妈斯炯随身的东西上装了GPS，定位了她的秘密。她也不会告诉阿妈斯炯，定位后，公司又在蘑菇圈安装了自然保护区用于拍摄野生动物的摄像机，只要有活物出现在镜头范围内，摄像机就会自动开始工作。

阿妈斯炯明白过来，你们找到我的蘑菇圈了，你们找到我的蘑菇圈了！

如今这个世界没有什么是找不到的，阿妈斯炯，我们找到了。

阿妈斯炯心头溅起一点愤怒的火星，但那些火星刚刚闪出一点光亮就熄灭了。接踵而至的情绪也不是悲伤。而是面对一个完全陌生的世界那种空洞的迷茫。她不说话，也说不出什么话来。

只有丹雅在跟她说话。

丹雅说，我的公司不会动你那些蘑菇的，那些蘑菇换来的钱对我们公司没有什么用处。

丹雅说，我的公司只是借用一下你蘑菇圈中的这些影像，让人们看到我们野外培植松茸成功，让他们看到野生状态下我公司种植的松茸怎样生长。

阿妈斯炯抬起头来，她的眼睛里失去了往日的亮光，她问，这是为什么？

丹雅说，阿妈斯炯，为了钱，那些人看到蘑菇如此生长，他们就会给我们很多很多钱。

阿妈斯炯还是固执地问，为什么？

丹雅明白过来，阿妈斯炯是问她为什么一定要打她蘑菇圈的主意。

丹雅的回答依然如故，阿妈斯炯，钱，为了钱，为了很多很多的钱。

阿妈斯炯把手机递到丹雅手上，我要给胆巴打个电话。

丹雅打通了胆巴的电话，阿妈斯炯劈头就说，我的蘑菇圈没有了。我的蘑菇圈没有了。

电话里的胆巴说，过几天，我请假来接你。

过几天，胆巴没有来接她。

胆巴直到冬天，最早的雪下来的时候，才回到机村来接她。离开村子的时候，汽车缓缓开动，车轮压得路上的雪咕咕作响。阿妈斯炯突然开口，我的蘑菇圈没有了。

胆巴搂住母亲的肩头，阿妈斯炯，你不要伤心。

阿妈斯炯说，儿子啊，我老了我不伤心，只是我的蘑菇圈没有了。

月光里的银匠

在故乡河谷，每当满月升起，人们就说："听，银匠又在工作了。"

满月慢慢地升上天空，朦胧的光芒使河谷更加空旷，周围的一切都变得模糊而又遥远。这时，你就听吧，月光里，或是月亮上就传来了银匠锻打银子的声音：叮咣！叮咣！叮叮咣咣！于是，人们就忍不住要抬头仰望月亮。

人们说："听哪，银匠又在工作了。"

银匠的父亲是个钉马掌的。真正说来，那个时代社会还没有这么细致的分工，那个人以此出名也不过是说这就是他的长处罢了——他真实的身份是洛可土司的家奴，有信送时到处送信，没信送时就喂马。有一次送信，路上看到个冻死的铁匠，就把套家什捡来，在马棚旁边砌一座泥炉，叮叮咣咣地修理那些废弃的马掌。过一段时间，他又在路上捡来一个小孩。那孩子的一双眼睛叫他喜欢，于是，他就把这孩子背了回来，对土司说："叫这个娃娃做我的儿子、你的小家奴吧。"

土司哈哈一笑说："你是说我又有了一头小牲口？你肯定不会白费我的粮食吗？"

老家奴说不会的。土司就说："那么好吧，就把你钉马掌的手艺教给他。我要有一个专门钉马掌的奴才。"正是因为这样，这个孩子才没有给丢在荒野里喂了饿狗和野狼。这个孩子就站在铁匠的炉子

100

边上一天天长大了。那双眼睛可以把炉火分出九九八十一种颜色。那双小手一拿起锤子，就知道将要炮制的那些铁的冷热。见过的人都夸他会成为天下最好的铁匠，他却总是把那小脑袋从抚摸他的那些手下挣脱出来。他的双眼总是盯着白云飘浮不定的天边。因为养父总是带着他到处送信，少年人已经十分喜欢漫游的生活了。这么些年来，山间河谷的道路使他的脚力日益强壮，和土司辖地里许多人比较起来，他已经是见多识广的人了。许多人他们终生连一个寨子都没有走出去过，可他不但走遍了洛可土司治下的山山水水，还几次到土司的辖地之处去过了呢。

有一天，父亲对他说："我死了以后，你就用不着这么辛苦，只要专门为老爷收拾好马掌就行了。"

少年人就别开了脸去看天上的云，悠悠地飘到了别的方向。他的嘴上已经有了浅浅的胡须，已经到了有自己想法，而且看着老年人都有点嫌他们麻烦的年纪了。父亲说："你不要太心高，土司叫你专钉他的马掌已经是大发慈悲了，他是看你聪明才这样的。"

他又去望树上的鸟。其实，他也没有非干什么，非不干什么的那种想法。他之所以这样，可能是因为对未来有了一点点预感。现在，他问父亲："我叫什么名字呢，我连个名字都没有。"

当父亲的叹口气，说："是啊，我想有一天有人会来告诉我你叫什么名字，那他就是你的父母，我就叫他们把你带走。可是他们没有来。让佛祖保佑他们，他们可能已经早我们上天去了。"当父亲的叹口气，说，"我想你是那种不甘心做奴隶的人，你有一颗骄傲的心。"

年轻人叹了口气说："你还是给我取个名字吧。"

"土司会给你取一个名字的。我死了以后，你就会有一个名字，你就真正是他的人了。"

"可我现在就想知道自己是谁。"于是，父亲就带着他去见土司。土司是所有土司里最有学问的一个，他们去时，他正手拿一匣书，

坐在太阳底下一页页翻动不休呢。土司看的是一本用以丰富词汇的书，这书是说一个东西除了叫这个名字之外，还可以有些什么样的叫法。这是一个晴朗的下午，太阳即将下山，东方已经现出了一轮新月淡淡的面容。口语中，人们把它叫作"泽那"，但土司指一指那月亮说："知道它叫什么名字吗？"

当父亲的用手肘碰碰捡来的儿子，那小子就伸长颈子说："泽那。"

土司就笑了，说："我知道你会这样说的。这书里可有好多种名字来叫这种东西。"

当父亲的就说："这小子他等不及我死了，请土司赐你的奴隶一个名字吧。"土司看看那个小子，问："你已经懂得马掌上的全部学问了吗？"那小子想，马掌上会有多大的学问呢，但他还是说："是的，我已经懂得了。"土司又看看他说："你长得这么漂亮，女人们会想要你的。但你的内心里太骄傲了。我想不是因为你知道自己有一张漂亮的脸吧。你还没有学到养父身上最好的东西，那就是作为一个奴隶永远不要骄傲。但我今天高兴，你就叫天上有太阳它就发不出光来的东西，你就叫达泽，就是月亮，就是美如月亮。"当时的土司只是因为那时月亮恰好在天上现出一轮淡淡的影子，恰好手上那本有关事物异名的书里有好几个月亮的名字。如果说还有什么的话，就是土司看见修马掌的人有一张漂亮而有些骄傲的面孔而心里有些隐隐的不快，就想，即使你像月亮一样那我也是太阳，一下就把你的光辉给掩住了。

那时，土司那无比聪明的脑袋没有想到，太阳不在时，月亮就要大放光华。那个已经叫作达泽的人也没有想到月亮会和自己的命运有什么关系，和父亲磕了头，就退下去了。从此，土司出巡，他就带着一些新马掌，跟在后面随时替换。那声音那时就在早晚的宁静里回荡了：叮咣！叮咣！每到一个地方那声音就会进入一些姑娘的心房。土司说："好好钉吧，有一天，钉马掌就不是一个奴隶的职业，而是我们这里一个小官的职衔了。至少，也是一个自由民的身份，就像那些银匠一样。我来钉马掌，都要付钱给你了。"

这之后没有多久，达泽的养父就死了。也是在这之后没有多久，一个银匠的女儿就喜欢上了这个钉马掌的年轻人。银匠的作坊就在土司高大的官寨外面。达泽从作坊门前经过时，那姑娘就倚在门框上。她不请他喝一口热茶，也不暗示他什么，只是懒洋洋地说："达泽啦，你看今天会不会下雨啊。"或者就说："达泽啦，你的靴子有点破了呀。"那个年轻人就骄傲地想：这小母马学着对人尥蹄子了呢。口里却还是说：是啊，会不会下雨呢。是啊，靴子有点破了呢。

终于有一天，他就走到银匠作坊里去了。

老银匠摘下眼镜看看他，又把眼镜戴上看看他。那眼镜是水晶石的，看起来给人深不见底的感觉。达泽说："我来看看银器是怎么做出来的。"老银匠就埋下头在案台上工作了。那声音和他钉马掌也差不多：叮咣！叮咣！下一次，他再去，就说："我来听听敲打银子的声音吧。"老银匠说："那你自己在这里敲几锤子，听听声音吧。"但当银匠把一个漂亮的盘子推到他面前时，他竟然不知自己敢不敢下手了，那月轮一样的银盘上已经雕出了一朵灿烂的花朵。只是那双银匠的手不仅又脏又黑，那些指头也像久旱的树枝一样，枯萎蜷曲了。而达泽那双手却那么灵活修长，于是，他拿起了银匠樱桃木把的小小锤子，向着他以为花纹还须加深的地方敲打下去。那声音铮铮地竟那样悦耳。那天，临走时，老银匠才开口说："没事时你来看看，说不定你会对我的手艺有兴趣的。"

第二次去，他就说："你是该学银匠的，你是做银匠的人才。天才的意思就是上天生你下来就是做这个的。"

老银匠还把这话对土司讲了。土司说："那么，你又算是什么呢？"

"和将来的他相比，那我只配做一个铁匠。"

土司说："可是只有自由民才能做银匠，那是一门高贵的手艺。"

"请你赐给他自由之身。"

"目前他还没有特别的贡献，我们有我们的规矩不是吗？"老银匠叹了口气，向土司说："我的一生都献给你了，就把这点算在他的账上吧。那时，你的子民，我的女婿，他卓绝的手艺传向四面八方，整个雪山栅栏里的地方都会在传扬他的手艺的同时，念叨你的英名。"

"可是那又有什么意思呢？"

老土司这样一说，达泽感到深深绝望。不是因为别的，就是因为土司说得太有道理了。一个远远流布的名字和一个不为人知的名字的区别又在哪里，有名和无名的区别又在哪里呢？达泽的内心让声名的渴望燃烧，同时也感到声名的虚妄。于是，他说："声名是没有意义的，自由与不自由也没有多大的关系，老银匠你不必请求了，让我回去做我的奴隶吧！"

土司就对老银匠说："自由是我们的诱惑，骄傲是我们的敌人，你推荐的年轻人能战胜一样是因为不能战胜另外一样，我要遂了他的心愿。"土司这才看着达泽说，"到炉子上给自己打一把弯刀和一把锄头，和奴隶们在一起吧。"

走出土司那雄伟官寨的大门，老银匠就说："你不要再到我的作坊里来了，你的这辈子不会顺当，你会叫所有爱你的人伤心的。"说完，老银匠就头也不回地走了。留下一地白花花的阳光在他的面前，他知道那是自己的泪光。他知道骄傲给自己带来了什么。他把铁匠炉子打开，给自己打弯刀和锄头。只有这时，他才知道自己失去了什么，他才知道自己是十分地想做一个银匠的，泪水就哗哗地流下来了。他叫了一声："阿爸啦！"顺河而起的风掠过屋顶，把他的哭声撕碎，扬散了。他之所以没有在这个晚上立即潜逃，仅仅是因为还想看银匠的女儿一眼。天一亮，他就去了银匠铺子的门口，那女子下巴颏夹一把铜瓢在那里洗脸。她一看见他，就把那瓢里的水扬在地上，回屋去了。期望中的最后一扇门也就因为自己一时糊涂，一句骄傲的话而在眼前关闭了。达泽把那新打成的弯刀和锄头放到官寨大门口，转身走上了他新的道路。他看见太阳从面前升起来了，露水在树叶上闪烁着耀眼的光芒。风把他破烂的衣襟高高掀起。他感到骄傲又回到了心间。他甚至想唱几句什么，同时想起自己从小长到现在，从来就没有开口歌唱过。即或如此，他还是感到了生活与生命的意义。出走之时的达泽甚至没有想到土司的家规，所以，也就不知道背后已经叫枪口给咬住了。他迈开一双长腿大步往前，根本就不像是一个奴隶逃亡的样子。管家下令开枪，老土司带着少土司走来说："慢！"

管家就说："果然像土司你说的那样，这个家伙，你的粮食喂大的狗东西就要跑了！"

土司就眯缝起双眼打量那个远去的背影。他问自己的儿子："这个人是在逃跑吗？"

十一二岁的少土司说："他要去找什么？"

土司说："儿子记住，这个人去找他要的东西去了。总有一天他会回来的。如果那时我不在了，你们要好好待他。我不行，我比他那颗心还要骄傲。"管家说："这样的人是不会为土司家增加什么光彩的，开枪吧！"但土司坚定地阻止了。老银匠也赶来央求土司开枪："打死他，求求你打死他，不然，他会成为一个了不起的银匠的。"土司说："那不正是你所希望的吗？"

"但他不是我的徒弟了呀！"

土司哈哈大笑。于是，人们也就只好呆呆地看着那个不像逃亡的人，离开了土司的辖地。土司的辖地之外该是一个多么广大的地方啊！那样辽远天空下的收获该是多么丰富而又艰难啊！土司对他的儿子说："你要记住今天这个日子。如果这个人没有死在远方的路上，总有一天他会回来的。回来一个声名远扬的银匠，一个骄傲的银匠！你们这些人都要记住这一天，记住那个人回来时告诉他，老

土司在他走时就知道他一定会回来。我最后说一句，那时你们要允许那个人表现他的骄傲，如果他真正成了一个了不起的银匠。因为我害怕自己是等不到那一天的到来了。"

小小年纪的少土司突然说："不是那样的话，你怎么会说那样的话呢？"

老土司又哈哈大笑了："我的儿子，你是配做一个土司的！你是一个聪明的家伙！只是，你的心胸一定要比这个出走的人双脚所能到达的地方还要宽广。"

事情果然就像老土司所预言的那样。

多年以后，在广大的雪山栅栏所环绕的地方，到处都在传说一个前所未有的银匠的名字。土司已经很老了，他喃喃地说："那个名字是我起的呀！"而那个人在很远的地方替一个家族加工族徽，或者替某个活佛打制宝座和法器。土司却一天天老下去了，而他浑浊的双眼却总是望着那条通向西藏的驿道。冬天，那道路是多么寂寞呀，雪山在红红的太阳下闪着寒光。少土司知道，父亲是因为不能容忍一个奴隶的骄傲，不给他自由之身，才把他逼上了流浪的道路。现在，他却要把自己装扮成一个用非常手段助人成长的人物了。于是，少土司就说："我们都知道，不是你的话，那个人不会有眼下的成就的。但那个人他不知道，他在记恨你呢，他只叫你不断听到他的名字，但不要你看见他的人。他是想把你活活气死呢！"

老土司挣扎着说："不，不会的，他是一个聪明的孩子，他的名字是我给起下的。他一定会回来看我的，会回来给我们家做出最精致的银器的。"

"你是非等他回来不可吗？"

"我一定要等他回来。"

少土司立即分头派出许多家奴往所有传来了银匠消息的地方出发去寻找银匠。但是银匠并不肯奉命回来。人家告诉他老土司要死了，要见他一面。他说，人人都会死的，我也会死，等我做出了我自己满意的作品，我就会回去了，就是死我也要回去的。他说，我知道我欠了土司一条命的。去的人告诉他，土司还盼着他去造出最好的银器呢。他说，我欠他们的银器吗？我不欠他们的银器。他们的粗糙食品把我养大。我走的时候，他们可以打死我的，但我背后一枪没响，土司家养得有不止一个在背后向人开枪的好手。所以，银匠说，我知道我的声名远扬，但我也知道自己这条命是从哪里来的，等我造出了最好的银器，我就会回去的。这个人扬一扬他的头，脸上浮现出骄傲的神情。那头颅下半部宽平，一到双眼附近就变得逼仄了，挤得一双眼睛鼓突出来，天生就是一副对人生愤愤不平的样子。这段时间，达泽正在给一个活佛干活。做完一件，活佛又拿出些银子，叫他再做一件，这样差不多有一年时间了。一天，活佛又拿出了更多的银子，银匠终于说，不，活佛，我不能再做了，我要走了，我的老主人要死了，他在等我回去呢。活佛说，那个叫你心神不定的人已经死了。我知道你是怎么想的，你是想在这里做出一件叫人称绝的东西，你就回去和那个人一起了断了。你不要说话，你是一个伟大的艺术家，但好多艺术家因为自己心灵的骄傲而不能伟大。我看你也是如此，好在那个叫你心神不定的人已经死了。银匠觉得自己的五脏六腑都叫这个人给看穿了，他问，你怎么知道土司已经死了，那你知道他叫什么名字吗？

活佛笑了，来，我叫你看一看别人不能看见的东西。我说过，你不是普通人，而是一个艺术家。

在个人修炼的密室里，活佛从神像前请下一碗净水，念动经咒，用一支孔雀翎毛一拂，净水里就出现图像了。他果然看见一个人手里握上了宝珠，然后，脸叫一块黄绸盖上了。他还想仔细看看那人是不是老土司，但碗里陡起水波，就什么也看不见了。

银匠听见自己突然在这寂静的地方发出了声音，像哭，也像是笑。

活佛说："好了，你的心病应该去了。现在，你可以丢心落肚地干活，把你最好的作品留在我这里了。"活佛又凑近他耳边说，"记住，我说过你是一个伟大的艺术家。"也许是因为这房间过于密闭而且又过于寂静的缘故吧，银匠感到，活佛的声音震得自己的耳朵嗡嗡作响。

他又在那里做了许多时候，仍做不出来希望中的那种东西。活佛十分失望地叫他开路了。

面前的大路一条往东，一条向西。银匠在歧路上徘徊。往东，是土司辖地，自己生命开始的地方，可是自己欠下一条性命的老土司已经死了，少土司是无权要自己性命的。往西，是雪域更深远的地方，再向西，是更加神圣的佛法所来的克什米尔，一去，这一生恐怕就难以回到这东边来了。他就在路口坐了三天，没有看到一个行人。终于等来个人却是乞丐。那家伙看一看他说："我并不指望从你那里得到一口吃食。"

银匠就说："我也没有指望从你那里得到什么。不过，我可以给你一锭银子。"

那人说："你那些火里长出来的东西我是不要的，我要的是从土里长出来的东西哩。"那人又说，"你看我从哪条路上走能找到吃食？再不吃东西我就要饿死，饿死的人是要下地狱的。"那人坐在路口祷告一番，脱下一只靴子，抛到天上落下来，就往靴头所指的方向去了。银匠一下子觉得自己非常饥饿。于是，他也学着乞丐的办法，脱下一只靴子，让它来指示方向。靴头朝向了他不情愿的东方。他知道自己这一去多半不会有什么好结果，就深深地叹口气，往命运指示的东方去了。他迈开大步往前，摆动的双手突然一阵阵发烫。他就说，手啊，你不要责怪我，我知道你还没有做出你想要做的东西，可我知道人家想要我的脑袋，下辈子，你再长到我身上吧。这时，一座雪山耸立在面前，银匠又说，我不会叫你受伤的，你到我怀里去吧，这样，你冻不坏，下辈子我们相逢时，你也是好好的。脚下的路越来越难走，那双手却在怀里安静下来了。

又过了许多日子，终于走到了土司的辖地。银匠就请每一个碰到的人捎话，叫他们告诉新土司，那个当年因为不能做银匠而逃亡的人回来了。他愿意在通向土司官寨的路上任何一个地方死去。如果可以选择死法，那他不愿意挨黑枪，他是有名气的，所以，他要体面地，像所有有名声的人都要的那样。少土司听了，笑笑说："告诉他，我们不要他的性命，只要他的手艺和名声。"

这话很快就传到了银匠的耳朵里。但他一回到这块土地上就变得那么骄傲，嘴上还是说，我为什么要给他家打造银器呢。谁都知道他是因为土司不叫他学习银匠的学艺才愤而逃亡的。土司没有打死他，他自然就欠下了土司的什么。现在他回来了，成了一个声名远扬的银匠。现在，他回来还债来了。欠下一条命，就还一条命，不用他的手艺作为抵押。人们都说，以前那个钉马掌的娃娃是个男子汉呢。银匠也感到自己是一个英雄了，他是一个慷慨赴死的英雄。他骄傲的头就高高地抬了起来。每到一个地方，人们也都把他当成个了不起的人物，为他奉上最好的食物。这天，在路上过夜时，人们为他准备了姑娘，他也欣然接受了。事后，那姑娘问他，听说你是不喜欢女人的。他说是的，他现在这样也无非是因为自己活不长了，所以，任何一个女人都伤害不了他了。那姑娘就告诉他说，那个伤害了他的女人已经死了。银匠就深深地叹了口气。那姑娘也叹了口气说，你为什么不早点回来呢。你早点回来的话我就还是个处女，你就是我的第一个男人。这话叫银匠有些心痛。他问，谁是你的第一个。姑娘就咯咯地笑了，说，像我这样漂亮的女子，在这块土地上，除了少土司，还有谁能轻易得到呢。不信的话，你在别的女人那里也可以证明。这句话叫他一夜没有睡好。从此，他向路上碰到的每一个有姿色的女人求欢。直到望见土司那雄伟官寨的地方，也没有碰上一个少土司没有享用过的女子。现在，他对那个少年时

代的游戏里曾经把他当马骑过的人已经是满腔仇恨了。

他在心里暗暗发誓，绝不为这家土司做一件银器，就是死也不做。他伸出双手说，手啊，没有人我可以辜负，就让我辜负你吧。于是，就甩开一条长腿迎风走下了山岗。

少土司这一天正在筹划他作为新的统治者，要做些什么有别于老土司的事情。他说，当初，那个天生就是银匠的人要求一个自由民的身份，就该给他。他对管家说，死守着老规矩是不行的。以后，对这样有天分的人，都可以向我提出请求。管家笑笑说，这样的人，好几百年才出一个呢。岗楼上守望的人就在这时进来报告，银匠到了。少土司就领着管家、妻妾、下人好大一群登上平台。只见那人甩手甩脚地下了山岗正往这里走来。到了楼下，那紧闭的大门前，他只好站住了。太阳正在西下，他就被高高在上的那一群人的身影笼罩住了。

他只好仰起脸来大声说："少爷，我回来了！"

管家说："你在外游历多年，阅历没有告诉你现在该改口叫老爷了吗？"

银匠说："正因为如此，我知道自己欠着土司家一条命，我来归还了。"

少土司挥挥手说："好啊，你以前欠我父亲的，到我这里就一笔勾销了。"

少土司又大声说："我的话说在这亮晃晃的太阳底下，你从今天起就是真正的一个自由民了！"

寨门在他面前隆隆地打开。少土司说："银匠，请进来！"银匠就进去站在了院子中间。满地光洁的石板明晃晃地刺得他睁不开双眼。他只听到少土司踩着鸽子一样咕咕叫的皮靴到了他的面前。少土司说，你尽管随便走动好了，地上是石头不是银子，就是一地银子你也不要怕下脚呀！银匠就说，世上哪会有那么多的银子。少土司说，有很多世上并不缺少的东西有什么意思呢。你也不要提以前那些事情了。既然你这样的银匠几百年才出一个，我当然要找很多的银子来叫你施展才华。他又叹口气说："本来，我当了这个土司觉得没意思透了。以前的那么多土司做了那么多的事情，叫我不知道再干什么才好。你一回来就好了，我就到处去找银子让你显示手艺，让我成为历史上打造银器最多的土司吧。"

银匠听见自己说："你们家有足够的银子，我看你还是给我当学徒吧。"

管家上来就给了他一个嘴巴。

少土司却静静地说："你刚一进我的领地就说你想死，可我们历来喜欢有才华的人，才不跟你计较，莫不是你并没有什么手艺？"

一缕鲜血就从银匠达泽的口角流了下来。

少土司又说："就算你是一个假银匠我也不会杀你的。"说完就上楼去了。少土司又大声说，"把我给银匠准备的宴席赏给下人们吧。"

骄傲的银匠就对着空荡荡的院子说，这侮辱不了我，我就是不给土司家打造什么东西。我要在这里为藏民打造出从未有过的精美的银器，我只要人们记得我达泽的名字就行了。银匠在一个岩洞里住了下来。第二天，太阳升起的时候，达泽已经带着他的银匠家什走在大路上了。他愿意为土司的属民们无偿地打造银器。但是人们都对他摊摊双手说，我们肯定想要有漂亮的银器，可我们确实没有银子。银匠带着绝望的心情找遍了这片土地上所有的人：奴隶，百姓，喇嘛，头人。他几乎是用哀求的口吻对那些人说，让我给你们打造一个世界上绝无仅有的银器吧。那些人都对他木然地摇头，那情形好像他们不但不知道这世界上有着精美绝伦的东西，而且连一点同情心都没有了似的。最后，他对人说，看看我这双手吧，难道它会糟蹋了你们的那些白银吗。可惜银匠手中没有银子，他先把这只更加修长的手画在泥地上，就匆匆忙忙跑到树林里去采集松脂。

松脂是银匠们常用的一种东西，雕镂银器时作为衬底。现在，他要把手的图案先刻画在软软的松脂上。他找到了一块，正要往树上攀爬，就听见看山狗尖锐地叫了起来，接着一声枪响，那块新鲜的松脂就在眼前迸散了。银匠也从树上跌了下来，一支枪管冷冷地顶在了他的后脑上。他想土司终于下手了，一闭上眼睛，竟然就嗅到了那么多的花草的芬芳，而那银匠们必用的松脂的香味压过了所有的芬芳在林间飘荡。达泽这才知道自己不仅长了一双银匠的手，还长着一只银匠的鼻子呢。他甩下两颗大愿未了的眼泪，说，你们开枪吧。

守林人却说："天哪，是我们的银匠呀！我怎么会对你开枪呢。虽然你闯进了土司家的神树林，但土司都不肯杀你，我也不会杀你的。"银匠就禁不住倒吸了一口凉气，一时忘形又叫自己欠下了土司家一条性命。人说狗有三条命，猫有七条命，但银匠知道自己是不可能有两条性命的。神树也就是寄魂树和寄命树，伤害神树是一种人人诅咒的行为。银匠说："求求你，把我绑起来吧，把我带到土司那里去吧。"

守林人就把他绑起来，狗一样牵着到土司官寨去了。这是初春时节，正是春意绵绵使人倦怠的时候，官寨里上上下下的人都睡去了。守林人把他绑在一根柱子上就离开了，说等少土司醒了你自己通报吧，你把他家六世祖太太的寄魂树伤了。当守林人的身影消失在融融的春日中间，银匠突然嗅到高墙外传来了细细的苹果花香，这才警觉到又是一年春天了。想到他走过的那么多美丽的地方，那些叫人心旷神怡的景色，他想，达泽你是不该回到这个地方来的。回来是为了还土司一条性命，想不到一条没有还反倒又欠下了一条。守林人绑人是训练有素的，一个死扣结在脖子上，使他只能昂着头保持他平常那骄傲的姿势。银匠确实想在土司出现时表现得谦恭一些，但他一低头，舌头就给勒得从口里吐了出来，这样，他完全就是一条在骄阳下喘息的狗的样子了。这可不是他愿意的。于是，银匠的头又骄傲地昂了起来。他看到午睡后的人们起来了，在一层层楼面的回廊上穿行，人人都装作没有看见他给绑在那里的样子。下人们不断地在土司房中进进出出。银匠就知道土司其实已经知道自己给绑在这里了。为了压抑住心中的愤怒，他就去想，自己根据双手画在泥地上的那个徽记肯定已经晒干，而且叫风抹平了。少土司依然不肯露面。银匠求从面前走过的每一个人替他通报一声，那上面仍然没有反应。银匠就哭了，哭了之后，就开始高声叫骂。少土司依然不肯露面。银匠又哭，又骂。这下上上下下的人都说，这个人已经疯了。银匠也听到自己脑子里尖利的声音在鸣叫，他也相信自己可能疯了。少土司就在这个时候出现在高高的楼上，问："你们这些人，把我们的银匠怎么了？"没有一个人回答。少土司又问："银匠你怎么了？"

银匠就说："我疯了。"

少土司说："我看你是有点疯了。你伤了我祖先的寄魂树，你看怎么办吧。"

"我知道这是死罪。"

"这是你又一次犯下死罪了，可你又没有两条性命。"

"……"

少土司就说："把这个疯子放了。"

果然就松绑，就赶他出门。他就拉住了门框大叫："我不是疯子，我是银匠！"

大门还是在他面前哐啷啷关上了，只有大门上包着门环的虎头对着他龇牙咧嘴。从此开始，人们都不再把他当成一个银匠了。起初，人们不给银子叫他加工，完全是因为土司的命令。现在，人们是一致认为他不是个银匠了。土司一次又一次赦免了他，可他逢人就说："土司家门上那对银子虎头是多么难看啊！"

"那你就做一对好看的吧。"

可他却说："我饿。"可人们给他的不再是好的吃食了。他就提

醒人们说，我是银匠。人们就说，你不过是一个疯子。你跟命运作对，把自己弄成了一个疯子。而少土司却十分轻易就获得了好的名声，人们都说，看我们的土司是多么善良啊，新土司的胸怀是多么宽广。少土司则对他的手下人说，银匠以为做人有一双巧手就行了，他可能永远也不会知道做一个人还要有一个聪明的脑子。少土司说，这下他恐怕真的要成为一个疯子了，如果他知道其实是斗不过我的话。这时，月光里传来了银匠敲打白银的声音：叮咣！叮咣！叮咣！那声音是那么动听，就像是在天上那轮满月里回荡一样。循声找去的人们发现他是在土司家门前那一对虎头上敲打。月光也照不进那个幽深的门洞，他却在那里叮叮咣咣地敲打。下人们拿了家伙就要冲上去，但都给少土司拦住了。少土司说："你是向人们证明你不是疯子，而是一个好银匠吗？"

银匠也不出来答话。

少土司又说："嗨！我叫人给你打个火把吧。"

银匠这才说："你准备刀子吧，我马上就完，这最后几下，就那么几根胡须，不用你等多久。我只要人们相信我确实是一个银匠。当然我也疯了，不然怎么敢跟你们作对呢。"

少土司说："我干什么要杀你，你不是知错了吗？你不是已经在为你的主子干活了吗？我还要叫人赏赐你呢。"

这一来，人们就有些弄不清楚，少土司和银匠哪个更有道理了，因为这两个人说得都有道理。但人们都感到了，这两个都很正确的人，还在拼命要证明自己是更加有道理的一方。这有什么必要呢？人们问，这有什么必要呢？证明了道理在自己手上又有什么好处呢？而且就更不要说这种证明方式是多么奇妙了。银匠干完活出来不是说，老爷，你付给我工钱吧。而是说，土司你可以杀掉我了。少土司说，因为你证明了你自己是一个银匠吗？不，我不会杀你的，我要你继续替我干活。银匠说，不，我不会替你干的。少土司就从下人手中拿过火把进门洞里去了。人们都看到，经过了银匠的修整，门上那一对虎头显得比往常生动多了，眼睛里有了光芒，胡须也似乎随着呼吸在颤抖。

少土司笑笑，摸摸自己的胡子说："你是一个银匠，但真的是一个最好的银匠吗？"

银匠就说："除去死了的，和那些还没有学习手艺的。"

少土司说："如果这一切得到证明，你就只想光彩地死去是吗？"

银匠就点了点头。

少土司说："好吧。"就带着一干人要离开了。银匠突然在背后说："你一个人怎么把那么多的女人都要过了。"

少土司也不回头，哈哈一笑说："你老去碰那些我用过的女人，说明你的运气不好。你就要倒霉了。"

银匠就对着围观的人群喊道："我是一个疯子吗？不！我是一个银匠！人家说什么，你们就说什么，你们这些没有脑子的家伙。你们有多么可怜，你们自己是不知道的。"人们就对他说，趁你的脖子还顶着你的脑袋，你还是操心操心你自己。银匠又旁若无人地说了好多话，等他说完，才发现人们早已经走散了，面前只有一地微微动荡的月光，又冷又亮。

银匠想起少土司对他说，我会叫你证明你是不是一个最好的银匠的。回到山洞里去的路上，达泽碰到了一个姑娘，他就带着她到山洞里去了。这是一个来自牧场的姑娘，通体都是青草和牛奶的芳香。她说，你要了我吧，我知道你在找没人碰过的姑娘。其实那些姑娘也不都是土司要的，新土司没有老土司那么多学问，但也没有老土司那么好色。他叫那些姑娘那样说，都是存心气你的。银匠就对这个处女说，我爱你。我要给你做一副漂亮的耳环。姑娘说，你可是不要做得太漂亮，不然就不是我的，而是土司家的了。银匠就笑了起来，说，我还没有银子呢。姑娘就叹了口气，偎在他怀里睡了。银匠也睡着了。他做了一个梦，梦见自己给这姑娘打了一副耳环，正面是一枚美丽的树叶，上面有一颗盈盈欲坠的露珠。背面正

好就是他想作为自己徽记的那个修长灵巧的手掌。醒来时，那副耳环的样子还在眼前停留了好一会儿。他叹了口气，身旁的姑娘平匀的呼吸中，依然是那些高山牧场上的花草的芬芳。又一个黎明来到了，曙色中传来了清脆的鸟鸣。银匠也不叫醒那姑娘就独自出门去了。他忽然想到，这副耳环就是他留在这世上最为精湛的东西了。要获得做这副耳环的银子，只有去求土司了。太阳升起时，他又来到了土司家门前，昨晚的小小改动确实使这大门又多了几分威严。太阳把他的身影拉得很长，他望着那是自己又不是自己的影子想，让我为这个姑娘去死，让我骗一骗土司吧。于是，他就大叫一声，在土司官寨的门口跪下了。

这回，很快就有人进去通报了。少土司站在平台上说，我就不下去接你了，你上来和我一起用早茶吧。

银匠抬头说，你拿些银子让我给你家干活吧。我想不做你家的奴才，我想错了，我始终是你家的奴才，这没有什么好说的。

少土司说，你果然还算是聪明人。你声称自己是最好的银匠，带了一个不好的头，如今，好多银匠都声称自己是天下最好的银匠了。这是你的罪过，但我有宽大的胸怀，我已经原谅你了，你从地上起来吧。

当他听说有那么多人都声称自己是最好的银匠时，心里就十分不快了。现在，仅仅就是为了证明那些人是一派谎言，他也会心甘情愿给土司干活了。他说，请土司发给我银子吧。

少土司却问，你说银匠最爱什么。

他说，当然是自己的双手。

少土司说，那个想收你做女婿，后来又怂恿我杀了你的老银匠怎么说是眼睛呢？

银匠就说，土司你昨晚看见了，好的银匠是不要眼睛也要双手的。

少土司就笑了，说，我记下了，如果你今后再犯什么，我就取你的眼睛，不要你的双手。

太阳朗朗地照着，银匠还是感到背上爬上了一股凛凛的寒气。他说，那时，土司你就赐我死好了。

少土司朗声大笑，说，我要留下你的双手给我干活呢。

银匠想，他不知要怎么地算计我，可他也不知道我是要匀他的银子替那姑娘做一副耳环呢。于是，又一次请求，给我一点活干吧，匠人的手不干活是会闲得难受的。

少土司说，你放宽心再玩些日子。我要组织一次银匠比赛，把所有号称自己是天下最好的银匠都招来，你看怎么样？银匠就很灿烂地笑了，银匠说，那就请你恩准我随便找点活干干，你不说话，谁也不敢拿活给我干啊。少土司说，一个土司难道不该这样吗？说句老实话，当年如果我是土司，你连逃跑的想头都不敢有。不过既然那些银匠都在干活，那么，你也可以去找活干了。不然，到时候赢了还好，若是你输了，会怪我不够公平呢。像个爱名声的人，我也很爱自己的名声呢。

银匠找到活干了，每样活计里面攒下一丁点银子。直到凑齐了一只耳环的银子时，那个牧场姑娘也没有露面。少土司则在紧锣密鼓地筹备银匠比赛，精致的帖子送到了四面八方。从西边来了三十个银匠，北边来了二十个银匠，南边那些有着世仇的地方，也来了十个银匠，从东边的汉地也来了十个银匠。据说，那广大汉地的官道上，还有好多银匠风尘仆仆地正在路上呢。银匠们住满了官寨里所有空着的房间。四村八寨的人们也都赶来了，官寨外边搭满了帐房。到了夜半，依然歌声不断。明天就要比赛了，一轮明月正在天上趋于圆满。银匠支好炉子，把工具一样样摆在月光下面。而且，他听见自己在唱歌！从小到大，他是从来没有唱过歌的。他想自己肯定是不会唱歌的，但喉咙自己歌唱起来了。银匠就唱着歌，开始替那个不知名字的姑娘做耳环了。太阳升起时耳环就做好了，果然

就和梦中见到的一模一样。他说，可惜只有一只，不然我也用不着去比赛了。他想，哪个银匠不偷点银子呢？你说不偷也不会有人相信。早知如此，不要等到现在才动手，那还不是把什么想做的东西都做出来了。他把家什收拾好，把耳环揣在怀里，就往比赛的地方去了。

少土司把比赛场地设在官寨那宽大的天井里。银匠们围着天井坐成一圈，座下都铺上了暖和的兽皮。土司还破例把寨子向百姓们开放了。九层回廊上层层叠叠地尽是人头。银匠达泽发现那个有着青草芳香的姑娘也在人群中间，就对她扬了扬手。姑娘指指外边的果园，银匠知道她是要他比赛完了在那里等她。银匠就摸了摸自己的耳朵。这时，少土司走到了他的面前，说，你要保重你自己，输了我就砍下你的双手，你说过你最爱你的双手。银匠立即就觉双手十分不安又冷又热。但他还是自信地笑笑说，我不会输的。少土司又说，手艺人就是这样，毛病太多了，你可不要犯那些毛病，不然我同样不会放过你的。

少土司又问："记住了？"

银匠说："记住了。"

"我只是怕你到时候又忘了。"

少土司回到二楼他的座位上，挥挥手，一筐银元就哐啷啷从楼上倒到天井里了。

开初的几个项目，都是达泽胜了。少土司亲自下来给他挂上哈达。

夜晚也就很快到来了。银匠们用了和土司一样的食品：蜜酒，奶酪，熊肉和一碗燕麦粥。用完饭，少土司还和银匠们议论一阵各地的风俗。这时，月亮升起来了。又一筐银元从楼上倒了下去。少土司说："像玩一样，你们一人打一个月亮吧，看哪个的最大最亮。"

立时，满天的叮叮咣咣的声音就响了起来。很快，那些手下的银子月亮不够大也不够圆满的都住了手承认失败了。只有银匠达泽的越来越大，越来越圆，越来越亮，真正就像是又有一轮月亮升起来了一样。起先，银匠是在月亮的边上，举着锤子不断地敲打：叮咣！叮咣！叮咣！谁会想到一枚银元可以变成这样美丽的一轮月亮呢。夜渐渐深了，那轮月亮也越来越大，越来越晶莹灿烂了。后来银匠就站到那轮月亮上去了。他站在那轮银子的月亮中央去锻造那月亮。后来，每个人都觉得那轮月亮升到了自己面前了。他们都屏住了呼吸，要知道那已是多么轻盈的东西了啊！那月亮就悬在那里一动不动了。月亮理解人们的心意，不要在轻盈的飞升中带走他们伟大的银匠，这个从未有过的银匠。天上那轮月亮却渐渐西下，侧射的光芒使银匠的月亮发出了更加灿烂的光华。

人群中欢声骤起。

银匠在月亮上直了直腰，就从那上面走下来了。

有人大叫，你是神仙，你上天去吧！你不要下来！但银匠还是从月亮上走下来了。

银匠对着人群招了招手，就径直出了大门到外边去了。

少土司宣布说，银匠达泽获得了第一名。如果他没有别的不好的行为，那么，明天就举行颁奖大会。人们的欢呼声使官寨都轻轻摇晃起来。人们散去时，少土司说，看看吧，太多的美与仁慈会使这些人忘了自己的身份的。管家问，我们该把那银匠怎么办呢？少土司说，他成了老百姓心中的神仙，那就没有再活的道理了。这个人永远不知道适可而止。少土司发了一通议论，才吩咐说，跟着银匠，他自己定会触犯比赛时我们公布了的规矩的。管家说，要是抓不住把柄又怎么办呢？少土司说："你们把心放在肚子里。凡是自以为是的人，他们都会犯下过错的。因为他不会把别的什么放在眼里。"

银匠在果园里等到了那个牧场姑娘。她的周身有了更浓郁的花草的芬芳。银匠说："你在今天晚上怀上我的儿子吧。"

姑娘说："那他一定会特别漂亮。"

她不知道银匠的意思是说，也许，过了今天他就要死了，他要在这个世界上留下一个不信服命运的天才的种子。于是，他要了姑娘一次，又要了姑娘一次。最后在草地上躺了下来。这时，月亮已经下去了。他望着渐渐微弱的星光想，一个人一生可以达到的，自己在这一个晚上已经全部达到了，然后就睡着了。又一天的太阳升起来了，他拿出了那只耳环，交给姑娘说："那轮月亮是我的悲伤，这只耳环是我的欢乐，你收起来吧。"

姑娘欢叫了一声。

银匠说："要知道你那么喜欢，我就该下手重一点，做成一对了。"

姑娘就问："都说银匠会偷银子，是真的？"

银匠就笑笑。

姑娘又问："这只耳环的银子也是偷的？"

银匠说："这是我唯一的一次。"

埋伏在暗处的人们就从周围冲了出来，他们欢呼抓到偷银子的贼了。银匠却平静地说："我还以为你们要等到太阳再升高一点动手呢。"被带到少土司跟前时，他把这话又重复了一遍。少土司说："这有什么要紧呢，太阳它自己会升高的。就是地上一个人也没有了，它也会自己升高的。"

银匠说："有关系的，这地上一个人也没有了，没人可戏弄，你的日子就不好过了。"

少土司说："天哪，你这个人还是个凡人嘛，比赛开始前我就把该告诉你的都告诉你了，为什么还要抱怨呢。再说偷点银子也不是死罪，如果偷了，砍掉那只偷东西的手不就完了吗？"

银匠一下就抱着手蹲在了地上。

按照土司的法律，一个人犯了偷窃罪，就砍去那只偷了东西的手。如果偷东西的人不认罪，就要架起一口油锅，叫他从锅里打捞起一样东西。据说，清白的手是不会被沸油烫伤的。

官寨前的广场上很快就架起了一口这样的油锅。

银匠也给架到广场上来了。那个牧场姑娘也架在他的身边。几个喇嘛煞有介事地对着那口锅念了咒语,锅里的油就十分欢快地沸腾起来。有人上来从那姑娘耳朵上扯下了那一只耳环,扔到油锅里去了。少土司说,银匠昨天沾了女人,还是让喇嘛给他的手念念咒语,这样才公平。银匠就给架到锅前了。队们看到他的手伸到油锅里去了。广场上立即充满了一股奇怪的味道。银匠把那只耳环捞出来了。但他那只灵巧的手却变成了黑色,肉就丝丝缕缕地和骨头分开了。少土司说,我也不惩罚这个人了,有懂医道的人给他医手吧。但银匠对着沉默的人群摇了摇头,就穿过人群走出了广场。他用那只好手举着那只伤手,一步步往前走着,那手也越举越高,最后,他几乎是在踮着脚尖行走了。人们才想起银匠他忍受着的是多么巨大的痛苦。这时,银匠已经走到河上那道桥上了。他回过身来看了看沉默的人群,纵身一跃,他那修长的身子就永远从这片土地上消失了。

那个牧场姑娘大叫一声昏倒在地上。

少土司说:"大家看见了,这个人太骄傲,他自己死了。我是不要他去死的。可他自己去死了。你们看见了吗?!"

沉默的人群更加沉默了。少土司又说:"本来罪犯的女人也就是罪犯,但我连她也饶恕了!"

少土司还说了很多,但人们不等他讲完就默默地散开了,把一个故事带到他们各自所来的地方。后来,少土司就给人干掉了。到举行葬礼时也没有找到双手。那时,银匠留下的儿子才一岁多一点。后来流传的银匠的故事,都不说他的死亡,而只是说他坐着自己锻造出来的月亮升到天上去了。每到满月之夜,人们就说,听啊,我们的银匠又在干活了。果然,就有美妙无比的敲击声从天上传到地下:叮咣!叮咣!叮叮咣咣!那轮银子似的月亮就把如水的光华倾洒到人间。看哪,我们伟大银匠的月亮啊!

从拉萨开始

1　嘉绒释义

是的，我从拉萨开始。

所以如此，是考虑到叙述的方便。从更深层的意义上讲，我所以走进西藏，也就是为了走出西藏。西藏这个名字，与整个藏民族息息相关。

在历史上，藏民族从现今西藏自治区的南部发源，建立吐蕃国，北上建都拉萨，再向青藏高原的各个方向扩展。在青藏高原的东部，吐蕃铁骑翻山越岭，从群山的台阶上拾级而下。在西藏本部，大部分河流最终都转向了南方，流向了呷格——印度这个白衣之邦。当他们一路向东，向东北，顺着从青藏高原发源的长江与黄河，以及这两条中华之河众多的支流在群山森林间冲辟出来的巨大峡谷，出现在河西走廊，出现在柴达木盆地，出现在关中平原，出现在成都平原的边缘。这时，在吐蕃铁骑面前，出现的是一个正如日中天的强大帝国。在这样一个漫长的弧形地域里，他们遭遇的都是一个民族，崇尚青色的民族。于是，一个新的称谓在藏语里出现了：嘉绒。一个与印度相对应的名字，意思是黑衣之邦。

在这种遭逢发生之前，他们曾经过一个宽广的过渡地带，史书上没有留下关于这个地带的称谓。这个地带在现在的地理描述中应该是青藏高原东北部黄河第一弯上的若尔盖草原，和草原东边一直

122

向四川盆地拾级而下的岷山山脉和邛崃山脉的腹地。在今天，这片八万多平方公里的土地叫作阿坝，是一个以藏族为主体的自治州。

据说，阿坝这个地名，得自吐蕃大军征服了这片土地之后。当时，这支军队的主体部分大多来自现在西藏的阿里地区。他们长期屯居这片地域，与当地的土著在血缘上交融混合，而留下了这个意义已经有所转化的名字。但从当地人民口传的部族历史中，我们依然可以大致回溯到这个词的源头。

阿坝又分成两个部分，一部分是西北部以九曲黄河第一弯的若尔盖县为中心的草原，一部分是东南部的山地。这片山地的森林哺育壮大了长江上游几条重要的支流，从北向南依次是嘉陵江、岷江和大渡河。而在大渡河上游的中心地带，更哺育出一种独特的与这种地理息息相关的农业耕作区：嘉绒。

单就纯意义学的观点而言，"嘉"是汉人或者汉区的意思，"绒"是河谷地带的农作区。两个词根合成一个词，字面的意思当然就是靠近汉地的农耕区。在吐蕃大军到来之前，这个地区的文明特征就已经基本具备了。近来的民族学者结合本部地理，对这一名称提出新的解释，容以后结合具体的游历再加以叙述。

如果把阿坝的地理做一个大致的划分，草原更多属于黄河。而嘉绒这个农耕区则大部分集中在长江水系的大渡河中上游和岷江上游北向的支流这些宽广的流域上。当大渡河以及北边的岷江从群山中奔流而出，就是富庶湿润的四川盆地了。在历史上，吐蕃大军勒马川口，望见烟雾弥漫、沃土修竹的平畴沃野，不知为什么总要鸣金退回深山。那么，现在同样地让我再次回到拉萨。

2　民间传说与宫廷历史

因为要叙述清楚这一地区的历史，我们必须回到拉萨。

而我这本书写作的动因的最初产生，也不是在这片群山之间，

而是在大山阶梯的顶端，在藏文化的中心地带拉萨。

首先想起的是一个传教者的故事。

这个故事让我回到中世纪，回到中世纪的拉萨。

这是一个什么样的世纪呢？有一本由英国人托玛斯搜集整理、叫《东北藏古代民间文学》的书中援引的民间文学这样描绘这个世纪："没有人再像神人未分的时代那样正直行事了，由于没落时代的来临，人们逐渐不知害羞，肆无忌惮。他们不知道羞耻，他们不遵守誓言，一心想发财致富，不顾死活。""从此以后，人们无耻食言。儿子比父亲坏，孙子又比儿子坏，一代比一代坏，甚至在身体方面，儿子也比父亲矮。"

这些民间的诗人和历史学家还把眼光转向了宫廷生活："从国王的妻子以下，妇女被认为比国王还聪明。她们参与国政；她们来到国王与大臣之间制造分裂，这样，国王和大臣们分裂了。"

这是宫廷政治在民间、在遥远地方的一种余响，民间用自己的方式将这种余响记录下来。而在当时吐蕃国的中心拉萨，在国力蓬勃向上的时候，吐蕃宫廷中已经出现了民间故事中所指称的那种情形。当时在拉萨，是藏王赤松德赞当政的时期。传说赤松德赞是唐朝第二次与吐蕃和亲后，金城公主与藏王赤德祖赞生下的儿子。那时的宫廷斗争除了关涉上述民间故事所罗列的那些因素外，还与传入雪域藏地不久的佛教与西藏本土宗教苯教的剧烈斗争有着很大的关系。

传说赤松德赞出生的第二天清晨，在外的赞普赤德祖赞赶回宫里去看望公主母子，却发现，小王子被另一个妃子抢去，声称此子为自己所生。这个同样颇具民间色彩的故事说，大臣们为了弄清王子到底是哪个王妃所生，便将小王子放在一间屋子里，让两个妃子同时去抱。金城公主先抱到了王子，但那个叫纳囊氏的妃子拼命去抢，一点也不顾及是否会伤及王子，倒是金城公主担心伤及王子的身体与性命，便主动放手。因此，大臣们确信王子为金城公主所生。

但在真实可证的历史书中，赤松德赞出生于公元 742 年，金城公主在此前的公元 739 年已经去世了。赤松德赞的确是纳囊氏的亲生儿子。那么，在民间为什么竟附会出带着明显倾向性的传说。有分析家认为，这正是藏族人民渴望藏汉团结的心愿的象征。如果充分考虑到彼时彼地的历史状况，以及中原王朝和西藏政权之间的关系的实际情形，这种说法过于超前，就像把农民起义领袖几乎说成共产主义者一样。一种不具备真正史学眼光的结论，最后会流布为一种不负责任的流行说法。实际上，民间所以附会出这样的传说，应该是来自外部世界的佛教与西藏本土的苯教在雪域高原激烈斗争的曲折反映。

传说在后世流传，所能说明的仅仅只是：越来越多的藏族人成为佛教信徒，所以把同情更多地给予了当时倾向于佛教、扶持佛教的大唐公主。

在当时的西藏宫廷，佛苯斗争进行得异常激烈。赤松德赞的生母是拥护本土宗教势力的代表性人物，但他自己却更倾向于佛教。血缘并不能统一信仰，这是宫廷斗争故事里一个永恒的主题。赤松德赞继承王位后，便支持那些转入地下的佛教徒重新公开自己的身份，把隐藏在僻远山洞里的佛教经典发掘出来，加以翻译和阐释。

他的这种行为，使自己站到了一个权倾朝野的父辈老臣的对立面。这也是古往今来宫廷斗争中常见的一种模式。当年轻国王的命令屡屡被反佛的大臣玛降加以阻止，他只好设计除掉大臣玛降。于是，许多随从、术士、星相学家四处出动，散布流言。流言是以预言的方式出现的。这个预言说：国家与国土都将蒙受大的灾难。在那个时代，这也就等同于是整个吐蕃人民的灾难。于是，军民人等都非常关心这样一个问题：有什么办法可以禳解这个无妄之灾。

藏土手下早已准备好了答案：唯一的办法就是让职位最高的大臣在坟墓里住上三年！全拉萨，全吐蕃人都知道，这个人只能是大臣玛降。

而且，藏王并不急于动手，而是让手下再四处传布另一个流言。先是整个宫廷，然后是整个拉萨城都在说：大臣玛降得了大病！

位极人臣的大臣玛降不止一次听到这些谣言。宫女们交头接耳说的是这个话题，士兵们在冬天的石墙下晒太阳时说的也是这个话题。拉萨街头的酒馆里，流传的也是这个话题。甚至听到寒鸦在黄昏天空里的鸣叫，也是说：玛降病了！病了！

回到家看看镜子，里面显现出的真也是一张用心过度、疲惫浮肿的脸。大臣玛降终于崩溃了，扑在床上，把脸埋在熊皮褥子温暖安全的长毛中间，像个孩子似的痛哭起来："吐蕃上下都说我得了大病，我要死了，我要死了！"

于是，所有的人都跟着哭起来。玛降哭的是自己，他们哭的是即将失去一座巨大坚实的靠山。现在，诅咒应验了，这座大山开始摇晃了。只有一个粗笨的厨娘力排众议，说："众人的嘴最靠不住。"

玛降当然愿意相信这句话，但他再次揽过铜镜，仔细观察了自己的面容以后，却喟然长叹："众人口中有智慧，我有病是真的！"

这正是年轻藏王早就盼着出现的情况，现在，他以为时机已到，马上召开御前会议。会议不是讨论大臣的病，而是寻找避免国家与国王的灾难的对策。根据国王授意，当即有大臣要求住在坟墓里去禳解将临的灾难。

立即有人表示反对，并要问这位大臣的僭越之罪。预言里说的只有位置最高的大臣才能禳解，而这位大臣就是玛降。

玛降也不能允许任何人在地位上超越自己。于是，他要求自己进入坟墓三年。宫廷中处处是陷阱与机关，在女人怀中睡觉都要睁大一只眼睛，他想自己实在该好好休息一下了。在坟墓里住上三年时间，病就可以养好了。那时，且看他像最强烈的龙卷风暴一样卷土重来。

玛降是个聪明绝顶的人，他把地宫建造在自己势力范围内的纳囊扎普，并亲自督造将在其中隐居三年的坟墓。其间也颇费心机，比如为防不测暗设了以牛角连接而成的秘密水道和气孔，外加许多的物资储备。果然，当他住进坟墓里，墓门就被巨石封死了。

隐隐的担忧变成了现实。

不久以后，有人向赤松德赞报告，大臣玛降从牛角水管里射出来一支箭，上面写道："纳囊族的人们，挖开坟墓，救我出来！"

藏王向众人出示这支箭，当成玛降不忠于国王与国家的罪证。于是，玛降暗设的水管与通气孔被堵死，没有人听到过大臣玛降面临死神时绝望的呼喊。

玛降死后，年轻的国王明令在吐蕃全境大兴佛教。

即或到了这样的局面之下，苯教在自己诞生的本土仍然有着大批的信徒。赤松德赞的母亲就是一位虔诚的苯教徒。他的王妃才崩氏也是苯教徒。赤松德赞娶有好几位王妃，但只有才崩氏为他生了三位王子，因此，她在吐蕃王宫里的地位无人能敌。赤松德赞在统治范围内大兴佛教，却不能改变身边王妃的信仰。

所以，赤松德赞把更多的感情倾注到波雍王妃身上。后世由佛教徒撰写的藏族史书中，才崩氏特别飞扬跋扈，因为国王移宠于波雍王妃，她先后八次派出刺客，要暗杀丈夫。

赤松德赞去世时，遗嘱要波雍王妃再嫁给下任国王。才崩氏曾亲自前往刺杀波雍王妃，因王子护卫未果。于是，她买通厨师，下毒于食品中，害死了自己的亲生儿子——仅在王位上坐了一年零七个月的吐蕃国王牟尼赞普。

牟尼赞普在位时，制定了在桑耶寺供养经、律、论三藏的制度。这是整个藏族地区供养佛典与僧人的正式起源。

我讲述这个故事，不是想担负起自己所不能胜任的梳理藏族宗教历史的工作，而是因为，这个故事与我将要书写的东北部藏区的文化特征相关。

3 僧人与宫廷

藏族历史第一座佛教寺院桑耶寺建立以后，藏族历史上第一批僧人在此出家修行。

这批人一共七名，史称"七觉士"。其中一名有大德者法名毗卢遮那。

传说有段时间，毗卢遮那在山洞中修行，常去王宫就食。毗卢遮那丰颐伟颜，崇信苯教的才崩氏爱上了他。一次，才崩王妃把国王、王子和仆人打发出去，将毗卢遮那迎进内室求欢。

毗卢遮那是藏传佛教宁玛派的大师，这一流派并不特别强调禁绝女色，但他还是非常害怕，便慌忙逃避了。

王妃恼羞成怒，反向国王诬告毗卢遮那欲对自己行不轨之事，使得国王心生疑虑。待到这僧人再到王宫就食时，再也无人张罗迎接。毗卢遮那当下明白了一切，就此远离王宫，逃入了深山继续修行。后来，国王悔悟，亲往深山寻找大师。最后，竟然连才崩氏也回心转意。当然，这是历史故事的民间版本。民间版本中总有老百姓的一厢情愿。老百姓通过这种方式修改历史。

虽然，历史不因这种修改而变化。

才崩氏代表的是保守的贵族阶层的利益，所以，她一直在千方百计地迫害佛教大德毗卢遮那，必欲除之而后快。就是藏王本人也不能名正言顺地保护这位佛教大德，只好用了一个看起来并不高明的计策。国王叫人抓来一个流浪汉，宣称此人就是毗卢遮那。趁着才崩氏等还没有辨认清楚，便将这个不幸的流浪汉投向扣合的大锅里，投入了大河，然后发文书声称处死了毗卢遮那。

但才崩氏向贵族们揭露了国王的计谋。

于是，即使是国王的庇护也不能使毗卢遮那待在吐蕃的权力中心了。作为保护措施，国王宣布将他流放到吐蕃国东北部新开辟的边疆地带。

这个地方，就是我的家乡，现在的四川阿坝州。流放到那个在藏语中被叫作嘉绒的地方。那时，这片靠近富庶的四川盆地的山间谷地中，已经生息着许多土著部族。吐蕃在西藏本土立国后，其大军所向披靡，征服了群山中间众多的土著部落。

这些土著部落在未融入藏文化之前，已见于历史记载。

《后汉书》中就说："其王侯颇知文书，其法严重。"书中还说："土气多寒，在盛夏冰犹不释，故夷人冬则避寒，入蜀为佣，夏则违暑，反其邑。从皆依山居止，累石为室，高者至十余丈。"现代的考古发现，这些土著部落盛行一种石棺葬法。

我曾随考古工作队，去过一个石棺葬发掘现场。所谓石棺是以若干就地取材的天然石板镶成，有四壁，有盖，但无底。有些石棺底部有一层柏枝烧成的灰烬。部分棺内有葬品，但大多是粗陶制品，就放置在棺内尸骨的头部或足部。这种石棺葬多见于岷江流域，在岷江湍急水流深切出来的河谷地带穿行途中，常常可以从崩塌的断壁上看到。关于这些土著部落，《隋书》中也有记载："嘉良夷，政令系之酋帅。漆皮为铠甲，弓长六尺，以竹为弦。妻及群母及嫂。儿死，父兄亦纳其妻。好歌舞，鼓簧，吹长笛。其俗以皮为帽，形圆如钵，或带幂离，衣多毛歇皮裘，全肃牛皮为靴。项系铁锁，手贯秩钏，王与酋帅，金为首饰。土宜小麦、青稞。用皮为舟而济。"

这些政治上并不统一的部族，在耕作方式、文化特征上，已经显现出高度的一致性。公元7世纪，中原的大唐王朝走向其国力最为强盛的时期。也是在这一时期，吐蕃在青藏高原的腹心地带兴起，数万大军从高原顺河谷深切而下，直抵四川盆地边缘，中心在大渡河上中游地区，并延伸到岷江上游一部分的嘉绒地区，将其纳入了吐蕃版图。

最初完成的是军事上的占领。

4　盘热将军

代表吐蕃在这一地区行使统辖权的第一位将军叫作盘热。

他是吐蕃王室宗亲。他的城堡建在嘉绒地区的中心地带，今天的马尔康县松岗乡。城堡名叫查柯盘果。我曾数次前去踏勘过这个城堡的遗址。从阿坝州政府与属下马尔康县政府所在地马尔康镇顺大渡河上源之一的梭磨河而下 15 公里，到松岗乡，再从左岸直波村对面的山梁步行上山，约一个小时后，穿过苹果园和一片片玉米地，终于上到山梁上长着白桦与核桃树的草坡上时，就可以看到盘热建于一千多年前的城堡旧址了。

岁月无情，世事沧桑，当年的显赫与辉煌都已化为荒草。荒草中依然激发着我们回想一个铁血时代的，是隐约起伏的最后几处石头残墙。石头，是地球上所有文明都采用了、想要存之久远的建筑材料，终于还是被时间之手肆意倾圮，被荒草与尘埃深深地掩埋。

我分别在夏天、秋天、春天与冬天之间去过那个遗址。那真是一个风景优美雄奇的所在。

梭磨河自东向西在河谷中奔流，宽阔的谷地两边，群山列列，巍然耸立。一南一北，群山又夹峙出两条山沟两股溪流，一条叫其里，一条叫莫觉。在松岗汇入梭磨河。一大两小的三条溪流在冲刷，也在淤积，造就出群山之间一块块面积不一的肥沃土地。地理学上，叫作河谷台地。这是嘉绒所在的大渡河流域，岷江流域耕作区的一个缩影。这些地质肥沃的台地，依海拔高度的不同种植玉米、小麦、青稞、胡豆、豌豆、荞麦、麻、蓝花烟、洋芋、白菜、蔓菁、金瓜和辣椒。点缀在农民石头寨子四周的则是果树：苹果、梨、樱桃、沙果、杏、核桃。还有一种广为栽植的树不是水果，在当地人生活中也非常重要：花椒。

我在不同的季节去那个地方，看到农人们耕作、锄草和收获。

除了收获下来的谷物用拖拉机运输，基本的方式与吐蕃统治时期并没有根本性的变化。耕作的时候，两头犏牛由一个小孩牵引，两头牛再牵引犁，扶犁的是一个唱着耕田歌的健壮男子，后面是一个播撒种子的女人，再后面又是一个往种子上播撒肥料的女人。夏天，女人们曼声歌唱，顶着骄阳锄草时，远山的青碧里，传来布谷鸟悠长的鸣叫声。

四周的山峰则高峻而险要。越是山峰的高峻险要处，更耸立着高高的历经千年不倒的石头碉堡。遥想当年，盘热和他的大军就这样扼险守要，并从这种高峻的险要中，虎视着君临了的这些河谷。

任何人都明白，无论在任何时候，那种高峻处强大的君临者，都是暂时的，无法永恒。只有那些台地上的土地、村庄与人民才是真正久远的存在。而军事的征服与铁血的统治总是一种暂时的现象。最强大的也最脆弱。当地有一句谚语，其大意就是说，最高大的东西，最容易连根倒下。

眼前的情景也正是一种生动的写照，一个在历史书上、在传说中声名赫赫的城堡消失于荒草之中，而未见于历史与传说的寻常民居却依然存在于这些曾被一次次君临的和风吹送的峡谷之中，并且日益星罗棋布了。

盘热的煊赫的存在是短暂的，之前与之后，都有过很多短暂的存在。我之所以在这里反复提到他，是因为他和他所统领的军队，使嘉绒地区终于在吐蕃统治时期融入了藏族文化这个整体。

盘热是一个军人。作为军人，他带来了战争，以及战争之后的和平。他也是一个行政长官。作为行政长官，他从吐蕃带来了两部成文的法律。这是嘉绒地区有成文法律的开始。

公元 7 世纪中叶，盘热统一了嘉绒，结束了这一地区长期的部落混战的局面，在一种较为安定的环境下，实施他带来的两部法典。

其中一部藏语称为"尼称"，类似于现在的刑法。

这部古代刑法分为九律共八十一条。这部刑法用金粉书写，以

示其尊贵与重要。

其九律依次为：递解法庭律；重罪极刑律；警告罚款律；杀人命价律；狡狂洗心律；盗窃追赔律；亲属离异律和奸污罚款律等。

另一部法律用银粉书写，藏语称为"芒登称仑"，类似于今天的民法。

这部民法共有十六律一百零八条。其十六律分别为：敬信佛法僧三宝；救修正法；报父母恩；尊重有德；敬贵尊老；利济乡邻；直言小心；义及亲友；效仿上流，远瞩高瞻；饮食有节，货财安分；追念旧恩；及时偿债，秤斗无欺；慎戒妒嫉；不听邪说，自持主见；温言寡语；勇担重任，肚量宽宏等。

他又结合嘉绒当地的实际情形，起草了一部类似于今天的诉讼法的《听诉是非律》，颁布施行。这部法典得到吐蕃王朝的重视，后来颁布到吐蕃全境施行。

正是因为上述原因，在深入故乡群山的时候，我采用了一条反向的路线。既然我将这些群山看成通向高处的阶梯，但却没有一级级向上，直到海拔最高处，然后，四顾来路的漫漫与去路的苍茫。

反而先从拉萨，从青藏高原的腹心，顺着大地的梯级，历史的脉络，拾级而下。

顺着一条军事的征服之路。

也是顺着一条文化传播的路线。

5　我想从天上看见

也许是因为年代过于久远，在这条陆路上行走时，已经没有人能找到一条清晰的脉络。历史与历史中的文化传播与变迁，比之于现代物理学家所建立的量子理论还要难于捉摸。物理学家描述他们抽象的理论时运用了一种可靠的用数学语言可以表述的模型。而历史中的文化却更多地在荒山野岭间湮灭，随着一代一代人的消失而被永远埋葬。

我想，也许从天上，从高处像神灵一样俯瞰时可以看见。

于是，我在拉萨的贡嘎机场登机时特意要了一个临窗的位置，并祈愿这一路飞行，没有云雾的遮蔽。

事实是，我登上飞机时，拉萨正在下雨。拉萨河和雅鲁藏布江水溢出了河床，洪水漫进了河床两边的青稞地，漫进了低矮的平顶土房组合而成的安静的村庄。地里的庄稼已经收割了，洪水浅浅地漫在地里，麦茬一簇簇露在水面上。庄稼地与房舍之间，是一株株柳树，在雨中显得分外的碧绿。飞机越升越高，那些淹没了土地的水像面镜子一样反射着天光。这真是一种奇异的景象：洪水成灾，但人们依然平静如常，没有人抢险，没有人惊慌失措，那些低矮的土屋安安静静的，都是很宿命的样子。土屋顶上冒着青烟，我想象得出来，围坐在火塘边上的农人平静到有些漠然的脸。洪水与所有天气（比如冰雹）一样，或多或少都和某种神灵的力量与意愿有关。

对于来自神灵与上天的力量，一个凡人往往只能用忍受来担待。所以，当外界的眼光看到一个无所欲求的农人而赞叹、而自怜的时候，我想告诉你，那是因为对生活日深月久的失望，不指望是因为从来都指望不上。所以，你才会在雅鲁藏布江洪水泛滥时，看到这么一幅平静的景象。

这种平静的景象里有一种病态的美感，病态的美感往往更有动人心魄的力量。

飞机再向上爬升，就穿过了饱含雨水的云层。

云层掩去了下界的景象，满眼都是刺目的明亮阳光！

虽然有云层阻隔，但我还是感觉到机翼下渐渐西去的高原那自西向东的倾斜。飞机每侧转一下机身，我就感觉到雄伟的高原正向东俯冲而下。闭上眼睛感觉，那是多么有力的一种俯冲啊！我当然知道，这种俯冲感是一种幻觉。飞机飞行得非常平稳。电视里正在播放平和的音乐。当气流导致飞机发生小小的震颤，空姐柔美的声

音便从扩音器里传来。

但我还是觉得大地在向下俯冲。

我说过,这是一种幻觉。

而且是我不止一次感觉到过这样的幻觉。

譬如当我最大限度在接近某一座雪山的顶峰,坐在雪线之上,看到只要有一点动静,风化的砾石便水一样流下山坡;看到明亮的阳光落在山谷里、森林中,使得云雾蒸腾,我也会感觉到大地的俯冲。而到云雾散开,大地安安静静地呈现出它真实的面貌,这种幻觉便消失了。

飞机起飞不久,机翼下面的云层便渐渐稀薄,云层下移动的大地便渐渐显现在眼前了。

雪峰确乎呈南北向一列列排开在蓝天下,晶莹中透着无声的庄严。在这一列列的雪山之间,是一片片的高山草甸,草甸中间或还点缀着一些积雨形成的小湖泊。湖泊边上,有牧人的帐房。我熟悉帐房里牧人的生活。他们不是草原上那种纯粹的牧民。夏天,他们赶着牛羊来到这些雪山之间的高山牧场;秋天到来,他们被一天天降低的雪线压迫着,走进河流深切出来的山谷,回到自己种植玉米与青稞的农庄。夏天是牧场上的收获季,秋天,又是土地里的收获季了。于是,这些山地中半农半牧的同胞,便在一年中,有了两个收获的季节。

每一列雪山之后,这种山间牧场就更低,更窄小,直至完全消失。眼界里就只有顶部很尖锐,没有积雪的峭拔山峰了。这是一些钢青色岩石的山峰,一簇簇指向蓝空深处。山体周围是郁郁葱葱的森林。然后,这种美丽的峭拔渐渐化成了平缓的丘陵,丘陵又像长途俯冲后一声深长的叹息,化成了一片平原。这声叹息已经不是藏语,而是一声好听的汉语里的四川话了。

从平原历经群山的阻隔与崎岖,登上高原后,那壮阔与辽远,是一声血性的呐喊。

而从高原下来，经历了大地一系列情节曲折的俯冲，化入平原的，是一声疲惫而又满足的长叹。

而我更多的经历与故事，就深藏在这个过渡带上，那些群山深刻的皱褶中间。

6　流放中的光明使者

机舱里的一多半乘客都是去内地各种学校上学的藏族学生。满眼都是被紫外线过多的阳光灼成黑红色的藏族肤色，满耳都是不时穿插着一些汉语或英语单词的藏语。藏语已经显得很古老了。如果没有这些汉语的英语的借词，这些年轻的学子恐怕不能把自己的感受完整地表达出来。

但在吐蕃强盛的时代，随着藏语书面文字被创造出来，藏语是一种多么强大而又生气勃勃的语言啊！

各种各样新鲜的词汇与句式，随着吐蕃大军传播到雪域高原的每一个角落。

说到语言，又是一个有关文化传播与整合的话题了，我们必须再回到藏族最早出家的"七觉士"之一毗卢遮那的身上来。

藏王赤松德赞迫不得已将毗卢遮那流放到吐蕃东北部的边疆地带。毗卢遮那被流放时，嘉绒地区一个个靠近汉地的山口，那些河水冲向成都平原的逐渐宽大的峡门，都成了吐蕃军队与唐王朝军队反复争夺的军事要冲。吐蕃军队因为长期屯守，除了少数贵族还谨守自己纯正的血统，大多数人都与当地土著通婚繁衍。即或是这样，嘉绒这个特殊的地区，不管是在意欲西进的唐王朝眼中，还是欲向东图的吐蕃人看来，都是一个化外的蛮荒之地.

被流放的毗卢遮那就成了一个光明使者。

他为这个地区带来了佛音与创制历史并不久远的藏族文字。要是没有佛教与一致的文字系统，没人能设想出今天这样一个幅员辽

阔独具魅力的藏文化地带。这点道理，任何人只要打开中国地图就能明白。那占去五分之一中国版图的棕色的青藏高原上，只生活着几百万藏族人，而且，中间还有那么多高山峡谷的巨大空间阻隔，却发育出一种相对完整统一的民族文化。这在民族与文化区域的形成史上，无疑是个令人惊叹的奇迹。

这并不是几十上百年的军事占领可以达到的。

对嘉绒这个地区来说，盘热所率的大军是为佛教文化的传播扫除了障碍，廓清了道路。

舞台已经搭好，当幕布徐徐开启时，谁将成为这出戏剧的主角？

如果历史尚未开始，如果让未来学家、星相学家做出无数种可能性的预测……但当一切都成为历史，无数的可能演变成唯一的现实。所以，在这出中世纪结束蒙昧的戏剧中，聚光灯下只有一个主角，他就是被吐蕃王室流放到嘉绒中心大渡河流域的佛教宁玛派高僧毗卢遮那。

毗卢遮那在被迫的状态下被推到前台。

我曾经特别想追溯出他从拉萨一路辗转来到嘉绒的道路，但岁月久远，群山里只有鸟迹兽踪，这位大师流放辗转的路线已经无迹可寻了。

现在只知道他被流放到嘉绒，最先到达的是促浸。促浸是大河之滨的意思，即今天阿坝州境内的金川县，中华人民共和国成立前，是国民党四川省政府辖下的大金县。公元七八世纪，这是嘉绒地区文化与农耕最为发达的地区。

传说毗卢遮那还未到达促浸，才崩氏命令当地军事长官加害于他的书信已经先期抵达。

和西藏、拉萨相比，海拔度两千上下的大金川河谷是一个湿热难当的地方。刚刚抵达的毗卢遮那被投入了更加湿热的地窖里，与毒虫和癞蛤蟆为伍。毗卢遮那瑜伽功力深厚，这些毒虫并不能伤他一分一毫。当地的军事长官想出一条又一条计策，但都不能危及毗卢遮那的性命与身体，更不能动摇他坚定的信念。他高深的功力引起了人们普遍的崇拜。

正在这时，赤松德赞要当地军事长官保护毗卢遮那的命令文书又到达了。

毗卢遮那获得了自由。

获得自由的毗卢遮那在嘉绒大地上漫游，是一个苦行僧的形象。

他必须是一个苦行僧的形象。

那时的嘉绒在宗教方面完全是苯教的一统天下。如果说，在西藏，藏族的本土宗教虽然几经反扑，总的趋势却是在节节败退。但在嘉绒地区，却正如日中天。可以说，毗卢遮那在这里处于一种比在西藏宫廷中更为危险的境地。但是，作为一个嘉绒人，我从来没有听到过什么对毗卢遮那大师不利的传说。

嘉绒人都说，是大师给我们带来了文字。而文字给我们的眼睛与心灵带来了另一种光明，黑夜都不能遮蔽的光明，一种可以烛见到野蛮与蒙昧的光明。他来到嘉绒，就在大渡河上游，岷江上游的崇山峻岭间四处云游。也许是吸取了在西藏传法时的经验与教训，他在嘉绒地区传法不是辩驳，不是批判，不是攻击，甚至也不宣讲，而是用无声的方式展示。在今天，我们已经很难区分这种展示中显露出来的有多少是教法的吸引，又有多少是因为人格的感召。正是用了这种方法，他才一改在西藏与苯教徒激烈对抗的局面，以一种更接近藏族本土宗教的理念与形式传播佛教，获得了当地笃信苯教的嘉绒民众的拥护与爱戴。他建立寺庙，译经说法，在较大范围内传播了创制不久的藏语文，使各说各话的部落共同的交流有了一个依凭，有了一种共同使用的官方语言。

从他经过地方留下的遗迹来看，更多的时候，毗卢遮那都在山间修行。其中最广为人知的是一个他曾面壁修行的山洞，位于距马尔康县城十余公里查米村附近，梭磨河岸边山坡上的葱郁茂盛的森林中间。这个山洞就叫作"毗卢遮那洞"。洞中石壁上几个隐约模糊

的印痕，据说是他面壁修炼时留下的掌印。至少，前去朝圣的当地民众中的大多数对此是深信不疑的。至今朝拜之人络绎不绝。

在这个高大轩敞的干燥山洞中，还竖着一根直径一尺多，高有六七米的带根树干。当地民众传说，毗卢遮那在嘉绒传法期间，也曾出山去四川盆地中的峨眉山传经说法。回来时，所拄的拐杖放在洞中，自行发芽生根，茁壮成长。

今天，这树干也是修行洞中的神奇之物，朝拜此洞的百姓往往会刮下一点木屑，加入煨桑的烟火中，说是可以求得大吉大利。

梭磨河从这个地方顺势而下，与可尔因、杜柯河在陡峭雄浑的花岗岩石山下相会，再流向前文提到的金川（促浸）方向。更加浩荡的河水一路向下游奔泻而去，而我却转身过桥，在北岸溯大渡河的另一条上源杜柯河而上数十公里，到达一个被许多巨大的核桃树包围的小镇：观音桥。观音桥是名叫绰斯甲的地区的中心。

直到 20 世纪 50 年代初，绰斯甲土司还依靠苯教势力进行政教合一的统治。绰斯甲一直是苯教势力的一个大本营，但在那些巨柏耸立的山间，仍然流传许多有关毗卢遮那大师讲经传法的故事。在不止一个花岗石岩洞里，留下了镌刻的经文，留下了手掌脚印之类似是而非的神迹，留下了许多优美的传说。

毗卢遮那弘传的是藏传佛教中最古老的派别宁玛派。宁玛派僧人最为重视密法的修炼，而对显学的研究则相对弱化。

在西藏，最初是显学的大师如寂护被藏王赤松德赞迎请到吐蕃弘传佛法。寂护是印度佛教自续中观派出身，是佛教大乘显宗的正统。他入藏后为藏王及民众宣讲"十善法""十八界""十二因缘"，向他们灌输佛教的基本义理，但他过于学院派，过于经典化的方式，直接导致了传法失败。

寂护被苯教势力压迫离开时，向赤松德赞建议，只有迎请印度密教大师莲花生才能"调伏众魔"。莲花生来到西藏后，在与苯教势力的斗争中，屡屡显示其精深的密宗功法，战胜了许多苯教巫师。

他还采用了一个特别行之有效的办法，就是在战胜这些苯教巫师后，宣布苯教众多神祇中的某某与某某已被降伏，并将其封为佛教中等级不一的护法神。读那种降伏妖魔后封神的情景，总让我想到汉文的古典小说《封神演义》中一些特别的场景。

而密教大法与苯教巫师斗法时，什么御风飞行、化光为剑等奇妙的法术，又让人无端地想起汉文古典《西游记》来了。

莲花生大师把印度因陀罗部嫡系金刚乘密教传播到吐蕃，其中就包含有被认为密宗四部修法最高阶段的乐空双运无上瑜伽密法，即利用女性身体修炼密宗的功法。史料记载，莲花生本人就有五个这样的女性伴侣。这种修密时的异性伴侣，有很多称呼：世间空行母、明妃、佛母等。在修行者看来，她们的身性仿佛是渡河的舟楫或桥梁。传说赤松德赞的王后意西措结就曾在莲花生修密时充任明妃的角色。当然，流传更广、被更多修密者采用的还是莲花马头明王法和金刚橛法等密法。

莲花生还把印度密宗中的血祭仪式也带到了吐蕃。今天，这是藏传佛教中最为人所诟病的一个部分。即使是在当时的情形下，吐蕃宫廷中崇尚苯教的代表才崩氏，也曾疾言指责用人头骨、人皮、人肠、人血和少女腿骨做祭品与法器的血腥与野蛮。但苯教终于还是败在了莲花生的手下。

佛教是一个神灵众多的宗教，而藏传佛教中，一个数量众多、等级森严的护法神系统更是世界宗教版图上的一大奇观。这其实与佛教早期在藏区传播时特殊的宗教斗争方式有关。莲花生用这种方式终于使佛教在吐蕃境内有效地传播开来。于是，赤松德赞再一次迎请寂护进藏，并在寂护与莲花生的帮助下，于公元766年，建成藏族历史上第一座佛法僧三宝俱全的正规寺院桑耶寺。该寺建成后，剃度了第一批七位藏族僧人，史称"七觉士"，而毗卢遮那正是这七觉士中最为杰出、在传播藏族文化方面贡献最为特殊的一位。他同样也是莲花生的信徒，但在这一地区，不管是苯教信众还是佛教信

众中，都没有听到过他残酷施法的故事。

　　走遍整个嘉绒地区，所有的故事都讲的是这个光明使者的到来，而没有言及他的离开。在嘉绒地区待了若干年后，毗卢遮那又回到了西藏。但是，至少我从来没有听到过一个故事讲他的离开。查阅典籍，也没有发现他回到吐蕃王室后又有些什么作为。所以，人们有理由相信他永远留在了嘉绒土地上。

　　正是有了盘热的军事占领在先，再有了毗卢遮那带来已经相当西藏本土化的佛教传播，特别是在佛经典籍传播中的文字的传播，过去若干分散的部族结合起来，形成了藏族中一个自身特性保持最多的独特的文化区。

　　军事的占领总是暂时的，随着吐蕃帝国的土崩瓦解，从盘热开始的军事占领也自然宣告结束。那些来自藏区最西部阿里三围的屯守嘉绒的大部分军队，并没有回到故乡，而是无声无息地融入了当地的人群。我知道，我的身体里，既流淌着嘉绒土著祖先的血液，也流淌着来自阿里三围的吐蕃军人的血液。当地的土著是农人，农闲时节就在村庄附近放牧或狩猎；而那些从世界屋脊上拾级而下，曾经所向披靡的铁血武士，慢慢地也成了在青稞地里扶犁的人，变成了在高山草甸里放牧牛群的人，变成了在鲜花盛开的季节围着女人的百褶裙裾追逐爱情或肉欲的人。

　　但是武士与军人的血液不会永远沉沦，当危机袭来，那些勇武的因子又被唤醒，平和的农人，甚至淡定的僧侣又成为血脉偾张的武士。

　　这样的两相结合，就是今天作为藏族一个较为特别部分的嘉绒人。

　　阅读完嘉绒形成的历史，我们将开始阅读嘉绒的地理与风习。

7　我希望干得更好一点

　　当我描写嘉绒土司制度的最后数十年历史的长篇小说《尘埃落

定》出版后，在最靠近嘉绒的大都市成都，有一家旅行社在报纸上打出广告招引游客前往四姑娘山、米亚罗温泉红叶景区以及马尔康的土司官寨旅游，广告词就是：游历畅销小说《尘埃落定》的地理背景与民族风情。

有朋友开玩笑说，我应该找这家旅行社索要一些报酬，因为这里面也有知识产权的问题。我没有上门去追索，却产生了一种特别的好奇心，想知道，他们将如何向游客们介绍我故乡的人民与好山好水。所有中国曾经旅游过的人，都知道导游们背下来的有限的解说词中，有很多似是而非，甚至是歪曲真相的东西。

我有过这样的经验，一次是乘某旅行社的车，陪几个朋友去九寨沟。旅行社是故乡本地的旅行社，但一路上导游所介绍的东西在我感觉都是特别耸人听闻的、似是而非的东西。这让人非常愤怒、非常失望。

还有一次经历，是台湾作家张晓风夫妇到成都。从台北出发前，他们就打电话过来，让我帮忙找一家旅行社去九寨沟。这次，我找的还是一家阿坝州的旅行社。五天后，他们回到成都，在四川大学的专家楼，夫妇俩打开摄像机，让我看一路上拍下的一位自称是藏族的青年导游的表演与解说。看过之后，我只是觉得口舌发干，而无话可说。我不可能用一顿饭的时间，推翻一个人、一个团体用五天时间，结合了那些奇异山水与人群歪曲的没有文化责任感的插科打诨式的灌输。

我自然知道有一些手提着喇叭，挥舞着小旗，像放羊一样放牧着游客与游客想象的自称是"导游"的人，最为关心的不是正确的知识与文化，尊重的也不是一个地区的历史与文明。他们尊重的是游客的小费，尤其是海外游客的小费，关心的是沿途饭馆、旅店、旅游品商店的回扣数量。

现在，我想的是，自己的写作也会不会成为另一种意义上的歪曲。因为每一个人都有自己的不同的视角。但我能信任自己的只有

一点，就是对阿坝这片土地、这片土地上我的同胞的热爱与责任感。有了这一点，如果这本书我干得不够好，那么，我会争取下一本书，或者下一次别的什么事情，我能干得更漂亮完满一点，以期对这片故土的山水与人民有所奉献。

我至少可以希望自己，比那些所谓的"导游"干得更好一点。

嘉木莫尔多：现实与传说

1　东方天际的神山

关于过去的嘉绒，我们要从一座神山说起。

这座山，从我到达丹巴县城那一天起，就已经望见。当我的目光越过大渡河，就能从北岸一簇簇山峰间望见她最高的顶峰银光闪烁。

这座神山叫作嘉木莫尔多。

嘉木莫尔多，在藏族本土宗教苯教中，是著名的东方神山。应该是藏族庞大繁杂的神山系统中，处于东方尽头的一座神山。一般来说，这些山神都是战神，人们祈愿或崇奉山神，在部落战争频仍的年代里，都希望着从山神那里，获得超人的战斗能力。

而莫尔多山神往往也会显示神迹，满足人们的愿望。

我们已经难以追溯到嘉木莫尔多山被尊崇为东方神山的最早时间。

但当吐蕃大军进入大渡河中上游时，苯教在这一地区已经相当盛行。

苯教在嘉绒民间，在不同的历史阶段曾经呈现过两种不同的形态。一种是未曾遭到佛教挑战的原始苯教。在民间被称为黑苯。执掌教权的苯教大师更多的时候，扮演的是一种近乎巫师的角色。那时的苯教也没有大规模的寺院与系统的成文经典。

143

佛教传入以后，苯教的地位受到了严重的挑战。

前文曾经叙述到一位传奇性的人物毗卢遮那，他曾对嘉绒地区的藏族文化传播做出了杰出的贡献。毗卢遮那作为藏传佛教史上最早出家的七位僧人中的一位，在嘉绒是一个流犯的身份，但从来没有忘记过传播西天佛音的使命。他们自己认为，佛音可以把当时处于相当蒙昧状态下的人民唤醒，给他们带来智慧的光明。包括毗卢遮那这个法名，中间也有这种使命的意味。现在，人们只是很平常地谈起，毗卢遮那大师到过莫尔多山，并在云遮雾绕的半山腰的山洞里显示过功法，在岩洞石壁上留下了清晰的掌印。

天刚蒙蒙亮，我就出丹巴县城，穿过丹巴云母矿区，从大渡河桥上过大渡河，沿小金川北上。

两个多小时后，一个美丽宁静的村子泊在一个翠绿的山湾里，这就是莫尔多主峰脚下的约扎村。

一群山羊正从村里出来，我拦住了那个牧羊人，向她打听莫尔多山的有关情况。她的神情却有些茫然。然后，我提到了毗卢遮那的名字。这位妇人脸上露出了笑容，遥遥地把手指向已经见到有林木覆盖的山腰。羊们咩咩叫着上山去了，在潮湿的黄泥路上留下了许多细密清晰的蹄印。村子周围立着巨大的核桃树，河岸边的台地上，是翠绿的麦田。果树上，麦苗上，都挂满了露水，在早晨明净的阳光下闪闪发光。然后，我听到了布谷鸟悠长的叫声。而这里的房屋也不似一路看到的那些蒙尘的土屋，开始出现典型嘉绒风格的两层三层的石头建筑。门楣与窗沿上，开始出现辟邪的白色石英，以及色彩鲜明的彩绘与浮雕。石楼的山墙上还用白色描画出硕大的雍忠和金刚橛图案。

金刚橛是佛教密宗中一个非常重要的法器。如果我的推断无误，金刚橛应该是莲花生大师到雪域之地传播佛法时开始流传于藏族地区的。而在嘉绒地区，带来这样一个图案的应该是毗卢遮那大师。

这样的村庄，就是真正的嘉绒人的村庄了。

但是，穿过这个村庄时，我没有遇到多少能流利使用嘉绒语的年轻人。当然，他们都还听得懂本族的母语，只是讲起来就有些勉为其难的样子了。所以，计划中的寻访也就无法进行下去。

而在毗卢遮那生活的吐蕃时代，大军的征讨在前，文化与宗教的同化也随之而至。佛教随着来自吐蕃本部的军人、贵族和僧侣的到达，一天天传播开来。这对于还相信万物有灵论，处于原始萨满教的苯教来说，无疑是一种巨大的挑战。苯教为了适应时代的变化，开始自身的改造，仿照佛教的方式创立自己的经典，创立自己的神灵系统，把众多的原始祭坛改造成寺院。

我们今天看到的，都是这种改良后的苯教，百姓们称为白苯。

传说苯教仿照佛教经典的方式，撰写出了《十万龙经》等大规模的经典后，如何让其面世又成了一个棘手的问题。如果突然宣称自己一下就拥有了经典，肯定会引起佛教徒的讥笑，讥笑苯教的高僧们是一些模仿高手。

终于有人想出了一种很好的、特别具有神秘主义色彩的方法。

他们把新创的经典埋藏在塔内，埋藏在那些风水形胜之地。然后，由苯教师在降神时突然宣称，在某一处埋藏着湮灭了千百年的经典，经典里是天启般的智慧声音。寻找并开启了这种声音的人，将因为给蒙昧的人类带来大的光明而在人间永垂史册，在天国获得永生。这种埋藏起来等待发现的经典有一个专门的名称，叫作伏藏。

这个时期的很多苯教僧人穷其一生的精力，四处寻找，只为了发现一两部的伏藏。从而出现了一种专门的职业僧侣，叫作掘藏师。

传说，莫尔多山上有一百零八个或隐或显的山洞，里面都可能埋有伟大的伏藏。一时间，由大金川与小金川两条大河环绕的莫尔多山上掘藏师云集。

也许，正是从这个时期开始，莫尔多山的名声才开始响亮起来，赢得了人们的崇奉与膜拜。在莫尔多山寻访时，一个喇嘛正正经经地告诉我，莫尔多山神出生于距今一千二百多年前的藏历马年七月

初十。我走访过不止一处的藏地神山，但有人如此具体地说出一个山神生日的还是第一次听见。

也许是因为我脸上露出了吃惊的神情，那个喇嘛停下来，给我续上一碗茶，清清嗓子，然后再往下讲。

我问他莫尔多山神为什么会有一个生日。

他反问我，释迦牟尼不是最大的神吗？为什么他也有一个生日？

这我回答不上来。

照理说，山神都是一些被收伏的神灵，譬如西藏最为驰名的山神念青唐拉，就是被莲花生大师收伏，做了佛教的护法。但莫尔多山似乎没有进入这样一个护法系统。而我在山路上遇到的这位喇嘛也不是一位精通教理与地方掌故的学问高深之辈，他只是在山坡上收集煨桑的柏枝。

日午时分，他停止劳作，在潺潺流淌的小溪边的草地上烧一壶清茶来犒劳自己。而在我们身后，靠近山梁的路口上，就有一个玛尼堆，上面插着许多经幡。

2　山神的战马与弓箭

那些高擎起猎猎的五彩经幡的杉木杆又细又长，顶部削成了尖利的箭锋的形状。而这些木杆正是一年一度朝山的节日里，献给山神的箭。山神虽然已经很老，很老了，老到比一千年岁月更为遥远神秘的程度，但雪山脚下的黑头藏民依然相信，它仍能威风凛凛地驾驭着风马在天空与大地之间巡行。山神非常勤勉，所以，除了一年一度地在朝山节里向他供应弓箭，人们还需经常为他输送战马。

山神的战马比弓箭还要具有象征意义。

用一张张的纸，从木雕版上拓印下来。一匹山神的战马就是拓印在一张比香烟盒还小的四方的纸上。纸的四周是藏文字母组成的咒语的花边，或者，是吉祥八宝图案的花边。所谓吉祥八宝，在藏区所有富于宗教意味或民间生活当中都可以见到，也无非就是海螺、珊瑚、砗磲和如意之类，但这么几种简单的东西，在不同场合，不同的器物上那种生动而又绝不重复的组合，却叫人叹为观止，叫人感叹人类的心智在某种僵硬规范中近乎绝对的自由。规范中的自由往往是禁锢中的一点轻松的呼吸，但这种自由却会像没有任何疆界一样，表现得酣畅淋漓，仿佛就是骑手们在山中迎风撒播风马时那种山鸣谷应的长啸。让我们把长啸收回到那方或者白色，或者是红色、绿色、黄色，或随便什么颜色的小方纸上。

山神的马就在这方纸的中央，这种印制风马的梨木雕版已经年复一年地用过很多次了，所以，马身上轮廓已经不太鲜明清晰，是像汉画像砖拓片那样，有种很沧桑的味道了。

这种纸片就叫风马。

我们无论是乘车、骑马，还是徒步穿过山口时，都会从胸腔深处，找到那种最原始的力量，并用这种力量发出长啸，一叠一叠地向风中扬播风马。

风马纷纷扬扬，蹿上天空，随风四散开去，融入青苍的山色中间。只要纸片不是马上落到脚前，只要纸片被风轻轻扬起，人们就说，山神得到新战马了。

这些年来，那种木刻版拓印的风马日渐减少，更多是印刷厂印刷的画面清晰的印刷品。因为颜料的丰富，风马的画面，也从单纯黑色，变到了红色和更多的颜色。我在阿坝州首府马尔康做了十多年的文化干部，常常在印刷厂出入，印刷些经过整理的民间文化材料。我就看到即将被淘汰的旧式平板机，连夜开动，印刷风马。

一整个印刷页就完成了数百匹的风马。

如果这个时代山神们都还在与各种妖魔奋力搏斗的话，是再不用担心没有成批的战马供应了。

也是因了印刷业的发达，在嘉绒藏区，很多藏族人开的小店里，都有一小捆一小捆的风马出售，出门将经过某处山口的人，花一两

元钱就可以买到方方正正的很大一叠。风马是如此容易得到，于是便演变成在很群众性的集会上，为了烘托气氛的需要，人们也向空中扬撒成千上万的风马。

当然，这时的风马，已经没有风马本身的那种意义了。我不知道山神俯瞰到这种情景时，会不会因为心中有失落感油然而生，而感到特别的气恼。在民间传说中，许多山神都功力高强，同时又小气而促狭。他们生气的时候，会对所护佑的子民降下灾难，来提醒人们注意他的存在。

这些年，在一些神山附近的村落里周游时，我特别希望搜罗到一块有年头的风马雕版。厚实的梨木上留下无名画师高超的技艺，但我这个愿望至今没有得到过满足。

我从来不搜集古董，却对这种古旧的雕版感到特别的兴趣，当然不是为了满足一种收藏的愿望。我只是想在某个春暖花开的日子，在某一座雪山脚下找到一个蔚蓝的海子。海子边上有一些巨大的冰川碛石，碛石之间是地毯般柔软的青青草地。就在那样一个环境中，我坐在那里，从那块雕版上拓印风马，并随风播撒。

但那只是一种想象。

一种在这个世界上显得过分美丽的想象。

当我接近莫尔多神山时，又引起了我对风马的这些想象。

我愿意自己心灵中多存留一些这样不一定非去实现不可的美丽的想象。

只要你热爱这片土地，就会自然而然地生发出这种想象。

这种美好的想象还包括在月下与传说中的野人遭遇一次。我要带上酒，带上一个善于歌舞的美丽女子，与一个蒙昧的、渴望学习的野人在月光下遭逢。在想象中，我不会带上那种用作圈套的竹筒和锋利冰凉的刀。

当然，这就更是一种仅仅是想象的想象。

在走向莫尔多神山的过程中，我也没法不被这种想象所笼罩。

我还想说，正是这种想象，使我在大群山之中的漫游显出了更加浪漫的诗意。

太阳升高了一些，高处的云雾便很快散尽了。我只是仰望参差在蓝天下的山峰，而没有攀登的打算。虽然这样一座重要的神山，肯定有很多东西值得去打探。

3　清晨的海螺声

一阵海螺声引起了我的注意。

一个红衣的僧人站在一座规模不大的寺庙的平坦泥顶上，手里捧着的，正是一只体积很大的左旋海螺。

我走向这座寺庙，绕过一些核桃树，走上庙前的小石桥，寺院的大门出现在我眼前时，那个红衣喇嘛已经站在寺院门口了。他说，昨天晚上，火塘里的火笑得厉害，早上，他扯了一个索卦，便知道今天有贵客上门。于是，他弯下腰，双手平摊，做了一个往里请的手势。他把我引到旁边一个厢房里。

在外边强烈的太阳光线下走动久了，刚进到屋里，眼前一片黑暗。我摸黑坐下，听到喇嘛鼓起腮帮吹气的声音。然后，一团暗红的火从屋子中央慢慢亮起来，先是照亮了火塘本身，然后，照亮了煨在火边的茶壶，茶壶里传出嗞嗞的水声。喇嘛把一碗热茶捧到我面前。这时，我的眼睛已经适应了屋里的光线，什么都可以看见了。

喇嘛又说："喇嘛穷，庙子小，客人请多担待。"

我说："你的庙是有来历的，又在这神山下面，可我不是什么贵客。"

他端详我一阵，说："你的眼睛，是能看穿好多事情的，如今世道不一样了，如果是在早先，肯定也是出家人，肯定做出大的学问来，你是贵客，是贵客！"

想想也是，要是没有 20 世纪 50 年代以后藏族社会所经历的巨

大变迁，我这种喜欢与文字为伍的人，如果不是进入僧侣阶层，又如何与书面文化发生联系呢。但是，历史没有假设。所以，当那个巨大变化来临后，我，和我这一代人，都大面积地进入了国家举办的各种教授汉文的学校。

我终于成了一个靠操弄汉字为生的藏族人，细想起来，也真是一件非常有意思的事情。喝了两碗茶水后，我终于向喇嘛提出了野人的问题。

喇嘛笑了，他说："你怎么不问我寺庙的事情呢？人人都要问这个问题的。"

我看看这简陋的寺院，摇了摇头。其实，这个寺庙除了简陋，还特别复杂，住在庙里的人，怕是没有一个人能说得清楚，这一点，在后面我们还要讨论到。所以，我依然向他提出那个野人的问题。

他站起身来，说："这种事情，我还多少知道一点。"

我说："这些山里有过野人吗？"

他点点头说："有过，有过。"于是，他的脸上浮现出夸张的神秘："你等一等，我给你看样东西。"

于是，他拿起一串钥匙，走开了。我在这间隙里打量这间屋子。屋子是一些新旧不一的木板装成的。板壁上贴着一些印刷出来的佛像与佛经故事画。这些故事画都取材自《百喻经》，讲的无非是佛祖释迦牟尼成佛前所经历的许多次轮回的故事。

但这里，最初却是与佛教斗得你死我活的苯教的一个中心地区。正是从莫尔多山上一百零八个山洞里发掘出来的伏藏，加上不断兴建的苯教寺院，改变了苯教在佛教的进逼面前步步退让的局面，而使青藏高原东北边缘的这个地带，成为苯教的中心地带。而有了书面经典的苯教的广泛传播，又进一步刺激了这一地区的文化发展。

就在我的思绪这么信马由缰的时候，喇嘛回来了。

他脸上的表情依然显得异常诡秘。我不是一个着急的人，就那么静静地望着他。

他从怀里掏出一块黄缎包裹着的东西放在我手上。

乍眼一看，这块黄绸似乎是刚才包裹上去的。黄绸是一块上好黄绸，厚实而又光滑如水。除了在寺院里，世面上是很难见到了。黄绸一层层揭开，里面露出了一个溜圆的石头。

石头本身只比鸡蛋稍大一些，但却显出加倍的重量。

与这簇新的黄绸不同，石头是很有些年头的样子了，说明这绝不是一颗寻常的石头。石头通身显出一种油浸浸的黑，而且拿在手里，又有一种非同一般的光滑。

喇嘛说："这可是我们寺院的镇寺之宝。"

我笑了，为了这喇嘛的故弄玄虚。这是一座佛寺，而不是伊斯兰教的寺院。只有麦加的一所清真寺，才有一块黑色的石头被当成镇寺之宝。一是因为那石头来自天外某星体，也因为，伊斯兰教是没有偶像供崇拜的教派。而佛教，尤其是藏传佛教，那么复杂庞大，差不多每一个神佛都有具体的偶像，被供奉在不同的地方。而每一个寺院，要表示其地位与来历，都至少会有一两件镇寺之宝。那些镇寺之宝，要么是一尊有来历的佛像，要么是一些集中了最多金银珠宝的某一世活佛的灵塔。

我从来没有听说过，有某一座寺庙里会把一块石头当成镇寺之宝。虽然，这块石头看起来有些不大寻常。它比别的石头更重、更黑、更圆润。

喇嘛等我好奇够了，才有些得意地一笑，说："这是野人的石头。"

"野人的石头？"

喇嘛点点头，告诉我，这是野人的武器。打野牛，打豹子，打野猪，一打一个准，而且，每一石头只打猎物的额心，所以，石石毙命。喇嘛还我讲了一个传说中一家穷人发财致富的故事。

这个故事与藏族人喜欢使用的豹皮有关。

当年，吐蕃大军刚刚征服嘉绒时，军队里的军官都是以胸前斜

襟上的兽皮来识别军阶。但凡斜襟上佩有豹皮者，都是孔武的军官或武士。于是，豹皮成了男人们十分喜欢的珍贵之物。豹子这类猛兽，即或在过去的时代，也不会有很多数量。冷兵器时代，要猎获这种猛兽并不是一件特别容易的事情。豹皮成了一种很珍贵值钱的东西。流风所至，直到今天，豹皮也还是一种非常珍贵的东西；而且，比过去任何时代都显得更加珍贵了。

这个故事说，野人喜欢上了山下村子里一个被休回娘家的女人。被休的女人总是显得非常愤懑。但是，故事里没有讲是不是因为这种愤懑使山上的野人爱上了她。一个没有月光的夜晚，野人下山来掳走了这个女人。

没有人看见这个野人下山，只是第二天发现，那个女人音信全无。但是人们在她的床前发现了两张豹皮。豹皮上，没有被火枪打过，没有被箭射过，也没有被刀砍过的伤痕。那是两张最完整的豹皮。

人们抬头看看山，知道那是野人所为。

女人被野人掳上山去，做了野人的洞中主妇的故事，已经不是发生一回两回了。

只是这一回，这家人遇上了一个好野人。每隔一段时间，家里的某个地方，就会出现一两张豹皮。于是，这家便靠着出售豹皮慢慢地富裕起来。好多年过去以后，这家人屋顶上一次性地出现了两捆豹皮。其中一捆中间，包裹了一个刚刚出生不久的小男孩。

这个小男孩长大以后，成为一个身材高大、性情温和却异常勇敢的武士。

史称豹子武士。

我不能肯定这个故事的发生地就在莫尔多山区，也不能肯定这些河谷平畴中的山村的某一处，有这个豹子武士的后裔。我只相信，所谓野人绝不是一个好事者杜撰出来的虚妄的存在。至少，在过去，在这些荒凉的地带还被无边的森林所覆盖的时代，野人应该是一种实实在在曾经的存在。

文章写到这里，我接到现在居住在成都的萧蒂岩先生的电话，说他在商业上很成功的夫人陈女士要在西郊的鸵鸟园请我吃饭。

萧先生写过前述关于西藏野人，或者国际上通称的喜马拉雅雪人的书，还出任过中国野人研究会副会长，正是这个原因，促使我关了电脑欣然应约。

鸵鸟园中果然饲养着一些比牦牛还要高大的鸵鸟。我们在旁边的楼里喝茶神聊。其间，我不经意中提到了那块野人的石头。

萧先生细小而有神的眼睛陡然放出更多的光亮："你真的见过那种石头？"

"那石头真是野人的武器。"

萧先生说："我搞野人研究多年，没有见过这种东西，但我知道有这个东西。"

他说，这种石头应该是一种坚硬的燧石。野人常常将其夹在腋下，遇到猎物，扔出去，百发百中，而且都是直取额心命门。没有哪一种野兽在这猛力一掷之下再得生还的道理。石头扔出去了，野人还要将其捡回来，夹在腋下，日久天长，油汗浸润，就成了我见过的那种样子。

这些故事，那个喇嘛并没有告诉我。

在嘉绒地区，寻求某种风习的沿革、某一狭小地区的历史渊源，往往需要做这种拼图游戏。你不能期望在一时一地，就获取到所有的碎片，并一丝不爽地再完成必需的整合。从来藏族地区，特别是嘉绒地区地方文化史研究的人，必须永远做这种拼图游戏。

这当然不只是指单独的一个野人的传说。

即或是嘉绒这个部族名称，也是一个颇费周章而又难以一时给以定论的事情。

4　一座山之于一个地区

前面我说过，嘉绒的意思，是靠近汉区的农业区。还有一种意见认为是大河的谷地。

再一种说法，这些年来，随着研究工作的深入，正在得到更多人认同。

这种说法与嘉木莫尔多神山有关。

而我之所以特地数次前往寻访，也绝不仅仅因为野人神秘美丽的传说。大小金川在丹巴汇合后，才在地理书上，或地图上被标注为大渡河。就在大小金川及其众多支流逐渐汇聚的这一地区的丛山之中，耸立着一座富含云母与金砂大岩石大山，当地人称嘉木莫尔多。

嘉木莫尔多，藏语意为地王母，或土地神。而据当地僧人介绍，这个词在藏语书面文字中，又有秃顶光亮的含义，所以有这样一层字面下的意思。只要站在山脚下一看就知道了，这座山峰在超出四周群峰的高度后，便光秃秃地直插天空，没有一草一木的遮蔽。更因为岩石中富含锡箔状的云母，在阳光照射下，总是闪闪发光。因了这种光芒，高大的莫尔多神山是气象万千地超拔在大渡河中游地带的万山之上。

有一个当地流传颇广的传说使人们相信，在很久远的古代，神灵们还经常显身在大地上自由来往，不大隐藏行迹的时候，雪域高原的各大神山，曾召开过一次有万座山峰的万个山神参加的群神大会，目的是排列座次，明确隶属关系，并进一步规定了各自的朝向。

那时，以青藏高原最高处的喜马拉雅山为中心，向东南西北四方辐射，每个方向上都有九万九千座大神山。每个方向上的众神山都推选出自己的代表去参加这次万山聚会。会议最后议定，通过文比讲经说法，武比功夫与力气的方法，以最后胜出者为群山的首领。

会议开始时，每一个出席的山神都有指定的座位，只有会场上首一把龙头扶手的玉石雕花宝座是空的。与会者心里都清楚，那将是通过比赛产生的众山法王永恒的宝座。

作为会议发起人与主持者的喜马拉雅山神见会场中已经座无虚席，以为众山神已经聚齐，便用洪亮的声音唱一段赞词，随即宣布会议开始。

突然，天空一暗，众神抬头看时，却见东方又驾云飞来一位山神，他按落云头，腰束云豹皮，气宇轩昂地走进会场。见场中除了上方那唯一的宝座外，并没有留下别的空位，他便弓腰打听哪里还有空着的座位。但已经获得座位的众神并没有人想要理睬这位不速之客。于是，他干脆转身走出众神的座席，径直登上了那个玉石雕花宝座。

场中不禁一片哗然。

但这位山神欠欠身子，不慌不忙地开口道："我知道讲经说法靠辩才排座位，比武以身手高下分优劣。但既然下面没有我的一席之地，想必是大家推我来坐此位，我怎么能违拂了众神的好意。"并离开宝座向大家躬身致谢。

众神不服，提出要与他辩经说法，谁知这位东方山神于佛法的造诣却是十分高深，加上无碍辩才，终于在七七四十九天后，战胜了最后一个对手。

众神依然不服，提出比武。于是，又经过九九八十一天的搏斗，这位山神显示出种种神力与功夫，比如，他能站在一面鼓上，随意飞行，并徒手斩取光线，使其变为手中的刀剑。就这样，一个个有着非凡功力的对手被他全部打败了。

于是，众山神心悦诚服地让他再次登上宝座。

当他登上宝座向众山神脱帽致谢时，大家才发现他原来是个秃顶，而且这秃顶还特别地闪闪发光。众神不由都脱口而出："莫尔多！莫尔多！"

原来，早在佛教还未传入藏地之前，释迦牟尼从天界俯察广阔雄浑的雪域高原，发现东北方某一处金光四射，再定睛细看，却见那里山河秀丽，气候和美，人民勇敢忠厚，便预言了将来佛音会在那一处地方传播广大。也是因为这个原因，莫尔多在古代藏文中，还有秃顶闪光这一层字面意义。所以，看到这位夺魁的山神脱帽时露出光秃的头顶，众山神不由得想到了佛的预言，才脱口惊呼。

想来这个故事，正是当地人民的一种美好想象。莫尔多山以及周围地区，与内地唐宋王朝相当的这样一个大致时期，都是嘉绒文化的中心。处于这样一个中心的人们难免会产生出更宏大的想象，希望能成为一个更大的世界的关注的中心。

当然，这也仅仅是一种美好的希望而已。

因为，到清王朝统治的乾隆年间，经过数十年残酷战争的破坏，莫尔多及其大小金川作为嘉绒文化中心的地位就日益式微了。

我们现在要做的是，讲述完有关莫尔多山神的故事。

话说莫尔多山神从喜马拉雅山区夺魁归来时，一位赴会迟到的西方山神内心不服，跟踪追至大渡河边，要与莫尔多比试功力。想来这位西方山神也是功夫了得，不然不敢叫作达尔基。在藏语里，是金刚不坏之身之意。

莫尔多同意与达尔基比武，并请挑战者先出招。

达尔基也不客气，拔出宝剑，便剑剑生风带电，向莫尔多连连劈去。每一剑挟着电光火石迎面劈来，莫尔多都只是轻轻腾挪一下身子，每一剑都劈在他脚下的山体上，在莫尔多山陡峭坚硬的岩壁上砍出一道台阶。

达尔基山神并不跟着往山上爬，每砍一剑，身子就长高一次，站在原地，一口气便砍出了一百零八剑。这样，就在莫尔多山脚到莫尔多山顶陡峭山体上留下了一百零八道梯级，以供朝拜山神的人们去攀登。

这一百零八剑砍过，莫尔多已跃到山顶，身后只是深渊一样的蓝天，他再也无路可退了。于是，便微笑着说："让了你一百零八剑，现在也该轮到我出手了吧？"

话音刚落，他已经张弓在手，撕锦裂帛的一声响亮过后，达尔基山神头上的缨冠已被射落在地。这位来自西方的挑战者顿时惊出一身冷汗，立即跪地认输。在莫尔多山西北面有一座山峰，正好侧向莫尔多山，可以意会到一点躬身顺从的意思，于是，人们就用失败山神的名字命名了这座山峰。

从莫尔多山半腰，目光越过达尔基神山，再往北望，有一浑圆的小山，自然就是达尔基山神被射落的缨冠了。

莫尔多众山之主的地位，曲折地表达出了当地部族一种渴望自己成为某种中心的愿望。因为我们知道，在藏传佛教的护法山神中，地位崇高的名册字列中，并没有莫尔多山神的名字。但当地的嘉绒百姓还是围绕着这座东方山，创造出一系列的神话。在围绕莫尔多山大渡河流域册封了一系列为这个众山之神护驾的叫作"念青"与"够拉"一类的护驾山神。

而围绕着莫尔多山四周山区的大渡河中上游及其丰沛的支流，都被泛称为"嘉尔莫俄其"，而河流两岸的谷地又称之为"绒"，所以，嘉绒这一部族名称，也是一个地理概念，专指莫尔多山四周的河谷农耕区。

当我真正走在莫尔多山崎岖的山道上时，就深刻地感受到，这已经只是一种过去的神山。这个地方，对我这个想通过漫游有所发现的嘉绒人来说，是一次伤心的失望之旅。在更加向西的地方，攀上任意一座没被封过神的雪山，都会感到一种深刻的震撼。但眼前失去了生机后满被创痕的山体，却叫人口里泛起岩缝中灰白的硝盐的苦涩味道。

山羊们在多刺的灌木丛中寻找青草，就像我们在头脑中寻找诗行一样的困难。

那种文化上的衰落感，只要看一看莫尔多山下的莫尔多庙就

够了。

在嘉绒藏区，很少能看到在别的藏区常见的那种大规模的寺院。但寺院无论大小，都有一个明确的归属。第一，它是属于苯教还是佛教。如果属于藏传佛教，还要看它是属于宁玛、萨迦、噶举、觉囊和格鲁等教派中的哪一个教派。每一种宗教，每一种教派，都有自己鲜明的特点与教义。

在莫尔多神庙，我却看到了一种不可思议的景象。

这座庙从外观上看，那两楼一底的亭阁式的建筑，更像是一座汉式的道观，而鲜少藏式建筑的特点。

走进道观，不，我还是应该说走进神庙，就进入了底层大殿，正中供养着莫尔多山神像。原来，莫尔多山神的坐骑不是战马，而是一头黑色的健骡。山神就披一件黑毛毡大氅骑在骡子背上。更令人吃惊的是，骡子的缰绳不是控在山神自己手里，而在前边一个侍从的手里。骡子屁股后面，还跟着另一个手持大刀的战将。不论如何，这都与我想象中的山神形象相去甚远。这也是我第一次看到人们为一座山神所造的神像。

同一层的大殿中面南方向，还供有千手观音像一座。

第二层，是汉人崇信的镇水的龙王。

第三层，更是汉藏合璧。计有汉族道教尊崇的玉皇大帝一座，和藏族人普遍崇奉的莲花生大像和宗喀巴像和毗卢遮那像各一座。

在这样的寺院里，你当然也不会指望看到常见的藏族寺院里那种无论从历史文化还是艺术价值的角度着眼，都有着非常价值的那种壁画。

离开这座寺庙的时候，我的心里有种失落了什么的凄楚的感觉。我从来不是一个主张复古或者文化上顽固的守成论者。但在这样一个地方，你只看到了文化的损毁，而没有看到文化的发展。你只看到了一种文化上拙劣的杂糅，而没有文化的真正的交融与建构。

莫尔多山周围地区，是藏族文化区中别具特色的嘉绒文化区的中心地带，但现在你却在看到自然界的满目疮痍的同时，看到了文化万劫难复的沦落。

任何一座神山，都会有一条崇拜它的子民的转山之路。苯教与藏传佛教的信徒都相信，绕着这座山转一个或大或小的圈子，会积累一定的功德。但现在，这条转山路却渐渐荒芜了。不，在这样一个地方说荒芜是不准确的。荒芜是指一条道路慢慢被青草、被藤蔓、被树木的苍翠渐渐淹没。这里人迹稀落的转山道上不可能再出现这种景象。这里的树林已经消失。顽强生长的青草已然没扎根的地方。猛烈的山风和雨水一层层剥去山体表面的泥土，青草的根须再也抓不住一点什么，于是就一年年地稀疏、枯萎了，等待着山羊们沾满砂石的舌头最后席卷。

这条朝山之路本是从青草、从树林、从森林的腐殖土中踏出来的，现在，随着泥土的流失日渐淡去了。我没有绕任何一条转山道朝拜过任何一座神山，但看到一条古老神圣的转山道以如此的方式消失，心中不由得泛起阵阵苦涩。

我在一首诗里写过，那种苦涩就像是岩石缝里渗出的多碱的盐霜。这种盐霜可以制造芒硝，芒硝可以用做一种低质炸药的原料。

我在山下一个人家借宿一夜，准备第二天返回丹巴。

5 山神的子民们

在这个藏汉混血很多代，且基本不通藏语的人家里，我听了更多不得要领的传说。这些传说在文化上更靠近的不是藏族，而是汉族民间的那种东西了。

好客的主人取来一大块猪膘，把一把刀插在上面时，我从背包里取出从丹巴县城带来的两瓶白酒，倒了一大碗。碗在围着火塘的几个男人手里传了起来。猪膘与刀子传到我手里，我切下一大块，用刀尖挑着，在火上烤得嗞嗞冒油，油滴到火里，火苗蹿起来，把

这一圈人的脸都照成铜色的了。火塘里的火，要比头顶吊着的那盏被烟熏黄的电灯更加明亮。

酒过三巡，好几块猪膘已经下到了我的肚里。

主人说："真没有看出来，哥哥还真是我们这个地方的人。"

这时，屋外一阵拖拉机响，不一会儿，一个穿着牛仔服的青年人走了进来。

这是主人家上过高中却没考上大学的儿子回来了。

主人问今天找到货拉没有。年轻人翻了翻眼睛，说，跑了一趟，但路塌方，中途空车回来，一分钱没挣到。他端起酒碗灌了一大口酒，却再没有往下传，酒碗就放在了他的面前。现在，这种文化败落的乡村里，正在批量出现这种乡村恶少。我也是因了酒的缘故，从他面前端过酒碗，大喝了一口，再递到他父亲手上。

这个青年人就发作了。他像刚发现我一样，一双瞪大的眼睛狠狠地盯过来。我的眼睛没有退让，也不能退让。

他的眼睛让开了，又喝了一口酒，说："你要去什么地方？"

我说："赞拉。"

"赞拉？"

他父亲说："就是小金。"

他说："小金有什么了不起，那天几个小金收药的人过来，叫我们狠狠打了一顿。"然后，他又说了许多威胁的话。他看看我的背包和相机，说："听说北京和成都有人闹事，现在到处都设了卡子。"

他把我当成从大城市来的人了。他父亲无法制止住这个撒野的、仇恨城市人的小子，只是对我说："他喝醉了，不要理他。"

我收拾了背包准备离开这户人家，他又提出了另一个问题："公路塌方了，班车都不通了，怎么样，明天我用拖拉机送你去小金，给两百块钱就行了。"

我当然不会接受这种讹诈。最后，是他父亲将他从屋里赶了出去，而把我留在了他的家里。第二天醒来已经晚了，这家人除了一个从昨天晚上到现在只是微笑、一言不发的老人，都已经出去做事了。他给我端来一碗茶，用藏话说："上路的时候，躲着我家那野小子一点。"

我说："我不怕他。"

老人指指自己的耳朵，说："我早就听不见了。"

我只好笑笑，和他告别，上路了。两个小时后，我回到丹巴。在招待所里铺开纸写我那篇叫作"野人"的小说。写得闷了，就下了招待所前曲折的石阶，到车站转转。那里依然很安静，树荫静静的，时间就消消停停地团身在里面，一点也不想延展的样子。

于是，又回到招待所写我的《野人》。

那些年里，我特别喜欢在路上的旅馆里写短篇小说。在若尔盖，在理县，在隔丹巴县城不到五十公里远的小金县城。写完这篇小说，虽然路还没通，但我应该上路了。

漫游中的写作，在我 25 岁之后，30 岁之前那段时间，是我生活的方式。那时，我甚至觉得这将成为我一生唯一的方式了。

我又上路了，目的地就是五十多公里外的县城小金。

临行前，我给曾是同事和领导也是朋友的小金县委书记侯光打了一个电话。他告诉我说，等我出发走到一半路程叫新桥的一个乡，那里就没有塌方了。他还特别叮嘱，叫我到乡政府打电话给他，在那里吃顿饭，接我的车就到了。

当夜，听着吹过整个县城上空的风声，我很快就睡着了。

睡着之前，我口里念出的却是小金县城以前的名字：赞拉。

赞拉：过去与现在

1 走过了那些村落

在今天叫作小金的赞拉与叫作大金的促浸，是包围着莫尔多神山的一个广大的群山耸峙的地域。

两个地域由一条叫作小金川的河流和一条叫作大金川的河流汇聚到一起。两条河流在我正在离开的丹巴县城边汇聚到一起，才有了大渡河的开始。

这两条河流及其众多的支流养育了藏族文化中独具一格的嘉绒文化群落。

早上的空气湿润而又凉爽，我沿着小金川河岸向小金进发。

两个小时后，我再一次经过前些天到过的叫作岳扎的小村寨，再次经过莫尔多神山脚下。

大河两岸，都是望不到尽头的高大群山。群山都裸露着坚硬的岩石骨骼，岩石缝中的灌木都显得隐忍而坚强。

孤独而虬曲的松树站在高高的岩岸上。

走了很长时间，这大河两岸的景色依然没有一点改变，好在这是个天上浮满薄云的好天气。这种天气是适合赶路的。于是，我走过一个又一个村落。

两三层的房子因为平顶也因为四周高大雄浑的山峰而显得低矮，房子都由黄泥筑就或石头砌成很厚的墙，因此都显出很坚实的样子。

过去，部落战争横行，再后来，中央政府设立了各级政府后，却又是土匪横行的时代。于是，这些寨房无一例外都只开着枪眼般的小窗户。在那些时代，这些寨房本身就是一个又一个的堡垒。一个村子，总是这样十几座几十座堡垒般的房子攒聚在一起，不仅形成了一个个生产上自给自足的群落，也形成了一个个武装的自我防卫的群落。但在 20 世纪 50 年代初那最剧烈的社会动荡过后，这些村落就只是一个又一个的基本行政单位与生产群落了。

这些文化交汇带上的村落在一切将被破坏殆尽的时候，终于迎来了和平。

和平带给这些村落的最大的变化就显现在窗户上，过去枪眼般的窗户越来越轩敞。这一带村落自乾隆年间史无前例的那场大战以后，被汉文化同化的趋势越来越强。所以，那窗户也多半是照了官方修建的乡政府窗户样子，卫生院和派出所窗户的样子，一个长方形中分出双扇的窗门，每扇窗门装上三格玻璃。三格玻璃大多是那些有政府机关的砖瓦房子，而这些农家的窗户却多是接近正方形的两扇两格玻璃的窗子，这种窗户倒是与农家房屋那种朴拙的样子十分相配。

我不知道当建筑史学家考察社会变迁时，会不会特别注意到房屋的眼睛——窗子——的变化。但在这个地方我是特别注意到了这种变化。

写到这里，我又想起了一件往事，一件属于 1979 年的往事。

那时，我作为一个师范学校的实习生到一个偏僻的乡村学校实习。

到校的第一天，校长找我谈话，要我到从中心学校出发要步行大半天路程的一个村子里建一所学校。校长很严肃，因为这个村子里从来没有建立过学校。校长说我将是这所学校的创始人，也是这所学校的首任校长，并且在刚刚走上工作岗位的时候，就自己领导自己。

严格说来，我将去建一所新学校的地方应该不叫一个村子，因为二十多户人家散居在一条二十多公里长山沟两边的原始森林中间。

但是，这时的村子并不是一个自然村落的意思，而是一个最基本的行政结构。

记得当时校长准备给我的建校经费是500元人民币。他把我带到乡政府，与乡长见面。乡长把文书叫来，文书写了条子，郑重地盖上乡政府的大印，呵着气把印油吹干了，封好信封交给我，说，交给村支书，他会安排劳动力来建学校。那几百块钱，只要交到村支书手里就可以了。而现在我所以回忆起这件往事，其实是与窗子有关。

从乡政府回到学校，校长叫来兼任着保管员的嘎西老师，让我领两扇窗子。

有些汉语词汇在藏族人中间——哪怕是在藏族教师中间——都没有过准确的意义。所以我以为校长是叫我从嘎西那里领取玻璃。但是，当嘎西打开保管室的门，吭哧吭哧地从很多灰尘与杂物中搬出两扇旧窗户时，我真有些傻眼了。这是两扇从旧房上拆下来的窗户框子，上面并没有半块玻璃。

校长看着我疑惑的眼光，说："你要带上这个，村里的木匠不会做这种窗子。"

我的眼光肯定是说为什么一定要做成这样的窗子呢？

校长又说："没有这种窗子，就不像是一所学校了。"

校长确实是这么说的，没有这种机关房屋上的窗子，那建筑就不像是一所学校了。说完这句话，校长的孩子来叫他回家去割蜂蜜。他便背着手走了。

嘎西老师看看我，又看看那两扇窗子，什么也没说，走了。

留下我在那里，呆呆地面对着那两扇窗子，不知道怎么把这两个大木框子运到几十公里外那条山沟里去。我一直在保管室门口站到黄昏。最后，是这两个大窗框粉碎了我成为某所学校创建人并成为首任校长的梦想。

晚上，我一夜未眠，早早起来，到乡邮电所门口等，终于等到护线员起床，便冲进屋里，拿起电话的摇把，经过好几个接线员，把电话要到了重山阻隔的县文教局，找到了一位局长，我说："我是一个实习生，不懂得怎么去建立一所学校。"

于是，局长又叫我去叫校长。校长赶到时，电话已经断了。

校长再次拿起摇把，说了很多个我要县文教局后，把电话要到了局长桌子前。

然后，我就被免掉了创建一所村办小学的光荣任务。

放下电话后，校长问我与局长是什么关系，我说没有什么关系。他回过身来说："要有什么关系，你也不会分到这里来实习了，最后分配你还是会在这里。今年不去，明年正式分了，还是你去。"

于是，嘎西老师又把两个窗框搬回了保管室。

过了一学期，等我正式分到这里的时候，他却像是忘了这回事了。再过了半年后，我调离这所不通公路的学校，临走时，我提起这档子事来，他说："我看你肯学，也听人说你学问好，到这所学校来，已经委屈你了，我不能再委屈你了。"

其实，我是想问他，为什么一定要搬去这么两扇窗户呢，但这个问题最终没有问出口，因为我被他家里的蜂蜜酒给噎得喘不过气来了。

这是有关小金的那些藏式建筑上的汉式窗户引起我的一些回忆。

但我当时可能并没有这样的联想。

2　小金川风景画

在那样的荒凉而又气势雄浑的河谷里漫游，一个又一个村落会引起一种特别的美感。虽然常识告诉我，群山中的荒凉也是人类暴行的结果，但是呈现在眼前的一切，却显得那么地老天荒、亘古如

斯的假象。于是一个又一个村落的出现就形成了一种特别的美感。

当身后一个村落慢慢逝去，两岸的山峰便紧逼过来，平坦的梯级谷地消失了，山岩寒浸浸的阴影深重地投在路上，河水一下便汹涌起来，在千军万马的奔腾怒吼中涌起成堆的雪浪。不时，有风化的岩石呼啸而下，重重地砸在路面上，又蹦跳着扑进了翻卷的雪浪。

过去，这些山岩上曾是猴子与岩羊的栖息地，现在，却再也难觅其踪迹了，有的只是在岩洞里筑巢的野鸽与雨燕。

过去的时代，在这样的道路上独身行走是非常危险的，一是道路逼仄，一旦失脚，便粉身碎骨、万劫不复了。当然，对于脚下的险路人们总是万分小心的，但对等候着财喜的剪径强盗，就只有望天浩叹了。

但在今天，一条对于汽车司机来说还潜伏着很多危险的公路，对于我的双脚来说，已经足够宽阔，不至于让我身子紧贴着内侧的陡壁，还被外侧绝壁上嗖嗖上蹿的冷气弄得头晕目眩。当然，在还没有到达共产主义的时候，提前要想在过路人身上来各取所需的人还是有的，但那种形象，比起过去时代的职业强盗来，终究不是那么可怕了。

一段逼仄的山道过后，峡谷又豁然开朗。

河谷两边的阶梯状的台地上，又出现了村落与绿色。村落中总有几株巨大的核桃树，隐蔽了整个村子，使这些村子显得幽静而又遥远。村子四周是大片的苹果园。小金苹果至少在四川内地的市场上，是一个很响亮的名字。当地政府把种植苹果当成农民增加收入的一个非常重要的方面。早在中国农民开始走向市场的 20 世纪 80年代中期，农民们就在并不富余的玉米地里，栽满了苹果树苗。夏天路过的时候，好多并不壮大的苹果树上，已经零零星星地挂满了青涩的果实。

这样的努力，表达的是农民依靠土地获得富裕的愿望。

过去，这些村民的前辈曾经在同样的土地上种植过鸦片，那个坐在村口核桃树下，脸容平静而眼神混浊的老人可能就在大片艳丽的罂粟花中，有过灿烂的关于财富的梦想，但他终于还是穿着破衣烂衫深陷在这个核桃树荫笼罩的村庄。

现在，他的子孙又来继续他的梦想。

十多年很快就过去了，在一个世纪行将过去的时候，他们的苹果正在渐渐失去当年的魅力，因为科技人员缺乏，面对病虫害，特别是面对品种退化束手无策。在四川成都市，在我下班的路上，就会经过一个水果市场，但在那里，我看到来自家乡的苹果已经日益减少，更多的是陕西出产的红富士和美国蛇果了。

3　山中人家

当年，从核桃树繁盛的枝叶间，传来布谷鸟不知疲倦的悠长鸣叫。村子周围一片片的玉米地间，是大片大片正在挂果的苹果。玉米地与果园之间，是一盘盘硕大的金色葵花。房前屋后，还种着大丛大丛的麻。那些果树与绿意与阴凉使我离开公路，走进一个村庄。

不等我开口，在第一个人家的门口，我就受到了主人真挚的邀请。

男主人正在用山麻柳木刨一根锄把。男主人有一个汉姓姓张，一个藏族的名叫扎西。张扎西，一个藏汉合璧的名字。就像有一种中西合璧的名字张约翰或者查理·王一样。

他那叫作措措的女人正在做当地人脚上常见的那种藏汉合璧的爬山鞋。鞋子整个看起来是汉式的，但上底的方式，在鞋子前部包上麂皮的方式，又是藏人制作靴子的方式，所用的线也是屋后的麻秆上剥皮搓成的结实的麻线。

麻籽成熟后，又是一种很好的香料。

在主人端来的茶里，我就尝到了这种香料的味道。

更有意思的是，男女主人都不能非常熟练地使用汉语或者是嘉

绒藏语。听着他们一段话里夹杂地使用着来自两种语言的词汇时，我的舌头感到了这种搅和带来的不便。但从他们脸上却看不出我的那种难受。但有一点非常明确，在这种夹杂的语言中，藏语的发音还很纯正，并且成为一句话中最富有表情的关键部分；而当一个个汉语词汇被吐出来时，声音就变得含混而浊重了，一个个词吐露出来时，难免有些生硬的味道。但我知道，我无权对此表达个人的喜好，这是历史用特别的方式在这片土地上演进时，留下的特殊的脚迹。

女主人进屋为我准备吃食，张扎西放下手里的活计，说："儿子回来后，他的话你就能听懂了。我们的汉话不好。"

我用藏话回答主人："我是藏人，我们一样都是嘉绒藏人。"

这回，他露出了一个藏族人吃惊时那种典型的表情，并吐出了舌头。男主人说："我们这种藏族叫客人见笑了。"这回，是一句完整的嘉绒藏话了。

女主人端着午饭出来了。

在院子里的树荫里，我面前的盘子里是一盘热气腾腾的蒸洋芋，旁边是一小碟盐，盐碟旁边是菜园里刚摘下来的青辣椒。我就这样一口洋芋一口蘸盐辣椒吃了起来。

这是典型的家乡饭食的味道。

一盘洋芋很快一扫而光，女主人又端来了一大碗酸菜汤，里面有很浓重的陈猪油的味道，这也正是家乡饭食的味道。一大碗汤喝进肚子里，汗水慢慢从额头上沁出来。女主人却在抱歉，说："酸菜是洋白菜做的，要是冬天，就有上好的元根白菜，味道就更好了。"

女主人所谓的元根白菜，学名叫作蔓菁，有萝卜一样的根茎，但叶子却很粗糙，但正是这种粗糙，煮成酸菜，成了我们一种特别对胃口的嗜好。而洋白菜做别的菜十分细嫩，要比元根白菜可口十倍，但做成酸菜，总给人一种过犹不及的感觉。

和客气的主人闲话，话题也无非是地里的苹果树苗，和今年的收成之类的事情。除此之外，他们还能关心什么呢。当我想把话题转向村子的历史时，话题便开始模糊起来，变成了一种不可信，又不可不信的传说。

我问他小时候是不是看到这里山上有过森林，他摇头，说："倒是有些零零落落的柏树，却都一天天减少了。"他说："听说村子的后山上大片森林包围着一个海子，海子中有一条溪水流下来，就从村子中央穿过。海子里有一对金色野鸭，有一天，有人犯下了罪孽，金色的野鸭就从海子里出来，顺着溪流而下。鸭子走后，那个海子就干枯了。"

我问："森林呢?"

男主人的眼光变得迷茫了，他说："那都是老辈子人的传说。"他从生下来就没有见到过这里的山上有森林。

这是我走过的无数嘉绒村庄中的一个，当我走出一段时，村庄在明亮的阳光里躲在核桃树荫下，像一个老人睡着了一般。岁月已经是很老很老了。

前面，被太阳照耀着发出刺眼光芒的公路上，一股陡然而起的小旋风裹挟着尘土迎面而来。过去的藏族人不会认为这是不同温度的气流相遇搅动的结果，他们认为这是有不散的阴魂在作祟。于是，我也像一个乡间的农人一样，对着这股小旋风吐了一泡口水。

小旋风便应声消散了。

4 马路边上的台球桌

当遇到又一个有核桃树荫笼罩的村子的时候，我便找到一个人家住了下来。

在这里，我探访到一些这一带村落过去种植鸦片时的情形，还听到一些红军的故事。一、四两个方面军在长征中都经过了这个地区，这个县东南部的达维，就是一、四两个方面军当年在长征途中

会师的地方，所以，在百姓中间有不同的故事版本流传也就不足为奇了。这些故事听得多了，我多次想写出另一种版本，而且一点也不会有损于红军的伟大与长征的悲壮的小说，但因为怕吓着了编辑，几次想动手，又几次作罢了。

就这么停停走走，第二天晚上，宿在宅垄。

宅垄这名字我是很早就听说过的，因为该地流行一种特别的锅庄舞：据一些专家考证，这种舞蹈与吐蕃时代的战时的出征舞有一定的关系。我没有见过这种舞蹈，想必是很雄浑苍劲的吧。吐蕃时代，这一带地方是藏兵屯守之地，很多藏族人身上，都有屯兵们那种好勇斗狠的血液。乾隆年间的大小金川之役后，这一带地方又成了川陕汉族兵丁的屯守之地。长时期寓兵于民，形成了嘉绒地区，特别是大小金川地区强悍的民风。所以，土风舞中，有些战争时出征舞蹈的遗存也是再正常不过的事情了。

换句话说，要是没有这种遗存，反而是一件不可思议的事情。

也许是心里潜在着想一观那种土风舞的欲望，所以，时间才到中午时分，我就在宅垄停留下来。初看上去，宅垄一点也不像会有土风舞遗存的样子。一条尘土飞扬的公路穿过散布在山脚下的村子中央。村子外面才是河岸上的台地，台地上种植的照例是正在抽穗扬花的玉米。玉米地里照例栽着些还没有长大的苹果树。而在村子中间，还挺立着一些看上去很苍老的梨树。

村子中间的马路两边，有开小杂货铺的人摆在露天的台球桌，这一点，也就像前面走过的任何一个马路边的村子一样：总有几个无所事事的年轻人围在一起，打九子的花式台球。他们打台球时，还有人往台球桌那沾满灰尘的绿绒面上丢上一块或五块的人民币。我停下脚步，看正在进行中的赌局。这一局是开杆的那个人输了，他嘴里不干不净地交替使用着藏汉两语中差不多所有的下作词汇，脸上却露出满不在乎的笑容。赢钱的人口中也满是这种藏汉双语交替出现的脏字与脏词。而在上一代人那里，情形却不是这样的。我不知道什么时候以及为什么会发生这样的变化。

又一局开杆了。

这次上场的人，把所有的气力全部用上了。一杆出去，满台球乱滚乱撞，结果，有三只球滚进了不同的袋中，但是，白色的母球打着旋飞到了台子外面。

我叹了口气，因为他根本不需要用这么大的气力。

不但击球的这个年轻人，所有围着台球桌的年轻人都对我投出不友好的目光。

这些年轻人总是对过往的陌生人投出这种警惕的、不友好的目光。

但我并没有退让，理由非常简单，如果我没有离开乡村，也会是他们当中的一员。我知道这种目光中所有的虚张声势，所有的嫉妒与所有的色厉内荏。那个把球打出台外的家伙把台球杆横在手里，向我逼近。那是一个威胁的姿态。公山羊在即将向对手发起进攻时，就会低下头，并把一双尖角朝向前面，用蹄子刮擦脚下的石块，用那种姿态与声音发出威胁。这些村子里或多或少都养有这种好斗的山羊。就在我们脚下坚硬的公路上，还可以看到早晨羊群走出村子时，撒在路上的黑色药丸一样的羊粪蛋蛋。

我知道，自己应该开口说话了。

于是，我说："你的气力很大，但全部用在打球上，真的有点傻。"

我当然说的是藏话，是本地人才能听懂的嘉绒藏话。于是，这个手里拿着球杆向我逼来的小伙子站住了，愣了片刻，他笑了起来，说："我说呢，要不是本地人，一个外地过客，哪个有这么大的胆子。"

我说："依我们祖宗传下来的规矩，对外来的客人不是应该更客气一点吗?"

小伙子没有回答我的话，而是把球杆递到我手里："来，我们两

个赌这一局。"

我摇摇头，说："不会。"

他又说："那你就赌我赢还是输？"

我说："不管你们哪个赢了，都该请我喝瓶啤酒。"

他想了想，在台面上已经下了五块钱注的情况下，又加了五块。

这局当中只有两颗球是对手打进袋的，但他却输了，因为他连续三次把母球击飞到台面外头。

这时，我们的四周已经聚集起一帮姑娘。姑娘们还跟上一代的女人们年轻时一样，扎在一堆，看着一个陌生的男人，莫名其妙地骚动并互相推搡着嬉笑不止。在这些姑娘的嬉笑声中，我们一人提起一瓶啤酒。对于一个走了好几小时长路的人来说，一瓶啤酒正是一种最最解渴提神的饮料，我一口气把啤酒全灌进肚子里。姑娘们又笑了起来。小伙子们又把啤酒全部灌进了肚子里。我又掏出十块钱，每人又灌了一瓶啤酒。

我坐在梨树阴凉下一块凿得方方正正却不知为何弃置在那里的花岗石上，倚着树干睡着了。醒来的时候，已是夕阳衔山的时候，姑娘们和大多数的小伙子都散去了。

那个本想跟我打上一架的小伙子却还守在旁边。

我叫他带我找一个睡觉的地方。他说可以住在他家里。

我摇头："我要一个倒头就可以睡下的地方。"

他说："到乡政府去，有干净床铺。"

那个有干净床铺的屋子里摆着几张旧木床，屋里有一股尘土的味道，但我还是打开被子就睡下了。如果不是渴，不是风吹在窗户的破洞上发出一种奇怪的声响，我不会在深夜里醒来。好不容易摸索到墙上的开关，打开电灯，我没有找到一口水喝，两只塑料水瓶空空荡荡。从内部格局来看，这是一座建于二十世纪五六十年代的汉式的老房子。墙上的白灰皮正大块大块地剥落下来，露出里面麦草混着黄土的干打垒墙。我走到院子里，月光如水，夜色清凉。但我仍然很渴，仍然不像能找到水的迹象。突然想起，今晚在这里停留是想看到有着出征舞特色的宅垄锅庄。但现在，偌大的一个院子只有月光下的几株树影，一扇扇门窗后面都是静寂无声的睡眠。

看看天上的星空，预示着黎明的金星已经从山脊后面升起来了。

我背上背包，系紧鞋带，又上路了。穿过一座座石头房子的阴影，走上公路的时候，全村的狗都叫了起来。狗们清脆的吠声一时间弄得山鸣谷应。等我走出村子，回首望去时，好几只狗竖着尾巴站在穿过村子的公路口向我吠叫。

转过一个山弯，狗叫声没有了，有的只是我自己的影子。又走了一个多小时，月亮落到山背后，就只听到一双脚在地面上嚓嚓移动的声音了。

5 错乱时空中的舞蹈

两年以后，我作为一个电视片撰稿人再次回到宅垄。

又一次回到我稀里糊涂住了一个晚上，连房钱都没付就在半夜里溜掉的那个院子里，但没能在那个晚上在那里再住上一宿。电视摄像机在这个时代常常能引起非凡的热情。那次，四川省国外藏胞接待办公室的鄢长青拉我一起承担了拍摄一部对外宣传片的任务。鄢长青曾是很有潜质的一位藏族作家，后来转向摄影与摄像，成了圈子里有名的一把好手。那次，借了拍摄这部片子的机会，我跟他在马尔康、大小金川和理县等地足足跑了两月有余。这跟我一个人的漫游完全大异其趣。因为拍电视，就能受到相关部门的重视，而重视往往就等同于特别的照顾。那两个月，我们带着一部丰田越野车，每到一地都有陪同人员安排了好吃好喝。正是那一次，我再一次到了宅垄。

之前，我和鄢长青由县里的人陪着徒步在四姑娘山里，风餐露宿了三四天。那已是深秋十月的天气了。要不是一场大雪把我们和

许多饥饿难当的动物一起压下山来，我们还会拖着耐心的主人在冰川之下的沟谷里盘桓好些天。

回到小金县城，县长为我们摆酒。县长是本地藏族，作陪的政协杨副主席是学美术出身，又是文化上的有心人，对现在的小金过去的赞拉漫长的历史与特别的风土，无不了然于心。

喝得有些头大的我，说起了那个曾经在宅垄的夜晚。

主人笑了："你怎么会以为随随便便就可以看到呢。现在的年轻人不会，会的都是中老年人，不是逢年过节看不到了，除非是专门去组织一次。"

负责接待的统战部长拍板专门组织一次。

我以为都是酒桌上的慷慨激昂，过了也就忘了。第二天，去县里办的大理石厂和新建的冷冻库参观。这些年，本地水果产量大增，加之盛产专供出口日本的松茸，所以建了这样一个大型的冻库。下午回到招待所休息，却突然来了车叫带了机器去宅垄。

三台车在深秋季节干燥的公路上扬起了滚滚尘土，不到半个小时，车子就开进了当初我半夜离开的那个院子。我认出了那个院子，因为那斑驳依旧的石灰粉墙，和墙上一条"文革"时代遗留下来的标语。乡上的干部迎出来，喝茶，做乡下的特色饭：酸汤加玉米搅团。汤里放了剁得细碎的当地辣椒，又香又辣，让人一身透汗。玉米搅团又黏又香，慢慢品味，还有些回甜。乡干部向县里的领导汇报工作，我跟老鄢不好旁听，便出去转转。

那些台球桌还支在路边，但桌子边上没有了那些好勇斗狠而又可爱的年轻人们。

正是繁忙的秋收季节，年轻人们也下地收获去了。村子比我上次经过时好像美丽了一些，我想是因为那些经了霜便变得彤红的梨树叶吧。转了一圈回来，在乡政府所在那个略略有些破败的院子中央，有人在从拖拉机上卸下燃篝火的木柴。

乡长解释说，真正跳得好这种舞的人都住在半山坡上那些村子里，他们要从地里回家，吃了东西，打扮齐整了才能下山来。于是，我们回到屋子里喝茶等候。

黄昏慢慢降临到山间。

就在这个时候，从后山坡上传来一种隐隐的声音，像是山里松涛的轰鸣，但是，这里早在许多年前就已经童山濯濯，早就消逝了林涛的声音。再仔细倾听，原来是许多人在陡峭的山路上奔跑。他们一路奔跑，一路发出音节单调的吼叫。

呵——

呵呵——

呵呵呵呵呵——

真正是松涛动地的那种来自自然的声音。不一会儿，一群盛装的嘉绒男人就站满了院子。在我的感觉中，他们就是来自过去时代、小金还叫作赞拉时的嘉绒男人。他们头上戴着毛色鲜亮的狐皮帽子，身穿宽肩长袖的氆氇大氅，齐膝的下摆上是巴掌宽的水獭皮。还有少数男人胸前的大斜襟上，是两掌宽的豹皮。嘉绒藏服的男装最提神的部分是腰，男人都扎着质地粗放的紫红腰带，腰带上侧悬着银鞘上镶了珊瑚的漂亮腰刀，和并插着象牙筷子。正前面的腰带上，是一个小皮袋，皮袋里面盛着火绒与几块石英，皮袋下端，是一块半月形的铁片做成的火镰。

于是，过去的时代就一下站在眼前了。

那是没有洋火，更没有打火机的时代。出征的男人们需要埋锅造饭时，先在野地里架好了干燥的草与柴，然后，从悬在身前的皮袋里掏出石英，捏一小撮火绒按在石英上，用皮袋上的半月形铁片猛烈划拉几下，溅出的火花蹦到火绒上，火绒中冒起一缕缕若有若无的青烟，再把火绒凑到架好的柴草中，鼓了腮帮子一阵猛吹，一蓬火就这样蹿起来了。

这是出征路上的情形，到了战地，火镰还有更大的用场，就是用它来点燃火枪的引线。我放过那种老式火枪，瞄准了目标，枪声

响起之前，紧贴着枪托的那半边脸必须忍受着火绳吐出的火焰烧烤。直到今天，我的脸颊上，一块带着细密黑点的皮肤，就是放火枪打野鸽子时被烤焦的。

眼前的男人们大多是中老年人。其中的许多人，头发胡子都花白了。刚才他们在下山的路上，发出山鸣谷应般的啸叫。现在他们就穿着盛装，默默地聚集在了乡政府的院子里。所以，让人感到是过去的时代站在了面前。

如果说他们的服饰与嘉绒其他地方有所不同，主要区别就在狐皮帽子上。他们头上所有的帽子，都保留了狐皮上的尾巴，并自然地披垂在脑后，轻轻一点风，长而柔和的狐狸毛就灵敏地翻动，给人一种特别的美感。

男人们聚集整齐了好一会儿了，同样盛装的女人们才逶迤着姗姗而来。和先到的男人们相比，女人群里多一些年轻而羞涩的面孔。

乡长指派人把两坛酒摆放在院子中央，然后，县长点燃火堆，山上下来的一个白胡须老者念一段祝颂文，开了酒坛口上的泥封。这些所有开始的程式都与我所熟悉的一模一样。还是那个开启酒坛的精瘦的老者，走到已经自动围成圈子的队列最前面，抖开了手里钉在一圈红色皮子上的一串黄铜铃铛。

十多个清脆的铃铛声合在一起，竟有了一种动人的沙哑。

就在这沙哑沉郁的节奏里，老者迈开了舞步。整个圈子都摇曳着身子迈开了舞步。

女人们的曼声吟哦凄厉而又美丽。

男人们的舞步越来越快，并向着假想的敌人发出威胁性的吼叫。

我在本质上是个喜欢沉思的人，一个不好动的人，最外在的表现就是不太喜欢舞蹈与体育运动，更不要说专门研究各地舞蹈的异同了。所以，我确实不能分辨出特别有名的宅垄的锅庄舞与嘉绒地区别处的舞蹈有什么太大的不同，而且，当时我也没时间去细细观赏。鄢长青扛着摄像机，一边气喘吁吁地叫好，一边指挥我把灯打到男人的手上，打到女人的脚上。强烈的摄影灯光一到，除了所照的局部，舞蹈的整体就隐入黑暗中去了。直到电池耗尽，我才有机会坐下来看了一会儿舞蹈。最后的那些感受是：虽然热情的主人一再强调，这是为了我们两个人安排的难得一见的舞会，但我从那些舞蹈者的脸上，特别是那些男人脸上的表情看出，其实我们在与不在，都与他们无关。他们跳着的是他们自己的舞蹈，在舞蹈中沉溺于自己的激情与激情中的回忆，与有没有人观赏无关，与有没有人摄制电视片无关。

在这种舞蹈中，人们可以回到过去，回到无限久远而且宽广的记忆中去。

舞会终于在文化馆派来的民歌手的曼声歌唱中结束了。

盛装的农人们又沿着蜿蜒曲折的山道踏月回家。山谷中又回应着他们中气十足的吆喝声。今天夜里，男人胸中奋动着出征武士的豪情，女人心中，则是充满缠绵凄切的爱情了。在月下的田野里，又有艳丽的情爱之花要开放了。那是我们都渴望着真实触摸的人性中最美丽的部分。

回到县城招待所，我久久不能入睡，想象的就是月光下的爱情，渴望的也是那种月光下的爱情。

想到了两年以前，我独自一人在宅垄天明之前，独自一人在公路上行走。

那次，我走走停停，快到中午时分，走进了小金县城，走进了小金县委那个栽着许多苹果树与柏树的熟悉的院落。

走进这个院子，我突然想起了一个曾经住在这个院子里的年轻汉族女子。那时，我也是一次漫游中在此驻足，住在招待所里一边休息，一边写短篇小说。那时，她每天穿过院子，送些葵花子啦，核桃啦，苹果什么的到我的房间。于是，她每天两三次的造访竟成了我住在这个院落里的小小期盼。

直到有一天，她投进了我的怀抱。这是漫游路上很难遭逢的，

因为短暂和突然而令人难忘的浪漫之花。后来，这个女人就离开这块土地永远地消失了。现在，这个女人的面容都已在我眼前模糊不清，但当时她投在我怀中时那种自己吓坏了自己的颤抖却是永远鲜明如初。

现在，这个院落里没有了这个女子，也没有了那新鲜的颤抖，有的只是一丛丛金盏菊，一树树坠在树枝上青青的果实，和我一身的疲惫。我推开县委书记的门。

这位老熟人看我一眼，对我的样子并不吃惊，倒一杯水放在我面前，说："我叫招待所给你安排饭和房间。"

等他安排完一切，我已经在沙发上呼呼大睡了。即或是楼下某个房间里还留下我温馨的记忆，但疲惫的来临还是势不可挡。据说，因为我霸占了那条三人沙发，书记召开的一个重要会议因此挪到了另一个地方。

书记县长们开完会，才来叫我一起用饭。

席间，他们在讨论引种法国葡萄的事情，我想了一会儿一路上的狗吠与月亮落下后的黑暗，他们的话题还没有结束的意思，我便上街去闲逛。

6　找不到过去的影子

小金县的美兴城，对我而言，是一座相当熟悉的县城。

对我来说，城里并没有什么特别的看点。但是，一个漫游的人，大睁着一双眼睛，又总是期望有所发现。虽然我们并不是常常都能有所发现。县城里没有一座具有藏族风味的建筑，也没有一点过去的嘉绒的影子。

唯一值得一提的是紧挨着县委办公楼的天主教堂。可惜的是，这座教堂除了一个富于异国风味的门脸外，打开大门，里面已经没有任何与宗教相关的东西了。

在这个县城里，我在一个小茶馆里，向人打听这座教堂的过去。知道了这座教堂是法国传教士于民国十三年也就是 1924 年建造。想再打听更详细一些的情形，但所有的茶客说起来都语焉不详。有人告诉我，当初，教堂里的外国神父雇了一个信教的当地女人当杂役。后来，这个女人还为这个外国神父生了女儿。

所有人都信誓旦旦地告诉我，她混血的女儿是城里的一个美人。

后来，在一个更为正式的场合，有人指给我这个女人，不知是因为受了强烈的心理暗示，还是真有一些血缘的遗存与混杂，我似乎从她脸上隐约看出了些西欧人面相的消息。如果传说是真的话，那种血缘的特征除了使这位女子有不同于本地人漂亮特征的漂亮外，并不具有太多的意义。而我最为感兴趣的是，这样一座直到今天还算漂亮的建筑所代表的那种异质背景的文化，究竟在这座小小的镇子里留下了些什么样的踪迹。也许是因为我特别的愚钝，尽管我很多次去到这个叫作美兴的依山面河的镇子，却没有捕捉到过天主教在此地存在传播过相当长一段时间的任何迹象。

我不由得为一种曾经艰难进入的文化那么容易就消失得无影无踪而感到惆怅。虽然我不是崇洋媚外的人，但我相信，当年，教堂里风琴声响起，藏人们用生硬的腔调念诵祈祷文时，应该也是非常虔敬的；他们吟唱圣歌时，肯定别具一种生涩而又曼妙的美感。

但是现在，教堂的大门紧锁着。因为我是县委书记的朋友，有人来为我打开。但里面，就是一个寻常的礼堂的布置，一排一排的椅子，前面没有圣像，也没有祭坛。一排桌子横放在台子上，到开会时，蒙上一些桌布，放上一只麦克风，领导就可以发表讲话了。我坐在下面，试图想象一下管风琴声回荡，一个外国传教士对着蒙昧的土民宣谕教义时的情形。结果，眼前却出现了县委书记向几百人描画这个贫困地区美好富裕前途的情景，不禁自己笑出了声来。

走出大门外，阳光明亮得有些晃眼。我发现身上沾了好多的尘土。

教堂门口立着一块牌子，标明这座教堂也是一个革命文物。因为这座教堂跟红军长征联系在一起了。

1935 年 6 月 13 日，红一方面军翻越长征途中的第一座大雪山——海拔四千多米的夹金山，从东南方进入小金县境，在夹金山下的达维与先期到达的红四方面军李先念部胜利会师，并在达维喇嘛寺召开了会师大会。

两天后，随军行动的中国共产党中央到达小金县城。在此地，毛泽东、朱德和周恩来以中央工农民主政府和中央军委名义发表了《为反对日本并吞华北和蒋介石卖国宣言》。宣言中重申红军长征的目的，是为了北上抗日。但在当时的情形下，红军还是只能选择继续西进的路线。

当晚，就在这座天主教堂内，红军召开了一、四两个方面军的干部大会，会后还进行了联欢活动。这是官方一种简略的记载，具体的情形如何，我们已经很难想象了。当时，四方面军参加这个会议的是李先念所部红三十军的干部。会师之后，兵强马壮的红四方面军还接济了疲惫而又损失惨重的红一方面军不少粮草与弹药。

毛泽东与周恩来等人，还在这座教堂里度过了几个夜晚。

翻过大雪山后，跳出了国民党军队的包围圈，又与相对来说兵强马壮的四方面军会师。这些夜晚在长征途中，应该是几个相对轻松的夜晚，可以放心入睡的夜晚。

还要过上一些时候，红四方面军的领导人张国焘，才会前来与毛泽东等会面。也就是从这个时候开始，张国焘仗着兵多枪多，与来自江西苏区以毛泽东为代表的党中央和中央军委处处对抗。于是，红军两个方面军在阿坝地区的雪山草地间的艰难行进，也成了毛、张二人之间的一部斗勇斗智的传奇故事。

这已经不是本书所应涉猎的范围，且按下不表。

我从丹巴出发自西向东，经过新格、宅垄等地，到达小金县城。到了此地之后，顺公路而行有两个选择。

继续往东，到达维、日隆。达维是一、四方面军的会师地。日隆在这些年也渐渐有名了。日隆在过去的古驿道上，是从四川盆地进入赞拉的门户，所以老一辈土著人口中，日隆这个地名还会多一个字叫作日隆关。后来，当驿道上的商业衰落时，日隆就被人淡忘，变成一部分人尘封的记忆了。

但是，进入20世纪80年代后，随着旅游业的兴起，日隆又重新被发现，进入了人们的视野，成了一些喜欢探险旅游者在地图上常常指点的一个名字。对登山爱好者，日隆就是海拔6250米的有"蜀山皇后"美誉的四姑娘山。对一般的旅游者，日隆与四姑娘山下有"东方阿尔卑斯"之称的双桥沟风景区有关。

有一次，在风雪交加的三月，我被大风雪阻在日隆，在镇上的饭馆里就着大块牛肉喝酒驱寒时，就看到饭馆墙上，挂着好些登山爱好者团体留下的鲜艳的旗帜，上面照例有很多人的签名，和四姑娘山花之旅、冰山之旅等字样。那是游客们夏天留下的东西，而在三月的风雪之夜，四姑娘山四座渐次升起的金字塔状的高峰正超拔在光风蕴雪的云层之上，沐浴星光中。而在这个小饭馆里，昏黄的灯光在蒙眬的醉眼里显得更加暗淡。

凌厉的风声把世界整个充满。

还是回到小金县城吧。每次我离开这座小小县城的时候，都要去看一看建在城边山坡上的烈士陵园。顺着山势一排排拾级而上的坟茔里躺着的大部分人，都不属于这片土地。他们的家乡在很远的地方。最初的一部分，是红军军官与战士。无名的战士，有名的军官。再一部分，就是解放初期躺倒在这片土地上的解放军战士。

其实，我到这里来，和石碑后面躺着一个什么样的人没有太大关系。使我深深感动的，是这些人怎样在这样一个陌生的地方，一个他们在涉足此地之前可能连做梦都未能梦见的陌生之地，面对了突然降临的死亡。有人死于灼热的枪弹迅即的一击，有人在残酷的刀下痛苦挣扎，临死之前望一眼天空，这个异族人土地上的天空，

那么晴朗，肯定显得又高又蓝，那是多么美丽的一种蓝啊！

美丽的蓝容易让人想到未来，想到慈母与家乡。

然后，死神掀开黑色的大氅猛烈地扑来，黑色覆盖了一切，包括红色的希望。

烈士陵园的位置居高临下，小金县城尽收眼中。

现在这个叫作美兴的镇子，过去的藏族名字叫作美诺，是赞拉土司官寨的所在地。但现在，除了两边大山上斜挂着的一块块补丁似的耕地，耕地间一些汉藏合璧的民居，这个镇子本身已经没有一点历史的遗存了。

7 土司传奇之一

清代的赞拉土司，却是被称为"嘉绒甲卡确基"的嘉绒十八土司之一。

前文说到过，嘉绒的贵族多数在吐蕃统治时期从西藏本土东迁而来。在嘉绒当地的口头传说和土司家族志中，不约而同地都提到祖先来自西藏本部距拉萨18个马程地的西北琼部。

传说古代西藏的琼部地方人口众多，共衍生为39族，因其地日渐贫瘠而东迁至青藏高原东北边缘地带的大渡河流域和岷江流域的嘉绒地方。

西藏的吐蕃政权分崩离析后，这些贵胄家族各自拥兵自重，凭借深谷高山的自然屏障，自成一方小国。贵族们都自称"嘉尔波"，也就是国王的意思。但是小国寡民的日子并不能历之久远。

元代以后，蒙古统治者的势力席卷青藏高原。

元代是在整个藏区施行不同统治方式的开始。在西藏本土，利用新崛起的萨迦教派势力，分封若干万户，而在青藏高原东部开始实行土司制度。明王朝在少数民族问题上可能是最无建树的一个王朝，基本沿用了元代在藏区的统治方式。

　　清朝一代，满族人入关抵达中原后，正式在整个嘉绒地区分封了土司。土司制度最为繁荣的时期，嘉绒全境共有满清政府所册封的十八个土司，俗称嘉绒十八土。大渡河上游以莫尔多神山为中心的大小金川流域正是十八土司辖地上嘉绒宗教文化的中心地带。

　　其中，小金川流域内，即今天的小金县境内，是赞拉与沃日两个土司。

　　"赞拉"一词，在藏族中有凶神的意思。当地人相信，所以有此一词一是因为当地藏兵能征惯战，加之境内多高山深谷，这些高山又大多是莫尔多神山属下的配臣与武将，是嘉木莫尔多的护卫之神，所以得此地名。

　　后来，地名又演化为土司之名。

　　小金川的赞拉土司，与大金川的促浸土司，本是同根所生。藏语中的说法是，出自同一种骨头。同一种骨头，就是同一个根子。根子在藏语中是一个很短促、也很神圣的词，叫"尼"，意译成汉语是血缘的意思。

　　这个来自西藏琼部的家族在嘉绒地区得到了很好的发展。在明代，一个族长叫作哈依木拉的，其名声已经传到很远很远的地方。我问过给我讲述这个传说的老僧人，这个很远到底有多远，传过了几条河，几座山？在民间传说中，常常说，九十九条河，九十九座山，但那只是一种形容，在实际的地理范围内，是不可以想象的，要真是出现这种情况的话，早就抵达大洋之岸，叫人望洋兴叹了。

　　远和近，是一个相对的概念。

　　我坐在一个小庙里，很唐突地问那个老喇嘛，很远到底是多远。

　　老喇嘛不解地看着我，然后猛烈地咳嗽起来。

　　他没有回答，我想也用不着回答。再说，我也不该拿这种玄妙的问题去为难这位具有土部身份却总是十分谦卑的喇嘛。毕竟，他还告诉了我很多有用的东西。

　　有了这次访问，我便知道，这位哈依木拉是位法力高强的苯教

法师，所以被明代某皇帝赐印一方，誉为演化禅师。清康熙五年（公元1666年），清王朝为其家族重颁演化禅师印信。这个家族臣服清王朝后，其士兵服从清王朝征调，随同大将军岳钟琪远征西藏本土，击退入侵西藏的尼泊尔人，有功归来后，其家族分授促浸与赞拉土司。关于这段史实，清代大学者魏源在《乾隆初定金川土司记》中也有记载：

> 一促浸水出松潘，徼外西藏地，经党坝而入土司境，颇深阔，是为大金川。其赞拉水源较近，是为小金川。皆以临河有金矿得名。二水皆自东北而西南……康熙五年，其土司嘉勒巴内附，给演化禅师印，俾领其众。其庶孙莎罗奔者，以土舍将兵，从将军岳钟琪，征西藏羊峒番有功，雍正元年奏授金川安抚司。莎罗奔自号大金川。而以旧土司泽旺为小金川。莎罗奔以其女阿扣妻泽旺。泽旺懦，为妻所制。

这其中，即或是清代学人中多愿研究地理的魏源也犯了一个不小的错误。促浸的大金川源出于青海，而非松潘。松潘自明代以来，就是川西北一个军事位置重要的边地要塞，但松潘城旁所出之水，却是大渡河以北地带的岷江。这两条在川西北群山中奔流的大河在进入四川盆地后，在乐山大佛脚下和青衣江一起三江汇合而成继续流向东南，在著名的酒城宜宾与金沙江汇合，才是一泻千里的浩荡长江。

到清朝乾隆年间，赞拉土司走向了自己的末日，最初的起因在前面所引魏源那段文字中已见端倪。乾隆十一年（公元1746年），大金山土司莎罗奔借处理家族纠纷之名，夺小金川土司印，并进占其所领牧地。次年，莎罗奔又进而侵占邻近的革什杂土司与明正土司领地。朝廷震动，命令曾在贵州平定苗族叛乱有功的云贵总督张广泗领大军进剿。赞拉土司泽旺逃往四川成都。乾隆十三年（公元

1748 年），皇帝起用老将岳钟琪，并命大学士讷亲往前线督战。后因战事不利，在前线连吃败仗，乾隆下诏将张广泗与讷亲问斩，再派大学士傅恒督战军前。

乾隆十四年（公元 1749 年），金川之役久战不绝，劳师费帑，清王朝正举棋不定之时，莎罗奔主动提出向朝廷议和归降，皇帝允准，莎罗奔归赞拉土司领地。赞拉土司泽旺恢复对其辖地的管辖权。

促浸土司莎罗奔年老后，由其侄子郎卡继土司位。

乾隆二十三年（公元 1758 年），郎卡又开始觊觎周围土司领地。邻近老迈而又生性懦弱的赞拉土司泽旺被郎卡派兵驱逐。于是，一次完全改变这一地区政治与文化面貌的战争开始酝酿。郎卡在驱逐了泽旺后，志骄意得，完全不把四川总督开泰要他归还赞拉土司领地的威胁放在眼里，并继续向周围的土司领地不断袭扰，制造事端。郎卡势力日益壮大，并不把清王朝几次三番的训谕放在眼里。

这固然与郎卡土司的夜郎自大有关，也与四川总督优柔寡断、对在地形复杂的高山深谷中与当地士兵作战心存疑惧有关。

从清朝一代，直至民国，代表中央政府号令藏边的政府官员都把嘉绒地区的土司辖地视为畏途。一则不见于正史，却在四川官员中广泛流传的野史正说明了他们的这种畏惧心理。这一则被署理四川的各级朝廷命官奉为信史的传说与大渡河相关。

说的是宋朝开国皇帝赵匡胤开国之初，展开地图与众将确定宋代的有效疆界时，就把大渡河以西的广大崇山峻岭地区归为化外之地。传说里说宋太祖以所佩玉斧沿大渡河划出一条线，指出宋军不能出河西以远。

这样一则不见于信史的传说在四川官吏中的广泛流传，确实是大有深意的。

正是在这样一种心理的支配下，四川命官对于名义上具有统辖权的嘉绒地区土司间的纠纷总愿意视而不见。正是在这样一种吏治之下，大金川土司郎卡才敢于把来自朝廷的警告置若罔闻。而乾隆

皇帝对于这样的轻忽是绝对不能容忍的。他认为第一次息兵于将胜之时，已经尽显朝廷对化外之民的怀柔之意，金川土司再次作乱，不能再有姑息。于是于乾隆三十一年（公元 1766 年）诏四川总督阿尔泰檄促浸附近杂谷、梭磨、党坝等九土司，从四面进兵讨伐。

但是阿尔泰举棋不定，加之九土司各怀心事，阳奉阴违，迟迟不能向大金川兴兵。

阿尔泰只是一次次训令大金川土司郎卡归还侵占的土司辖地，却并没有认真进兵平息事端的实际举措。而郎卡又使用莎罗奔的手段，即与相邻土司的联姻手段。

关于这次事件始末，魏源在《乾隆再定金川土司记》中有简略的记载：

> 三十一年，诏谕总督阿尔泰檄九土司，环攻之，而阿尔泰姑息，但谕返诸土司侵地，即以安抚司印给郎卡，且许其与绰斯甲结姻。而以女妻泽旺之子僧格桑。……土司中巴旺、党坝，皆弹丸非金川敌。其明正、瓦寺亦形势阻隔，其兵力堪敌金川。而地相僵接莫如绰斯甲与小金川。阿尔泰不知离其党羽，反听释仇结约，由是两金川狼狈为奸，诸小土司皆不敢抗，而边衅棘矣。

这段文字，主要是谴责满人总督阿尔泰的，但从中，我们也可以看出嘉绒人郎卡这位一代枭雄颇富雄才大略。直到今天，在很多当地百姓心目中，郎卡还是一个传奇人物。很多人都会十分遗憾地说，如果他治下有像清朝一样广大的国土与兵力，如果周遭的嘉绒土司不听清帝差遣，助满、汉兵攻打，历史可能是另外一种样子。但是，我们知道，历史是不可以假设的。

但仅从魏源那段文字，我们就可以看出郎卡这个满怀野心的土司在地缘政治上也有着相当的谋略。巴旺土司境在现在的丹巴县，地在大金川东南。党坝土司位在大金川土司辖地以北，现在的辖地不过是马尔康县境不到两个乡的地面。这一南一北两土司面对大金川咄咄逼人的姿态，一向唯唯诺诺，绝无与之强力抗衡的力量。而其他兵强马壮、更具实力的土司如梭磨、杂谷、瓦寺等，又山河阻隔，不与大金川直接接壤，没有实际的利益冲突。唯一对郎卡扩张野心形成阻碍的，就是东南两面的小金川土司与绰斯甲了。而郎卡又以联姻的方式将其拉到了自己的一边。

而这种势力的急剧膨胀，进一步刺激了大金川土司的野心，而清朝重臣的首鼠两端只是使其更加狂妄。

于是，一场完全改变了嘉绒藏区面貌的大战就在所难免了。

这时，郎卡年老病故，泽旺自来懦弱，大小金川土司职柄由俩人的儿子掌握，两个年轻气盛的土司加速了事件的演进。

还是再来征引魏源的记载：

> 时泽旺老病不知事，郎卡亦旋死，其子索诺木与僧格桑，侵鄂克什土司地。三十六年，索诺木诱杀革布什扎土官。僧格桑亦再攻鄂克什及明正土司。我兵往护鄂克什，僧格桑与官兵战。事闻，上以前此出兵，本以救小金川，今小金川悖逆，罪不赦。阿尔泰历载养痈，至是又按兵打箭炉，半载不进。罢其职，既而赐死。命大学士温福自云南赴四川。以桂林代阿尔泰共讨贼。

在乾隆皇帝一道又一道御旨的催促下，温福领兵出成都经都江堰，逆岷江上行至现今阿坝州内的映秀，转向瓦寺土司辖地今天的卧龙自然保护区的耿达沟，越巴郎山直抵小金川土司东边险要门户——海拔四千多米的巴郎山。桂林领兵顺大渡河而上至打箭炉，以此为前进基地，从今丹巴县境内直出南路。大兵压境之时，小金川土司泽旺之子僧格桑向索诺木割地救援，索诺木方才派兵驰援。

闻听此消息，在北京紫禁城里的乾隆皇帝连连下旨，指导遥远的西方战事，并对小金川土司深恶痛绝，下定了铲除之心。他在三十六年（公元1771年）八月的一道谕旨中说：

> 前谕于擒获僧格桑后，别择小金川安分妥当之人立为土司，俾令管理。今思小金川可作土司之人不外僧格桑支属，此等蕃夷锢蔽已深，积习恐难湔改。况与金川又属姻亲，易于蛊惑，难保日久不复滋事。莫若于凶渠就获之时，即将小金川所有地方，量其边界，附近如鄂克什、明正、木坪、杂谷等土司分拨管辖整理，不必复存小金川土司之名，庶该处蕃众旧染潜移，各知驯谨畏法。

至此，小金川土司的命运已经决定，剩下的只是上演一场血与火为主题的历史戏剧了。

一场早已决定了结局的历史大戏。

嘉绒土司僧格桑们用尽一切智慧与武力，流尽这片土地上人们滚烫的鲜血，其作用也无非是使这幕大戏上演得更加曲折，更加轰轰烈烈。

登上小金县城美兴镇后的岩石嶙峋的山坡，我的眼前出现的不再是史书中所描绘的那种石碉林立、关卡处处、兵戈四起的景象，而镇子周围的乡村也不再是一个藏族地区所应有的那种乡野的风景与情致。

那场惨烈战争的厮杀声已经消逝在时间深处，历史的背影从来没有像今天这样遥远而模糊。我甚至找不到一个人，找不到一个凭吊的地方。按照记载，赞拉土司的官寨应该曾在小金县城那些汉式民居中间的某个地方静静耸立。但是，没有一石一柱、一段残墙、一点画栋，透露一点隐约的消息，指出它大概所在的位置。

在藏民族社会中，文字在很早很早的时候就发明了。

但是，十分不幸的是，这文字很快就走入了寺院的高墙，记录了僧人们许许多多难测其高深的玄思妙想，却没有流布民间，为后人留下一段历史面目清晰的记录。在一个寺院，我问一个据认为是该寺中最有学问的喇嘛这个寺院有多长的历史了，他正正经经地回答我说有一万多年。我当然不会同意他的看法。我不用援引世界公认的进化论，说人类获得智慧才多少多少年。我只是说佛教的始祖释迦牟尼才诞生多少多少年，一个佛教寺院比这个宗教创始人历史还长是多么不可思议。喇嘛生气了，在很多人面前宣布我不是一个对佛教虔信的人，因此不是一个真正的藏族人。

在这片土地上，很多教派与寺院兴起又衰亡，却没有用它们掌握的文字为人们留下一些可以使人信服的历史记载，确实让人感到十分遗憾。而在这片土地上活动不久的天主教，那些西洋的传教士，不仅仅在他们眼中的这些化外之地，建起了教堂，传播福音，而且，这些传教士总是对刚刚涉足的这些土地上的一草一木、一沟一壑都感到浓厚的兴趣。那些传教士往往就是专业或者业余的自然学家、考古学家和地理学家。就在小金川人出入四川盆地必经的原瓦寺土司领地卧龙，就是一位名叫大卫的美国传教士于 1869 年发现了与中国人毗邻而居数千年的大熊猫，并开始发掘认识其在生物进化史上的巨大潜在价值。在与瓦寺土司地界相邻的岷江上游，20 世纪 30 年代曾发生一次大地震。巨大的山崩埋葬了古驿道上一个繁荣的小镇，并让岷江主流上出现了数公里长的湖泊，当地人叫作叠溪海子。但是，为如此重大的自然灾害留下最详细、也最具科学眼光记载的也是一位外国传教士。这使我们想到东方文化中某种令人遗憾的缺失。

这种东方文化中的缺失同样存在于藏族文化中间。

这种文化导致了具有漫长历史的文明没有明晰而确实的历史记载。

我没有找到在赞拉土司领地上活动过很多年的传教士们留下的有关此地的记载。但我始终相信，这种记载肯定是存在的，只是被

湮灭在一大堆似是而非的类似神话的传说中了。在藏族贵族与一些精神领袖的传说中，太多神化的附会，太多超凡的解释，导致了历史本来面目的模糊与消隐。

现在，科学的历史观让我们懂得了如何看待和如何记载这个世界正在发生的一切变故。但是，当我们想要洞见历史真实的面目时，始终只能看到一个伟岸而又模糊的背影。

模糊的背影里有血与火的余光，有铁马金戈的余响。

模糊的背影滤掉了触目惊心的残酷与无奈，只剩下了动人的可以赋予许多想象的神秘与浪漫。

我转身钻进图书馆，求助于清代的用汉文写下的官方记载，一部《清实录》中辑出的有关赞拉与促浸土司以弹丸之地和十数万百姓，与全盛时期的清王朝抗衡的历史记载，足足有五六本之多。但都是领重兵进剿的将军的奏折与皇帝亲批的御旨。在那些繁琐的公文往返中，那场惊天动地的战争，改变了大小金川地区面貌的战争，也成了一个隐约的消息。

我们只是借此知道一个大约的轮廓，不得已，还是再引魏源所做的记载吧：

上命官兵先剿小金川，而勿声大金川之罪。

皇帝盛怒之后，损兵折将之后，开始冷静下来，认真对待了。

五月桂林遣将薛琮等将兵三千入襄五日粮，入墨垄沟。被断后路，我兵告急，而桂林不赴援夹攻，致全军陷没。泅水归者仅二百余，桂林匿不以闻，被劾奏。乃以阿桂代桂林为参赞大臣赴南路。十一月阿桂以皮船宵济，边夺险隘，遂直捣匪巢。十二月军抵美诺。僧格桑已送其妻妾于大金川。而自赴泽旺所据之底木达。泽旺闭寨门不纳，遂由美卧沟窜入大金川。我军到底木达俘泽旺。而橄索诺木缚献僧格桑不应。

至此赞拉土司全境陷落。

乾隆命大军继续向大金川进兵。最后，这场战争是以大清王朝的胜利而告结束，而我们能检索的资料都是胜利者的记录，如果能看到失败者一方的记录与反应，应该是一件更有兴味的事情，但是，这一切到目前为止还只是一个假想。也许，这一切会有实现的一天也未可知，我们期待着地方史专家们能发掘出一些更翔实更感性的资料。

我们永远期待着。而现在的现实是，当我们在这片土地上行走时，很多过去的藏族地名都被一些新的汉语的地名所代替了。

乾隆四十年（公元 1775 年）十二月，大金川战事结束。

乾隆四十一年（公元 1776 年）一月，乾隆皇帝下旨，小金境内的赞拉土司与大金川境内促浸土司被永久废除，大金川土司领地设阿尔古厅，小金川境内设美诺厅。

小金川境内的美诺厅下设八角、汗牛、别思满和宅垄屯。传说两金川战事结束后，两地境内仅剩下万余嘉绒藏民，且多为妇孺老幼。但是，有前述两番战事在前，清王朝认为前车之鉴未远，便将这剩余人口大部分赏赐给随从征战有功的各路土司。剩下的部分妇孺，自然随战胜后留守屯田的汉族兵丁成为番妇了。这部分人在气候温和宜于垦殖的大小金川河谷生殖繁衍，产生出一种混合了藏汉血缘与文化因子的粗犷而又顽强的文化带。

8 血缘与族别

在写作此书期间，我在西南民族学院检索到一段资料，是 20 世纪 50 年代初对小金县结思乡的一项社会调查，署名是 "四川民族调查组"。结思乡是改土设屯后别思满屯的一部分。其中一项人口统计

很有意思，就是汉族人口已经占到一个相当的比例。我没时间也没有必要和权力去现在的结思乡查阅户籍档案，但根据我在家乡三十多年的所见所闻，敢肯定，现在这个乡的户籍上，汉族与藏族的人口比例要低于近五十年前的那次调查。虽然，在实际生活中，人人都会说，这些年来，汉族在这些地区的比例已经有了相当部分的增加。

为什么会有这样一种局面出现呢，原因非常简单。在中华人民共和国成立以前，作为一个藏族人，在一个汉文化占主流的社会里是受到严重歧视的。

中华人民共和国成立后，有了行之有效的一套少数民族政策，特别是考虑到在升学与干部提拔上的一些照顾性指标，很多人可能从汉族人摇身一变，又成了藏族人。

本来，两金川战役结束后，那些屯兵开始在这片土地上繁衍第一批后代时，其血缘就混杂不清了。所以，这片土地上新的一代人在选择族别时，当然有理由根据趋利避害的原则来确认遥远生命源头的某种血缘了。

血缘问题，在这些汉藏交界的地区，对许许多多人来说，都是一个敏感的问题，也是一个心照不宣的问题。

所以，即或是同一个人在不同的场合，宣称自己是这种民族或者那种民族也是一个看起来匪夷所思、其实是自然而然的事情。

我想讲讲我自己的故事。

我是一个回族与藏族的混血儿，所以选择了藏族作为自己的族别，仅仅是因为，从小在藏族地区长大，生活习惯最终决定了我自己在血缘上的认同感。

在我成长就学的年代，恰恰在极"左"路线的统治下，藏区的藏文教育在学校里被彻底取消。于是，我就在一个藏族地区上汉文学校。先后的两个小学老师，都是出身于四川内地乡村的师范毕业生。特别是我的第一位老师张玉明，在 20 世纪 50 年代初，就已经是我母亲的老师了。

后来，我也上了师范学校，成为一个教授汉语文与历史的中学教师。在我最后任教的那所中学，我娶了一个教英语的汉族人做我的妻子。两年后，儿子出生，我在公安局为他报户籍时，族别报了汉族。

我并不以我的族别为耻，但在为儿子选择族别时的想法却很简单，他完全在一个汉语环境里长大，将来也不可能因为血缘上的原因回到保持藏族文化与藏族生活习俗最完整的乡村里去。所以，我为他报了一个汉族的族别。

但是，这个做法受到绝大部分人，甚至包括我的汉族妻子的反对。

这个错误做法我一直坚持了 11 年。直到我要离开家乡，去到四川省会工作时，才下决心把这个决定当成一个错误来加以更改。因为儿子将随我到一个差不多全部是汉族同学的学校里就学。我决定更改族别而让他在一个全新的环境中记住自己的血缘，因为在我们夫妻和他共同设计的未来道路时，已经没有多大可能使他还会跟他父亲出生的乡土背景有更多的关联。

所以，唯有族别可以让他记住他的生命所来的地方。

记住他生命水源中一支特别的源头。

结果，我到公安局去履行这个我认为非常简单的手续的时候，却遇到了很大的麻烦。虽然履行这个手续的年轻的户籍警察曾是我与妻子共同的学生，但她必须根据文件来办事。这份有关族别的文件是由中央某个部门下发的。

为了解决这个问题，我去找在该县任县长的朋友。

县长是小金川土著，回族，可以肯定其祖先是在乾隆平定大小金川以后才作为移民进入的。而回族进入嘉绒藏区大半与商业有关。周县长叫办公室给我出一纸证明，证明我儿子可以从父亲的血缘更改为藏族。

就在这个时候，又来了一个本县干部，要求更改一家两口的族别。他们是要从藏族改到汉族。原因与我一样，也是因为要调动到内地工作了，但我们的更改是相反的方向。不用开口，人人都懂得这人如此行事的原因，但真正是藏族血统的办公室主任偏偏明知故问。

于是，对方回答说，他夫妻俩都是汉族，但是，在藏区工作，考虑到子女受到的教育也是相对低质量的教育，所以，报一个藏族，将来高考升学时，分数上享受些照顾才不至于过分吃亏。现在，他们往内调了，如果带着这个族别出去，会叫人看不起。

那一天，从县政府开出的证明，轻而易举地就改变了三个人的族别，背景都是一样的。而且，从开证明的人，到要求开具证明的人，谁都没有错误。

讲述这个故事，无非是想说，一些文化上的变化，文化上的认同感，远非纯生物意义上的血缘问题那么简单。当我们宏观上无法对此变化进行把握的时候，我想倒不如把这样的细节呈现给读者，让每一个人根据自己的经验，对一个地区，对一个民族，对一种文化的衰变做出自己的思考与判断。

我相信，我们的读者尚未失去这种能力。

在很多与青藏高原有关的书籍中，在很多与青藏高原上生活的藏族人生活有关的书籍中，有一种十分简单化的倾向。好像是一到了青藏高原，一到了这样一种特别的文化风景中，任何事物的判断都变得非常简单。不是好，就是坏，不是文明，就是野蛮。更为可怕的是，乡野里的文化，都变成了一种现代都市生活的道德比照。

乡野的生活并不是香格里拉的天堂。青藏高原边缘这些步步升高的大地的阶梯上，也有很多的痛苦。只不过，蒙昧太久的人民尚未学会用自己的声音来进行表达！

人们啊，我们要警惕！警惕我们自己的内心与双眼！

9 过去的桥与今天的路

我离开小金县城继续在赞拉大地上旅行。

每一处，每一天，我的旅行都在重复过去旅行的记忆。而这一次在北京签下了这本名叫《大地的阶梯》的书的合约后，我就决定还要重新漫游因为那么多凶神般大山而被称为赞拉的这片山地。

上路时的感觉还跟当年在丹巴县城写下《野人》时的感觉一模一样。正好长江文艺出版社寄来了我的第二本小说集《月光里的银匠》。我在路上重读《野人》，并抄下这些段落。纵然十年过去了，但在路上的感动与激越还是与当年一模一样：

> 当眼光顺着地图上表示河流的蓝色曲线蜿蜒向北，向大渡河的中上游地区，就已经感觉到大山的阴影中凉风习习，就这样，已经有了上路的感觉，在路上行走的感觉。
>
> 就这样，就已经看到自己穿行于群山巨大的阴影与明丽的阳光中间，经过许多地方，路不断伸展。我看到人们的服饰、肤色、口音和精神状态在不知不觉间产生种种变化，于是，一种投身于人生，投身于广阔大地，投身于艺术的豪迈感情油然而生。

不过，这次我大多数时间是在车上，到达小金县城，我才弃车步行。我所以采用这种方式，只是想补上一些空白的段落，一些在过去的旅行中曾忽略的段落。

北出小金县城两公里，小金川主流上几道铁索飞架，当地人称此桥为猛固桥。其实，要把这种桥称为铁索桥是不那么准确的，这叫我们想起现代那种机制的钢索桥。

准确地说，这种桥应该叫作铁链桥。

每一根铁链都是一锤一锤由过去的无名铁匠锻打而成。据说，那时的铁匠炉就设在桥头上。一座座红红的炉火，一个又一个明亮的铁砧，一双一双布满老茧的手，把一块块顽铁变成一环又一环的铁扣，然后，再环环相扣，紧紧相握，这才组成一根横跨在湍急河流上的铁链。

猛固桥由五根这样的铁链组成。

三根是桥面，两根是桥的护栏。

这种构造的铁链桥，在大渡河流域已经不是第一次出现。第一次的出现，是人人都从影视里面看到过的泸定桥，然后是小金县城下的三关桥。加上这座桥，我已经看到过三座同样构造、只是大小不一的桥了。

前两座桥至今都在使用，所以，不但桥面上铺着桥板，桥的两头还带着高高的门楼。只有猛固桥，已经没有了任何一点附属建筑，但那气势与当地人所起的名字非常相称，只要有人在上面铺上桥板，在上面行走，我想不会让人产生丝毫安全上的担心。只是，永远也不会有人在那环环相扣、有力扭结的铁链上铺上木板了。因为一个时代过去了，与那个时代相伴的驿道也早已没入了荒草与流沙。就在横空的铁索下面，一道毫不起眼的水泥拱桥把两岸的公路连接起来了。

过了这座桥，沿小金川主流北上，正是红军当年长征的路线。当年朱毛率领红军由此北上，翻越长征途中的第二座大雪山梦笔山，到达今天马尔康境内的卓克基土司辖地，休整一段时间后继续北上。

但是，我此行是为了寻访小金境内另一土司沃日土司故地，所以，不过这座桥，顺至四姑娘山的公路沿达维河东去。

这条公路到达四姑娘山脚下，从日隆镇上作为岷江与小金川分水岭的巴郎山，出卧龙自然保护区，在映秀与国道213线汇合，再经几十公里，便与岷江一起冲出大山的屏障，到达利用岷江的雪山之水受益了差不多整个四川盆地的都江堰。

都江堰到成都仅五十余公里。

但我不需要走这么长远的路，我只要走到两天路程之外的达维，看看建在河岸台地上的沃日土司官寨。

20世纪80年代中有两三次经过这个地区，但是，那时我还没有对土司的历史产生特别的兴趣。所以，那座正在倾颓中的建筑只是一种一晃而过的风景，并没有留下什么特别的印象。等到对土司时代的一切有了一些特别的兴趣时，却总是阴差阳错地与之擦肩而过。

1991年，我从上海回马尔康。当年气候反常，四处暴雨成灾。从成都出发，惯常回马尔康的路线被多处塌方阻断，交通阻绝。一路上只看到武警战士背负着高考试卷冒险涉过一道又一道泥石流，徒步向前。我们一队小汽车转而从卧龙保护区翻巴郎山，想从猛固桥从小金到马尔康。结果，翻过巴郎山又遇到泥石流，半夜到达日隆镇上，在一个饭馆里狼吞虎咽一顿以后，看见天上乌云翻滚，害怕又一场泥石流下来，给阻在半路。大家一商量，又决定继续上路。一队小车出发，我搭乘州电视台的车，和任台长的同学同行。这一路，我们的车换到前头打了头阵。车开出日隆十多公里，就听到被雨淋得松软的山坡上巨雷滚动般的声音。车子还未停稳，先是听见车内同行的小姐们一声尖叫，然后，车灯照着几块比我们的越野车还大的巨石滚到了公路中央。

车队在黑暗中也不敢贸然后退，司机都把油门吊在听不到发动机声的位置上，全体人员都竖起耳朵谛听山上的动静。但只见黑黝黝的山崖，耸立在铁灰色的天幕下；而在路基外面，几株纤细的树影卜，传来洪水在河道里肆意冲击的轰隆声。从河水的声音还可以听出来，这段路基很高很高。

我大着胆子走到刚从山体中滑落下来的巨石面前。我用手电照着，司机用一段树枝比量了剩下的路面，又回去慎重地比了车身，吐了口气说："刚好车身那么宽，试一试，过吧。"

我听见他在深深地吸气，给自己壮胆。

司机把缩在车里的两位小姐赶下车来，我跟台长同学一人一支手电，趴在路基下面，为司机监视那不可靠的路基。我趴在地上的时候，不禁打起一阵寒战。不是因为半夜的阴冷与潮湿，而是因为路基下面的深不可测的深渊里，喧哗的水声带着泥腥气一阵阵升腾上来，一股股扑在背上。

越野吉普开过来了。

当两只前轮过去的时候，外侧松软的路基就开始下陷，我想我是用另一只手紧紧地捂住了自己的嘴巴。而在黑暗中，我相信自己是看到台长同学眼里发出了惊骇的亮光。好在我们都是经过了一些这类险情的人，知道这时汽车只能前进，才可能侥幸脱险。停下，或者后退，都只能随正在塌陷下滑的路基一起，滑进深不见底的河道。

汽车两个后轮转过眼前的时间几乎是像一个人的一辈子那么漫长。反正从此以后，我再也没经历过如此漫长的煎熬与等待。当两个后轮在我的手电光里缓缓转过时，外侧的轮子已经完全悬空了。而在这个时候，我们两个人的身子也正随着路基一起下滑。

据司机说，我们两个人同时疾呼："加油啊！"

但我们都没有听见自己的喊声，却听到了汽车引擎发出的怒吼。车轮的旋转猛然加快了。汽车过去了！

我记不得自己当时怎么离开了下滑的路基，站在路面上来了。

身后的车队里发出了一阵欢呼。

我站在那里，任台长的同学过来，笑着说："刚才你看我的眼光好亮啊！"

我说："我怕你喊起来。"

"我也怕你喊起来。"

司机跳下车，从我手里夺过手电，照一下路基，看看车辙，一下软软地蹲在地上，半天没有出声。看到这种情形，后面的车队倒了车回日隆去了。一柱柱车灯越来越远，照亮的山体、岩石、树木也越来越模糊，最后，隐入群山的黑暗中，就像我们身后从来就没有存在过一支浩浩荡荡的车队一样。

一切安静下来，河里的水声又响起来了。

司机还蹲在地上。我们三人都蹲下去，一人点燃一支烟。司机这才说："要是你们刚才喊一声，那就完了。"

两个小姐战战兢兢过了险路，几个人又上路了。一天以后，这段险情就变成了一个笑话。就在那天晚上，我们的车从沃日官寨对岸的公路上开过，但那么黑的雨夜，连官寨一个朦胧的侧影我都没有看见。

第二天早晨，又一处泥石流使我们停下来。在这里，我们又与另一些汽车汇合，又一次组成一个五辆小车的车队，向马尔康进发。为了防备万一，我们几乎是带有强制性地从这个时候还严格按照作息时间上下班的道班工人那里，取走了一些炸药和简单的工具。

自己一路放炮开路，伐树架桥。五天后的一个夜晚，我们回到了山城马尔康。

第二次再走这条路，是在十月，在四姑娘山侧的海子沟冰川下的高山湖泊边遇到大雪。一行人非常狼狈地被大雪压下山来。用了一整天时间回到山脚，再乘车回小金县城时，天已经黑了，于是，顺便参观沃日土司官寨的计划只好取消。

直到现在，20世纪的最后一年，我才有机会补偿这个夙愿。

于是，我从猛固桥头开始，背起旅行包，向那里进发。我想用这种方式靠近嘉绒地面上对我来说唯一没有到过的土司官寨遗址。

10　土司传奇之二

和赞拉土司的故事一样，沃日土司的故事也是一个面貌日益模糊的故事。

沃日土司本是赞拉土司的近邻。

　　和赞拉土司一样，其远祖也是苯教巫师的世家门第。传至一位叫巴比泰的远祖，于顺治十五年（公元 1658 年）归顺清王朝，被册封为沃日灌顶净慈妙智国师。而所授名号中"沃日"一词正是藏语中领地之意。而从境内发源于四姑娘山中的沃日河正好流贯其领地的大部分地区，在猛固桥头汇入小金川，因而得名沃日河。沃日首领于两金川之役爆发后，和当时嘉绒地区的大多数土司一样，与清军协同作战，并为清军供助粮草，立下了不小的功劳。

　　乾隆第二次出兵大小金川，本身就与该土司直接相关。

　　当时，小金川土司泽旺之子僧格桑为独子，僧格桑之子也是独子。小金川土司的香火本就悬于一线。不料，泽旺土司之孙却突然暴病身亡。两家相邻的土司平时已有利益冲突，这时，赞拉土司一家便认为是沃日土司用苯教咒经作法，咒死了将来赞拉土司家族香火的传承之人，盛怒之下便向沃日土司进犯。这便为乾隆再征金川提供了口实。

　　传说，苯教巫师出身并有高强法力的沃日土司将赞拉土司泽旺父子扎成人偶念经诅咒，并在作法时用箭射穿，目的就是要把赞拉土司咒死并使其一家断绝香火。

　　而赞拉土司唯一的孙子就是因此才死去的。

　　于是，赞拉土司为复仇向沃日开战，攻寨略地，并不听四川总督调解，终于导致这一地区再一次兵刃相见。也许到后来，小金川土司父子会意识到过于相信苯教巫师法力是一种错误。因为当乾隆第二次对两金川重兵进剿，更靠近内地的小金川首当其冲。除了据守险要拼死抵抗之外，据史料记载，小金川土司也请了很多苯教巫师作法，想使清兵将领横死，使日夜不停袭击碉卡的清军铜炮爆炸，但都没有起到想象中那种巨大的作用。这时，他们可能会意识到轻率相信苯教术的超凡力量而贸然对沃日用兵，引来清兵大军压境是一个绝对的错误。当然，对一个具有扩张野心的统治者、一个自以为是的小国之君来说，对巫术力量的信服，本身就是一个恃强凌弱的借口。殊不知，这场小规模的同族间的兼并，又成了一个野心更大的帝国皇帝进兵，以建立真正的一统天下的借口。

清朝大军来到这弹丸之地，苦战经年，终于，大小金川覆巢之下，再无完卵。而已面临绝境的沃日土司却得以再生升天。清兵到来之后，沃日土司自然积极助战，两金川战事结束，以随征有功，该土司被赏以二品顶戴。

沃日地方的土司制度便一直保留到1937年，才被国民政府宣布废止，沃日土司境内开始由当地国民党县政府编保设甲。但是，当时国民党政权内忧外患，设立的制度并未认真施行。沃日土司名亡实存，其统治一直有效维持到中华人民共和国成立。

所有这些因循的历史故事，都显出了几分沧桑。而这一路行去，山川河谷，那被无限制地破坏掠夺的自然界的百孔千疮正与这些故事一样的沧桑，成为与我内心情绪十分配合的一种外在场景。

一个人走在路上，不断有人在我休息的时候，向我讲述暴力故事的现代版本。如果说，过去那些有关屠杀与集体暴行的故事还带着一些悲壮激情与英雄气概的话，现代演绎的暴力故事却只与酒精和钱财有关。

如果遇到不讲这种故事的人，却又会向你传达一种焦虑，那是不能脱离贫困的焦虑，一种不能迅速拥有财富的焦虑。

所以，我要说，这一路行来，短短几十公里的两天路程还未走完，当我远望沃日土司官寨的碉楼的隐约的身影时，心里那因为怀旧而泛起的诗情已经荡然无存。现在，总是遇到很多人问我一个问题，那就是作为一个对本地文化与本族生活有过很好表现的作家，为什么最终却要选择离开。

那么，我现在可以回答了。答案非常简单，不是离开，是逃避。对于我亲爱的嘉绒，对于生我养我的嘉绒，我唯一能做的就是保存更多美好的记忆。

现在，沃日土司官寨在我的面前出现了。此前，我已经不止一

次到过了嘉绒土地上的所有土司官寨。今天，我要来补上这一课，在这样的地方，我能隐约地看到历史的面貌。可是，今天，当我到达沃日的时候，历史老人第一次把背朝向了我。而在过去我总是认为，对于一个写作者，历史总会以某种方式，向我转过脸来，让我看见，让我触摸，让我对过去的时代、过去的生活建立一种真实的感觉。

这种感觉一直都是我最宝贵的写作资源，但是，今天，唉！我觉得我无力描述所有的观感。确确实实，当我那天到达沃日的时候，在达维河的南岸，沃日土司官寨出现在一个宽阔的河谷台地上。

在嘉绒藏区，在逐次升高的群山的阶梯上，总是有一些这种宽阔而美丽的山间谷地不断出现。在这些宽阔的山谷里，总是有着比别处更多的绿色。

这是骄阳正烈的中午时分，果园和玉米地，在高原强烈日光照耀下闪闪发光。我隔着河瞭望那片醉人的绿色，可是，满头的汗水迷住了我的眼睛。

结果，被汗水刺痛的眼睛里流出了很多泪水，好像我是想到这里来痛哭一场。等我擦干泪水，再次抬头望去，就看到沃日土司官寨静静地耸立在这一片浓郁的绿色中间。

过桥的时候，我也一直抬头望着过去曾威震一方的堡垒式的土司官寨。

走到桥面上时，河岸升起来，挡住了我的视线，田野和果园的绿色以及绿色中央的一个旧梦一样灰黑色的土司官寨都从眼前消失了，只有护卫着寨子那个高高的碉堡方正的顶子还浮动在眼前。走过河上的桥，走上河岸，田野里的绿色又照亮了双眼！

走过大片的玉米地，看到玉米高大的植株下潮湿的垄沟里，还牵着长长的瓜蔓，瓜蔓上开着朵朵喇叭状的黄色花朵。一条大路穿过田野，把这片河岸台地从中分成了两半。大路笔直地穿过山脚下平整的肥沃土地，然后爬上绿色灌木和草丛稀落的灰色山坡，转过一道山梁，消失在渐渐浓郁的青苍山色中了。

就在我且行且走、瞭望蜿蜒上山的大路时，一片清凉的树荫笼罩在我身上了。我把背包靠在一道矮石墙上，发现自己已经站在沃日土司官寨的门口了。

没有什么新奇的感觉。这座官寨除了一般官寨应有的特征外，比别的土司官寨更多汉族建筑的影响。最特别处，是堡垒般院落的大门，那完全是一座汉式的门楼，带着汉地很多地方都可以见到的牌坊的鲜明特点。

而最具有嘉绒本地特点的，当然是乱石砌就的坚固墙壁。其次就是用同样的乱石砌就的高高的碉楼了。我想拍几张照片，但是我发现，我该死的按快门的那只手的不明原因的震颤更加厉害了。这只手就常常这样反抗我的意志。我走过很多美丽的地方，都想留下一些用我的眼光、我的角度、我的取景方式拍摄的照片，并且不止一次添置照相设备。但是，这只在日常生活中只是在端起酒杯时会把很多酒洒在外面的手，却会在我举起相机，把手指搭在快门上时震颤不止。没有医生告诉过我这是什么原因，我也没有主动向医生讨教过所以如此的原因。我叹口气，放下了相机。出发上路很多天了，而且出钱资助这次旅行的出版社也要求我提供自己亲手拍摄的照片。

但我对自己没有一点办法。

只是把相机放在很深的黄包底下。我走进院子，四周的隔墙上探过了许多苹果的树枝，上面都挂着青涩的果实。院子里很安静。松软的地面上散落着从这巨大建筑上什么地方掉落下的木板。木板在潮湿的泥土上都有些腐败了，一脚踩上去，下面就叽咕一声涌出些泥水来。一脚一脚踩去，这院子里就满是那种我熟悉的腐败的甘甜味了。

院子四周的墙角边，长着一丛丛粗壮的牛蒡。

在正午时分，站在这样一个几乎被世人遗忘，而且只剩下对过

去时代记忆的院子里，我看到一层层楼面上很多的窗户，看到一道道楼梯通到楼上，但是我没有登上那些楼梯，也没有把头探进那些斜挂着蛛网的窗户。因为我几乎就要相信，每一间安安静静的屋子里，都有一个灵魂在悄无声息地张望着我这个不速之客。每一次，在这样的环境里，我都几乎会相信这个世上真正有灵魂存在，或者说是这个世上应该有灵魂的存在，来告诉我们一些关于过去的鲜为人知的秘密。

站在正午的阳光里，站在满院子略带木头正在朽败时散发出的甘甜味中间，我就如此这般地陷入了自己的玄想。

在这种玄想中，内心总是隐隐约约地痛楚着，领受一种宿命般的感觉。

于是，我又想起了沃日土司的结局。

这个血统纯正的嘉绒藏族土司，到末世的时候，可能已加入了不少的汉族血统。我没有时间也没有特别的兴趣去为一个湮灭了近半个世纪的家族重新建立一种清晰的谱系。我所以做出这个判断，是因为末代的沃日土司已经有了一个汉姓：杨。据说，末代的杨土司像许多土司家族走向没落时的宿命一样，整个家族不仅在政治经济上日益衰败，就是在纯生物繁衍的意义上，一种家族的基因和血统，历经几百上千年的风霜雨雪，终于穿越得越来越疲惫，终于失去了最后一点动力。我所知道的很多土司故事中，相当的一个部分，就是土司们为了香火的传续而担惊受怕。

一直都没有特别强大过，但一直都特别有韧性地传递着血缘与家业的沃日土司，最终也逃不过这种宿命。

最后一代姓了汉姓，有了汉名的土司性情懦弱，而且常常神志不清。

这样一个土司，自然被当时国民政府派任小金的县长玩弄于股掌之中。杨姓土司没有逃脱一桩政治婚姻，当地美女孙永贞嫁给了他。这也是嘉绒土地上土司故事中常见的一个版本：能干聪明而且漂亮的女人掌握了土司的大权。当然，随着时代不同，每一个重版的故事都会增加一些不同于以往的新鲜情节。

在沃日土司故事的尾声部分里的这个杨孙永贞，还是一个加入了国民党军统组织训练的特务。

这时，已经是20世纪40年代，国民党在大陆的统治即将拉上大幕了。

当中华人民共和国在北京宣布成立时，沃日女土司又到成都接受军统特务头子的训练，并被任命为游击军指挥官。回到领地后，她积极组织地方武装，准备与即将进入藏区的解放军队伍作战。

解放军队伍到来后，这位女土司果然领全境之兵向解放军开战。在最初一两年时间里，为刚刚建立的共产党政权制造了不少麻烦。关于这个漂亮的女土司，有很多的传说，今天，已经很难完全考辨其真伪了。但她骑得好马，玩得一手好双枪，往往能弹无虚发，却是实实在在的事情。在大军过处，她还是只能在众叛亲离的情形下节节败退，最后，被解放军生擒，并被人民政府因其罪大恶极而坚决镇压。

差不多同一时间，嘉绒土司制度终于退出了历史的舞台。

沃日土司在中华人民共和国成立后又生存了相当长的时间，但是土司时代已经结束，一个个体的存活，除了人道的意义外，已经没有更深广的意义了。

11　上升的大地

我回到猛固桥头，缘小金川北上，往梦笔山进发。

一路行去，海拔高度明显增加。我不是专门的旅行家，不用带上海拔针，来做种种繁琐的记录。我是从植被的变化感觉到脚下的大地在升高。

这也就是我所说的在大地阶梯上攀登的感觉。

从来都是这样，先是大路两边藏汉合璧式的石头民居上，汉式的影响越来越少，纯粹藏族风味的东西越来越多。窗户与门楣上的花饰越来越鲜艳明亮，整个寨楼越来越高大，越来越气宇轩昂。而且，在路上走动的人们向你问候的时候，你听到越来越多的藏语里那越来越多的敬辞。

总是这样，越来越多的村寨周围出现迎风招展的经幡。

总是这样，清清的溪流被引进整根合抱的杉木挖成的水槽，冲击着磨坊下面的巨大木轮，从而转动了沉沉的石磨。

总是这样，当地势越来越高，天空便越来越蓝。洁白的云朵使这些双脚正在丈量的土地永远都像是世外般遥远。

就是这样，变化总是出现在围绕着村寨的土地里，先是玉米变成了小麦，小麦又变成了青稞。当青稞大片大片出现在眼前时，我才发现，自己已经是在一片青山绿水中间了。在阳光下闪烁着灼人光芒的大片岩石消失了，代之而起的，是大片大片的树林：枫树、白桦、马尾松、灰白皮的云杉、紫红皮的铁杉。风吹动树林，大片的阳光就像落在湖面上一样，在树叶上闪烁迷人的光芒。

我在林间茸茸的草地上坐下来。

对于这些草地来说，最盛的花期已经过去了。七月，是这些林间草地的野草莓的季节。鲜红的野草莓，一颗一颗，点缀在翠绿洁净的草地上，就像一粒粒红色宝石陈列在绿色的丝绒之上。当我坐下来，采摘草莓，一颗颗扔进嘴里的时候，恍然又回到了牧羊的童年，放学后采摘野菜的童年。

抬起头来，会望见某一座高山戴着冰雪的晶莹冠冕。

我庆幸在我故乡的嘉绒土地上，还有着许多如此宽阔的人间净土，但是，对于我的双眼，对于我的双脚，对于我的内心来说，到达这些净土的荒凉的时间与空间都太长太长了。

在这种时候，我不会阻止自己流出感激的泪水。

总是这样，海拔度越高，山间的谷地就越宽阔，山谷两边的山坡也越发平缓。

我背起背包，继续往前。在这样的地方，就是走上一生一世，我的双脚与内心都不会感到绝望与疲倦。

当最后一个农耕的村庄消失在我身后时，我已经在高山牧场上行走了。

在这些青草翠绿的高山牧场上，往往要走上几个小时，才会看到木头栅栏圈出的牛圈。看到铺着木瓦的牧人小屋，静静地冒出一缕缕若有若无的青烟。牧羊犬看到生人接近，警惕地吠叫起来。一个牧人提着猎枪从小屋里钻出来。我用家乡的语言大声问候。牧人便放下了枪，重新钻回屋里。我在一个清幽无比的泉水边俯下身来，畅饮一番。这时，主人已经飞跑到我身边，那只牧羊犬也摇着尾巴紧随其后。

我从泉眼上抬起头。沁凉的水珠滑下了我的下巴。

主人生气了："客人哪，你以为我们家里不会为客人备好滚烫的奶茶吗？"

再次上路时，我的肚子里已经装满了主人能够拿出来的所有好吃的食物。

就是这样，我从山下尘土飞扬的灼热夏天进入了山上明丽的春天。身前身后，草丛中，树林里，鸟儿们歌唱得多么欢快啊！我就是这样，一次又一次，感谢命运让我如此轻易地就体会到了无边的幸福。

雪峰下的高山牧场正是花朵盛开的春天。

在我久居都市的日常生活中，很多时候，我会打开一本又一本青藏高原的植物图谱，识得了许多过去认识却叫不出名来的花朵的名字。今天，我又在这里与它们重逢了。

长着羽状叶片，在一根坚韧的长茎上簇拥出一座宝塔状花蕾，而那个塔状花蕾，正与季节一样，自下而上次序开出一层层紫色花朵，这是马先蒿。

丛丛怒放的黄色花朵们大多属于野菊的家族，这个家族的有些成员还会变异出一种蓝中带紫的颜色。

在这样的草地上，最最漂亮的当然是蓝色的鸢尾。一朵朵看去，在微风中都是将要带着某种意绪起飞的姿态，这种姿态的花朵连缀成片，抬眼望去，就是一种思绪化成的青烟。

我不能歌唱这些花朵，我只感激命运让我不断看见。

这样的行程是如此愉快，离开沃日土司官寨五天后，我登上梦笔山口，才意识到这些天的日子过得如此短暂。

站在梦笔山口，猎猎的山风变得无比强劲。与山口这边的高山草地形成鲜明对比的，是山口那边，是大片翁郁的森林。公路穿过森林，一头扎进山下的峡谷。那些峡谷的出口处，就是我的家乡——现在嘉绒藏区的中心地带马尔康了。

灯火旺盛的地方

1 马尔康地名释义

在藏语中间，"马尔"这个词是油、酥油的意思。"康"的意思是房子、地方。所以，很多人按直译的意思说，马尔康这个地方的意思是酥油房子。

这种释名法，并不违背词义，但在情理上并不顺。藏族人为人为物为地方命名特别具有一种祈求吉祥的倾向，而酥油房子并不是一种经久的东西。在藏族艺术中，酥油构成的东西都不是一种永久的东西，比如正月庙会时节供奉于佛前的酥油花。

所以，一种更为广泛、也更为大多数人认同的说法是：解释马尔康这个藏语组合词作为地名的意义时，应该注重其衍生出来的"灯火旺盛的地方"这样一种特别的意义。

在大渡河上游的支流梭磨河上，现在的马尔康被誉为高原新城。梭磨河上的水电站提供的源源不竭的电能，确实把这片山谷变成了一个名副其实的灯火明亮的地方。但这仅仅是中华人民共和国成立后四十多年间才有的景象。

有一次，我去拜访一个据说很有学识的老喇嘛，从他山坡上的家里告辞出来的时候，已经是黄昏时分。他指着山下镇子上的万家灯火说，早先为马尔康命名的就是一个喇嘛，那时候，这位高人就预见到了今天万家灯火的景象。

他说真正有德行的高僧能够预言未来。

他说的是预言，而不是占卜未来。

我想向老僧讨教这个传说起自哪个年代，那个高僧叫作什么名字。但我知道这样做会使大家都非常扫兴，于是便望着山下明亮的灯火，在黑暗中默然而笑，未置可否。

我只是知道，马尔康这个地名由来已久。

在那些年代里，马尔康宽广的河滩曾是狐狸的天堂。

马尔康得到这个名字，完全是因为，在此宽广的河滩上，有一座叫作马尔康的寺庙。寺庙本身在那时荒芜的河滩上，相对说来，确实也算是一个灯火明亮的所在。

光明与黑暗，在任何时候，都不能不是一个相对的概念。

一座佛寺起这样一个与光明有关的名字，肯定还有其意欲在蒙昧的时代里开启民智这样一种象征的意义。佛教典籍的名字中，就不断有与灯火相关的字眼出现。

前面我们说过，第一次给嘉绒地区带来文化与智慧光芒的是出生于西藏的毗卢遮那。从此之后，大渡河中上游地区，和岷江上游的部分地区便形成了一种相对统一的嘉绒文化区，在整个藏族文化中一直保持着自己鲜明的地方文化特征。

但在这之后一个相当漫长的年代里，当地的嘉绒土司们因为自身利益的种种考虑，建立起了一种不同于西藏的政教合一制度。在西藏，是神权至上，世俗政权要依附于神权。而在整个嘉绒地区，是中央王朝册封的土司手握世俗大权，而僧侣阶层必须依靠世俗权力的支持才能生存。而在很多时候，土司家族本身同时掌握着神权。比如前面已经说到过的小金川流域的赞拉土司与沃日土司先祖，都是苯教的巫师出身。

而在 15 世纪以前，嘉绒地区土司和贵族们所倚重与扶持的，大多是本土宗教苯教势力。在马尔康宽广的河谷台地上，也建起了一座规模宏大的寺院。早期属于苯教，后来，随着周围政治环境的变化，又改宗了藏传佛教的格鲁教派。但马尔康这个寺名，却一直没有变化。到了二十世纪三四十年代，也是因了这座寺院，在寺庙前宽广平坦的白杨萧萧成林的河滩上，形成了一个季节性的市场。商人们来自嘉绒各个土司的领地，还有很多商人是来自四川盆地的汉族与来自甘肃的回民。在鲜花遍及群山的美丽的夏季，各路的商人们络绎而来，一夜之间，花草繁盛的河滩地上，就冒出了许多漂亮的帐篷。有老年人回忆那时的情形说：就像一个雨夜之后长出许多蘑菇一样。我触及这种回忆，是在阿坝州政协一年一度会议的饭桌上。我因为写了一些文字的缘故，成了州政协常委会的一员。所以，常常不甚费力就能从老先生们口中套出一些早年的回忆。这些老先生中有些人，早年间就是其中一些帐篷的主人。

这种回忆就好比会议供应的好酒。

另一位老先生听到关于帐篷与蘑菇的比喻，便愉快地笑了。他说："蘑菇。有两年，只要晚上下雨，我的帐篷边上就会生出蘑菇来。那时我有一个女人，她把这些蘑菇用牛奶煮了，那味道……啧啧。"

人们把这个繁荣一时的季节性街市也叫作马尔康。

中华人民共和国成立后，因为地缘政治的需要，这里建成了永久性建筑，并渐渐成为一个颇具规模的镇子时，地名也叫作马尔康。

而那座曾经辉煌的寺院，倒是日益被遗忘了。

2　怀想一个古人

说到寺院，我们将再次回到过去的年代，回到 15 世纪，怀想一个嘉绒大地上的古人，怀想一个嘉绒人民永远不会忘记的古人。他就是在嘉绒历史与毗卢遮那一样有名望的僧人：查柯·温波·阿旺扎巴。

在这音节连绵的一长串汉字中，只有阿旺两个字是这个人本来

的名字，其他的都是一种附加成分。查柯，是藏文典籍中嘉绒地区的别名，这两个字出现在阿旺的名字前，自然表示了他的出生之地。实际上，他就出生在马尔康县境内，当时梭磨土司的辖地柯觉。柯觉是他出生之地的藏语名字。近几十年，那个四周山坡上长满白桦、云杉和箭竹的小山寨和山寨背后的山沟又有了一个新的名字：203。

这个名字在中华人民共和国成立后才出现的伐木工人、道班工人和长途汽车司机口中流传。对同一个地方，使用不同语言的人使用着不同的地名。

203，是一个伐木场的名字。这个伐木场数百上千的工人，在这个地方砍伐了几十年原始森林。随着森林资源的枯竭，这个伐木场已经撤销，这个名字却就此流传下来了，也许还会永远流传下去。

还是回头再说此地几百年前出生的那位明灯般的人物阿旺扎巴吧。

他名字中的第二个词温波是苯教中法师的称谓。这也就是说，他是查柯地方的一位苯教巫师。直到有一天，他突然走出了自己熟悉的山水，和这个地区的许多追求智慧的人物一样，沿着越走越小的大河，沿着越来越高的雪山，走向了青藏高原，走向了西藏，走向了拉萨。也正是在西藏高原顶部更为浓烈的佛教氛围中，成了一个佛教信徒。他是为了让心中智慧的明灯更加明亮而去到西藏，结果，却改变了自己的信仰。所以，他的名字后面又出现了两个字：扎巴。扎巴这个词，正是藏族佛教寺院中，对于刚刚接触教义不久的和尚的称谓。

现在，我们知道了，查柯·温波·阿旺扎巴的意思，就是来自查柯地方的当过苯教巫师的阿旺和尚。

可以想象，这肯定是阿旺扎巴在西藏皈依新的教义后，一心向学的朋友们给他取的一个颇为亲切的名字。

当我站在梦笔山口，背对着即将离开的小金，眺望着公路盘旋着穿过森林，慢慢深入山谷，山沟向着低处直冲而下，看见了我的家乡的时候，我就想起了那个高僧的名字。

心中默念时，耳边就好像响起了一串悦耳的音节。

而且，我的眼前突然就出现了一泓清泉。那泓泉水就在梦笔山马尔康那一面一个向阳的小山坡上。山坡草地上，疏疏落落站立着一些柏树。

很老的柏树，树枝很虬曲、但枝干却非常挺拔的柏树。

我去过那个被许多嘉绒人视为圣地的地方。

最近一次是在两年之前。那是一个深秋天气，我们把一辆丰田吉普车从马尔康开出来，不到一个小时，就到了梦笔山下那个一路向下俯冲的山沟里。过去，这条山沟曾经是猎人的天堂。只有几十户亦农亦牧亦猎的人家散布在数十公里长的一条山沟里。这条山沟叫作纳觉。如果我没有意会错的话，这个名称的意思就是很深的山沟。但是说起来，在从四川盆地向青藏高原逐级抬升的邛崃山系中，这样的一条山沟并算不上有多么深远。所以留下这样一个名字，肯定是因为当年这条山沟里的森林。白桦、红桦、杉树、松树、柏树以及高山杜鹃组成的树林翁郁如海，使这条山沟显得分外的神秘与深广。

于是，人们才给了这条山沟这样一个名字。

于是，这条山沟里稀稀落落散布着的村寨也获得了同样的名字。

20 世纪的下半叶，以建设的名义，以进步的名义，伐木工人开进了这条山沟，于是，伐木场的建立给这个寂静的山寨带来了二十多年的喧嚣与繁荣。代价当然是翁郁森林的消失。然后，伐木场撤销，曾经上演了现代生活戏剧的那些工段部、伐木场部又变得一片静寂，最后一座临时搭建的木头房子在一个雨夜悄然倒塌，遗弃的斧锯在泥沼中很快锈蚀。

只有纳觉寨子上的人永远属于这条山沟，了了孙孙，世世代代。

收割后光秃秃的土地一块一块斜挂在山坡上。而在临近溪水的大路边上，那些石头砌成的寨子静静耸立着，仿佛一个不太真实的

梦境一般。

一些个头矮小花纹斑驳的母牛在寨子四周。这些母牛是黄牛与犏牛杂交的后代。这些杂种牛身上已经没有了父系的矫健与母系的优雅，但似乎能在任何地方都找到吃的东西。带刺的灌木，路边上扑满尘土的枯草，牧人们丢弃的破衣烂衫，某处废墟断墙上泛出的盐碱，它们会吞下所有能够到口的东西，然后产下一点稀薄的牛奶。

现在，这片土地上，村子的四周，这种形象委琐的杂种奶牛的数量似乎是越来越多了。严冬到来的时候，它们甚至成群结队从四周的村寨进入镇子，在街道上逡巡，四处搜寻食物。这些食物的种类很多。被风卷着四处滚动的纸团，墙上张贴的标语或公告背后的糨糊，菜市场上的废弃物，它们甚至把头伸进垃圾桶里，用头拱动，用舌头翻检，都能找到果腹的东西。

正是因为这些杂种奶牛的形象，我家停止了订购城郊农民每天送到门口的一瓶牛奶。

在这个差不多等于是去朝圣的路上，我不应该描绘这样的牲畜与生命，但是，这种牲畜就是不断地三三两两地出现在眼前，让人看见，让人想起它们默默寻食时的种种情状。

好在现在是在纳觉，离乡政府所在的卓克基镇已经有十多公里的路程，而县城的所在地就在更远的地方了。这些显得特别认命的杂牛们，踩着十月的一地薄霜，在收割后的地里有一口无一口啃食玉米秸子。这倒是一种洁净的食物。村子里的小孩子们有时也会下到地里，拔一根秸子在手里，慢慢咀嚼，细细地品尝那薄薄的甜味和淡淡的清香。

我也有过一个那样面孔脏污、眼光却泉水般清洁明亮的童年！

想起日益远去的童年时光，内心总有一种隐隐的痛楚与莫名的忧伤！

只是不记得，那个地里铺着薄薄霜华的十月的清晨，我在纳觉寨子边是不是也如此这般地想起了童年。

只是记得，纳觉寨子边的这个早晨也像所有下霜的十月的清晨一样，阳光照耀得特别明亮。山坡上稀疏的树林里传来的野画眉的叫声十分清脆悠扬。

那是一长加两短的清脆鸣叫。

人们听见那声音，可以想象出任何一个三个音节的词组或句子。在嘉绒的不同地方，人们会把这三个音节听成不同的句子。在纳觉这个地方，人们把这野画眉叫出的三个音节听成天气预报。

我们把车寄停在一户人家的院子里时，女主人对我们说画眉是在说："勒——泽得！勒——泽得！"

这句藏语是天要热的意思，也就是说，成群的画眉向我们预报今天是个晴天。

女主人还说："你们肯定是去朝阿旺扎巴的，凡是有人去山上朝拜时，这条山沟里总是风和日丽的好天气。"

走出这家院门时，有人开了一句玩笑。他说："要是天天都有人来朝拜阿旺扎巴，那这个村子的庄稼与果树就都要旱死了。"这句话一出口，大家都没有像往常听到这类笑话一样笑出声来。于是，说笑话的人掌了掌自己的嘴巴。

走在朝圣的路上，这群平常什么都敢调侃的人，心里突然便有些禁忌了。这时，另一种鸟叫起来，叫的是四个音节，于是大家心里都响起了一个名字：阿旺扎巴！阿旺扎巴！大家都陷入某种特别的磁场中了。

山路蜿蜒向上，路边的灌木落尽了叶子，干硬的树枝擦在靴子和裤腿上，嚓嚓作响。黄连、野樱桃、野蔷薇、报春、杜鹃、红柳和银木，这么多的树丛丛密密，在夏天是那样的千姿百态，现在却僵直地伸展出深色的枝干，一片萧然。只有柏树还深深地绿着，在轻风中发出叹息般的细密声响。太阳越升越高，石头上、枯草上的霜花慢慢化开，于是，森林黑土的浓重气息又充满了鼻腔。

当我们在一片背风的枯草地上坐下来休息时，一队香客超过了

我们。他们的脸上有着更多的虔诚与期望，于是，他们有着比我们这一行人更亮的眼光。

3　露营在星光下

我在 1999 年夏天走下梦笔山的北坡，穿过大片的杜鹃花丛与更加高大的冷杉巨大的树影时，想起了山下的那个村庄，想起了那个十月的朝圣之旅。

后来，我在一块林间草地上找到了几朵鹅蛋菌。这是蘑菇中的上品。于是，我找来一些干树枝，在冷杉树下刨出一块干燥的地方，用树上扯下来的干燥的树挂引燃了一团小小的火苗。其实，在那样的野地里生火，很不容易看到火苗。我只是感到手上有了灼烫的感觉，看到银灰色的树挂上腾起一股青烟，就知道火燃起来了。把打火机仔细收好时，干枯的树枝发出噼噼啪啪的爆裂声，我知道这火真正燃起来了。于是，我又从杉树上剥下一些厚厚的树皮投进火里，这才回身去采摘那几朵蘑菇。

这种蘑菇顶部是漂亮的黄色，从中间向四周渐次轻浅，那象牙色的肉腿却是所有菌类里最最丰腴的。我准备好了用猎人的方式来享用一顿美餐。

在大山里，时间的流逝变慢了，我等待着那堆树枝燃尽，在那些通红的炭屑上，我就可以烤食新鲜蘑菇了。

我用小刀把黄色的菌子剖成两半，摊放在散尽了青烟的火上，再细细地撒上盐和辣椒面，水分丰富的菌子在火炭上烧得冒着水泡，吱吱作响。当水分蒸发掉一多半后，吱吱声没了，一股清香的气息四处弥漫。

我像十多年前打猎时烧菌子果腹时那样吞咽着口水，然后把细嫩的菌子送进嘴里。多么柔软嫩滑可口的东西啊！山野里的至味之物，我们久违了！

吃完两大朵菌子，我从树下抠起大块的湿苔藓把火压灭，继续往山下走去。我走的是一条捷径，不一会儿，我又穿出森林，来到公路上。一辆吉普车驶来，我招招手，吉普车停了下来。开车的是个外地的商人，这个季节，到山里来四处收购药材与蘑菇。

他希望我走得远一些，好跟他一路搭伴，但我告诉他只坐到山下那个叫作纳觉的寨子边上。

我只打了个小小的瞌睡，那个寨子一幢幢覆盖着木瓦的石头建筑就出现在眼前了。正午刚过不久的时分，寨子显得很安静。几辆手扶拖拉机停在公路边上。地里有几个在麦子中间拔草的女人。寨子对面的山坡上，那些沙棘与白桦树间，飘扬着五彩的经幡。

再往下不远的溪水上是一座磨坊。

地里拔草的女人们直起腰来，手搭凉棚，顶着耀眼的阳光向我张望。这时，要是我渴我饿，只需走到一户人家的门口，地里的女主人就会放下活计赶回家来，招待我一碗热茶，一碗酥油糌粑，或者还有一大碗新鲜的酸奶。

但我只是向这些女人挥了挥手，便转身顺着一排木栅栏走到通往查果寺的那条小路跟前。

离开公路几步，打开栅栏门，我进入了一片麦地，麦子正在抽穗灌浆，饱满的绿色在阳光下闪闪发光。一种令人心生喜悦的光芒。夏天的小路潮润而柔软。

穿过麦地，走出另一道面向山坡的栅栏门，我就到一片开满野花的山坡上了。那些鲜花中最为招眼的，是大片的紫花龙胆。

小路蜿蜒向上，当我走出一身细汗的时候，隔着一道小小的山梁，便已然听到了寺庙大殿前悬挂的铁马在细细的风中发出一连串悦耳的丁当声。我不是一个佛教徒，但这清越的声音仍然给我一种清清泉水穿过心房的感觉。

然后是几株老柏树高高的墨绿色的树冠出现在眼前，我不由得加快了脚步，于是，那座在嘉绒声名远播的寺庙便出现在眼前了。

　　但是，除非亲历此地，没有人相信一个如此声名远扬的寺院会是如此素朴，素朴到有些简陋的程度。我这样说，是跟在并不富庶的藏区那些金碧辉煌、僧侣众多的寺庙相比较。这样一个简朴的寺院深藏于深山之中，在一片向阳的山坡上，只是一座占地一两亩的建筑。我想，作为一个精神领地的建筑，本应就是这般素朴而又谦逊的模样。

　　要不是回廊里那一圈转经轮，要不是庙门前那个煨桑的祭坛正冒着股股青烟，柏树枝燃烧时的青烟四处弥漫，我会把这座建筑看成深山里的一户人家。

　　我久久地站在庙前，一边聆听着檐上的铁马，一边往祭坛里添加新鲜的柏枝。

　　这时我听到身后响起爽朗的笑声。转身时，一个老喇嘛古铜色的脸上漾开了笑容对我合起了双掌。他的腕上挂着一串光滑的念珠，腰上是一把小刀般大小的钥匙。

　　他说："要我开开大门吗？"

　　我说："谢谢。"

　　然后，我跟着他踏进了回廊。他走在前面，我一一地推动着那些彩绘的木轮，轮子顶端一些铜铃丁丁当当地响起来。转行一圈，那些经轮还在吱吱嘎嘎地旋转。喇嘛为我打开了大门。在他打开的这个殿里，我的目光集中在那座素朴的塔上。

　　塔身穿过一层楼面，要在上一层楼面才能看到逐渐细小的塔尖。而在这层佛殿里，所能看到的，就是佛塔那宝瓶状的肚子。这是一座肉身塔。塔身里就供着阿旺扎巴圆寂后的肉身。

　　在塔肚的中央部分，开了一扇嵌着玻璃的小小的窗口，喇嘛说，从这个窗口可以看到阿旺扎巴的肉身。当地老百姓都相信，阿旺扎巴的肉身在他的生命停止之后很长一段时间，还在生长指甲与毛发。这种传说多少有点荒诞不经，而且，不止是在这个地方，在藏区很多地方，针对不同的高僧与活佛，都有相同的故事版本。所以，我谢绝了喇嘛要我走到那扇小窗口前去向里张望的邀请。

只是在塔前献上了最少宗教意义的一条洁白哈达。

然后，就站在那里定定地向塔尖上仰望，在高处，从塔顶的天窗那里，射下来几缕明亮的光线。光线里有很多细细的尘埃在飞舞。几线蛛丝也被那顶上下来的光线照得闪闪发光。

我喜欢这个佛殿，因为这里没有通常那种佛殿叫人透不过气来的金碧辉煌，也没有太多的酥油灯燃烧出来的呛人的气味。

更因为那从顶上透下来的明亮天光。

光芒从顶上落下来，落在我的头顶，让人有种从里向外被照耀的感觉。当然，我知道这仅仅是因为有了此情此景，而生出来的一种特别的感觉。

当我走出大殿后，这种感觉就消失了。但我相信，这样素朴的环境更适合于我们表达对于一个杰出的古人的缅怀，适合于安置一个伟大而又洁净的灵魂。因为宗教本身属于轻盈的灵魂。那么多的画栋雕梁，那么多的金银珠宝，还有旺盛到令人窒息的香火；本来是想追寻人生与世界的终极目的的宗教，可能就在财富的堆砌与炫耀中把自身给迷失了。

喇嘛把我带到他的住处。喇嘛们的住处是一座座紧挨在一起的木头房子，房顶上覆盖着被雨水淋成灰白色的木瓦。从低矮的木头房子的数量看起来，这里应该有十多位喇嘛。但这会儿，却只有这一个喇嘛趔趔趄趄地走在我面前，带着我顺着一条倾斜的小路，走到他的住处前面。

喇嘛的小房子前还用柳枝作栅栏围出了一方院子，院子辟成了小小的菜园。菜园里稀稀落落地有些经了霜的白菜。我看了一眼喇嘛，他笑了，说："没有肥料，菜长得不好。"

我也笑了笑，说："很不错了，一个喇嘛能自己种菜。"

夕阳衔山的时候，我吃了他煮的一锅酸菜汤。他告诉我做酸菜的原料，就是自己种的白菜。傍晚的阳光给山野铺上了一种柔和的

金色光芒。在不远处的一株柏树下，一道泉水刚刚露出地表，就给引进了木枧槽里。于是，就有了一股永不停息的水流声在哗哗作响。飞溅的水珠让向晚的阳光照得珍珠般明亮。

就在这种情境中，我们谈起了阿旺扎巴。

当年阿旺扎巴离开嘉绒向地势更高的西藏进发。他所以如此，肯定也是在巫师作法那狰狞怪异的仪式中感到自己心灵的迷失。

他不是去西藏朝圣，因为在那个时代，苯教徒的圣地不在西藏，而在嘉绒地区大金川岸边的雍忠拉顶寺。温波·阿旺是要去寻找。

寻找什么呢？我想，他本人也不太清楚。当他上路的时候，心里肯定也像我们上路去寻找什么一样，有着深深的迷茫与淡淡的惆怅。

但他上路了。他上路的时候并不知道要去西藏寻找什么。很多嘉绒人都曾经和他一样上路，但最后却什么都没有找到。但是温波·阿旺比所有这些人都要幸运。因为，当他走上高原时，遇到了一群同样在宗教里困惑与迷失的人在高原顶端四处漫游，在漫游中思考与寻找。

任何一种曾经清洁的宗教随着时间的流逝，都在世俗化与政治化的过程中，令人痛心地礼崩乐坏。

于是，阿旺扎巴在高原上与一群寻找的人聚集在一起，从藏传佛教的一部典籍转向另一部典籍，从一个教派转向另一个教派，但是，期待中的那种最美妙的觉悟并没有出现。最后，他们遇到了一个先于他们寻找并宣称已经找到了答案、解脱了困惑之苦的大师，于是，众多寻找的灵魂便皈依了他。

按这位喇嘛告诉我的藏历时间推算，阿旺扎巴上路的时间应该是公元 1381 年。喇嘛说，他是与另外三人一起上路的。而自打上路之后，这三个人便从我们的视野里永远地消失了。这种消失是历史一种严格的法则。

阿旺扎巴正式拜格鲁教派的创始人宗喀巴为师。

到了 1407 年，阿旺扎巴于本教派的教义已经有了深厚的心得。于是便受大师派遣，与后来被追认为一世班禅的师兄克珠杰云游前后藏，宣谕本派教义与教法。

在 15 世纪，越来越多像阿旺扎巴一样的人聚集在了宗喀巴的周围。当别的教派纪律松弛，并因为与世俗政治越来越深的执迷而日益堕落的时候，宗喀巴的新教派带来了一种清洁的精神和一种超远的目光。

于是，阿旺扎巴便皈依了，成为宗喀巴最早的 82 上座弟子之一。不久之后，青藏高原上的各个地区，都散布开了宗喀巴这些早期弟子的身影，他们要在广大的青藏高原上弘传这一新的清洁的教法。

他们要在人心中培植吸收着日精月华、生命旺盛的新的菩提。

在被后世信徒弄得云山雾罩的宗喀巴传记中，我找到了有关家乡这位前苯教巫师的记载。那是很不起眼的一个段落。这个段落说，这位前苯教巫师这时已经深味菩提精神，是一位功业日益精进的黄教喇嘛了。

于是，宗喀巴做了一个梦，梦见一株巨大的冠如伞盖的檀香树在黑云蔽天的藏区东北部拔地而起。那枝枝叶叶都是佛教教义高悬，灿烂的光华驱散了那些翻滚的黑云。

大师的梦总是有很多意味的，而且这个梦的寓言是那么明显：藏区东北，正是温波·阿旺的家乡查柯，那里是俗称黑教的苯教的繁盛地带，所以，即或在平常时候，在宗喀巴看来那地方也定会是黑焰炽天。

无巧不成书，阿旺扎巴也在相同的时候做了一个梦。他梦见两只大海螺从天上降落在他手中，于是，他便面东朝着家乡的方向吹响了海螺。海螺声深长嘹亮。阿旺扎巴请大师详梦。

大师谕示说："你的佛缘在你东方家乡。"这时，阿旺扎巴已经随从大师 28 年。

于是，阿旺扎巴做好回乡的打算，来到了大师的座前。

大师赐他一串佛珠，阿旺扎巴当着众弟子的面发下宏愿，要在家乡嘉绒建立与佛珠同样数量的格鲁派寺院。而佛珠是 108 颗。这就是说，他要回到家乡，建立起 108 座佛教寺院。

阿旺扎巴再次穿越青藏高原时，已经是 15 世纪初叶了。

就像当年宁玛派的高僧毗卢遮那一样，整个嘉绒大地上都留下了阿旺扎巴的身影与传说。他建立的 108 座寺院中就包括了眼下供奉着他灵塔的这一座。我曾经与宗教史研究人员和地方史专家一起，循着他传法建寺的路线实地追踪他的足迹。

我不是地方宗教史的专家，也没有成为这种专家的志向和必要的学术上的训练。我只是要追忆一种精神流布的过程。

实际情形跟我的想象没有太大的差异。

在很多传说中他曾建立起寺院的地方，今天都只剩下了繁茂的草木，有些地方，荒芜的丛林中还能看见一点废墟与残墙。是的，这种情形符合我的想象，也符合历史的状况。其实，真正能找到确实地点，或者至今仍然存在于嘉绒土地上的阿旺扎巴所建的格鲁派寺院大概就是三十余所。

最后一所，在距查柯寺近百公里的大藏乡，寺庙名叫达昌。

"达昌"的意思，就是完成，功德圆满。也就是说，阿旺扎巴建成了达昌寺后，便已完成了自己的誓言，功德圆满。

达昌，也许是我所见过的传说为阿旺扎巴所建的寺院里最壮观的一所。

不过，当我前去瞻仰时，那里只是很宏大的一片废墟。那所古老寺庙毁灭于"文革"。而眼前这所僻居于深山之中的查柯寺，同样没有逃过"文革"的浩劫。据说，红卫兵们就曾把阿旺扎巴保全完整的骨殖从灵塔中拖出来，践踏之后，摒弃在荒草之中。后来，信徒们又将其装入灵塔。"文革"结束之后，才又重新受到供养。至今我还清楚记得，正午强烈的阳光下，我坐在达昌寺的一根巨大的残柱上，看着地上四散于蔓草中的彩绘壁画残片，陷入了沉思默想。

后来，达昌寺的住持从国外回来，重新建立这座寺院，我一个出生在寺院附近的朋友，常常来向我描绘恢复工程的进度。我还听到很多老百姓议论这个住持的权威与富有。

过了一段不是太短的时间，终于传来了重建寺院已经大功告成的消息。据说，寺院的开光典礼极一时之盛。不但信众如云如蚁，还去了很多的官员与记者，甚至还去了一些洋人。但我没有前去躬逢其盛。我想阿旺扎巴当年落成任何一座寺庙时，都不会有这样的光彩耀眼。要知道，他当时是在异教的敌视的包围之中传播佛音、拨转法轮的啊！

达昌在举行盛典的那些日子，我想起的却是这个清静之地，而且，很少想起那座灵塔。眼前更多浮现的是那些草地与草地上的柏树，想起柏树下清澈的泉水。

而在今夜的星光下，我听着风拂动着柏树的枝叶，在满天星光下，怀念一个古人，一个先贤，他最后闭上眼睛，也是在这样的星光之下。虽然，那是在中世纪的星光之下，但对于整个宇宙来说，就算是一千年的时光流逝又算得了什么呢？

是的，今夜满天都是眼泪般的星光，都是钻石般的星光。

在这样晴朗的夜晚眺望夜空，星光像针一样刺痛了心房里某个隐秘的地方。

我就在柏树下打开睡袋，露宿在这满天寒露一样的星光之下。快要入睡前，我还要暗想，这些星光中是否闪烁着智慧的光芒，而且这智慧又能在这样一个月白风清的夜晚，降临在我的身上。

4　上升还是下降？

第二天一早，我就上路了。

这是夏天。夏天的山野里，树叶上，草丛中，所有的碧绿上都

有露水漾动的光芒。这是我最最熟悉的一种光芒。

早晨的山野在薄薄的清寒中一片寂静。没有风，也没有声音。

山梁后边还未露脸的太阳越升越高，光线越来越明亮。我手里拿着一根带着很多叶片的树枝，一边走一边挥舞，为的是扫掉前面的露水。尽管这样，不一会儿，一双鞋很快就被冰凉的露水浸透了。

这样的寂静给我的感觉是真正的早晨还没有开始。

真正的早晨是随着通红的太阳从山梁上猛然跃出那一刻开始的。太阳好像猛然一下就跃上了山梁，并在转瞬之间抛洒出耀眼的金光，一切都在片刻之间被照耀得闪闪发光。更为奇妙的是，森林中的鸟们也在太阳放出明亮光线的那一刻，突然开始齐声鸣唱。

这时，新的一天才真正来到了山野之间。当我走到山下，重新踏上公路坚硬的碎石路面时，花草与树木上的露水已经干了。

公路顺着山谷底部的溪流向着一个更加宽大的山谷俯冲而下。而向着这条向下俯冲的山谷，更多的小山谷在这里俯冲汇聚。这种汇聚是森林孕育的众水的汇聚。越往下走，山谷越开阔，峡谷中的溪流就越来越壮大。

一辆汽车疾驰而来，我扬起手，汽车一个急刹停下来，立时，车后的尘土漫卷而来，整辆汽车与人都被笼罩在尘土中了。我跳上汽车，引擎一阵怒吼，飞扬的尘土又落在后面了。

司机这才对我笑笑说："我看见你从山上下来的。"

那么，昨天晚上他是住在纳觉寨子里了。

他又递给我一条毛巾，我慢慢地擦干了脸上的汗水。

司机又问："你到哪里？"

我说："回家。"

的的确确，我这是正在回家的路上。

也许是正在盛夏季节的缘故吧，我觉得山里的植被比几年前茂盛许多了。这条长长的山沟曾是一个编号为 203 的伐木场。那么多远离他们内地贫困故土的农民，在这里穿上工作服，拿起锋利的斧锯，摇身一变就成了工人阶级。那个时代，任何一条山沟里，伐木工人的人数都远远超过当地土著居民的人数。现在，随着森林资源的枯竭，他们都永远离开了。于是，这些山沟又开始慢慢地恢复生机。

当然，砍伐以前的森林与砍伐以后的森林已经有了很大的变化。

砍伐以前，这些森林是常绿的针叶乔木的天堂。主体的部分从低到高依次是马尾松，是银灰树皮的云杉，是铁红树皮的铁杉，是树皮上鼓着一个又一个松脂泡的冷杉。在这些参天的树木之间，亭亭如盖的落叶乔木是一种美丽的点缀。比如白桦，比如比白桦更高的红桦，比如枫，比如麻柳，还有能从山下谷底一直爬到比冷杉还高的杜鹃，从五月的谷底一直开到七月的山顶，热热闹闹地美丽了整个夏天。

那些成林的乔木存在的时候，每到向晚时分，山间便会回荡起海水涨潮般的林涛，但是，现在的森林已经很难发出这种激荡着无比生命力的澎湃声音了。我的眼睛也很少能看到记忆中占地特别宽广的阔叶乔木撑开巨伞般的冠盖了。

眼前这种砍伐后又重新生长起来的林子，在林学家那里有一个名字，叫作次生林。次生林的主体是低矮的灌木，杉木与松树显得十分孤独。林学家还警告我们，这样的次生林如果再一次遭到破坏，那么，这些山岭便万劫难复了。每一次离开四川盆地，走近大渡河谷和岷江河谷，看到那些处处留着泥石流肆虐痕迹的荒凉山野，就是森林不止一次遭到砍伐的最终结局。

这样的次生林，蕴蓄水量、保持水土和调节气候的功能已经大大减弱了。不止一个地方的农民告诉我说，当那些森林消失在刀斧之下后，山里的气候就越来越难以把握了。夏天的雨水和冬天的风越来越暴烈，随着森林的减少，夏天的洪水总是轻而易举就涨满河道，成为农民收成的最大破坏因素；而一到冬天，一些四季长流，而且水量稳定的溪流，就只剩下满涧累累的巨石了。

对山里靠玉米、靠冬小麦、靠马铃薯为生的农民来说，森林调节气温的作用越来越弱，秋天的霜冻比过去提前了。霜冻的结果，使许多作物不能完全成熟。

在一个叫作卡尔纳的寨子，主人从火塘里掏出烧熟的连麸麦面馍，我拿在手里却是软软的感觉。

主人看到我诧异的眼光，不好意思地说："我们这里再也吃不到喷喷香的麦面了。"

我问他这是为什么。

女主人脸红了，好像这一切都是她的过错。她声音很低地说："因为麦子不好。"

这也是一个次生林满坡山野的村庄。

经过主人的一番解释，我终于明白了个中的缘由。每当麦子灌浆的时候，霜冻就来了。于是，麦子便陡然终止了成熟的过程，迅速枯黄。一年一年，农民们的收获期提前了，但是，在晒场上脱粒之后，装进粮柜里的都是些干瘪难看的麦粒。

从这种麦子磨成的面粉中，再也闻不到阳光与土地的芬芳，而且失去了麦面那特别的黏性。在火塘里烧熟后，不再呈现象牙般的可人颜色。我不止一次在农人家里拿起失去了那漂亮颜色的麦面烧馍。慢慢掰开，里面是黑糊糊的一团，鼻腔里充溢的不再是四溢的麦香，而是一种与霉烂的感觉相关联的甘甜味道。不由使人皱起了眉毛。

吃到嘴里，的的确确难以下咽。

最后是满怀歉意的女主人给我弄来一些大蒜和辣椒，才勉强把这还勉强可以称为麦面做成的食物咽到了肚子里。虽然那个时候，我的随身背包里有更可口的食品，但我不好意思这样做。我要对付的只是一两顿这样的东西。而他们年复一年辛勤耕作，能够指望的就是这样的收获。当我看到主人家里两个面孔脏污的、眼睛却明亮如泉的孩子大口大口地对付这食物时，我感到内心阵阵作痛，但要是因此就于事无补地泪水盈眶，也太过矫情了。

我在拉萨的一次会上说过，我在嘉绒地区的旅行，不是发现，而是回忆，现在我发现事情真的就是这个样子。

此次的嘉绒大地之旅，因为时间短促，更因为特别像一次为了旅行的旅行，我真的没有任何发现，但一草一木都会勾起我连绵不绝的回忆。

甜蜜的回忆，痛苦的回忆，梦境一般遥远而又切近的回忆！

最重要的是，我珍视自己有着的这些记忆！

即使是在一辆在坎坷不平的公路上蹦跳不止的破旧吉普车上，眼望着山谷两边无尽的绿色，许多记忆中的情形依然反复出现在眼前。

不久后，吉普车就拖着背后长长的尘土尾巴，冲出了纳觉沟。宽阔的梭磨河谷出现在眼前。

眼前展开的是又一种景象，这里就是真正的嘉绒了！汽车在一路向下滑行，但我却在离开成都十多天后，登上了高原。或者说，登上了通向青藏高原的某一级台阶。而面前的路，却一直向下。其实，就算是下到梭磨河谷底，也有海拔 2800 米的标高。

我在下降中已经上升了，或者说，我正在整个的上升过程中短暂地下降。

5 梭磨河谷：真正的嘉绒

吉普车冲出山谷时，我请求司机停下车米。

他很奇怪："你不是要回马尔康吗？"

我告诉他："但是我想在这里休息一会儿。"

他的眼里露出疑惑不解的神情。

我跳下车来，他帮着我重新把背包背在身上。我站在那里，看到这位仍然心存疑惑的司机发动了引擎，然后车子猛然启动，车后

扬起的尘土把我笼罩其间。等到尘土散尽，我才继续迈动脚步，走纳觉沟剩下的最后一公里左右的行程。这一公里的路仍然像整条山沟一样急剧地向下俯冲。

我为什么如此确切地知道距离？因为那个标明一公里的里程碑就竖在靠着溪沟的路基之上。这一公里对我来说是相当重要的，这三千多步是一个重要的过程，让我逐渐靠近自己真正认同的家乡，靠近还保有嘉绒昔日美丽的田野与村庄。

我的下半辈子的生命中，离开是长久的，归来只是短暂的。

公路边上的湍急溪流边上，有些小小的草地，一些年轻的核桃树。在嘉绒地区旅行，当你看到路边核桃树的出现时，说明一个村庄已经渐渐靠近。

接着，另一种熟悉的景致又出现在眼前了。

那是一座小水电站，水泥的沟渠，水泥的堤坝，青砖的厂房，水流翻过水坝时形成一道小小的人工瀑布，然后，电线从这里带着难以琢磨的电力，走进一个又一个嘉绒人的村庄。

与之相映成趣的是，水电站下游一点，就是一座传统的水磨坊。石砌的矮墙，平坦的泥顶上长满了厚厚的野草。水磨房上边的木头闸门关着，顺着木头枧槽奔涌而来的溪水受到阻拦后，在那里飞迸出一大团扇形的水花。

当我走过了水电站与磨坊，转过一个山弯，从一面岩石峭壁的阴影下走出来，眼前猛然一亮，出现了那个叫作西索的嘉绒村庄和开阔的梭磨河谷地。

我的目光越过河岸这边西索村大片飘扬着的经幡，覆盖着木瓦或石板的屋顶投向大河对岸。对面是地理学上叫作河谷冲积台地的典型地貌。经历了千秋万世的河流，在不同的高度上都留下了一片片大小不一的冲积扇。当下一个地质年代开始后，河流开始又一次深深地下切，下切到一定的深度，又会稳定几百上千年，再一次在两岸淤积出一些平坦的台地，并且等着在下一次地质变化动荡的年代里开始又一次深深的切割。

地质学家们把河水切割开来的地球表面的每一个断层看成一本大书中信息量丰富的一个篇章。当地的居民不懂得这样的道理，他们只是通过世世代代的劳作，把这些层层的台地开垦为肥沃的良田。现在，一个又一个的寨子就坐落在这些台地上，在大片的良田与森林的边缘。这样的台地次第而下，直到杨柳与白杨荫蔽的河岸边上。在这些宽阔的河谷里，河水会冲刷出一个宽阔的河滩，铺满含金的沙与光滑的砾石。洪水来时，河水才会漫过宽广的沙滩冲击河岸。

我在飞跨梭磨河的花岗石拱桥上停下了脚步，向四方瞭望。

风从上游吹来，吹在我的背上。风不大，却劲道十足，吹得我的衣衫发出旗帜般噼噼啪啪的声响。

河的下游是东南方向。一川河水在高原阳光的辉映下闪闪发光。

河的左岸，是斜依在山湾里的西索寨子。寨子背后，翠绿的山坡一直向上，几朵洁白的云彩泊在山梁上。在山梁那里，陡峭的山坡变得平缓了，灌木林变成了大片的高山草场，草场上放牧着寨子里的牛羊。所有的嘉绒寨子，在午后这段时间里，都是一天中最最安静的时刻。孩子们上学了，劳作的成年人这会儿是在一天中离寨子最远的地方。在寨子内部，厚重的木门上挂着一把把铜锁。钥匙就静静地带着金属的沁凉躲在某个墙洞里边。屋里的火塘里的火熄了，火种悄悄地埋在灰烬中间。铜壶里的水，罐子里的奶，似乎都在沉思默想。

在屋子外边，果树的阴凉里躺着假寐的猎狗。

小小的菜园里，几株正在结籽的花椒树下，栽种着大蒜、葱、芫荽和辣椒。这些都是嘉绒农人随时使用的作料。我不用走进寨子，就能看见那些让人倍感亲切的景象。有些人家的菜园里，还盛开着金黄耀眼的大盘大盘的葵花。

这些年，很多人家的屋顶都栽上了一些漂亮的花卉。这个季节正在盛开的自然是花期很长的灯盏花，更加美丽的却是从野外移栽

回来的红色、黄色和象牙白色的百合花。

这一切对我来说，都是熟悉而又永远亲切万分的景象。寨子在纳觉溪流的对岸，于是，溪上低低的一座木桥的出现也是势在必然。只是现在，任何一个寨子前的木桥都比过去宽阔坚固了。因为，那时过桥的是人，与牛与马；现在，差不多是每一户人家都有一辆拖拉机每天都要开回到自己家门前。

当我看见这一切时，只是站在河风劲拂的桥上。

在大河右岸，脚下的公路与另一条公路汇聚到一起。而在那条公路里边，一层层的台地拾级而上，直到我目力不及的地方。直到有白云栖止的山顶，仍然有土地与村庄。

走下大桥，顺着大河流去的方向，再有八公里，是那座我非常熟悉的高原山城，整个嘉绒的心脏，灯火旺盛的马尔康。

6　从乡村到城市

从卓克基沿梭磨河而下，短短的九公里路程中，河流两岸，是一个又一个美丽的嘉绒村庄。查米村那些石头寨子，仍然在那斜斜的山坡上紧紧地聚集在一起，笼罩着核桃树那巨大阴凉。村子前宽阔的柏油马路上，汽车轰轰隆隆地来来往往，但咫尺之间的村子依然寂静如常，浓荫深重，四处弥漫着水果淡淡的香气。

再往下走，在河的对岸，河谷的台地更加低矮宽广。在广阔的田野中间，嘉绒人的民居成了田野美丽的点缀。墙上绘着巨大的日月同辉图案，绘着宗教意味浓重的金刚与称为雍忠的万字法轮的石头寨子，超拔在熟黄的麦地与青碧的玉米地之间。果园、麦地，向着石头寨子汇聚；小的寨子向着大的寨子汇聚；边缘的寨子向着中央的寨子汇聚。于是，有了这个叫作阿底的村子。

然后是查北村，再然后是被人漠视到叫不出名字、但自己却安然存在的村子。

在这些村子，过去的时代只是大片的荒野，而在这个世纪的后半叶，嘉绒土地上的土司们的身影从政治舞台上转过身去，历史深重的丝绒帘幕悬垂下来，他们的身影再次出现，作为统战对象出现在当代的政治舞台上时，过去的一切，在他们自己也已是一种依稀的梦境了。历史谢了一幕，另一重幕布拉开，强光照耀之处，是另一种新鲜的布景。

就在我这个下午依次走过的几个村子中间，从 20 世纪 50 年代到 90 年代，一座座新的建筑开始出现：兵营、学校、加油站，叫作林业局的其实是伐木工人的大本营，叫作防疫站的机构在这片土地上消灭了天花与麻风。现在，有着各种不同名目的建筑还在大片涌现。这些建筑正在改变这片土地的景观。但至少在眼前这个时候，在离城不远的乡村里，嘉绒人传统的建筑还维持着嘉绒土地景观的基本情调。

我希望这种基调能够维持久远，但我也深深地知道，我在这里一笔一画堆砌文字正跟建筑工匠们堆砌一砖一石是一样的意思。但是，我的文字最终也就是一本书的形状，不会对这片土地上的景观有丝毫的改变。我知道这是一个设计的时代，在藏族人新成长起来的知识分子中，我希望在相关部门工作的我的同胞，把常常挂在嘴边的民族文化变成一种实际的东西。我一直希望着在这片土地上出现一种新型的建筑，使我们建立起来的新城市，不要仅仅只从外观上看去，便显得与这片土地格格不入，毫不相关。

很多新的城镇，在从四川盆地到青藏高原这些渐次升高的谷地中出现时，总是显得粗暴而强横，在自然界面前不能保持一种谦逊的姿态，不能或者根本就没有考虑过要与周围的自然和人文环境保持一种协调的姿态。

但在进入这些城镇之前的村庄，却保持着一种永远的与这片山水相一致的肃穆与沉静。我常常想，为什么到了梭磨河谷中，嘉绒的村庄就特别美丽了呢。我这样问自己，是因为梭磨河是我故乡的

河流。我害怕是因为一种特别的情结，因而做出一种并不客观的判断。现在我相信，这的的确确是一个客观的判断。

马尔康，作为一个城镇，在中国土地上，大多数情况下，是一个不为人知的地方。但就是这样一个地方，也像是进入中国任何一个城镇时一样，有一个城乡结合的边缘地带。在这样一个边缘地带，都有许多身份不太明确的流民的临时居所，也有一些不太重要的机构像是处于意识边缘的一些记忆碎片。流民的临时居所与这些似乎被遗弃却会永远存在的机构，构成了一种特别的景观。在这种景观里，建筑总是草率而破旧，并且缺乏规划的：这样的地方，墙角有荒草丛生，阴沟里堆满了垃圾、夏天就成了蚊蝇的天地。这样的地带也是城市的沉沦之地。城镇里被唾弃的人，不出三天立马就会出现在这样的地方。这样的地方，在中国的城镇与乡村之间，形成一种令人绝望的第三种命运景观。

一个城市如果广大，这个地带也会相应广大；一个城市如果狭小，这个地带也会相应缩小，但总是能够保持着一种适度的均衡。

在进入马尔康这个只有半个世纪历史的城镇时，情形也是一样。

马路两边出现了低矮的灰头土脸的建筑。高大一些的是废弃的厂房，一些生产过时产品的厂房，还有一些狭小零乱的作坊。更大一片本来就像个镇子的建筑群落，曾经是散布在所有山沟里的伐木场的指挥中枢，现在，也像是大渡河流域内被伐尽了山林的土地一样显得破败而荒凉。在这里，许多无所事事的人，坐在挤在河岸边棚屋小店面前，面对着一条行到这里路面便显得坑坑洼洼的公路。一到晴天，这样的公路虽然铺了沥青，依然是尘土飞扬。

这种情形有时像一个预言，这个预言说：没有根基的繁华将很快破败，并在某种莫名的自我憎恶中被世人遗忘。

我希望在地球上没有这样的地方，我更希望在故乡的土地上不存在这样的地方。因为每多一个这样的地方，就有一大群人，一大群不能左右自己命运的人，想起这里，就是心中一个永远的创伤。

马尔康也像任何一个中国城镇一样，已过了这样一个令人难堪的地带。一个由一批又一批人永不止息、刻心经营的，明亮整洁甚至有点堂皇的中心就要出现了。

这中心当然漂亮。

这种漂亮当然不是跟纽约、跟巴黎、跟上海相比，而是自己以为，并且让我们也认同的一种相对的整洁、相对的气派和相对的堂皇。比如露天体育场，比如百货大楼，比如新华书店，比如政府的建筑所形成的一个行政中心。而我所说马尔康的漂亮更多的还是指穿城而过的河流。中国有许多城市都有河流或别的水面，但大多是一些被污染的水体。正因为中国许多有名的河流与水面都受到严重污染，我们才会为这条穿城而过的湍急的河流的清澈感到自豪。

清澈的河水总是在河道里翻涌着雪白的浪花。

有了这条河，就有了这个顺河而建的三道不同样式的桥梁。有了桥，整个镇子就有了自然的分区与人工的联接。因为中国人在城市的构造上最不懂得体现的就是分区。不懂分区，当然也就不懂得联接。中国人的联接就是所有东西都紧贴在一起。

在四川另一个藏族自治州首府，前些年的一次水灾造成了巨大的损失。据说，这种损失本来是可以避免的。但是，当地有人忽发奇想，在内地已经被认识到有巨大危害的"向湖泊要地，向大海要地，向河流要地"的做法，在这里再一次可悲地重复了一次。

人们耗费巨资在穿城而过的湍急的河上盖起了水泥盖子，水泥盖子卜面建起了市场。在设计者的想象中，河水会永远按照他们的意思在盖子下面流淌。但是，自然界遵从的是一种非官方、非人智的规律，于是，一个洪水暴涨的晚上，洪水和洪水下泄时带来的树木与石头，把径流有限的河道给堵起来了。洪水便涌到地面，在原来规划为街道和居民区的城里肆意泛滥。我在电视里看到过灾后的景象。

其实，就算不发生这样的洪水，他们也不该把河面封闭起来。

因为，他们不该拒绝河流提供的公共空间，以及流水带给这个城镇的特别美感。

因为，这些处于中国社会边缘的城镇所以显得美丽，并不是因为建造他们的人有了特别的规划与设计，而是因为周围的自然赋予的特别美感。

我的家乡马尔康的情形也是一样。城里并没有特别的建筑让我们引以为豪。穿城而过的梭磨河上四季不同调子与音高的水流声，是所有居民共同倾听的自然的乐音。每一个倚在河岸栏杆上凝神的人，都会听到河水的声音是如此切合地应和着时时变化的心境。与河相对的是山。山就耸峙在河的两边。

那两边是乡野与森林的景色。特别是在河的左岸，大片的树林从高高的山顶直泻而下，并在四季中时时变化，成为我们在镇子里生活中抬头就可以看见的一个巨大画幅。冬天，萧瑟的树林里残雪被太阳照得闪亮发光。落叶们躺在地上，在积雪下面，风走上山岗，又走下山岗。春天来临时，先是野桃花在四野开放，然后，柳树发芽，然后是白杨，是桦树，依次地从河边绿向山顶。五月，最低处的杜鹃开放，然后，就是浓荫覆地的夏天了。

夏天因为美好，所以总是短暂。

最是秋天的山坡让人记忆久远。那满坡的白桦的黄叶，在一年四季最为澄明的阳光照射下，在我心中留下了这世间最为亮丽与透明的心情与遐想。现在，我回来，正是翠绿照眼的夏天。一切都还是原来的样子。如果有一点的变化，那就是街上的人流显得陌生了，因为很多很多的朋友，也像我一样选择了离开。如果你在一个地方没有了亲人与朋友，即便这个地方就是你的家乡，也会在心理上成为一个陌生的地方。

不只是马尔康，在嘉绒藏区，在所有这些近半个世纪仓促建立起来的城镇中，早年间人们心中那种飞扬的激情正在日渐淡化，于是，发展的缓慢与觉醒的缓慢压迫着那些社会机体中活跃的成分，于是，他们选择了离开。我也是其中的一员。

　　人群在我眼里变得陌生了，但整个人流中散发出来的那种略显迟缓的调子却是熟悉的。这是一种容易让青年人失去进取心的调子，是一个健康的社会应该摒弃的调子。但是，强烈的日光落在街边的刺槐上，落在有些灰头土脸的柏树上，那团团的阴凉，不知为什么却给我一种昏昏欲睡的情调。

　　我热爱的这个镇子还在等待。但没有人知道，要在一个什么样的机遇下，人们才会真正面对自己和这个地区的前途，而真正兴奋起来。

7　看望一棵榆树

　　在马尔康镇上，我真正要做的只有两件事情。其中一件，是去看一棵树。

　　是的，一棵树。据说，这棵树是榆树，来自遥远的山西五台山。

　　居住在马尔康的近两万居民中，可能只有很少很少的人知道，这棵树的历史与马尔康的历史之间的关联。

　　这棵树就在阿坝州政协宿舍区的院子里。树根周围镶嵌着整齐洁净的水泥方砖。过去，我时常出入这个地方，因为在这个院子里，生活着好些与嘉绒的过去有关的传奇人物。中华人民共和国成立以后，他们告别各自家族世袭的领地，以统战人士的身份开始了过去他们的祖辈难以设想的另一种人生。

　　那时，我出入这个院子，为的是在一些老人家里闲坐，偶尔从他们的只言片语中，会透露出对过去时代的一点怀念。我感兴趣的，当然不是他们年老时一点怀旧的情绪。而是在他们不经意的怀念中，抓住一点有关过去生活的感性残片。我们的历史中从来就缺少这类感性的残片，更何况，整个嘉绒本身就没有一部稍微完备的历史。

　　那时，我就注意到了这棵大树。因为这是整个嘉绒地区都没有

的一种树。所以，我会时时在有意无意间打量着它。

一位老人告诉我，这是一棵来自汉族地方的树，一棵榆树，是很多很多年前，一个高僧从五台山带回来的。

我问："这个高僧是谁？"

老人摇摇头，说："我也不晓得，那是很久很久以前的事了。"

我常去的那幢楼的一边是院子和院子中央的那棵榆树，而在楼房的另一边，是有数千座位的露天体育场。这个地方，是城里重要的公共场所。数千个阶梯状的露天座席从三个方向包围着体育场。而在靠山的那一面，也是一个公共场所：民族文化宫。文化宫的三层楼面，节日期间会有一些艺术展览，而在更多的时候，那些空间常常被当成会场。当会开得更大的时候，就会从文化宫里，移到外面的体育场上。

我想，中国的每个城市，不论其大小，都会有相类的设置，相似的公共场所。如果仅仅就是这些的话，我就没有在这里加以描述的必要了。虽然很多在这城里待得更久的人，常常以这个公共场所的变迁来映照、来浓缩一个城市的变迁。说那里原来只是一个土台子下面一个尘土飞扬的大广场。现在文化宫那宏伟建筑前，是一个因地制宜搞出来的土台子。那阵子，领导讲话站在上面，法官宣判犯人也站在上面等，此类话题，很多人都是听过的。而当我坐在隔开这个体育场与那株榆树的楼房里，却知道了这块地方更久远一些的历史。

这段历史与那株榆树有关，也与这个山城的名字的来历有关。

曾经沧海的老人们说，在体育场与民族文化宫的位置上，过去是一座寺庙。寺庙的名字就叫马尔康。那时的寺庙香火旺盛，才得了这么一个与光明有关的名字。

马尔康寺曾经是一座苯教寺庙。

乾隆朝历经十多年的大小金川战乱结束之后，因为土司与当地占统治地位的苯教互相支持，相互倚重，战后乾隆下令嘉绒地区，特别是大渡河流域的所有苯教寺庙改奉佛教。马尔康寺中供奉的神像才由苯教的祖师辛饶米沃改成了佛教的释迦牟尼与格鲁派戴黄色僧帽的大师宗喀巴。

马尔康改宗佛教之后，依然与在金川之战中得到封赏的本地土司保持着供施关系，卓克基土司的许多重大法事，都在这个寺庙里举行。

那时候的马尔康寺前，是一个白杨萧萧的宽广河滩。最为人记取的是，每年冬春之间，一年一次为本地区驱除邪祟、祈求平安吉祥的仪式就在庙前举行。每次，信徒中都会有不幸者被作法的喇嘛指认为"鬼"，而被驱赶进冰冷的梭磨河中。在那样的群众性集会上，不幸者领受死亡之前，还要领受非人的恐惧；而对更多的人来说，那肯定是一种野蛮而又刺激的游戏。

宗教每年都会以非常崇高的名义提供给麻木的公众一出有关生死、人与非人的闹剧。

人们也乐此不疲。

现在，在这个地方，最能刺激人的就是现在的体育场上偶尔一次的死刑宣判了。在那里，人们可以从一个深陷于死亡恐惧的人身上提前看到死亡的颜色，闻到死亡的气味。时代变了，那些被宣判的人的死亡不是别人的选择，而是他们内心的罪恶替他们的生命做出的选择。但是，世世代代，看客的心理却没有多大的变化。

给我讲故事的老人中，有一两位，在过去的时代，也是掌握着子民生杀予夺大权的。但是，现在他们却面容沉静，告诉我这个广场上曾经的故事。他们告诉我说，现在政协这些建筑所在的地方，就是马尔康寺的僧人们日常起居的居所。

其中，有一位喇嘛去五台山朝圣，回来时就有了这棵树。

关于这棵树，老人们有两种说法。

一种说，是那位喇嘛在长途跋涉的路上，折下一段树枝作为拐杖，回来后，插在土里，来年春天便萌发了新枝与嫩芽。这就是说，

这株树不远千里来到异乡，是一种偶然。

持第二种说法的是一位故去的高僧，他说，那位喇嘛从五台山的佛殿前怀回来一颗种子，冬天回来，他只要把那粒种子置于枕边，便梦见一株大树枝叶蓬勃。自己详梦之后，知道这是象征了无边佛法在嘉绒的繁盛。于是，春天大地解冻的时候，他在门前将这颗种子种下。

现在，树是长大了，但是，佛法却未必如梦境所预示的那般荫蔽了天下。

马尔康寺在 20 世纪 50 年代开始衰败，并于 60 年代毁于"文革"。于是，原来的那些僧人也都星散于民间了。只有这株树还站在这里，在一个逼仄的空间中，努力向上，寻求阳光，寻求飞鸟与风的抚摸。有风吹来的时候，那株树宽大的叶片，总是显得特别喧哗。

8　灯火旺盛的地方

"文革"结束后，那些老人们陆陆续续住进了政府新盖的楼房，榆树旁边这一座，就是其中的一幢。

那座被毁的寺庙，代表了这个地区历史的寺庙要在原地恢复已是不可能了。于是，便向后造在了可以俯瞰这个体育场和这座高原新城的向阳山坡上。

站在马尔康总有城郊农民的拖拉机和各个部门的小汽车来来往往的大街上，抬头就可以看见那个新建的寺庙，看见那个寺庙的金色的顶冠。

太阳开始下沉的时候，我顺着山路往山上爬去。

太阳下沉的时候，山的阴影便从河的对岸慢慢移过来，一点一点遮蔽了街道与楼房。最后，金黄的太阳光离开了所有的街道与楼群，照在山坡上了。我始终走在移动的阳光前面。

当我站在寺庙面前的时候，太阳已经落在身后很远的地方。

寺庙的大门紧闭着，经幡被风吹动着，显出一种寂寞的调子。我并不想进入这个寺院。一个新建的寺院，因为没有了历史的沉淀，不会给我们特别的触动。如果说，过去的马尔康寺是一种必然的存在的话，那么，眼前这座簇新的寺庙，就只是一种象征。我来到这里，是想能对过去的时代有所怀想，但是，眼前的这样一个建筑却怎么也不能给我带来这种感觉。突然想起一个在文工团吹唢呐的若巴。他是我的忘年朋友，而且从同一个乡的山野里来到山脚下的新城里生活了很多年。如今我离开了，他却永远在这个山城里停留下来。

中华人民共和国成立前，他是一个庙里的小喇嘛。等到二十年前脱离了乡村生活来到这座小城的时候，常常看到他穿着演出服在舞台的聚光灯下独奏唢呐。乐队演奏时，他又吹起了银光闪闪的长笛。

记不得是怎么认识他的了，也记不得是不是问过他吹这么好一口唢呐是不是与早年的寺庙生活有关。

清楚记得的是，这座寺庙建成后，也就是每天的这个时候，会看见他疲惫地笑着从山上下来。问干什么去了，最初的回答让我大吃一惊，说是庙里请他去塑大殿里的泥胎金妆的菩萨。问他什么时候学的雕塑，他说，少年时代在庙里当和尚的时候。

我也没有问过他是不是在寺庙里的时候学的唢呐。

他还嘱咐过，让我上山去看看他塑的佛像与绘制的壁画，于是，这会儿我倒真想进去看看这位乡兄的手艺，但是，那彩绘的大门上却挂着一把硕大的铜锁。风吹过来，挂在檐前的布帘的滚边便一路翻卷过去，并且一路发出噼噼啪啪的寂寞声响。

当然，更多的时候，他不是总在吹奏唢呐与长笛，也不是在庙里雕塑菩萨或绘制壁画，而是在这个小城里各幢机关的建筑里进出，为文工团申请经费。因为他同时担任着这个已过了黄金时期的文工团的生计与基本的运转。于是，他的暴躁脾气就显现出来了。

有一次，在成都的阿坝宾馆，我看到他与文工团的另一位团长。说是去木里给一个寺院的菩萨造像去了。木里是四川另一个民族自治州里的一个藏族自治县，非常靠近如今被人称为女儿国的川滇交界处的泸沽湖。我笑说他的手艺传到了很远的地方。

这位从前的少年喇嘛、今天的文工团长说："哑，就为挣一点钱，自己得一点，交给团里一点。"

于是，我便无话可说了。

我便想起眼下这个城里的好些这样的朋友，每个人都在默默工作，每个人都心怀着某种理想，但是，这个城市的去向却与这么些人的努力毫不相关，甚至可以说是完全相反。于是，我选择了离开，但是，并不是所有的人都可以随意地做出这种选择。

太阳慢慢地沉在山梁后面去了。我坐在一道黄土坎上，眼望着这个体积还在日益膨胀的山城，真还看出了些宏伟的意思。不要以为宏伟只与高大雄奇相关，在这样一个俯瞰的视界里，面积上的铺展也能造成同样的感觉。

我坐在那里，夜慢慢降临了。

于是，下面那宏伟铺展的建筑里，纵横的街道上，灯火便辉耀起来了。夜色省略去了城里那些不太美丽的细节，只剩下满城五彩的灯光，明明灭灭。于是，这个山城就真正成了名副其实的灯火明亮的地方了。

而背后的寺庙却慢慢陷入了黑暗，只有顶上的琉璃瓦，在星光辉耀下，有一抹幽然的光芒在流淌。

在寺院下方的山坡上，有两个需要建在高处的建筑，一个是气象站。气象站的白色建筑，在朦胧的灯光中有一种特别的美感。这个地方预报着山下小城的天气，对于小城的大多数居民来说，天气不是有着自在的规律，由气象站预报出来，而是气象站在决定明天下不下雨，吹不吹风。当气象站接连预报了几个晴天之后，人们会骂，他妈的，该下点雨了。当气象站预报了连续的两个阴天，我也骂过,这狗屁气象站也该出点太阳了。

高原上的人们很难忍受连续两个以上的阴天,他们总是喜欢艳阳高照的爽朗天气。这是天气培养出来的一种习惯。

气象站下面一个平台上,挺拔的白杨树中间,是一座顶上有着一盏红灯的高高的铁塔,铁塔下面是几个巨大的碟形天线,这是电视台的卫星地面站。山下的小城每一家每一户开着的电视机的信号都来自这个巨大的发射塔。据在电视台工作的朋友讲,在这山上搞转播的人可以看到一些不能转播的外国节目,他们对我发出过邀请,但我终于没有去过。今天,我想顺路进去看看,但那些朋友也都不在这个城里了。

于是,我走在了下山的路上,山下满城灯火,我脚下的山路却隐入了黑暗。好在,我是走惯山路的,也曾经是走惯山里的夜路的,所以,脚下还算是稳当,只不过速度稍稍慢了一点。这城里的满眼灯火,其实也与我相关。这当然不是说我曾在这灯火中读书、写作,也曾在灯火中与朋友闲谈,与家人围坐在冬天温暖的炉火前。

看到这满眼的灯火,我又想起了二十多年前,一个十多岁的后生,作为拖拉机手在一个水电站建筑工地上的两年生活。现在,就是这座拦断了梭磨河建起的水电站成了这座城市的主要电力来源。那时,在从马尔康出发顺梭磨河往下十五公里的松岗,滴水成冰的冬天,数千人在朔风呼啸的河道里修筑拦河的水泥大坝。那些最寒冷的夜半,重载的拖拉机引擎被烧得滚烫,坐在敞篷驾驶座上的人,却像块冰那么凉。于是,我落下了一身严重的风湿病也就势在必然。经过多年的治疗,我已经不必每年春天再进医院了。但是没有医生能治好我右手那蹊跷的抖颤。

抖颤到什么程度呢,当我端起相机的时候,一切都在眼前晃动模糊了,于是,这本书里的图片也是由我的朋友们提供,而不是我试图照下来、最终却模糊不清的那些图片。

今天,当我看着山下的大片美丽灯火时,我第一次意识到,这

当中闪烁着的，也有我青春时代的理想的光华。当时在那个电站工地上，有我们十个从当地农民工里选拔出来的拖拉机手。其中一个最为忠厚的英波洛村的阿太，和拖拉机一起从公路上摔下了十多米高的河岸。记得那时我已经离开了工地，考进了马尔康师范学校。

那是一个黄昏，全校学生站在冬天寒风刺骨的操场上听患了面瘫的党委书记讲话。那时的学生，对于特别冗长的讲话总是怀着一种愤怒的心情。

天正在暗下来，校长的面影与声音都开始模糊不清了。这时，一位总显得有些玩世不恭的女同学对我说："嘿，松岗电站工地的拖拉机手死了，原来是你们一起的吧？"

我不知道她为什么会关心这种事情，脱口便问道："谁？"

她笑了，说："我怎么会知道那个拖拉机手的名字。"原来，随同摔死的还有一位她的同学——没有考上学校而被招了工的知青。据说，有领导想要电站工地上有几位女拖拉机手，于是，原来与我一起吃了满肚子柴油烟、受了两个冬天河边风寒的伙计们，就有了各自的女徒弟。

后来，我听到准确的消息，那个把性命丢在了河滩上的人是阿太。偏偏是我们这十个人当中手艺最好、个性又最为沉稳的阿太。说实话，我把可能死于非命的所有人挨个排了一遍，也没有想到会是他；最要命的是，他摔死的地方的对岸，就是他家那已经有些年头的石头寨子。从石头寨子的楼上，他的妻子与子女，每天都可以看到他肝脑涂地的那片砾石累累的河滩。

又过了些年，听说，我们其中的一个斯达尔甲的，在工地所在地的寨子里当了上门女婿，又过了些年，听说他死了，原因是酒。我想起来，原来在一起的时候，大家就不怎么喜欢他，原因很简单，他喝醉了酒，就把想当老大的想法全部暴露出来了。

听到阿太的死讯时，我落了泪。

而在马尔康车站旁的露天茶馆里，有人把后一个死讯告诉我时，我只是叹息了一声，然后低头喝茶，仰面看天。

马尔康的天在大部分时间都非常的蓝。只是这种情境之下，很饱满的蓝色却让我给看得非常空洞了。

这时，在下山的路上，看着这满城的灯火，我想起了这两个故人，想起了青春时代的劳动来了。

我想，如果用数字的方式来看，这满城的灯火里也有我的一份贡献，还有我的伙计们的贡献。于是，我停下脚步，朝着那些最明亮的灯光数过去：一盏、两盏、三盏……是的，这座城市不仅与那株树有关，还与我自己的记忆与劳作相关。

以后，每当有人说马尔康在藏语里的意思就是灯火旺盛的地方的时候，我都会感到，这所有的光芒中，有着我青春时代的汗水的光芒，梦想的光芒。

于是，我决定去看看松岗，看看那座电站。

9　土司故事之二

沿梭磨河而下，十五公里处就是松岗乡，再往下是金川，金川再往下便是我们已经去过的丹巴。

电站距松岗乡所在地还有两公里左右的路程。

当松岗电站的大坝出现在我眼前时，我却没有一点激动之感。我怀揣着一纸入学通知书离开的时候，大坝刚刚浇铸完基础部分。现在坝里蓄满了水的部分，那时是一个不小的果园。春天，那里是一个午休的好地方。大家把拖拉机熄了火停在公路上，走进果园，背靠着开花的一株苹果树，斜倚在带着薄薄暖意的阳光下，酣然入眠。

那时普遍缺觉，一台拖拉机两个人倒班，再说了，加一个班，还有一块五毛钱的加班费，可以在小饭馆里打到两碗红色的甜酒。

有时候，我的同伴们会小心地赌上一把。但我只想睡觉，睡我

那十六七岁的人那永远不够的睡眠。

但是，那个大坝在我眼里却没有让人激动的感觉。因为我付出的劳动，因为记忆中那上千人挑灯夜战的盛大劳动场面，我觉得这个大坝应该更加雄伟高大。我想上大坝走走，却被一个值班人员不客气地挡住了。

于是，便更加兴味索然。

好在，再有两公里的样子。公路再转过几个山弯，就是松岗了。于是，我便离开电站，奔向了松岗乡。

中午时分，我在一个小饭馆里坐下，要了菜和啤酒。坐在窗前，望着对面山嘴上的松岗土司官寨。

在我眼前，很多建筑都倾圮了，只有两座高高的石碉，还耸立在废墟的两头，依然显得雄伟而又庄严。其中一座碉堡的下部，垮掉了很大一部分，但悬空了大半的上部却依然巍巍然在高远的蓝天下面。松岗这个地名，已经是一个完全汉化的地名，其实这是藏语名称茸杠的译音。这个地方的名字，便是由那山梁上那大片废墟而来，意思就是半山坡上的官寨。

饭馆老板我认识，因为我们那时曾在他的地里偷掰过不少玉米棒子。为此，他来找我们的领导大吵大闹过。当然，他不认识我，所以，我也没有为此补上一份赔偿。

我只是跟他谈起了松岗土司寨子。他告诉我，那座悬空的碉堡，是"文革"武斗时一个重要的堡垒，进攻的一方曾用迫击炮轰击，却只炸出了下半部分那个巨大的缺口。我说，再轰几炮不就倒了吗？

他笑笑，说："那个时候嘛，也就是摆摆打仗的样子，没有谁特别认真地打。"

看他年纪，应该知道一些末代土司的事情。他果然点头说，见过少土司的。我也多少知道一些这个末世土司的故事。后来，这个土司在20世纪50年代末从西藏逃去了印度，后来，又移民到了加拿大。80年代还回到这里，故地重游过。

　　这也是土司故事中一个有意思的版本，一个末世土司的版本。在百姓传说中风流倜傥的末世土司叫苏希圣。苏本人并不是土司家族出身，他的家族本身只是我家乡梭磨土司属下的黑水头人。后来，梭磨土司日渐式微，黑水头人的势力在国民政府无暇西顾的民国年间大肆扩张，很多时候，其威信与权望已在嘉绒众土司之上。

　　说起来，事情恐怕也不仅仅像是巧合那么简单，到了土司制度走到其历史尾声的 20 世纪 50 年代，嘉绒境内的众土司们都有些血缘难继的感觉了。松岗土司也不例外。正是土司男性谱系上出现了血缘传递的缺失，一个势力如日中天的头人的儿子，才过继过来，成了这里的少土司。

　　这些故事听起来，也像是一些末代帝王故事的翻版，所有宫闱戏剧的一种翻版。

　　而松岗土司家族本身，原来也只是杂谷土司辖下的一方长官。只是到了乾隆十六年，其治所远在几百里外的杂谷土司因侵凌梭磨土司与卓克基土司被清兵镇压，杂谷土司苍旺被诛杀，杂谷土司本部所在辖地改土归流。松岗这块土地则授由梭磨土司之弟泽旺恒周管辖，并授予松岗长官司印。

　　这是松岗土司之始。据说这首任土司继土司位两年就死去了。后来十二世土司三郎彭措，因其无恶不作，激起民变，于 1928 年被杀，并被抛尸入河，土司无人继任。土司治下八大头人分为两派，轮流襄助土司太太执政十五年后，方有末代土司苏希圣入掌土司印。七年后，嘉绒全境解放，土司时代的事情，就一天一天地变得越来越遥远了。

　　那天，在仰望着土司寨子废墟的那个小饭馆的窗台上，我看到一个几页已经没有了封皮的铅印小册子。其中一段像诗歌一样分行排列的文字是歌颂松岗官寨的：

　　　东边似灰虎腾跃，

南边一对青龙上天，

北边长寿乌龟，

东方视线长，

西边山势交错万状，

南山如珍珠宝山，

北山似四根擎天柱，

安心把守天险防地，

飞中耸立着，

松岗日郎木甲牛麦彭措宁！

　　我曾多次听人说，每个土司官寨造就之时，都有专门的画工绘下全景图，并配以颂词，诗图相配称为形胜图。那么，这段文字就是发掘来的那种颂词吗？在没有找到原文或者是找到可靠的人翻译出来之前，我不敢肯定这段文字就是。但我总以为，这肯定就是那种相传的形胜图中的诗句，只不过，译成汉语的人，可能精通藏文，但在汉语的操作，尤其是关乎诗歌的汉语操作上，却显得生疏了些。因为在讲究藻饰的藏语里，这段文字的韵律会更顺畅一些，而词汇的选择也会更加华美与庄严。

　　就在同一本小册子上，还记住一些较为有趣的事情，有关于土司衙门的构成及一些司法执行情况，也凭记忆写在这里吧。

　　每天，土司寨子里除了土司号令领地百姓、决定官寨及领地大小事宜之外，还有下属各寨头人一名在土司官寨里担任轮值头人，除协助土司处理一应日常事务外，更要负责执行催收粮赋，支派差役，有能力又被土司信任的头人，还代土司受理各种民事纠纷与诉讼案件，负责派人发送信件，捕获人犯等。

　　值日头人的轮值期一般在半年左右。所起的作用，相当于大管家。在值日头人下面，还有小管家，由二等头人轮流担任，经管寨内柴草米粮，并把握仓库钥匙。

小头人也要到土司官寨轮值。这些本也是一方寨民之首的头人，到了土司寨子中，其主要责任却是服侍土司，端茶送水。

另外，土司还有世袭的文书一名。世袭文书由土司赐给份地，不纳粮赋，不服差役，任职期间，另有薪俸。其地位甚至超过一般的头人。

松岗土司还有藏文老师一名，最后一任土司的藏文老师名叫阿措，除了官寨供给每日饭食外，另有月俸六斗粮食。据说最后一位藏文老师因为土司年轻尚武，只喜好骑马玩枪，最后便改任寨里的管家了。

过去在这里当修电站的民工们，偶尔也从当地人嘴里听到一些土司时代的趣闻轶事，其中一些就有关于土司的司法。就说刑法里最轻也最常用的一种是笞刑。大多数土司那里，此刑都用鞭子施行，在松岗土司领地，老百姓口中的笞刑直译为汉语是打条子。笞刑由平时充任狱吏的叫腊日各娃的专门人员执行。而打人用的条子是一种专门的树条，并由一个叫热足的只有十余户人家的寨子负责供应。当地人说，这种条子一束十根，每根只打十下，每束打完，正好是一百的整数。

据说官寨里还专门辟出一间屋子来专门装这种打人的树条。

我曾多次去过通往大金川公路边的那个叫作热足的寨子，有一次，我问那里的老人有没有全寨人都砍这种树来冲抵土司差役这件事情。大家都笑笑，把酒端到来客面前，而不做出回答。

当然，也没有人告诉过我，这山弯里哪一种树上长出了专门打人的树条，更不会有人告诉我，土司为什么会选择这种树条而不是那一种树条。

而我记得最清楚的是，热足的寨子家家门前的菜园里，一簇簇朝天椒长得火红鲜亮，激人食欲。揉好一碗糌粑，就一小口蘸了盐的辣椒，结果两耳被辣得嗡嗡作响，像是有一大群炸了窝的马蜂绕着脑袋飞翔。

最后，他们没有告诉我什么树条是执行笞刑的树条，而是告诉我什么样的情形下会遭到鞭笞的刑罚。

老人扳下一根手指，第一，不纳粮、不支差役，即被传到官寨下牢，这时如不向土司使钱，便会被鞭笞几束树条，即笞刑数百，并保证以后支差纳粮，才被放回。

老人再扳下一根手指，第二，盗窃犯，笞刑数百后，坐牢。

老人竖起的手指还有很多，但他扳住第三根指头想了想，又放开手，摇摇头说，没有了。而我的感觉依然是意犹未尽，要老人再告诉我一点什么。老人有些四顾茫然的样子，说，讲点什么呢？看他的眼光，我知道他不是在问我，而是问他自己，问他自己的记忆。这时，他的目光落在了枪上。

那是一支挂在墙上的猎枪。

猎枪旁边，挂着的是一些牛角，牛角大的一头装了木头的底子，削尖的那一头，开出一个小小的口子，口子用银皮包裹，口子上有一个软皮做成的塞子。这是猎人盛装火药的器具：为了狩猎时装填火药更为方便，牛角本身从大约四分之三的地方截为两段。连接这两段的是一个獐子皮做成的像野鸡颈项一样的皮袋。倒出火药时，只要掐住了那长长的野鸡颈子一样的皮袋，前面那段牛角中，正好是击发一枪所需要的火药。火药如果太多，猎枪的枪膛就会炸开，伤了猎人自己。那截皮颈是一道开关，也是一个调节器，可以使枪膛里的火药有一些适量的调节。打大的猎物时，装药的手稍松一点，枪膛里会多一点火药来增加杀伤力；打一般的猎物，装药的手总是很紧的，即使这样，有时打一只野鸡，枪声响处，只见树上一蓬羽毛炸起，美丽的羽毛四处飘散，捡到手里的猎物的肉却叫铅弹都打飞了。

除了装填火药的牛角，猎枪旁边还有一只烟袋大小的皮袋，里面装着自己从砂石模子里铸出来的圆形铅弹。

这些东西，都跟猎枪一起悬挂在墙上。

老人从墙上取下猎枪，从牛角里倒出一些火药，摊在手里。那些火药本该是青蓝色的，像一粒粒的菜籽，现在都已经板结成团。

老人叹了一口气。我知道，这种火枪，在土司统治时的寓兵于民的时代，是土司武装的主要兵器；在土司制度寂灭之后，这些火枪又成了打猎的武器。就在二十世纪五六十年代，寨子的农民一到秋天，还必须带上猎枪守在庄稼成熟的地头，与猴群，与熊，与野猪争夺一年的收成。而在今天，随着森林的消失，猎枪已经日渐成为一种装饰，一种越来越模糊的回忆了。

10　永远的道班与过去的水运队

梭磨河流到热足这个地方，两岸花岗石骨架的大山，十分陡峭地向着河谷逼迫过来。

一株株的柏树，在岩石缝里深深扎下根子，居然苍翠地蔚然成林，像一个奇迹一般。

走出寨子，站在陡峭的高高河岸上，听到在逼仄的河床中，河水发出如雷的鸣响。很有劲道的河风升上来，让人有着可以凭借这股力道飞腾起来的感觉。但那仅仅只是一种感觉。而我的双脚仍然顺着河岸上的公路行走。

有了公路以后，那个老人在我离开他家时对我说，我们这个叫作热足的寨子已经不叫热足了。送我出门的时候，他还指给我那个被更多人叫作热足的地方。那里，横卧在湍急河流上的花岗石拱桥的桥头上，趴着几座汉式的瓦顶白墙的房子。

老人说："那里才是他们现在的热足，好像我们这里什么都不是了一样。"

这略有不平的话有些含糊不清，但我听得懂他的意思。

其实，这也是时代大的变迁中一些小小的不为人知的变迁。那些建筑，是这个时代才有的地形标志，而且，因为坐落在公路边上，

又处于那座重要的桥头而被看成热足这个地名的新的标志物。就在这寂静的山间，一个不为人知的弹丸之地，也有着一种重心的转移。在过去的时代，在孤独的行脚者奔走于驿道上的时代，人们说起热足时，肯定是指那些散落在零星庄稼地中的那群石头寨子；而现在，那些长途汽车司机和上面的乘客，说起这个地名时，想起的却是路边上那几幢毫无生气的瓦顶房子。

现在，我离开了寨子，走出庄稼地边的曲折小路，顺着公路向那几幢灰头土脸的房子走去。

不久，就看到了一面扑满了尘土的地名牌立在我面前。

我又一次想起了老人家颇有怨气的话，不禁独自笑了。

那几幢房子里有一幢毫无疑问是属于养护这条公路的道班。

还有几幢房子却已经被废弃了。废弃的房子周围辟出了一些小小的菜地。瘦弱的绿色里，挂着一些青色的番茄。房子的墙上还写着很祈使的句子。我们把这种句子叫作标语。而在藏语里头，没有一个这样对应的词，如果一定要硬生生地译过去，就只有咒语这个词义与此大致相当。我就曾经在一个村子里听一个村主任对一个年轻人说："你们这些会写汉字的年轻人，往墙上，往岩石上写一些咒语吧，乡里的干部来，看见了会高兴的。"

这些废弃的房子的墙上写的标语是：

"严禁打捞漂木！"

"保护国家财产，打击偷窃漂木行为！"

确确实实，有些漂木搁浅在岸上时，会失去踪迹，被人出卖给过往的长途汽车司机。更多的时候，是巨大的原木在河道里被撞得四分五裂，而沿岸很多地方因为森林的消失，寻找燃料已经越来越困难了。于是，自然而然地，河道里这些已经没有使用价值的原木碎片就成了人们搜求的东西。背回家里，烧锅做饭。包括水运队自己，也是燃烧这种来自河里的燃料。每到洪水季节，大渡河和岷江流域，那些人口较多的镇子上，河岸两边就站满了男女老幼，打捞河里那些破碎的漂木。

虽然，每一个地方的河岸上，都用浓墨写满了这种标语。但很多镇子上，河里的木头碎片成了唯一的燃料。据说，一棵树在山上伐倒，赶进河里，漂流到四川盆地的打捞点时，剩下的部分可能只有四分之一。也有一种说法，用这种方式运送的木材，最后的利用率大概是三分之一的样子。看到这样估计出来的数字，我们有理由为嘉绒山水中那么多无谓消逝的森林恸声一哭！

关于郑重其事的文字游戏的例子有很多。

就在热足这个小小的地方，就不止一个。比如道班这个词，大家都知道是养护公路的养路工人的定居点。但在 20 世纪 70 年代中，突然有一天，道班前的牌子完全换掉了。"道班"变成了"工班"。比如，现在我的眼前，热足道班的门口就立着一块牌子：热足工班。所以做出这种改动，是领导着众多道班的机构有一天突发奇想，认为人们容易把"道"与"盗"联系起来。

于是，所有的牌子都换上了"某某工班"的字样，但是人们已经改不过口来。

还有眼前这个水运队的称呼，一直以来，任何一条漂流着木头的河上的人们都不是这么叫的。这个名字听起来像是一个搞远程水上运输的船队的名字。在人们的口语中，一直把他们叫作流送队。他们的工人自己也是这么称呼。流送，对于他们是一个更形象、也更贴切的名字。但是，偏偏要在字面上固执地叫作水运队。

过于相信文字的魔力的时候，任何语言都可能成为巫师的咒语。

而今天，我站在热足桥头绝对不是要在这里思考语言问题，我是要在此选择我的行进路线。我在这座花岗石拱桥上徘徊。桥下，是丰水期的河水在奔涌，在咆哮。浊黄的水体上腾起一道道白色的雪浪。就在离桥不远的下游几百米处，另一条水量更为丰沛的足木足河从左岸的两道岩壁中间奔涌而出，与梭磨河水汇合到一起。两水相激，在高高花岗石岩岸下涌起巨浪，巨大的涛声滚雷一般在山

洄回响。

公路在这里又一次分开了一条支线。

主线，顺着梭磨河一直往下，过金川，再到已经到过的丹巴。过了桥，顺着足木足河，一条支线伸向更深的山中。而且，又一路生出些分支，最后，都一一地消失在大山深处。我现在考虑的是去不去这条支线，如果去，我将又原路返回到现在这座桥上，再重新选择漫游的路线。

这件事情颇费周章。

最后，一辆中巴开过来，停在我面前。司机叫了我一声老师。

我慢慢回忆，这张脸慢慢变成一个总是洗不干净的差不多是二十年前的学生的脸。我犹犹豫豫地问："沙玛尔甲？"

他摇摇头，说："我是他哥哥。你上车来吧。"

于是，我就上车了。

车子开动起来，公路边的石崖呀，寨子呀，大多都还是二十年前的大致模样。那时，我在距此十五公里的足木足乡中学当过一年的语文老师。刚一上车，他就递给我一个巨大的苹果。我问他弟弟的情况。

他说："弟弟给一个喇嘛当徒弟。"

"你弟弟出家了？"

他摇了摇头，说："只是跟着喇嘛学画画。"

等我小小地睡了一觉，足木足就到了。我迷迷糊糊地跳下车，背上背包，站在那个曾经天天盼望信件的邮电所面前，突然有种不知身在何处的感觉。

那时，这个乡镇上很多房子都是新盖不久的，最新的房子就是这间邮电所和我们新建的中学校。过去，我认为这里是一个非常热闹的地方，但是现在的感觉却变化了，这里成了一个冷清且寂寞的地方。而且，我发现，自己越来越不喜欢这种介乎于城市与乡村之间的地方。

我去曾经当过一年教师的学校里转了转。

当时是这个镇子上最高大漂亮建筑的教学楼门窗破败，油漆剥落。这所已经撤销建制的中学，只是一个非常短暂的存在，只是一个最终将被淡忘的记忆。一个占地宽广的校园，现在只是一个乡的中心小学校。这个时候正值暑假，校园里空无一人，操场边上都长出了不少的荒草。

我站在操场中间，恍然听到那时一群年轻教师和学生在欢笑。

这时，有人牵了牵我的衣袖。我回过身来，却发现一个十来岁的男孩站在身后，正把背在身上的毛织的口袋取下来。

他有些大模大样地说："嗨，老板。要不要松茸。"

他把口袋打开，用很多树叶与青草，包裹着一朵朵的松茸。我的鼻子里立即就充满了一股奇异的清香。

松茸是这些山林里众多野生蘑菇中的一种。这些年因为发现了这种野生菌类有防癌作用，成了外贸出口的抢手货，价钱一下子蹿至上百元人民币一公斤。

我对这个孩子用藏话说："我不是收购松茸的贩子。"

于是，这个面孔黑里透红、一双眼睛却分外清澈的孩子立即不好意思起来。他吐了吐舌头，飞快地跑掉了。

这种神情让我想起了以前那些调皮的学生。其中就有那个据他开车跑客运的哥哥讲，在跟喇嘛学习藏画的那个学生沙玛尔甲。

我走出校门的时候，又看到了一张熟悉的面孔，这是我当年的一个女学生，她怀里抱着一个婴儿，是她的儿子吧。当她看到当年比自己现在还年轻的老师，立即绯红了脸，吐出舌头，嘴里发出一声低低的吃惊的声音，跑开了。

回到这个地方，我确实有一种物是人非的感觉。

而且，我说不上来，自己是不是喜欢这种感觉。

11　寻访一位藏画师

我因为一个偶然的原因进行这次故地之旅，又因为一个更加偶然的原因来到这里。

离开学校，我把目的地定为从这里遥遥可以望见的那个叫作白杉的村庄。于是，我离开穿过镇子的公路，走上一条印着拖拉机新鲜辙印的大路。大路的下方，是顺着河岸一梯梯拾级而上的果园。我曾经带着学生，在这些地里帮助农民栽过苹果。现在，这些果树已经长大了，枝头上挂满了沉甸甸的果实，再有一两个月，苹果的青色慢慢泛黄或变红，就可以采摘了。而在大路的上方，一片片间杂着正在熟黄的麦子和正在扬花的玉米。麦子和玉米之间，是拉着长长垄沟的洋芋地。洋芋深绿色的叶子中，开出一簇簇白色和蓝色的花朵。

穿过这大片的田野，再转过一个山嘴，就是我要去的那个村庄了。

突然，在麦子地里弯腰收割的女人们都直起腰来，把目光投向故地重游的我。女人们都有些吃惊又有些欢快地尖叫起来。我刚想，她们不至于对我显得如此大惊小怪，就听到背后响起一串噼噼啪啪的脚步声。原来，是刚才抱着孩子不好意思跑开了的那个女学生追了上来。在田野里农妇们的叫声里，她从长衫的怀里掏出几个通红的早熟苹果塞到我手里，又转身跑开了。

这时，田野里的女人中甚至有人吹起了尖厉的口哨。

面对这些友好而又有些疯狂的女人，我只能不加理会，继续我的行程。不然的话，这些女人拥上来，难保不出现令人感到尴尬的局面。很多女人在一起的时候，她们会显得非常开放而又大胆。

走出一段，再回头，看到女人们并没有追上来的意思，我又放慢了脚步，边走边眺望着四周的风景。转过这个山弯，走上浅浅的山梁，就是此行的目的地白杉村了。

和许许多多的嘉绒村落一样，白杉村坐落在一个向阳的缓坡上，笼罩着那些石头寨子的，依然是核桃树浓浓的阴凉。从远处望去，可以看到村子中央那个也许比所有寨子都要古老的高高的碉堡，除此之外，还能望见一片闪烁不定的金属光芒，那就是规模不大，但却很有些来头的白杉庙。

我走进这座村子的时候，沙玛尔甲已经等在村口了。

当年的学生已经是一个成年人了。他一直把我领到寨子三楼的楼顶平台上。黄泥夯筑的屋顶上铺着黑色的毛毡，画布绷在画架上，一幅佛像画到了一半。我问他师傅在哪里。他说，他并不跟师傅住在一起，有些时候，师傅过来看他的画，有些时候，他把画拿到师傅那里去听他的评判与指点。

我看看他的画，比例与尺寸都与传统藏画一样。于是，我说："其实，这些尺寸比例都是《度量经》里规定死了的，还用得着跟一个师傅学这么久吗？"

他只是笑笑，给我倒了满碗的奶茶，又盛了一碗新酿的青稞酒放在我面前，才坐了下来告诉我说，跟着师傅，其实学的不是画画。

我说："那是学的什么？"

他的回答是，学了两样东西，一样是藏文。他说，老师你想想，那时候，你们教的都是汉文，除了考上学校当了干部的少数人，汉文对留在乡下的我们是没有什么用处的。我想对他的这种说法予以反驳，但想了半天，也实在无法替一个藏族农民想出来一种特别的用处，于是，只好听他往下说了。他说，老师说得很对，学画其实不必要听老师讲什么，只要照着《度量经》规定的尺寸与色块，用尺子打好了底稿往上铺陈颜色就是了。但是，《度量经》是藏文，而不是汉文。所以，他学画的第一步，其实是跟着师傅学习藏文，以便能够明白经文上的教导。

我问他："再一样呢。"

他没有说话，从屋里端出来一大堆东西，而且，是许多截然不同的东西。比如一些带色的树根，一些矿石，再有就是金粉、银子和珍珠。我一看这些东西就明白了。他是要告诉我，学习画画其实是跟着师傅学习如何制作矿物颜料。

树根与矿石中的颜料需要耐心提炼，银子与珍珠则需要细细研磨。正是这些非化学的颜料使藏画的持久性有了坚实的保证。很多寺庙的壁画就是因为这些颜料的运用，历经上千年的时光，而丝毫也不改变一点颜色。

所有这些，都是特别的技艺，需要师傅精心的指点。

我想见见这位师傅。但沙玛尔甲告诉我，他现在的老师被邻近的一个村子请去念经了，要好几天才能回来。

我问念什么经？

他说是防止冰雹的经。

这个季节确确实实也是一年的收成特别容易毁于冰雹的时候。

夏天，这些山谷里总有力量强劲的热气流不断上升，不断地把积雨的云团顶到高处，一次又一次，细细的雨滴就在高空的冷风吹拂下结成了冰雹，最后，落下来毁坏果园与庄稼。防止冰雹的最好办法是把小型火箭发射到可能形成冰雹的积雨云中，爆炸的震波使雨水及早落下，而不致在高空中结成收成的杀手。

虽然有了这种现代的防雹技术，这些村庄里仍然会请喇嘛念咒作法。现代技术与古老迷信双管齐下，最后的结果，是大家愿意相信两种办法都起到了一定的作用。也有防雹失败的时候，但我也没有看见喇嘛的权威因此受到百姓的质疑。

我们说话的时候，晴空里响起了沉沉的雷声。不一会儿，就见一团浓黑的乌云从天边飘了过来，这正是那种随时可能降下冰雹的云团。他说，这是师傅作法后，从那边村子赶过来的。于是，他又在口里念念有词，还抓起些青稞种子朝着乌云奋力地掷去。接着，豆大的雨点便噼噼啪啪砸了下来。

我问他："你真正相信自己有了某种法力吗？"

他没有答话，看着我笑了。

我也跟着他笑了。

当我们这小小的一方天地笼罩在豪雨之中时，宽阔的足木足河谷中另外的村寨与田野却依然阳光明亮！

豪雨很快过去，那变得稀薄、失去了力量的乌云也被高处的风给撕成一絮絮的，随风散去了。雨后的阳光更强烈，所有被雨水淋湿的东西，都被照得闪闪发光！

不远处的寺庙那边，出现了一弯美丽的彩虹。虹的一头正好扎在有一线溪水的村边的大山沟里，所以，年轻画师说，那是龙从天上下来喝水来了。我一方面感受着眼前的美景，一面却在心里想，我们十多年正规学校的教育，怎么在他身上已经没有了一点踪迹。

年轻的画师扣下了我的背包，才让我离开。他说，只有这样才能保证我晚上会回到这里来。他送我下楼时说，要让我住在这里，等他画完这幅画，作为献给我的礼物。他说，自己现在是老百姓的画家，一幅画能卖百八十元，而且，很多老百姓都乐于来购买。

走出他家的楼房。我往村子里走去。

这个村子中央有一个小小的广场。广场一边，核桃树撑开巨大的树冠，浓荫匝地；广场的另一边，则是在过去时代护卫着这个村庄的高高的石头碉堡。碉堡至少有十层楼高，而村子里的其他寨子一般都是两到三层。所以，那高高的石碉给人一种特别鹤立鸡群的感觉。只是进入碉堡的门，开在有两层楼那么高的地方，而在以下的部分，没有一个出入口。需要进入碉堡时，要架起一道高高的楼梯。抽走楼梯后，下面的人无法进入，上面的人也无法下来。我想进碉堡看看，但是村子里的人告诉我，现在已经没有那么好的木头做出那么长的梯子了。

梯子就是在一整根原木上砍出一台台梯级。

我看看开在碉堡半腰上的那道门，想想确实没有见过那么长的

木头梯子。

虽然，现在已经远离了战乱频仍的封建割据时代，但有了这么一座碉堡，整个村子便汇聚在了一起。这个碉堡，自然便成了一个中心。所以，碉堡下面，就有了一个小小的广场。广场四周，便是一座座石头寨房。

12　一座与长征史有关的寺庙

隔着一条有溪水潺潺流动的深深的小山沟，对面山坡上是这个村子的另外一半。

这半边村子的中心是一座古代的碉堡。而那半边村子，则是一座只有一个大殿的寺庙。斜阳照耀之下，寺庙薄铁皮的顶子闪烁着灼人眼目的光芒。我只是坐在山沟这边的核桃树下，而不想下到沟底再爬上陡坡，去朝拜那座寺院。

过去，在这里做乡村教师的时候，我无数次去过那座寺庙。只不过，那时的寺庙还是一座没有完全倒塌的废墟。那时，同校的一位美术老师喜欢与我结伴在星期天去看那座废墟。我喜欢这座寺庙，是因为沉迷于一种被摧毁得不很彻底的东西所具有的一种特别的美感。我的同事，每次去都带着一个速写本，因为在一堵堵仍然端端正正耸立着的墙壁上，依然有许多残存的壁画，一些云纹，一些神仙身上灵动的飘带，一些牛头马面画，一些零碎的地狱场景。寺庙不知为什么失去了遮蔽风雨的顶子，所以，一堵堵墙上的壁画，都被雨水剥蚀得七零八落了。

我的同事临摹那些零碎的壁画，我却震慑于废墟给人的特别的美感。

那种美感，使我有了最初的诗歌的冲动，我发表的第一首诗，也是日后回忆这座寺庙废墟时写下的。

那是整个中国都在改正过去错误的时代，所以，有人开始使用政府的拨款与百姓的捐助来修复这座被摧毁的寺庙。毕竟不是寺庙可以集中大地上所有精华的时代了，所以，寺庙的顶子用铁皮来覆盖，也是件十分自然的事情了。

当人们开始修复这座寺庙时，我跟我的同事都失去再去这寺院的兴趣。我是因为不能再欣赏废墟那独特的美感。她则是因为再也不能四处随意走动，任意临摹那些笔法灵运的壁画了。

又过了没有多久，我跟这位画画的同事，都相继离开。

20世纪80年代中后期，嘉绒地区来了一位很有名的美国人，即写了《长征前所未闻的故事》那本书的索尔兹伯里。

我那时已经在文化部门工作。那时，我们一伙年轻人，眼看索尔兹伯里这位美国人，有那么多官员陪同，随意调阅对国人保密的史料，随意访问想访问的任何地方，都有些愤愤不平，同时也为那些得意地为美国人鞍前马后效劳的家伙感到羞耻。其中的一位，陪了一程这位美国作家回来，就曾不止一次得意洋洋地对人描述美国作家如何如何的情状。

更为离奇的是，有一次，这人竟对我们夸耀，说美国作家如何在行走长征路的时候，做出了重大的发现。

我问他是什么发现。

他说，发现了张国焘在长征途中召开分裂中央与红军那次著名会议的地方。

我说，这其实用不着他去发现，因为张国焘开会的那座小庙就在那里，许多知道一点地方史的人都知道，这个小庙就是眼前我所面对的白杉村里的寺庙。当年，一、四两方面军会合后，在嘉绒的河谷地区筹集了粮草，便登上青藏高原的台阶，经过混编的一、四两个方面军分成左、右两路军进入横跨川甘两省的若尔盖大草原。但是，行到半途，兵强马壮的张国焘不愿再受制于实力损伤严重的党中央，命令所部从川甘交界的大草原上重新返回大渡河流域的嘉绒山区，想要打回四川盆地，在天府之国的平畴沃野上建立起一块

根据地。

我曾见过张国焘所部留在岩石上的标语，非常直截了当地写着：打到成都吃大米！

从草地返回嘉绒后，张国焘便在白杉村寺庙召开会议，宣布另立中央。

也就是所谓长征途中著名的"卓木碉会议"。

当年，寺院要修复的时候，只是听说，张国焘在大殿里开过很多背盒子枪的人开的大会，但没有人在寺庙里，或者在周围找到一点能够证明这次会议确实在这里召开过的蛛丝马迹。

后来，张国焘指挥大军拥出大河谷，向四川盆地攻击前进，在现在出产名茶的蒙顶山下，被四川军阀部队顽强阻击，付出了惨重代价，不得已再次穿越雪山草地，北上与毛泽东率领的中央红军一部会合。

当太阳落到山梁背后，那座寺庙顶上的闪烁不定的光芒消失后，我就在晚风中离开了这个村庄。

离开的时候，年轻的画师要我留下地址，他说，要把画好的画给我寄来。我把地址留给了他，却没有指望他把画给我寄来。

在热足下了车，我想再一次让来往的车辆为我选择去向。往上，回到马尔康，去上溯梭磨河的源头。此行开始的时候，我就下定了决心，在此行之中，必然要去溯一条河流的源头，去登一座山。

往下，则是去过去嘉绒的中心促浸，今天的金川县。

我在热足桥头等了差不多两个小时，来来往往的卡车与小汽车对我扬起的手视而不见，更不要指望他们会看见我竖起的表示乞求之意的拇指了。

最后，一辆长途班车驶来，不等我扬手，便吱一声在我身边刹住了。

我上了车，目的地就是七十多公里外的金川。

上溯一条河流的源头

1 卧龙: 熊猫之乡

　　小径通往一条山脊, 俯瞰春天的马铃薯田和玉米田, 直到皮条河, 只有一缕淙淙的水声, 山峰四周只见灰蒙蒙的天空。小径两旁是稠密丛生的杂草, 我们不时停下脚步欣赏秋牡丹、酢浆草和其他野花, 记录盛开的紫色杜鹃花, 检视阴影中冒出来的拇指般粗细的竹笋。去年的榛实果荚落在地上。满布尖刺的外形活像一群小刺猬。头上的桦树和枞树间传来喜马拉雅杜鹃鸟甜美的咕咕叫声。

这段话, 我抄录自一本叫《最后的熊猫》的书。作者是美国生物学家夏勒。

离开金川一个月后, 我回到成都一段时间, 又继续我的嘉绒之旅。离开成都不到一百公里, 夏勒博士笔下这熟悉的风景便出现在眼前。

这一次, 我从一条更为惯常的路线进入嘉绒。

这是一条从岷江进入的路线。过去, 进入嘉绒大部分地区的驿道, 也是这条路线。从成都出发 55 公里, 到闻名天下的都江堰。从这里开始, 群山陡然壁立起来, 一直进逼到四川盆地的边缘。进入岷江峡口二十多公里的映秀后, 通往卧龙保护区的公路离开了国道

213 线，折向右侧的山沟。

夏勒在 20 世纪 80 年代曾在这条山沟里做过多年的熊猫生态研究，回到他的国家后，出版了这本书。这本书出版多年后，终于在 1998 年翻译成中文与中国读者见面。只是卧龙也不似夏勒当年在这里体会到的那种寂静。

因为山里这条铺得非常结实漂亮的水泥公路，已经是旅游手册上一条黄金旅游路线。

这里因了熊猫而得到充分保护的美丽山野，圈养在繁殖基地里的熊猫，使这里成了成都那些旅行社一个重点推荐的项目。更重要的是，通往小金县境内正在积极开发中的四姑娘山自然风景区的公路也经过卧龙，所以，这里的山野再也不能保持住过去的那份寂静也就势在必然了。

隔着涧石累累的卧龙河，保护区的大熊猫繁殖中心出现在眼前。

我坐在一片人工种植的小树林的阴凉里，看一群游客喧喧嚷嚷地在桥头上买了门票，由手里摇着小旗子的导游带着，一路走过小桥。

小桥那边的围墙里，熊猫们在一个一个小房子里睡觉。院子中央，还竖着几根水泥铸成的柱子。那些柱子就像城里的公园里的水泥装饰一样，做成了杉树的样子，鱼鳞状的皮，弯曲的枝。只是枝子上没有青青的针叶。两只熊猫在游客夸张的声音里，爬上水泥树干，把肥大的屁股坐在了粗大结实的水泥枝杈上。

后来，管理员拿着几枝叶子青翠的竹子，逗引着一只胖大的熊猫走到围墙之外。围墙的一边是河，河里雪浪翻腾。饲养场的门开在朝着山坡的方向，山上的植被正像前文所引述的一样。只是将近九月，杜鹃的花期已过，桦树与枫树的叶子开始泛黄发红，山里已经有些浅浅的秋意了。

管理员用一枝翠竹逗引着那头身材笨重的熊猫，一直走到几株桦树下面的草地中间。这时天阴欲雨，草地的绿色便有些伤心的感觉，但这并没有影响到那些出来旅游的红男绿女们的兴致。他们对着蹒跚的熊猫兴奋地大叫，然后，一一挨上去与熊猫照相。

据我所知，这样的做法在过去是不被允许的。

因为好奇，我也走过小桥去看个究竟，结果看到一个管理员在熊猫可能发怒时进行安抚，而在熊猫不大配合兴奋的游客时，又想办法刺激它，使它也像游客一样高兴起来。

另一个管理员从游客们手里收钱。只有付钱的游客才能与熊猫照相。

与熊猫照相还分成两种规格。一种不搂着熊猫，一种搂着。两种规格有不同的价格。我看清了后一种，搂着照相的，是50块钱。收钱管理人员脸上并未露出兴奋的表情，差不多跟熊猫的脸一样冷漠。

熊猫黑着眼圈，有点像马戏团里的小丑，少了一点马戏团小丑的滑稽，多出来的却是马戏团小丑那份无奈的悲哀。

我则感到一种作为万物之长的人的悲哀。

于是，我离开了这群欢声笑语的人群，走到桥头上那个出售旅游纪念品的小店。自然，这里的很多东西都与熊猫的造型相关，但我觉得没有任何美感可言。我相信，熊猫，或者任何野兽的风采都只能表现在它们的世界。这个世界就在那些云雾萦绕的丛林中间。

我想在这里买到一两种有关熊猫的书籍。

整整一个玻璃柜台里陈列的书籍画册的封面上都有熊猫那不管世界发生怎样的变化、不管自己物种早已命若悬丝，却永远憨态可掬，永远带着一点稚拙的忧伤的可爱形象。但翻遍这些价格昂贵的画册，却得不到多少有关熊猫的真正知识性的东西。

也许，有的读者已经产生了一种好奇心，说我在一本描写嘉绒的书中，如此沉迷于对熊猫这样一种尽人皆知的濒危动物的描写。

我想，这是出于两个原因。一个原因是，我所在的保护区同时也是一个科研基地，除了得到中国政府的支持之外，还得到世界野

生动物基金会的援助。但在这里，我却找不到一本真正给我们一些有关熊猫生存状况或者自然生态方面的适合于公众的读物。再一个原因是，卧龙曾是嘉绒十八土司中最靠近汉区的瓦寺土司的领地。而这条美丽的山沟也曾经是嘉绒人一个繁荣的栖息之地，但在我的眼前，从零落于深山沟岔之间的民居，到人民的语言与穿着，都看不出多少嘉绒藏区的特征。

所以，我才把眼光转向了熊猫。好在，熊猫是一个不错的话题。我本人也喜欢这个话题。

2　土司们的族源传说

我手头有一本由四川省社会科学院编撰的《四川省阿坝州藏族社会历史调查》。其中有一些零落的资料，稍稍地提到了一下卧龙，其中一则是一组 20 世纪 50 年代初的统计数字。

当时的卧龙乡登记的嘉绒藏族人数为 315 人，占到了该乡人口比例的 85%。也就是说，那时候，几十公里深的卧龙沟全部居民人数不超过 500 人。

今天有多少人口，我没有时间去有关部门进行咨询，而且，也不是这本书的兴趣所在。但我肯定，差不多 50 年后的这条山沟里，永久性的居民翻了十倍还多。但这增加的人口中，嘉绒人口的增长肯定只占一个微不足道的比例。人口比例的下降，加上居于少数后那种增速的同化作用，嘉绒文化的消隐也就是一件必然的事情了。包括旅行社的宣传文字上，说到卧龙时，也没有以异族风情作为号召。

我在一本很早以前进入卧龙寻找熊猫的外国人的记叙中，看到了过去的卧龙一点隐约的影子：

一个小山丘上有座寺庙的废墟，房屋是西藏式的，两层楼，

下层是石头，上层是木头，大多有阳台，建筑形式跟阿尔卑斯
山很接近。此地的妇女穿西藏式的、长及脚踝的藏袍。他们的
头饰很特殊，是一块黑色的硬布，折了很多层，上面饰有琥珀、
珊瑚、绿松石和银子，用辫子固定在头上。

但是眼前这旧日瓦寺土司的辖地已经无复当年的景象。

在这因了熊猫的存在才免于刀斧之灾的森林地带，我遥想起瓦
寺土司的历史。

任何一个土司的历史，因了时间的久远，也因为没有详尽完备
的记载，在口口相传的过程中，变得比历史本身具有了更多的传奇
色彩。

在嘉绒地区，差不多所有土司的传说中，都认为其先祖产生于
大鹏鸟的巨卵。我没有去过瓦寺土司官寨的高山上的旧址，但听去
过那里的人说，在官寨土司的大门上首，宽大的门楣上就雕刻着大
鹏孵卵的情形。

嘉绒土司们这个共同的传说是这样的：远古之世，天下有人民
而无土司。后来，天上降下一道彩虹，降落在奥莫隆仁地方，虹内
闪烁出一颗亮星，夺人的光芒直射到嘉绒之地。嘉绒地方有一仙女，
名叫嘎莫茹米，感星光而孕，便化为大鹏，飞到西藏琼部山上，产
下黑白花三卵。人们将这三枚巨卵视为神物，取回庙里供养。三卵
各生一子。三子长大成人，东行至嘉绒地方，各据领地，牧养人民，
成为嘉绒土司共同的族源。

嘉绒土司传说中提到的奥莫隆仁，那是嘉绒土司们曾经共同崇
奉的本土宗教苯教的起源之地。

至于琼部，传说中指出了它的地理方位是在拉萨西北部，有 18
日马程的地方。传说古时候琼部地方水草丰盛，牛羊成群。阿里高
原在其黄金时代人口繁盛，共达到 39 族。后来，其地逐渐贫瘠，人
民开始向其他地方迁移。作为世界屋脊的青藏高原制高点上的阿里，

开始走向了衰败。一部分阿里人迎着湿润的东风，一路往东，直到现今的嘉绒地方，才停留下来。

再走得远一些，就不是高原的风光与气象了。

在嘉绒土司起源的神化了的传说中那三枚神秘的巨卵，想必是指最后定居于嘉绒地方，并与当地土著逐渐融为一体的 39 族中的 3 个部族。

这些年，苯教的神秘起源、古象雄文明的突然断代、阿里高原上创了辉煌文明的古格王朝的突然消亡，都使阿里成了神秘的青藏高原上的最大的神秘。我不是专门的民俗学家，也不是专门的文化人类学者。但是我想，要是有人追溯一下这些传说的流布过程，并把嘉绒文化特征与阿里的文化遗存进行一些比较研究，说不定会有一些新的发现。

但我知道，这仅仅只是我一己的想法而已，而且很可能是一种非常错误的、非常缺少常识的想法。

也许是因为我总是过于浪漫，所以，总觉得嘉绒与阿里的联系，不会仅仅是一些土司家族的起源那么简单。

土司们的先祖从高原顶部自西向东，顺着青藏高原边缘拾群山的阶梯而下，直到这些群山的深处，并不是在同一段历史时期中得以完成的。最早的土司先祖们从唐代即开始迁移。

而领牧了卧龙的瓦寺土司来到嘉绒迟至明代。

据有案可考的典籍，瓦寺土司先祖琼布斯罗本·桑朗纳斯巴于明宣德元年，即 1426 年入京朝贡，表示臣服之意。他得到了皇帝的亲自召见，赏赐丰厚。

明英宗正统六年，即 1441 年，岷江上游部落不服明代统治，明朝出兵，但"屡征不服"。明王朝即采用"以番制番"的策略，命臣服的瓦寺土司先祖率兵东征。桑朗纳斯巴以年老辞，并推荐其弟雍忠罗罗斯率部族兵东征。

雍忠罗罗斯率大小头领 43 位，士兵 3150 人，长途行军一月有余，抵达汶川县境，分兵进剿。战后，"奉诏留驻汶川县之涂禹山，控制西沟北路羌夷"，封宣慰司衔，并授予重 48 两的银制印信一枚，自此"世袭其职"。雍忠罗罗斯不再西归，成为首任瓦寺土司。因为其领牧之地非常靠近汉区，所以，瓦寺土司建立第一座寺庙时，便一改藏传佛教寺院的一贯风格，顶上覆以青色的汉瓦。有关记载中说："瓦寺祖籍乌斯藏，居惟土房，寺独以瓦，故名。"

明朝被入关的满人取代后，当时的瓦寺土司将明代所赐印信归缴清朝，以示投诚归顺之意。清政府于 1652 年授予其安抚司职。

清康熙九年，即 1670 年，瓦寺十七世土司桑朗温凯奉旨率土兵随清军远征西藏有功，加封宣慰司衔。

乾隆年间，瓦寺土司又先后随清军进剿杂谷土司和大小金川土司，建立战功，赏戴花翎，皇帝并下旨谐土司桑朗雍忠第一个字音，赐瓦寺土司汉姓为"索"。自此，瓦寺土司便以此为姓，世代使用汉名汉姓了。这也是民族同化中一个鲜明的例子。

瓦寺土司兵能征惯战，清朝一代，曾多次随大军东征西讨，立下不少战功。

乾隆五十二年（公元 1787 年），台湾林爽义起兵反清，事发后，总兵袁国璜统领嘉绒土司兵随福康安渡海作战，事平后，各土司领得封赏，各返故里。

乾隆五十六年（公元 1791 年），廓尔喀人屡犯后藏，攻取后藏重镇日喀则，大掠扎什伦布寺。清王朝征调瓦寺等地嘉绒土兵，会同清军远征西藏，在总督福康安率领下，六战六捷，收复后藏。战斗中，瓦寺土司所属土兵大部英勇战死。

鸦片战争期间，嘉绒各地土司兵马曾奉调到沿海作战。瓦寺土兵由哈克里率领，金川土兵由土千总阿木穰率领。数百嘉绒土兵历经三月长途跋涉，抵达江浙前线的宁波城下，受提督段永福指挥。大宝山一战，瓦寺土兵奋勇赴敌，重创英军，领兵官哈克里战死。宁波一战，金川千总嘉绒人阿木穰奋勇杀敌，英勇战死。嘉绒土兵

在江浙前线与英军数次激战，最后大部捐躯异乡的卫国疆场。

1869 年，瓦寺土司等领地上开始引种鸦片。

鸦片的引入改变了嘉绒土地上的很多东西。

1890 年，辛亥革命期间，四川爆发反对清王朝的保路运动。四川首府成都被保路同志军重重围困。四川总督赵尔丰飞调边城松潘巡防军出岷山解成都之围。在岷江河边的白水驿，瓦寺藏民千余人层层阻击松潘出援清军，予以重创。最后，这支援军在途中宣布反正，加入民军队伍。瓦寺等地藏兵数百进入成都平原，与保路同志军并肩作战，有数百人牺牲于成都平原的大小战斗中。

民国二十八年，即 1939 年，瓦寺土司传至二十一世的索代赓。这时的瓦寺土司也保持着一贯的传统，再次助国民党二十八军征剿梭磨土司辖下的黑水地方，战死军前。以后，民国政府便未再准予承袭。

瓦寺土司和嘉绒土司们的历史已经日渐为人淡忘。嘉绒文化的繁盛时期也已经式微了。但站在这荒野之间，我的心中涌起一种难以克服的淡淡的惆怅。

惆怅是一种使人受伤的美丽。

惆怅是一种于事无补的个人的情感状况。

时间依然缓缓流逝，依从它自身固有的节拍。上帝设置时间的时候，没有考虑过我们个人的情感因素。有一种观点认为，任何固有的存在都有其内在的合理性。进而言之，我们还可以在文化考察中引进一种社会达尔文主义的观念。从最根本的意义上说，我个人也赞同这种观念。但这并不能阻止我面对某种陨落与消亡而表现出一种有限度的惆怅。

而且，在这必然的消亡之前，我们几乎已经不可能呈现出那已经消亡的东西的真实的完备的面目了。

也许，是因了这种原因，我们才会心生惆怅。而现实的关注，可以克服这种惆怅，于是，我在这样一个地方，把自己的注意力转移到了熊猫的身上。有了全世界的关注，如果熊猫一定要在生物界消亡的话，那么，通过大规模的保护计划，我们就有可能延缓生物界物种消亡的时间表。在这段时间中，我们可以建立起一门有关熊猫的完备详尽的学科。

3　发现熊猫

熊猫是一种非常古老的生物，在生物学家眼中，这是一种活的化石，就像植物界中的苏铁与珙桐。在卧龙保护区中，就有很多后一种植物。但是，如果不是发现了熊猫，保护计划启动，停止了伐木工人的刀斧，那些具有同样生物学意义的植物便难逃灭亡的命运。

中国人对于自然界的认识能力是非常贫弱的，所以，虽然卧龙区内出现人类最初的足迹时，熊猫就已经存在很久很久了。最后，还是西方人出于各种不同的动机，发现了熊猫，并使这种动物的名声响遍了世界。过去中国的象征是虚构于想象中的龙与凤凰，而在今天，熊猫成了世界各地的人们说到中国时最先想到的动物。

熊猫已经成为中国的象征。

在当地嘉绒部落中，人人都相信熊猫的尿液有一种神奇的药用价值。那就是可以化解误吞入肚子里的金属物品。而人们误食金属的时候也不是太多，加上那时卧龙的森林中人口稀少，所以，猎杀这种动物并没有太多的用处。也许正是因为这个原因，熊猫家族那微弱的脉息，才得以艰难地代代相传，直到今天。关于熊猫尿液可以化解金属的传说，其实是来自熊猫一种特殊的习性。在卧龙保护区内，或者别的一些地方，常有熊猫进入到农家，或者保护区工作人员的宿营地，不但吃完锅里的东西，还把铝锅等金属容器啃烂，之后，还拉出包含着无法消化的金属团的粪便。

上世纪之初，一些西方的传教士与探险家开始进入川西北的嘉绒地区，寻找传说中一种珍奇野兽的踪迹。

1869 年 3 月，群山中初春季节，一个猎人送了一张皮给法国传教士爱蒙·大卫，这位神父便以此为据把这种动物介绍给了西方。这也是真正具有科学眼光的科学家们关注熊猫命运的起点。也就是说，熊猫进入科学视野的历史，也不过短短的一百多年。

大卫神父在日记中写道：

　　在这个异教徒家里，我看见著名的黑白熊的毛皮，看起来它体格十分庞大。这是个非比寻常的物种，我听我的猎人告诉我，不久就可以猎到一头这种动物，我感到很高兴。他们说，明天就出发去猎捕这种动物，这会提供新鲜有趣的科学材料。

同样是野蛮的猎杀，一个西方神父想到了科学，想到了物种。而在中国人惯常的思维中间，熊猫毛皮却是用来做成褥子，据说睡在上面可以避邪。甚至还可以做梦，从睡在熊猫皮上做的梦中，往往可以预见未来。

大卫神父果然就得到了一张熊猫皮。那是一头未成年的熊猫。又过了一周，神父又得到一张成年熊猫皮。他因此认定："熊猫一定是熊科动物的一个新品种，它们不仅颜色特殊，脚掌底部多毛，还有其他许多前所未见的特征。"

第一批在野生环境下看到熊猫的西方人是 1929 年的罗斯福兄弟和 1931 年的杜兰探险队。他们不仅看见了野生状态下的熊猫，这些文明的西方人，也像当地猎人一样举枪射杀了熊猫。其中包括一名叫作谢弗的德国博物学家，他就亲手把一头不到周岁的熊猫击毙在树下。

1936 年，美国人露丝·哈肯丝在野外活捉一头幼年熊猫，将其带回国内向全世界展示，而使自己名声大噪。

这位美国女人在涉足嘉绒地区的熊猫生息地前，从来没有过野外探险的经验。

她的丈夫家境富裕，性喜冒险，1934年，他就在科摩多岛上捕获巨型蜥蜴科摩多龙活体，送给纽约动物学会。当年底，威廉离开新婚两个月的妻子，赴中国捕捉熊猫。他的计划因为红军和国民党军队之间的战争被阻滞，使其迟迟不能抵达熊猫之乡。1936年，威廉因病死于上海。两个月后，露丝到上海"继承了他的探险"。

露丝和她的探险队员抵达卧龙及其周围地区。她的手下有一位美籍中国人，洋名叫作昆丁。露丝在她的一本叫作"淑女与熊猫"的书中，记录了捕获第一头野生大熊猫时的情形：

> 昆丁突然停住脚步……他专注聆听了一阵，就快步往前冲，我简直跟不上。透过拂动的潮湿树枝，我隐约看见他接近一株枯死的大树。……枯树里传来婴儿的哭声。
>
> 我一定有短暂的失神，因为等我清醒过来，昆丁已经伸出双臂，向我走来。他手掌中捧着一头正在挣扎的熊猫宝宝。
>
> 我不由自主地伸手接过这个小东西。手中毛茸茸的触感，使片刻前的梦想成为真实。

据说，露丝带着她珍贵的猎物出境的时候，遭到了海关的阻挠，但她最终以一张"小狗一只，价值20元"的证明书，带着熊猫离开了上海。

露丝为这只熊猫取了一个很中国化、很淑女的名字：书琳。

书琳被带到纽约动物学会，但动物园拒绝出钱购买。因为主管官员认为熊猫天生的弓形腿与内翻的脚趾，是佝偻病所致。

于是，第一头漂洋过海的熊猫书琳辗转到芝加哥动物园。1938年4月，这头熊猫死于肺炎。

曾任纽约动物学会会长的悌梵，详细记述了一位名叫史密斯的动物商人于1941年到中国带回两头熊猫的故事：

他对当地老百姓大做广告，用很大的招牌公布给当地猎户的悬赏金额。他在所经之处，都设立资讯中心。他还津贴猎户首领，由他们再付钱给农人、采草药的人、烧炭人以及所有其他有必要深入山林的人。

据有关资料统计，从 1936 年到 1946 年，一共有 14 只熊猫被外国人用各种手段带往国外动物园。

从此，全世界都知道了中国的熊猫，而且世界最有权威的野生动物保护组织——世界自然基金会还把熊猫作为自己的标志。

而在今天，即或是在有保护区庇护的山野之中，熊猫的命运仍然岌岌可危。

人们贩卖熊猫皮，因为这意味着数量巨大的金钱。特别对于深山当中那些仍然身处贫困的农民来说，这个数字是究其一生的劳作都难以想象的。

记得在 20 世纪 80 年代初期，中国人刚做发财梦的时候，万元户是一个非常响亮、非常诱惑的名字。而在那些僻远的深山之中，我就曾听到老百姓直接把熊猫叫作万元户。

盗猎熊猫案一经破获，法律的惩罚是相当严厉的。

而在深山之中困于生计的农民并未真正获得与我们一样的环保视点。他们的疑问是，为什么一种野兽的存在竟然比人的存在更为重要，人的性命也低贱于熊猫的性命呢？

而熊猫所面临的更严重的问题并不是被盗猎，而是活动地区的缩小。随着人口增加，人的活动范围逐渐扩大；熊猫在川西北山区成片的栖息地，在人类无休止的进逼之下，日渐萎缩。最后，熊猫的生息地终于变成了这个大陆上的几座孤岛。

对于每一座生物孤岛上的熊猫来说，因为种群数量稀少，本身就已严重退化的生育能力，便受到了更加严峻的挑战。

严刑峻法的威慑之下，盗猎者举起的手可以放下，但这种生态环境的悲剧，我却想不出什么办法可以避免。至少，在这些群山之中漫游的时候，我没有看到任何生态环境可以在短期之内好转的迹象。

在卧龙的这个晚上下雨，雨中的寒气已经十分浓重了。我知道，这是因为山上已经下雪的缘故。但是烟雨凄迷，我的视线行之不远，便被阻断。我回到招待所的房间，把双脚捂在被子里，看那些刚买到手的宣传资料。

这些印刷精美的画册上，随处都是熊猫在明亮柔和的光线下，憨态可掬的形象。画册上的熊猫就像生活在天国一样。这些东西，也是一些号称热爱自然的人们的杰作，但当所有这些东西在公众视线中，在世界的视线中形成一种巨大的集合体，便有些歌舞升平的味道。

不客气地说，这就是自欺欺人的味道。

这也是中国善于粉饰的知识阶层所散发出来的那种味道。

有一个熊猫专家告诉我说，其实印上画册的很多熊猫，相当一部分都已死亡。死亡是"因为各种各样的原因"。但凡是中国人，听到这样一个短语，都会觉得特别的意味深长。

"因为各种各样的原因"，这些熊猫在画册上天真地望着我们的时候，它们的同类，正在深山里艰难生存。比如，现在，雪线正一天天从高山顶上压下来，一个严寒而又缺少食物的冬天已经来到。

4　阅读地理与自然

我没有去攀登处于卧龙尽头的银装素裹的巴朗山，而是原路折返回到国道213线上的映秀，从这里开始，继续沿岷江上行。

车行差不多一个小时，我从车窗里探出头来，视线里尽是濯濯童山。就在这山上的某一处，就是当年瓦寺土司已经日渐倾圮的官寨。如果我登上这座山头，可能这本书就尽是些历史故事，而使我

远离自然了。

此行开始时，我为本章确定的主题就是地理与自然。

地理，是两条河流和一座山。自然，就是这河流两岸与大山顶峰的自然。

在距成都约150公里的汶川县城所在地威州镇，岷江的主流折而向北，直通松潘。循这条通道北上，到著名的黄龙寺风景区，再一路向西北行进，在岷江源头翻过弓杠岭，就进入到另一个水系——嘉陵江流域了。在其中的一条支流白龙江畔，就是进入了世界自然遗产名录的九寨沟风景区。

我也曾用双脚踏勘过这些水流的上游地理。但是，因为这一条路线已经不在嘉绒境内，在这次旅行中，我便予以省略了。

我的路线是从汶川向西，略微偏南，沿岷江的一条重要支流杂谷垴河上行。这条道路两边，曾是强大的杂谷土司的统辖之地，现在几乎就是一个理县全境。当夜准备宿在理县，但县城周遭那种荒凉景象看了使人想闭上自己的眼睛。再说了，理县县城四周，除了一些民居与那种嘉绒特色的石头碉堡，而在出入其中的百姓的生活中，已经无复真正的嘉绒风貌。

已经是夕阳向晚的时分了，我来到公路边上，坐在一个小饭馆门前。

一辆卡车驶来，我要求搭车，司机置之不理。我耐心地等他用完饭，再递上一支烟。他笑了起来，说："你是干什么的？"

我说："反正不是在路上管事的人。"

他这才点了点头。

对于这些长途卡车司机来讲，在路上管事的人是相当多的：交警、林业警察、防疫人员以及别的说不上名目的什么人员。一般来讲，司机们会回避这些公务人员。

车行三十多公里后，我在古尔沟下了车。这回，司机脸上又露出了遗憾的神情，因为他准备长途驱车夜行，希望有一个人能在即将翻越的大山上陪他抽烟说话。那一瞬间，我也有些动摇了。倒不是司机那些留恋的眼光，而是想到车前强烈的光柱——照亮路边的树林、溪涧和悬崖，又把所有这一切，不断地抛入身后的黑暗，我自己就有点激动了。

但我很想洗一洗这里的温泉。还是跳下车来，向司机说了再见。

古尔沟这个地名，已经是一个藏汉合璧的名字。这也正好代表了此地的民情风貌。

而古尔沟所以著名，是因为这里的一道温泉。

嘉绒藏族是非常相信温泉的治疗作用的。我的家乡远在雪山另一边的梭磨河畔，人们也常到这个地方，长途跋涉，到温泉沐浴。

那是每年的暮春时节，青稞种子和胡豆种子已经下到地里。雪慢慢变成雨水，河岸边的草地刚刚开始泛出淡淡的青绿，种子还在沃土下面温暖潮湿的黑暗中悄悄萌芽。这个季节的农民，除了修补一下地边的栅栏，基本无事可干。

在这一年最为清闲的时间，很多人便从上百里外的地方向温泉进发。

那时候，广阔的乡野间已经有了公路，但嘉绒农民去温泉的时候，还是备好了马匹，马背上驮着帐篷与最好的吃食，比如陈年的腊猪腿、肉肠、鸡蛋、熊肉，还有蜂蜜与自酿的烧酒。老年人特别是老年妇女还会骑上矮小的毛驴。他们在路上短则行走三五天，长则十来天，才能到达温泉。

扎下帐篷，就开始了一年一度的漫长的沐浴。

那时的古尔沟温泉不在现在的公路边上。而是要从一座嘉绒藏区常见的伸臂桥上，走过宽厚的木板铺成的桥面，然后从对岸上山。一条小道穿过一些斜挂在山坡上的庄稼地，穿过一些嘉绒风味浓郁的寨子，最后，小路进入山桦树、松树、杉树与椴木混交而成的森林。我去过那个地方，踏上过森林中土质柔软的崎岖小道，穿行不久，就已经闻到了温泉上常有的那种淡淡的硫磺味道。

然后，一团雾气升起在山谷中间。那就是古尔沟温泉露头的地方了。

嘉绒人一年一度的温泉沐浴，不是休闲似的远足，而是为了祛除疾病与邪祟。在泉眼最大的那个池子里沐浴，可以祛除一年的积劳与风寒。泡在温泉中，体力消耗是非常大的，体质虚弱的人，十多分钟就会头晕目眩。支持不住的，就起来到自家帐篷里坐下来，一边休息，一边饱餐美食。待体力恢复了，又下到热水里，耐心地浸泡。如此循环往返，又是一个崭新的身体，回到家乡的田野中间，又能对付下来一年的生活磨难。

温泉露头处，还有一些小的泉眼。有一眼泉，据说治疗肠胃疾病有神奇功效。治疗的方法非常简单：喝很多温泉水，然后，找一个地方，呕吐净肠胃里的废物，吐干净了，又回到帐篷进食，然后再喝水，直到认为已经洗净了消化系统中积淀的毒素与废物。

还有一眼泉，细细地从一块石头中央向上冒出拇指粗的一小柱水。

这一柱水，用于洗头，特别是偏头痛的病人，经过几天接连不断的沐浴，据说也会大有好转。等到头痛再行复发的时候，又该是下一年的春天，又可以赶赴温泉了。

这眼泉水更多地被人们用来清洗双眼。这种清洗除了治疗各种眼疾，据说还可以避免看见一切不净的东西。这些东西包括一些林子里的精灵，一些亡人的魂灵，以及另一些稀奇古怪、在汉语里找不到对应词汇的神秘存在。

在我出生的那个村庄里，当有人称自己常常看见一些在另外一个世界才会存在的东西时，人们就说，这个人该去温泉洗洗眼睛了。

我去古尔沟温泉是在几年以前，那时，大路上去洗温泉的人差不多已经断了踪迹，人们已经将这眼温泉渐渐遗忘了。

这种遗忘想必持续有十多年时间，然后，这个温泉又被重新发现。这次的发现已经带上了明确的经济眼光。温泉作为当地政府的一个旅游项目，作为米亚罗红叶温泉风景区的一个重要组成部分连片开发。

我来到古尔沟时，正是十月的深秋季节。崇山峻岭中，经霜后的红叶在高原阳光下，像是抖动的火苗。

温泉也从露头的半山腰，用埋在地下的引水管下山过河，注入公路边一个个温泉旅馆的游泳池里。

我去了一趟山上。头天夜里，下了一场小雨，高原的秋天经常有冰凉的雨水在夜里不期而至，而且，这种夜里的小雨往往表明第二天是个秋阳明亮的好天气。早晨，一台切诺基吉普车载着我们沿着一条曲折的简易公路过河上山。但是，车行不到两公里地，坡越来越陡，雨后的泥土路面过于松软，车轮在地上刨出两个深坑，再也不能前进一步了。

剩下的路，我步行到温泉。

其实，一切，在过去人们的描述中已经真实地呈现，一切都像来过许多许多次一样熟悉。只是因为高度的缘故，昨夜的雨水在这里变成了滋润的白雪。白雪压在绿的杉树与红的枫树上，构成了一种特别的美感。特别是温泉在溪涧中漫流一阵后，热气散尽，那些铺满青苔的涧石上也堆满了积雪。下面的曲折溪水却青碧泠然。

我坐在溪边，听着融化的积雪一块块从树冠之上坠落在地上，寂静的树林里，四处都是积雪坠落的声音。

回到山下，我还恍然看见那雪地中热气蒸腾的泉眼。

今天，我又来到这个地方。在一间温泉旅馆登了记。在旅馆一楼要了一个单间浴池，泡了一个长久的温泉澡。我不知道这温泉水能否会像传说中一样去除心中积年的尘垢，但沐浴出来，周身皮肤却十分光滑。翻开旅馆里的宣传小册子，也肯定了古尔沟温泉中微量元素所具有的治疗作用。只是在这种宣传品上，温泉的名字已经不是过去那个藏汉合璧的名字，而是叫作神峰温泉了。

5 翻越鹧鸪山口

第二天上路，走到米亚罗时，四周已经是典型的嘉绒藏区的风光了。

我是搭乘一辆农民的手扶拖拉机到达米亚罗的。

一直相伴于左右的杂谷垴河因为失去了一条又一条溪流的汇聚，水量日益减少。在米亚罗镇上吃完午饭，我搭乘一辆卡车，走了二十多公里，便到了鹧鸪山下。

在阿坝藏区，在嘉绒，在过去古老驿道上，鹧鸪山海拔 3800 米的山口，是一个重要的咽喉。今天连接西南重镇成都和甘肃省会兰州的国道 213 线，也要穿过这个山口，并串联起这条大动脉上众多的支线。

鹧鸪山下的一个叫山脚坝的地方，只有一个小小的道班。柏油公路也在这里中止了。这是为了防滑的需要，因为山上常下大雪，因为一年之中数月之久的封冻期会把冰凌结满路面。所以，为了少出车祸，这山上就一直是坑洼不平的黄土路面。

道班工人在路边的一道溪流上埋设了一些橡皮水管，拿起水管，就有强力的清水喷涌出来，在天空中形成一个美丽的扇面。很多扑满尘土的汽车来到山下，便停了车在溪边冲洗。

这里，杂谷垴河已经变成了一道湍急的溪流，穿行在山谷底部那些沙棘和红柳组成的密实的丛林中间。公路对面的阴坡上，是成林的红桦与冷杉。而我面对着正在攀登的阳坡上，是大片大片的草场。攀缘一阵，我回身下望，公路往山沟更深处延伸而去，最后，会在山沟尾部折回来，在山间画出一个巨大的盘旋。

我的路线是过去的驿道，是从山脚直逼山口的一条直线。而公路最终会在山口那里与我碰面。

这是初秋季节，高山草场上的花期已过，丛丛密密的牧草结出了籽实，一穗穗金色的草穗在微风中轻轻摇晃。草丛中许多的药材。木香肥大的叶片放射状散开，像只海星一样平摊在草丛中。黄芪结出了豆荚般的果实。贝母的灯笼花也开过了季节，一颗颗籽实像一只只铃铛。还有很多的药材，小叶杜鹃丛和伏地柏旁那巨型植物，是一株株大黄。

小路穿过一片阴湿的小树林时，我突然在林子中看到了一种属于春季的花朵：毛杓兰。

这种袋状的紫色花朵勾起了我一些亲切的童年回忆。童年时代，小孩们在山上放羊的时候，总是四处去采摘这种花朵。然后，把揉好的酥油糌粑一点点灌进花朵的袋子里，放在小火上慢慢烧烤。最后，剥掉已经全然变干烧焦的花皮，花朵的馨香全部浸进了小小的一团糌粑里，那是一种童年游戏中烹制出来的美食。

毛杓兰是它的学名，在植物学书本是这样描述这种花朵的：

兰科属多年草本，高 20~30 厘米，花单朵顶生，淡紫色或黄绿色，生于海拔 2500~4000 米的云、冷杉林下和灌木丛中。

而在嘉绒藏语中，这种花朵名叫"咕嘟"。咕嘟是一个象声词，模仿的是布谷鸟的叫声。每当春天来到嘉绒，深山之中的绿意一天天深重起来的时候，地里麦苗茁长，布谷鸟就开始鸣叫了。老百姓说，是布谷鸟的叫声使一个个白昼变长，也是布谷鸟的叫声使林间的"咕嘟"开放。于是，这种美丽奇特的花朵就叫作这个名字了。

眼下已是秋天，布谷鸟已经停止了歌唱，但我却看见了这种花朵。想必是海拔高度所造成的一种现象吧。我还想在山林中寻一寻，看还有没有在春天开放的花朵在这时仍在开放。但抬头望望天上的太阳，我感觉到要在今天翻过山口，必须抓紧时间。

于是，便加快了步伐。

两个小时后，我已经能看到阴影处积着白雪的山口了。上山的汽车后面扬起大片的尘土。上山的汽车引擎发出吃力的轰鸣，但行驶速度却非常缓慢。

　　距山口大约还有半个小时路程的时候，我在一大片刺莓丛中坐了下来。紫红色的刺莓已经成熟了，远远地就闻到一股酒酿的味道，只是这种味道比酒酿更加甘甜。于是，我坐在山坡上拖着屁股，从一丛刺莓转向另一丛刺莓，直到打出的饱嗝都带上了甘甜的酒酿味道，才又继续上路。快爬上公路时，看到陡峭的山坡上，四散开一部卡车的残片。

　　又一次迈开双腿时，我不再抬头，不然的话，最后这段路会显得特别漫长。

　　攀上山口的时间是下午 3：50。

　　很强劲的风吹在背上，公路穿过山的地方，两边土坡上的渗水都在风中结成了薄冰，风吹在耳边，有一种愉快的哨声。在快走进阳光的阴影中时，我回望一下所来的方向，比这座山更高的雪峰静静地耸立在蓝天下面，晶莹耀眼。

　　雪峰在我的四周构成了一个地形上高高耸起的中央部分。

　　在这个中央部分的东南方向，烟雾迷蒙处，是曲折的，逐渐敞开的峡谷，和峡谷两侧苍翠的群山。公路，一条灰白的带子伴着阳光下亮光闪闪的河流，冲向群山的外面。从这个高度上，我看清了渐次升高的大地的梯级。

　　我转过身穿过鹧鸪山口，那短短的几十米坑洼不平的路笼罩在群山阴影中，这是公路两边山坡的阴影，走到山口的另一面时，阳光又落在了我的身上。

　　这道山脊也是一道重要的分水岭。东面，是岷江流域。而展现在我面前的，那些森林与草地中流出的众多溪流，却是大渡河纷繁的枝蔓了。

　　这次，再举目远望时，又是另外一番景象了。

　　东面的山野雄峻峭拔，而西边的群山，每一座都渐渐变得平缓而低矮，就像我现在登上山口时发出的一声浩然的长叹。东面的山坡上满被森林，而西边这些浑圆平缓的山坡却是大片大片的高山牧场。初秋时节，近处的草还绿着，但远远望去，草梢上那一点点黄色便越来越浓重，在云烟将起处变成了一片夺目的金黄。这时，我已经踩着群山的阶梯，真正登上了青藏高原。

我离开山口，离开了从山腰上盘曲而下的公路，直接切入了一条俯冲而下的峡谷。

从山口望去，还可以看见一条隐约的道路。这是荒废了几十年的驿道留下的隐约痕迹。我循着这条荒芜的古驿道走下峡谷，却在峡谷底下一道清浅的溪流边失去了那条道路。

我想，这都是因为那些荒草与丛生的灌木的缘故。

剩下的时间，我都在为突破灌木丛的包围而奋力拼搏。最后，一个猎人出现在我的面前。我想，他看见我出现在这个地方应该感到有些吃惊。但他只是浅浅地笑笑，说："怎么陷到这里头去了。"

我有些气急败坏："路荒了。"

他伸出手，把我从一团纠缠不清的小树中拉出来。这时，已经是夕阳衔山的黄昏时分了，四周森林响起了滚滚的林涛声。好在，这时我已经在猎人的带领下回到了路上。他从一个树洞里掏出了两只野鸡。这是他预先放在这里的猎获物。我看两枪都打在头上。他看着我笑了，说："我看见树林里有东西，还以为是一头熊呢。因为熊才这么不管不顾地四处乱钻。"说完，他还拍了拍手里的枪，并顺手把枪背在了背上。

我说："幸好你没有开枪。"

他说："我是一个好猎人，好猎人要把猎物看得清清楚楚，才会开枪。"

我笑了。

他说："你还不错，好多人，进了城，胆子就变小了。"

转过两个山弯，山路变得平缓起来，路边那些小小的沼泽中浸润出来的泉水，也慢慢汇聚成了一线潺潺的流水。

听着这泉水，看着满天烧得通红的晚霞，我的脚步竟然变得轻

快起来了。

溪水两岸开始出现一块一块的平整的草地。草地上结出一穗穗紫色果实的野高粱在风中摇摆。对我的双眼来说，这已经是一个阔别已久的景象了。我贪婪地呼吸着扑入鼻腔的清泠泠的新鲜空气，空气中充满了秋草的芬芳。天黑以前，山谷突然闪开一个巨大的空间，黑压压的杉树林也退行到很远的地方，一块几百亩大的草地出现在眼前。风在草梢上滚动，一波波地在身子的四周回旋，我再也不想走了，我感觉到双脚与内心都在渴望着休息。于是，一屁股坐了下来。风摇动着丛丛密密的草，轻轻地拍打在我的脸上。

猎人说："不想走了。"

我说："走不动了，也不想走了。"

他在我身边坐了一阵，看看天色，说："那你在这里等我，我过一会儿叫你。"

于是，他从我身边走开了。我也没有想他会不会再来叫我，就顺势在草地上躺了下来。这下，秋草从四面八方把我整个包围起来。草的波浪不断拂动，我就像是睡在了大片的海浪中间。

我的脸贴在地上，肥沃的泥土正散发着太阳留下的淡淡的温暖。然后，我感到泪水无声地流了出来。泪水过后，我的全身感到了一种从内到外的畅快。我就那样睡在草地上，看着黑夜降临到这个草地之上，看到星星一颗颗跳上青灰色的天幕。这时，整个世界就是这个草地，每一颗星星都挑在草梢之上。

黑夜降临之后，风便止息下来了，叹息着歌唱的森林也安静下来，舞蹈的草们也安静下来。一种没有来由的幸福之感降临到我的心房，泪水差点又一次涌出了眼眶。

这时，远处响起了那个猎人的喊声。他没有叫我的名字，也不知道我的名字。他的喊声只是一声长长的呼吼。呼吼在山间引起了一串回声。

我站起身来，看到森林边的小木屋里闪出明亮的火光。

木屋在溪流的那一边，溪流上有一道小小的木桥，为了防滑，桥面上铺了一层柔软的草皮。看得出来，这是一个冬季牧场。冬天到来，大雪封山的时候，牧人就会把牛群赶到这里。这一大块草质优良的草地，将提供一个冬天的饲草。而这个猎人，就是在这里割草。打下的草晒干了，堆放在木屋后面的大树底下，于是，这个夜晚里秋草的芬芳便更加浓烈了。

他摆开了晚餐，主菜就是两只野鸡中的一只，与土豆烧在一起，野葱与野茴香的气味在热气中氤氲开来。把土豆与野鸡肉从锅里盛出来以后，他又在汤里煮了一些新鲜的蘑菇。

我正后悔出发时没在背包里放一两瓶白酒，他已经从身后摸了一瓶酒在手里，给我倒了一个满碗。

火塘里的火苗呼呼抖动，木柴上散发着松脂的香味。那天晚上，我大醉了一场。

早上醒来的时候，猎人已经出门干活了。我扶着门框，看见他在草丛深处用力地挥舞着刀。回身，我看见地板上躺着三个酒瓶。

我在清泠泠的溪水中洗脸的时候，他回来了，在火上把蘑菇汤煨好。喝完汤，临别的时候到了，我在背包里摸索半天，最后，只有一把瑞士军刀算得上是对他有用的东西。我便把这东西送给他。

我怕他不接受，便说："留在这里吧，明年我还要来。"

他双眼扫视整个木屋，脸上露出尴尬的神情，他虽然什么话都没有说，但我明白他的意思，是说，没有什么可以送给我。

我走出很远了，他还站在路口。他就那么一动不动地站着，没有挥手，也没有喊再见，直到我转过山弯，再回头时，我们彼此便消失在对方的视线里。

6　最后的行程

我知道，这两三天的路途，将是我此行最后的行程。

在我的预想中，这两三天将全是领略自然的旅程，我将不会再把眼光投向任何一个村庄或庙宇。

但当我在鹧鸪山下的峡谷里，离开那一大片山间草场，顺着溪边的道路走出十多里路，遥遥看见这条山沟尽头处敞开的峡口时，眼前出现的一大片废墟却使我有些目瞪口呆。虽然，我事先就知道会在路上遭遇这片废墟，但当这片废墟真正出现在眼前的时候，还是让我感到非常震撼。

废墟出现之前，是大片大片曾经被开垦、耕种多年后又被抛弃的土地。不知为什么，我从来没有见过抛荒的土地再长成漂亮的草地。好像是为了演绎那个荒字，地里长着齐腰高的一些说不上名目的多刺的非草非树的植物。草丛中奔着许多样子像老鼠，却又没有尾巴的高原鼠兔。

穿过这些荒地，溪流上的一道小桥已经坍塌了。但从留在两岸腐朽的桥柱来看，这座桥曾经相当宽大。然后，一条倾斜的小街出现了。街道上长出的草茸茸的，踩上去却给人一种踩在腐尸之上的感觉。几百米长的一条小街两边，许多石头的建筑都倒塌了，只有这里那里还立着一些经风沐雨的残墙。在过去驿路畅通的时候，这是一个繁荣的小镇，一个远近闻名的商贾云集的驿站。驿站的名字叫作马塘。20世纪50年代，鹧鸪山通了公路，这条驿道便日渐荒芜。镇上的商人们渐渐散去，留下的人家，也三三两两迁到了几里外的公路边上。再聚集起来时，已经不是一个小镇，而是一个无足轻重的村庄。虽然，村庄的名字还是叫作马塘，但其重要的意义已经荡然无存了。

两三年前，我就曾想来看看这个地方，那时，还有人告诉我说，老街上还有两三户人家。但当我走在这个好像是非现实世界的街道上时，却没有看到一座完好的房子，看来，这个古老的小镇已经完全死亡，留在这世上的，仅仅是一种遥远而又模糊的记忆了。

街道两旁残墙逶迤，荒草弥漫。有些人家院子里已经长出了野蔷薇树。更多的残墙朝着街道洞开着窗子与门户。那些洞开的窗户与门户后面,白天与黑夜,曾经有过许多的梦想,许多的故事,许多的爱恨情仇,但这一切,在今天,都已经被时间之手无情洞穿。空洞的门窗后面,只是空荡荡的青山与蓝天。

我注意到,街道两边,还有两道石板嵌出的水渠,水渠上面也铺盖着石板。在商贾云集的时代,这些沟渠肯定把清澈的溪水送到每一户人家门前。我一直想跨过一道残墙,走进过去的一户人家,看看那些乱石朽木下到底掩藏着什么。

但我却没有这样做。

我突然心生畏惧,害怕惊醒里面沉睡的鬼魂,在那一大片废墟中间,我真的相信这个世界上会存在鬼魂。

心里的恐惧使我的脚步不由得快了起来。

直到走出镇子,走上镇子前面的一个小山岗,我才又感觉到阳光的温暖与明亮。我在一大块岩石上坐了下来。岩石旁边,一株野葡萄上结出了豌豆大小的紫色果实。下面的一块荒地里,我还看见了一些油菜,顶上开着黄色的花,中部和下部的荚已经很饱满了。这是过去的居民留下的种子,仍在这里独自生长。周围的一大片黄色的金盏花我相信也是某家花园里飘出的种子蔓生而成的吧。

离开的时候,我没有回头,却感觉到有什么东西跟在后面,在絮絮私语,在叹息,使我背上阵阵发凉。

但我心里已经暗暗决定:我还要选一个时间,带上一两个朋友,再来这个地方;这个地方,将是我下一部有关驿道的小说开始的地方。我要让驿道上这些正被遗忘的镇子,对于这个世界已然成为湮灭的记忆的镇子的故事与人生,在我的文字之间复活过来。而在此之前,我需要在这样的地方感受某种神秘的力量,我觉得这些镇子的魂灵还在什么地方游荡。

这样想着的时候,眼前的峡谷再次敞开,一个更大的河谷展现在眼前,久违了的梭磨河滔滔的水流出现在眼前。从一大片麦地边

的栅栏旁走过，看见一眼泉水，从一株柏树下慢慢沁出，泉眼上静静地浮着一只桦皮水瓢。

然后，道路在快接近一个村庄时急转直下，下了高高的河岸，又是一道宽阔的木桥。

村子很小，桥上行走的人也很少。所以，桥面上的木板让雨水洗得干干净净，露出了象牙色的漂亮木纹。这个村庄，就是新马塘，但我不想在此停留太久。过了桥，便又回到从山上盘旋而下的公路上了。

一个小时后，我已经坐在一辆卡车上，司机把我带到刷经寺。

刷经寺是一个 20 世纪 50 年代迅速建立起来的镇子。这里，两边的山已经十分低矮，森林已经非常稀少。那些宽阔的牧场上，已经出现了牧人黑色的牛毛帐篷。我已经接近高原的顶端，这里的河谷，已经是海拔三千多米的高度了。

我在这里就是想租到一辆吉普车，这辆车能让我去到梭磨河的源头，我的此行必须追溯到一条河流的最初的起源。梭磨河对于嘉绒来说，是一条非常重要的河流，所以，这个源头的风声将是本书的最后的乐章。

对我来说，刷经寺不是一个陌生的地方，找到一个朋友，在他家里吃了饭，喝了酒，告辞的时候，他告诉我，车子明天早上 9 点就来接我。

回到旅馆睡下，风就起来了，风扑打着窗户，把广大原野的声音带到了我的枕边，我的梦境边缘。

7　上溯一条河流的源头

早上醒来，我觉得脑袋里在嗡嗡作响，脚步也有些发飘。

我知道，这是海拔高度造成的轻微反应。毕竟，我已经有两三年没有来过这样的地方。打开窗户，冷凛清新的空气一下便涌进了屋子。虽然窗外的马路上尘土飞扬，但停在浑圆山丘上的天空却纤尘不染。

神灵给了我一个好天气。想到这个，我的心情便愉快起来。

当我在楼下的回民饭馆里吃了一大碗热气腾腾的羊杂碎汤，就了两只烧饼，拍拍鼓胀的肚子时，一辆疾驰而来的北京吉普车停在了我的面前。眨眼一看，就知道这已经是一台非常老旧的汽车了。这种车是一些单位淘汰下来的，几千块钱处理给私人。这些偏僻的小镇上，没有什么就业机会，一些无所事事的年轻人，家里掏钱买上这么一辆车，遇上一两个零星的游客，跑一二百公里，赚点租车费，也算是一份正经的职业了。

打开后座门放我的行李包的时候，我看到后座上放着鱼竿和一支猎枪。

当我在司机旁边的座位上落座，引擎发出一声怒吼，车后扬起一阵尘土，我们就上路了。

上路了。

车子驶出镇子不远，另一种风貌的峡谷在我眼前展开。

公路两边的柳树和草地上，都蒙上了一层薄薄的白霜。河流两岸点缀着团团灌木丛的草地越来越宽阔，两边蜿蜒相随的山脉越退越远，而且越来越低矮，越来越浑圆。

河里的水越来越小，越来越平缓，越来越曲折漫漶。

20 世纪 80 年代，我在小说里开始描写这个地带的自然风貌。最初的作品是一个短篇，名字就叫《欢乐行程》。在这篇作品里，我把这个地带叫作群山与草原的过渡地带。这个命名漫长了一些，却相当准确。在没有发现地理学家为这样的过渡地带取出一个简洁而又更为准确的命名之前，我在这里还是只能沿用十年前自己小说里的命名来称呼这个地带。

这个地带，过去是梭磨土司的辖地，是土司家的牧场，现在已经划归坐落在草原上的红原县管辖。

　　司机减缓了一点车速，把后座的猎枪递到我手上，意思是说，窗外的草地上随时可能出现猎物，坐在车里就可以随时开枪。

　　我问："多少钱一枪？"

　　"二十。"他随即又突然吐出了舌头，说，"不，那是对游客，不是你，你是朋友介绍的。"

　　我笑了："打折？"

　　他没有回答我，一双眼睛紧盯着前面，慢慢停下了车，然后，伸出手。

　　顺着他的手看过去，视线里出现了两只野鸡。灰扑扑的野鸡在灌丛中用爪子不停地刨着什么，并不时警惕地用长颈把头支出灌丛，倾听着四周的动静。野鸡的头伸出灌丛的时候，那头颈的转动像是潜艇伸出海面窥探的潜望镜，但我总觉得那不是在看，而是在听。当我从车上跳下来，慢慢向它们靠近时，两只野鸡噗噜噜扑扇着翅膀，奋力跑开了。这些野鸡大多已经失去了飞翔的能力，扑扇一对翅膀，无非是使逃命的双脚负担减轻一点。这些野鸡有时也能展开翅膀在空中摆出一个优美的飞行姿态，但那只是从高处到低处的滑翔。

　　两只野鸡跑到河边，站住了，又伸出了长长的颈项。我用枪瞄准，准星前已经只有一片虚光，看不见目标了。这些年，视力慢慢下降。野鸡已经在我有把握的射程之外了。

　　但我还是开了一枪，枪声在宽阔的山谷中，一下就被清冽的空气吸附掉了。没有期待当中的响亮。

　　我回到路上，再抬眼看去，那对野鸡还站在河边，没有被枪声所惊吓。

　　我们又上路了。司机按了两声喇叭，这回，野鸡钻进灌木丛，看不见了。

　　两个小时后，车子已经开到了查真梁子下面。这是从川西平原登上若尔盖草原的最后一级台阶。

登上去，就是海拔 4000 米的茫茫草原。

我没有选取国道 213 线，选取的那条最陡峭但也最为近捷的路线。因为那样的话，我就不能到达这条河流的源头了。而是离开公路，顺着山下的河边在草地上摇摇晃晃地开出十多公里。在这里，河水已经变成了一条溪流。一道迈出大步就可以跨越的溪流。两岸的草地也越渐松软，再往前开，车子就要陷在沼泽里去了。

司机看着我，意思是不能再往前开了。

车子便在山脚下的草原上停了下来。

耀眼的阳光把草原照亮，也把身上照得暖洋洋的。司机走到河边用手试试水，说要等太阳把水晒暖和了，鱼才会出来。那时，才能下竿。我坐在柔软的草地上，瞭望着不远处一头长得肥肥实实的旱獭。旱獭在一个干燥的小丘上晒太阳。和我一样在阳光下取暖的旱獭，一副老练而沉着的模样。它蹲坐在地上，上半身笔直挺立，双掌合于胸前，在笃信佛教的藏族人看来，这是向神佛祈求的姿态，所以，这种动物在有些草原上能够泛滥成灾。

尽管这样，这种看似笨拙无比的动物，却无比灵活，而且狡猾。它们在草原的地下，建立起一个复杂的地下通道。当你想对它有所动作的时候，它立即就会返身钻回地下。当你守候在这个洞口，并准备了足够耐心的时候，它又突然从另一个出口探出了肥胖的身子。

这些年旱獭的数量也开始减少，因为这种大多数时候生活在地下的动物，缝成褥子的皮毛和炖好的肉都有追风祛湿的作用。虽然当地人因为宗教原因不对它们下手，但外地人和城里的干部却持有另一种观点。

司机开始在四周寻找干牛粪，准备生火了。看来，他是对还藏在河里的鱼变成一锅好汤有着充分的信心。

我与旱獭对望一阵，抽了一支烟，然后，背起枪顺着溪流往上游走去。

脚下的草地表面很干燥，一串串的草穗与双脚纠缠着，弄出许

多细密的声响。而下面却很松软，每一步下去，都有一次小小的塌陷。又走了一阵，面前再也没有平整的草地，而是多年的枯草与盘曲细密的草根形成的一个又一个的草墩，像一群蘑菇一样浮在沼泽之上。从一个草墩跳到另一个草墩，我的身上很快就出了一身细细的汗水。当这些草墩都不能连续成片时，便被一个又一个淤泥深重的明亮水洼隔离成了一个又一个相距遥远的孤岛。

几对黄鸭在水洼间觅食，这些水禽是这一年里最后的候鸟了。再过几场秋霜，它们就要长途飞行到很远的南方去了。直到来年夏天，才会返回。黄鸭被我惊飞起来，在天空中久久盘旋。

最后，我不得不离开河边，走到贴近山边的地方。双脚又踩到了坚实的地面。

回身望去，天上的黄鸭又落了下来，落在那些明亮的水洼中间。

河水在上午倾斜的强烈阳光下，折射出一线闪烁的银光。

我一直远望着河水。一大片沼泽消失了，宽阔的峡谷给两边的山丘收了一次腰，我又回到了河边。这里，河里的水量更少了，透过清浅的河水，可以看到水底下缓缓流动着细细的沙粒。很多干干净净的草根在水里流苏般飘荡。我喜欢我看到的这种景象。

我想，再往上游走短短的一段，就会看到水流最初的起源了。这是梭磨河的最初起源。但这仅仅只是我的想象。

峡谷再一次敞开了。溪流闪烁着隐身于一片更广大的沼泽。这片沼泽再次把我逼向山边。后来，我发现，河流离我越来越远，我隔沼泽中央那条曲折漫漶但仍然有迹可循的溪流足足有好几公里的距离了。这种距离使我后悔没有把车上的背包带上。

足足两个小时，峡谷再一次收缩，细细的一线溪流又回到我的脚边。这时，两边的山丘差不多已经完全消失了。如果说还有山丘的话，也是两脉隐约而长的起伏了。直到这时，我才真正走到了梭磨河的源头。一个平淡无奇的小小水洼。水慢慢地从草皮底下浸润出来，我甚至看不出它在地面上的流淌。于是，我摘下一小片草叶，放在水面上，才看出细细的一线水上，那片草叶慢慢地顺流而下。我的身心没有出现预想过的那种激动的反应。虽然，我知道，这就是哺育了藏文化中独特的嘉绒文明的一条重要水流的发源，是大渡河，是长江一条支脉的最初的缘起。但我仍然平静得像这荒芜而又壮阔的荒野一样。而在我想象源头的景象，在想象中描画自己到达源头的情景时，曾经写下不止一首激情充沛的诗章。

也许，生命中有了这样的经历，面对人生的坎坷与磨难时，就能够从容面对了。

我俯下身去，慢慢地啜饮梭磨河源头的溪水。

清清的水有一种透骨的冰凉。

我登上浅浅的山丘，这是我要攀登的大地阶梯的最后一级。

这是一个地理的制高点，也是我人生经历中的一个制高点。回望身后，河水曲折，越来越宽，一直没入越发崎岖的群山之中。那是长江水系的群山，一列列地向着东南方向。东南风不断顺着峡谷吹送，那是来自大海的气流给这片高地带来雨云的方向，也是我家乡的方向。

我现在也是站在一个地理的分界点上，只要原地转一个圈子，把脸朝向西北方向，像一声浩叹一样，就展开了秋风中金黄的草原。草原上游牧的藏民们，已经是另外一种语言，另外一种风习，是传统上称为安木多的游牧文化区了。

山丘西北这一面的草原沼泽，也是另外一条水量丰沛的河流的源头，藏语叫作"嘎曲"，意思是白河。白色河流是高原阳光下的银光闪烁之河，是天堂里的牛奶之河。这条河向北流淌，注入了中华大地的另一条重要河流——黄河。

我的嘉绒之旅就此结束。

德格：湖山之间，故事流传

1 总摄大地的雪山

我在小说《格萨尔王》中，如此描写了康巴这片大荒之野：

> 康巴，每一片草原都犹如一只大鼓，四周平坦如砥，腹部微微隆起，那中央的里面，仿佛涌动着鼓点的节奏，也仿佛有一颗巨大的心脏在咚咚跳动。而草原四周，被说唱人形容为栅栏的参差雪山，像猛兽列队奔驰在天边。

躺在一片草原中央，周围流云飘浮，心跳与大地的起伏契合了，因此，由于共同节律而产生出某种让人自感伟大的幻觉。站起身来，准备继续深入时，刚才还自感伟岸的人立时就四顾茫然。往前是宽广的草原，往后是来路，往左是某一条河和河岸边宽阔的沼泽带，往右，草原的边缘出现了一个峡口，大地俯冲而下。来到峡口边缘，看见河流曲折穿行于森林与草甸之间。河流迅速壮大，峡谷越发幽深开阔，从游牧的草原上，看到了峡谷中的人烟，看到农耕的田野与村庄渐次出现。

这是我在青藏高原无休止的旅行中常常出现的情形：身后是那顶过了一夜还未及收拾的帐篷。风在吹，筑巢于浅草丛中的云雀乘风把小小的身子和尖厉的叫声直射向天空。其实，要重新拾回方向

292

感很简单，只需回到山下，回到停在某一公路边的汽车旁，取出一本地图，公路就是地图上纵横曲折的红色线条。

但除了这种抽象的方位感，我需要来自大地的切实的指引。

因此，要去寻找一座巍然挺立的雪山。

康巴大地，唯有一座雪山能将周围的大地汇集起来，成为一个具有召唤性的高地。作为这片大地宿命的跋涉者，向着雪山靠近的本能是无从拒绝的。于是，从海拔三千多米的草原逆一条溪流而上。四千米左右是各色杜鹃盛开的夏天。再往上，山势越发陡峭，流石滩闪耀着刺眼的金属光泽，风毛菊属和景天属的植物在最短暂的东南季风中绽放。巨大的砾石滩下面，看不见的水在大声喧哗。由此知道，更高处的峭壁上，冰川与积雪在融化。从来没想要做登山家，也不想跟身体为难，只想上到五千多米的高度，去极目四望。在好些地区，这就是总摄四方的最高处。但在康巴，那些有名的雪山都是大家伙，海拔往往在六千米以上，仅在我追踪格萨尔踪迹的路上，从东南向西北，就一路耸立着木雅贡嘎、雅拉、措拉（雀儿山），再往西北而去，视野尽头，是黄河萦绕的阿尼玛卿。那我就上到相当于这些高峰的肩头那个位置。地图上标注的海拔总是这些山的最高处，而从古到今，不要说是人，就是高飞的鹰，也并不总是从最高处翻越。后来，总要发明什么的人发明了登山，才使很多人有了登顶的欲望。古往今来，路人只是从两峰之间的山口，或者从山峰的肩头越过某一座山。

在我，靠近一座雪山，不仅是路过，更是为了切实感受康巴大地的地理。特别是当我进行重述英雄史诗《格萨尔王》的写作时，更需要熟悉其中一些雪山。因为这神话传奇产生的时候，大地上还没有地图所标示的那些道路，甚至也没有地图。在藏族人传统的表述中，康巴地区是"四水六岗"。"六岗"就是高原上六座雪山所总领的更高地，是奔涌大地的汇集，人们瞩望的中心，更是上古时代就已经出现在人心灵之中的山神的居所。英雄格萨尔的故事产生的

时候，古代的人们就这样感知大地。

因此，我必须要靠近这些雪山。

追寻格萨尔故事的踪迹，真正要靠近的就是措拉（雀儿山）。但到真的进入这个故事，真实的地理就显得虚幻迷离了。

2 光影变幻的高原湖：玉隆拉措

从成都西行，走国道 318 线，过康定，越折多山口，川藏线分为南北两路。

我上北路——国道 317 线，一路上可以遥望两座有出世之美的晶莹雪峰。一座是号称蜀山之王的木雅贡嘎，一座是四周环绕着如今丹巴、康定和道孚三县上万平方公里峡谷与草原的雅拉雪山。要在过去的旅行中，我早已停留下来了。但现在，我紧踩油门，只是从车窗里向外瞭望几眼。近三年来的目的地还在几百公里之外，是格萨尔的故事流传最盛，也是史诗中主人公诞生的地方——德格，被措拉雪山总摄的德格。

一天半后，终于到达了德格的门户，海拔 3880 米的小镇玛尼干戈。在加油站旁边的小饭馆吃完午餐，就可以遥望那座雪山了。这里，道路再次分岔，往西北，是格萨尔的出生地阿须草原。我并不急着就去故事的起始之地，我要在外围地带徘徊一番，多感受些气氛。一个寻找故事的人想体验一番被故事所撩拨的感觉。

而心绪真的就被撩拨了。

如果说神山是雄性的，那么总是出现在雪山下方，由冰川融水所滋养的湖泊就是阴性的。出玛尼干戈镇几公里，刚刚望见雪山晶莹的峰顶和飞悬在峭壁上的冰川，那面名叫玉隆拉措的湖就出现了。"措"在藏语里是阴性的，是湖泊的意思，也是女人名字里常用的一个词。这个湖还有一个汉语的名字：新路海（新道路边的海子）。春夏时节，湖水并不十分清澈，融雪水带来的矿物质使湖水显出淡淡的天青色。湖岸上站立着柏树与云杉，云影停在湖中如在沉思。如果起一阵微风，花香荡漾起来，波光立时让一切明晰的影像失去轮廓。安静的湖顷刻间就纷乱起来，显出魅惑的一面。

故事里，这个湖是和格萨尔的爱妻珠牡联系在一起的，珠牡，据说是整个岭国最美丽的女子。故事里的男主人公刚刚出生，她就是令岭国众英雄垂涎的姑娘了。后来，格萨尔经历诸多磨难登上岭国王位，珠牡姑娘依然保持着青春，这才和另外十二个美女同时嫁给了年轻的国王。故事里，美丽的女人往往也是善良的。自古到今，传说故事的人们会无视现实中外在的美貌与内在的心灵之美常常相互分离的事实，总给漂亮的女人以美丽的心灵，或者说，给善良的女人以美丽的外貌。这或者是出于对美丽女人的崇拜，我则以为可能出于对心灵美好却容貌平凡的女子们的慈悲。

仅仅是这样的话，故事里的女主角还不够生动。

为了让故事生动，从古到今，讲故事的人已经发展出很多套路。在措拉雪山的冰川还很低很低、冰舌可能直接就伸入湖中的时候，那些讲故事的人们就知道这些伎俩了。于是，故事里那个常在这个漂亮湖泊里沐浴的珠牡，就常常面临着种种诱惑而抗拒着，也动摇着，身不由己。她曾亲自动身前去迎接格萨尔回来参加赛马大会和叔父争夺岭国王位。就在这样严肃的时刻，在去完成重要使命的路上，她就被路遇的印度王子弄得芳心激荡，因为"王子的眼窝仿佛幽深的水潭"。

这种软弱让故事中的女人复杂起来。

珠牡也常常被嫉妒所折磨。如果不是这样，她的姐妹王妃梅萨不会被魔王掳去。珠牡自己也不会被出卖给北方霍尔国的白帐王。在有些格萨尔故事的版本里，珠牡被掳后被白帐王强做夫妻的一幕真是活色生香。珠牡不从，但不是誓死不从，只是千方百计逃避被白帐王强占身体。这个有些神通的女人千变万化，化成种种动物与物件。但万物相生相克，那白帐王神通更胜一筹，自然就能变幻成

能降伏珠牡的动物或物件。不觉间，带着悲愤之气的故事变成了男女征逐的游戏，而且这游戏还颇具情色意味。珠牡最后变幻成一枚针，便于藏匿，锋利扎人又不伤性命。好个白帐王，摇身一变，成了一根线，一根逶迤婉转的线。线要穿过针，针要躲避线。缠绕，跳跃，躲闪，磕碰……终于那根坚硬的针却被柔软的线所穿过了。

岭国王后珠牡成了霍尔国王的妻子。九年之后，格萨尔才杀掉白帐王，把她夺回身边。

好多人问我，说一个国王怎么还会把这样的女人留在身边，而且继续给她万千宠爱。我想，他们的意思是说，一个国王怎么可以容忍别的男人占有自己女人的身体？这是我无从回答的问题。珠牡也没有让这样的问题困扰过自己，回到岭国很多年后，故事里的她似乎仍然没有老去，其美貌依然沉鱼落雁。珠牡唯一一次为国出征，是和梅萨一起去木雅国盗取通过雪山的法宝。就在这样的重要时刻，她经不住另一面湖水的诱惑：一定要下去裸泳一番。弄不清楚讲故事的人是要写她爱个人卫生，还是想展示一下她美丽的胴体。故事总是要包含些教训的，因此珠牡王后的这番身体展示让王妃梅萨被拘，使格萨尔这个妻子二度成了别国国王的爱宠。

在为了重述《格萨尔王》这部史诗而奔波于康巴高原的将近三年时间里，每一次，当我经过如今被更多人叫作新路海的玉隆拉措时，我都会在湖边凝视一番，想一想这个湖，更是想一想故事里那个因为有过错、有缺点反而因此生动起来的叫作珠牡的女人，这个被今天的藏族人所深爱的女人。

湖边，长得仿佛某种杜鹃的瑞香正在开花，浓烈到浑浊的香味使眼前的一切都有一种迷幻般色彩。英雄故事的阳刚部分还未显现，其阴柔的部分就已在眼前。

每次都是这样，都是先遭逢这个柔美的女性的湖，然后，才攀登上男性的有骁勇山神居住的措拉雪山。

3　德格：土司传奇

措拉（雀儿山）其实不是一座，而是一群雪山，5000 米以上的山峰就有 17 座，主峰绒麦峨扎海拔 6168 米，耸立于尚未汇流东南向的金沙江与雅砻江两大峡谷之间。

国道 317 线从 5000 米出头一点的山口穿过。

东面的冰川造就了那个光影变幻的玉隆拉措，越过山口向西，大地带着一股凌厉之气急剧地俯冲而下，冰川与融雪哺育了一条河：濯曲。"曲"是藏语里又一个基本的地理名词，即汉语中的河。濯曲迅即下降，壮大，十几公里的距离内，汇集了高山草甸区伏地柏、红柳和鲜卑花灌丛纠结地带的众多溪流，很快就变成了一条白浪喧腾的河。有了力量的水，更迅疾地造出下降的地势，在坚硬的岩石中切出幽深的峡谷。桦树与杉树的峡谷，花楸树和栎树遮天蔽日的峡谷。快到德格县城更庆镇时，就二十公里左右，已经陡然下降了两千来米，河道和沿河公路两边壁立着万仞悬崖，按住头上的帽子仰面才能看到青天一线。冲出谷口，地势骤然平缓开敞，耕地、村落和寺庙依次出现。

藏学家任乃强先生二十世纪二三十年代曾到此游历考察，著有《德格土司世谱》，其中记载了这段峡谷的人文史。说在格萨尔王建立岭国几百年后，有一个岭国勇士，名叫洛珠刀登，"有女美而才，岭王求以为妃，许给一日犁地的聘礼。乃率其仆，沿濯曲南犁，暮达龚垭之年达，得长七十里之河谷。岭王因赐之。遂，得为有土地之独立小部落……唯此段河谷，有三十余里为石灰岩之绝峡，仅半段为可耕地，亦甚促狭……当时民户，不超过三十家"。

到清朝中叶，奉格萨尔为祖先的岭部落日益衰落，洛珠刀登于濯曲弹丸之地起始的德格家族的势力却日益壮大，雍正年间，被清廷招抚，授安抚司衔。其辖地最盛时曾经领有金沙江两岸的德格、

白玉、江达、石渠等县数万平方公里的土地和人民。

"洛珠刀登既受七十里之河谷封邑，卜宅于今德格县治所在。卜宅之初，曾筑渺小之花教寺庙……其后此寺发展为德格更庆寺，为康区一大花教（萨迦派）中心。"后更依托此寺，创建了德格印经院。

登巴泽仁土司执政时期，于筹建印经院建筑的同时，筹划印版的刻制工作。从清雍正七年（1729 年）至乾隆三年（1738 年）的近十年间，较大规模的刻版工作全面铺开，完成了《甘珠尔经》的编校、刻版和《丹珠尔经》的印版刻制。同时还完成了一些其他典籍的印版刻制工作，印版总数近 10 万块。此后，历代土司家族又主持编辑和刻制的重要文献数十部，共计 340 多函，使德格印经院印版数超过 20 万块。

到今天，德格印经院已有 270 多年的历史，院藏各类典籍 830 余部，木刻印版 29 万余块。院中浩瀚的印版、典籍对研究藏族历史、政治、经济、宗教、医学、科技、文学、艺术等具有极高的学术价值，引起海内外学界瞩目，成为一个保存并传布藏族传统文化的中心。

因了印经院的文化传播之需，德格地区的雕版术、手工制纸和印刷术得以保存发扬，成为当地引以为傲的非物质文化遗产。

颇有意思的一个现象是，德格土司家族崛起的历史，也是将格萨尔王奉为祖先并将格萨尔王所开创的岭国视为基业的林葱土司家族逐渐衰亡的历史。这种此消彼长的关系应该包含着强烈的敌对因素。但在德格土司统辖的土地上，却依然将岭部落的祖先格萨尔视为一个伟大的英雄，像自己的祖宗一样引以为傲。

在德格印经院中，就珍藏有格萨尔画像的精美雕版，常有崇拜英雄的百姓去那里印刷，请回供奉，或作为珍贵礼物馈赠亲友。一位 20 世纪 30 年代进藏区学佛求法的汉族人也到过德格，他写道："西康有一种风俗，印经的人要自备纸墨，另外还要付给印刷工人工资，这样就可以挑选自己喜欢的经版进行印刷。"

4　龚垭：千年城堡的废墟

离开德格县城沿濯曲（德格河）向西南方而下，在国道 317 线
962 公里处，一个地名叫作龚垭的地方，在河谷旁边山坡上一座规模
不大的寺庙四周和寺庙的基础上，有遥远时代遗留的许多土夯残墙。
民间都相信，这里曾经是格萨尔同父异母的兄长——嘉察协噶当年
镇守岭国南部的城堡残留。在寺院对面的山冈上，一道城墙的残迹
宛然在目，顺山坡蜿蜒而上，连接着冈顶上一座四方形的破败城堡。
看起来，这座还颇具形态的小城堡应该是主城堡的拱卫。嘉察协噶
是格萨尔的父亲和其汉人妻子所生。在故事里，他也是一个善妒的
角色，但这个汉藏混血的儿子，在岭国三十大将中最是正直勇猛、
内心洁净而气度宽广。当年轻的国王沉迷于女色的魅惑，王妃珠牡
被掳，身为重臣的叔父晁通背叛国王。在这样的危局下，嘉察协噶
率军与霍尔大军抗衡，以少抗多，殒命沙场，留得忠烈之名世世传
扬。庙里的喇嘛骄傲地向我展示两样东西。一只可以并列五支利箭
的箭匣（称匣而不称袋，因为盛箭之物确是一个木雕的长方形盒
子），说是嘉察的遗物。这种遗存，凡是格萨尔故事流传地区，到处
皆有，我更相信其中纪念英雄的强烈情感。

另一个遗存，却使我吃惊。喇嘛指给我看护法神殿围墙上几块
赭红色的石头，说那是嘉察协噶筑此城堡时的墙基。拿下一块来：
沉甸甸的，却见赭红的带气泡的物质中包裹着大小不一的碎石。陪
我寻访的当地专家泽尔多吉老师说，嘉察协噶城堡的墙基用熔化的
铁矿石浇铸而成，发掘出来就是眼前这赭红而坚硬的东西，如石如
铁。看来那个时代，熔铁的温度并不太高，所以这些含铁的矿石只
是处于半熔解的状态，将其倾入挖好的地基，也足以牢牢地黏合在
一起，在冷兵器时代牢不可破。

在外人的概念中，一到康定便算是进入了西藏，但本地人自古便不自称西藏，而称这片雪山耸峙、农耕的峡谷与游牧的草原相间的地方叫康巴。离开龚垭，沿濯曲往西南，就到了金沙江边。隔江望见一孤立的临江巨石上，两个用红漆描过的大字：西藏。金沙江在行政区划上，正是四川与西藏之间的界江。过去的牛皮船渡口，如今有一座岗托大桥相连。

濯曲（德格河）从此地汇入金沙江。

故事里的格萨尔远比实在的岭国国王勇武百倍，其疆域西接大食，南到印度，北接霍尔蒙古，东邻汉地，至少是整个青藏高原，甚至比之于青藏高原还要广大。而历史上作为故事底本的那个岭国实际疆域却要小很多。那时候，因为交通不便，空间封闭，人们居住在一个小小的国中也会以为疆域广大。从原岭国疆域中崛起的德格土司占有如今几个县几万平方公里的土地后，也自诩为"天德格，地德格"，意思就是天地之间都是德格。

无论格萨尔还是后起的德格土司的伟业，同样都变成了日益遥远的故事，带着神秘与缥缈的美感。实实在在的是，河岸边的台地上，即将收割的麦子一片金黄。

5　金沙江边的兵器部落

没有过江的计划，便沿江岸而下，目的地是金沙江东岸的河坡乡。那里，家户生产的"白玉藏刀"享誉藏区。传说这个峡谷中原本没有人烟只有鸟迹兽踪，森林蔽日，瘴气弥漫。因为岭国有了冶铁之术，并在峡谷中发现了铁矿和铜矿，格萨尔便从西北部的黄河边草原上迁来整个部落，让他们在这里冶炼矿石，打造金属兵器。之后，岭国军队兵锋到处，所向披靡。

第一次到达这里，已是黄昏。

那些堡垒般的民居中，传来丁丁当当敲打铜铁的声音。在拜访的第一户人家天台上，摆放的不是兵器，而是寺院定制的金顶构件：铜瓦脊，铜经幢。

第三户人家在打造各型刀具。

我把拜访兵器部落的经过写在了小说《格萨尔王》里。只是我已经成了小说里的说唱人晋美：

那天，长者带他来到山谷里一个村庄。长者的家也在这个村庄。金沙江就在窗外的山崖下奔流，房子四周的庄稼地里，土豆与蚕豆正在开花。这是个被江声与花香包围的村庄。长者一家正在休息。三个小孩面孔脏污而眼睛明亮，一个沉稳的中年男子，一个略显憔悴的中年妇女。他们脸上都露出了平静的笑容。晋美想，这是和睦的一家三代。长者看看他，猜出了他的心思，说："我的弟弟，我们共同的妻子，我们共同的孩子，大儿子出家当了喇嘛。"长者又说："哦，你又不是外族人，为什么对此感到这般惊奇？"

说唱人不好意思了，在自己出生的村庄，也有这种兄弟共妻的家庭，但他还是露出了惊奇的神情。好在长者没有继续这个话题，他打开一扇门。一个铁器作坊展现在眼前：炼铁炉、羊皮鼓风袋、厚重的木头案子、夹具、锤子、锉刀。屋子里充溢着成形的铁器淬火时水汽蒸腾的味道，还有用砂轮打磨刀剑的刃口时四处飞溅的火星的味道。未成形的铁、半成品的铁散落在整个房间，而在面向窗口的木架上，成形的刀剑从大到小，依次排列，闪烁着寒光。长者没等他说话就看出了他的心思，说："是的，我们一代一代人都还干着这个营生，从格萨尔时代就开始了，不是我们一家，是整个村子所有的人家，不是我们一个村子，是沿着江岸所有的村庄。"长者眼中有了某种失落的神情："但是，现在我们不造箭了，刀也不用在战场了。伟大的兵器部落变成了农民和牧民的铁匠。我们也是给旅游局打造定制产品的铁匠。"长者送了他一把短刀，略为弯曲的刀把，比一个人中指略长的刀身，说这保留了格萨尔水晶刀的模样。

我是在去往河坡的路上遇到这个老者的。我也将路遇这个老者的情形搬演到了小说里：

在路上，说唱人遇到了一个和颜悦色的长者，他的水晶眼镜片模糊了，就坐在那里细细研磨。长者问他："看来你正苦恼不堪。""我不行了。"他的意思是，听到的好多故事把自己搞糊涂了。

长者从泉眼边起身说："不行了，不行了。"他把说唱人带到大路旁的一堵石崖边："我没戴眼镜看不清楚，你的眼睛好使，看看这像什么。"那是一个手臂粗的圆柱体在坚硬的山崖上开出的一个沟槽，像一个男性生殖器的形状。但他没有直接说出来，他只说："这话说出来太粗鲁了。"

长者大笑，说："粗鲁？神天天听文雅的话，就想听点粗鲁的，看，这是一个大鸡巴留下来！一根非凡的大鸡巴！"

长者给他讲了一个故事，当年格萨尔在魔国滞留多年，在回到岭国的路上，他想自己那么多年日日弦歌，夜夜酒色，可能那活儿已经失去威猛了，当下掏出东西试试，就在岩石上留下了这鲜明的印痕。长者拉过他的手，把那惟妙惟肖的痕迹细细抚摸。那地方，被人抚摸了千遍万遍，圆润而又光滑。然后，长者说："现在回家去，你会像头种马一样威猛无比。"

后来，我向老者表达过我的疑问——格萨尔征服了霍尔回来不可能经过这个地方。因为霍尔在北方，岭国的王城也在北方。这里却差不多是南方边界，是嘉察协噶镇守过的边疆。

老者不说话，看着我，直到我和他分手，离开他的民间知识视野所覆盖的地盘，他才开口问我："为什么非要故事就发生在真正发生的地方？"

我当然无从回答，但对一个写小说的人来说，这句话给了我很大的启发。

从河坡继续沿金沙江而下可到白玉。从白玉沿金沙江继续南下可到川藏南路的巴塘。从白玉转向东北，可以到甘孜。在白玉和甘孜界山南坡，有一大自然奇观，古代冰川退缩后，留下的巨大的冰川漂砾滩。浅草长在成阵的巨石之间，质地坚硬的褐色苔藓覆盖了石头的表面。高原的风劲吹，天空低垂，一派地老天荒之感。

6 格萨尔故乡：阿须草原

但我不走这两条道路，我退回德格。由西向东翻越措拉山口，回玛尼干戈镇，离开国道，上省道 217 线，再次从措拉左肩翻越去西北方向。

我喜欢感觉到雪山总摄了大地。德格在措拉的西南，而我现在要去的地方是在雪山的西北：龙胆科和飞燕草花期的草甸、雪山、冰川。就在冰川舌尖下面，是远近闻名的宁玛派名刹竹庆寺。

旅游指南上说："寺院所在的雪山上下布满成就者的修行山洞与道场，是极具加持力的修行圣地。"还看到一则材料，说这个寺院僧人并不多，但因为在藏传佛教各教派中，这个寺院不热心参与政治，所以喇嘛们潜心修持，有成就者不在少数，他们利乐众生，其影响远在藏区之外。我就曾在某年八月，躬逢法会，数万信众聚集而来，聆听佛音，信众中有许多是远道而来的港台信徒。在格鲁派寺院中禁止僧人念诵格萨尔这个本土神人故事的时候，这个寺院却创作了一出格萨尔戏剧，不时排演。我没有遇到过大戏上演，但看见过寺院演剧用的格萨尔与其手下三十大将的面具，各见性情，做工精良。

说德格是格萨尔故乡，一来是指格萨尔似乎真的出生于此，更

重要的，此领域内对这个神化了的英雄人物百般崇奉。一次，我们停下车来远眺雪山，路边一个康巴汉子猛然就向汽车扑来。同车人大惊，以为有人劫道，结果那条康巴大汉扑到车上只是为了用额头碰触贴在车窗上的格萨尔画像。

现在，我们到了措拉西北方。道路在下降，这下降是缓缓地盘旋而下。从山口下降1000米左右，然后，草原与河谷两边的浑圆山丘幅面宽阔地铺展开去，仿佛一声浩叹，深沉又辽远。

这就是阿须草原，史诗中主人公的生身之地。

丛生的红柳和沙棘林，掩映着东南向的浩荡雅砻江水。每次来到这里，都是这个月份，草原上正是蓝色花的季节：翠雀、乌头、勿忘草。但纯粹是"拈花惹草"，并不需要如此深入康巴的腹地。高原边缘那些正迎着东南季风的地带，多种多样的植物往往带来更多的变化与惊喜。我三到阿须，都是为了追寻英雄故事的遗迹。

第一次到阿须是一个下午，岔岔寺的巴伽活佛在格萨尔庙前搭了迎客的帐房，僧人们脱去袈裟，换上色彩强烈的戏服，为我们搬演格萨尔降魔的戏剧。那次我没有主动去与活佛认识，而急于央人带我去寻找格萨尔降生时在这片草原上留下的种种神迹。

牧区的妇女都不在家中分娩，看来是古风遗传。在阿须，格萨尔作为神子下界投胎时，其落地处就在阿须草原一块青蛙状的岩石下面。这个地方，在千年之后还在享受百姓的香火。

还有一个遗迹当地百姓也深信不疑，草原上一块岩石上有一个光滑的坑洼，正好能容下一个小孩的身躯。人们说，那是格萨尔刚刚出生不久，其叔父晁通要置将来的国王于死地，把那孩子在岩石上死命摔打，结果，格萨尔有神灵护佑，毫发无伤，倒是柔软的身躯在岩石上留下了等身的印痕。直到今天，这还是格萨尔具有神力的一个明证。

如此长存于岩石上的还有一个格萨尔屁股的印痕。他刚刚出生三天，有巨大的魔鸟来此作恶，神变小子背倚岩石弯弓搭箭，射死了魔鸟，也许是用力过度，将此印痕长留人间。

英雄故事的悠长余韵留给后人不断回味，功业却不能持久保留。所谓霸业江山比之于地理要经历更多的沧海桑田。

学者们差不多一致推断，格萨尔生活在一千多年前。到了清道光年间，将格萨尔奉为祖先的林葱家族只是清朝册封的一介小土司了。作为英雄之后，回味一下祖先的荣光也是一种合理的精神需求。土司家族便在有上述遗迹的河滩草地上建起了一座家庙，供奉祖先和手下诸多英雄的塑像。据说庙中曾珍藏有格萨尔的象牙印章，以及格萨尔与手下英雄使过的宝剑和铠甲等一应兵器。老庙毁于"文化大革命"，林葱家族也更加衰败。直到1999年，由附近的岔岔寺巴伽活佛主其事，得政府和社会资助，这座土司家族的家庙以格萨尔纪念堂的名义恢复重建。加上纪念堂前格萨尔身跨战马的高大塑像，成为当地政府力推的一个重要景点。前不久，我还在成都见了巴伽活佛，在一家名叫祖母厨房的西餐馆里就着牛排感慨一番那个后继乏人的英雄家族。

还曾在那座塑像前听说唱艺人演唱格萨尔故事的片段。

第三次去阿须，小说《格萨尔王》即将出版。我第一次走进了那座安静的小庙。在院中柳树荫下，安卧着一只藏羚羊，它面对快门咔嚓作响的相机不惊不诧。护院人说，这野物受了伤被人送到庙里，现在伤好得差不多了，该放其归山了，但看样子，它倒不大想离开了。

这是我第一次走进这座小庙，在格萨尔塑像前献了一条哈达，我没有祈祷，我只是默念：王啊，今天我要把你的故事还给你，我要走出你的故事了。这是一个小说家的宿命，从一个故事向另一个故事漂泊。完成一个故事，就意味着你要离开了。借用艺人们比兴丰沛的唱词吧：

　　雪山老狮要远走，

是小狮的爪牙已锋利了。
十五的月亮将西沉，
是东方的太阳升起来了。

在小说的结尾，我也让回到天上继续为神的格萨尔把说唱人的故事收走了，因为那个说唱人已经很累了。

说唱人把故事还给神，也让我设计在了这个地方。

失去故事的说唱人从此留在了这个地方，他经常去摸索着打扫那个陈列着岭国君臣塑像的大殿，就这样一天天老去，有人参观时，庙里会播放他那最后的唱段。这时，他会仰起脸来凝神倾听，脸上浮现出茫然的笑颜。没人的时候，他会抚摸那支箭，那真是一支铁箭，有着铁的冰凉，有着铁粗重的质感。